Sophia Como

Dreams so golden

Sophia Como

Dreams so golden

Roman

PIPER

Mehr über unsere Autorinnen, Autoren und Bücher:
www.piper.de

Wenn Ihnen dieser Roman gefallen hat, schreiben Sie uns unter Nennung des Titels »Dreams so golden« an empfehlungen@piper.de, und wir empfehlen Ihnen gerne vergleichbare Bücher.

Wir produzieren nachhaltig
www.piper.de

ISBN 978-3-492-50644-1

Redaktion: Mira Manger
Dieses Werk wurde vermittelt durch die Literaturagentur Sinnhöfer.
Satz auf Grundlage eines CSS-Layouts
von digital publishing competence (München)
mit abavo vlow (Buchloe)
Covergestaltung: Giessel Design
Covermotiv: Bilder unter Lizenzierung von Shutterstock.com genutzt
Printed in Germany

Für meine liebe Frau Rock
(ja, du wirst für mich für immer so heißen).

Weil du meine Worte gelesen und geliebt hast, als die große
Buchwelt sie noch nicht haben wollte. Weil du an mich
geglaubt hast, als ich gezweifelt habe.
Weil du da warst und da bist.

Playlist

Delicate – Taylor Swift
Parfum – LEA (Piano Sessions)
Dreams – Fleetwood Mac
Fields of Gold – Eva Cassidy
Landslide – Fleetwood Mac
September – Taylor Swift
Tenerife Sea – Ed Sheeran
Overpass Graffiti – Ed Sheeran
Leave Your Life – Ed Sheeran
Missing Piece – Vance Joy
Brown Eyed Girl – Imaginary Future
Solange wir fahren – Alex Lys, Madeline Juno
Treacherous (Taylors Version) – Taylor Swift
August – Taylor Swift
Simply the Best – Billianne
Run (Taylors Version) – Taylor Swift, Ed Sheeran
17 – Youth Lagoon
Block Me Out – Gracie Abrams
Warm With You – Hayden Calnin
Apple Pie – Lizzy McAlpine
Meant to Be – Ber, Charlie Oriain
Ceilings – Lizzy McAlpine

Kapitel 1

Amelia

Ich war ein unsortiertes *Vielleicht,* bestehend aus ganz viel *Leider.*

Die Nachtlichter der Stadt verschwammen vor meinen Augen. Je unschärfer sie wurden, desto bunter schien das Bild Münchens zu werden, das von hier oben so unbedeutend wirkte. Hastig blinzelte ich eine Träne fort, dann heftete sich mein Blick an goldbeschienene Barockgebäude, neonrote Reklametafeln und das wilde Blinken diverser Imbissbuden.

Obwohl die Nächte in der Stadt schon jetzt im Frühling recht warm waren, wurden meine nackten Arme kalt. Mein Herz auch. Als könnte ich es warm reiben wie meine Arme, legte ich die Hand an meine Brust und rieb darüber. Die Finger meiner anderen Hand krallte ich um mein Smartphone, auf dem die zerstörerischen Worte geschrieben standen.

Leider müssen wir Ihnen mitteilen, dass wir uns als Agentur gegen eine Vertretung entschieden haben.

Ich sah die in Arial geschriebenen schwarzen Wörter noch immer vor mir. Das *Leider* hatte in der Zwischenzeit Augen und einen Mund bekommen. Gehässig lachte es mich an. Nun schon das zweite Mal in dieser Woche.

»Leider müssen wir uns im Vorstand noch mal über eine Übernahme besprechen. Vielleicht gibt es ein paar Änderungen. Wir werden auf Sie zukommen«, hatte mein Vorgesetzter vor zwei Tagen am Telefon zu mir gesagt. Er war nur zwei Jahre älter als ich, hatte aber als Juniorchef schon mehr erreicht, als ich mir vorstellen konnte. Mit dieser kryptischen Aussage hatte er mir eigentlich schon offenbart, worauf es hinauslaufen würde. Wenn seine Formulierung bereits so negativ klang, wieso sollten sie sich jetzt noch für eine Übernahme entscheiden?

Ausgelaugt lehnte ich mich an die bodentiefe Scheibe vor mir, die auf dieser Rooftop-Bar als Geländer diente. Darin tauchte mein Spiegelbild auf, legte sich mit müden Augen über die Stadt, die ich seit einigen Jahren mein Zuhause nannte. Schon bevor die ätzende Träne meinen Lidrand rot gefärbt hatte, waren meine Augen blutunterlaufen gewesen, die Haut fahl und trocken, mein Teint fleckig. Deutlich schlechter als jener all der anderen Influencer auf Instagram. Alles an mir war schlechter als alles an anderen Influencern – vielleicht würde ich es daher auch niemals zu etwas bringen. *Vielleicht.*

Hastig schüttelte ich den Kopf. Nein, scheitern und aufgeben kam für mich nicht infrage. Ich zwang mich, meine Enttäuschung herunterzuschlucken und ein Lächeln aufzusetzen. Niemand sollte merken, dass ich eine Absage bekommen hatte. Niemand sollte merken, dass ich in Wirklichkeit doch scheiterte.

»Ganz ruhig, Amelia, du schaffst das. Du beweist jedem, dass du alles schaffen kannst«, flüsterte ich mir zu, ehe ich ein paarmal tief durchatmete. Schließlich verließ ich den Außenbereich, an dem es so viel ruhiger und angenehmer war, und steuerte den Tisch an, an dem Lana Federica – eine Münchner Influencerin – mit zwei Freundinnen saß.

Vor wenigen Wochen hatten wir uns über Instagram kennengelernt und waren seitdem im Austausch. Mit ihren langen Beinen, die von rostroten Overknees in Schlangenlederoptik umschmeichelt wurden, dem hervorstehenden Kinn, das ihr Profil besonders markant zeichnete, und den sechzigtausend Followern auf Instagram, die meine Community um mehr als das Doppelte übertrumpften, war sie mir um Welten voraus.

Ich wollte mich nicht vergleichen, und doch tat ich es ständig. Wenn ich ein neues Outfitfoto von ihr oder einer anderen Bloggerin sah, kam ich nicht umhin, mich vor den Spiegel zu stellen, meine kleine rundlichere Statur zu mustern und zu denken: *hätte, hätte, hätte.* Hätte ich auch solche Beine, würden meine Outfitposts vielleicht ästhetischer wirken. Dann hätte ich vielleicht mehr als zwanzigtausend Follower und nun keine Absage der letzten Social-Media-Agentur im Postfach, die noch übrig war. Und vielleicht würde ich dann auch verstehen, weshalb mir all diese Dinge plötzlich so wichtig waren.

»Emilia!«, lallte Lana, bevor ich mich unbemerkt am Rand der runden, mit bunten LEDs beschienenen Couch niederlassen und die restliche Zeit absitzen konnte.

Ich glaubte, dass sie keine Ahnung hatte, wer ich war, wie mein letzter Post aussah und dass ich eigentlich Amelia hieß. In der Welt der Influencer ging es darum, gesehen zu werden und sich zu connecten. Das wusste ich, denn ich wollte in dieser Branche selbst Fuß fassen. Und auch wenn ich Lana schon seit Jahren folgte, ihre Fotos und Outfits wirklich liebte und sie lange Zeit eine Inspiration gewesen war, lag der Grund, weshalb ich diesem Abend mit ihr zugestimmt hatte, nicht lediglich darin, dass sie mir sympathisch war. Um ehrlich zu sein, hatte in meinem Hinterkopf ganz leise und subtil der Gedanke gesteckt, dass ich mich durch ihren Kontakt ebenfalls weiterentwickeln und in der Welt von Instagram weiterkommen könnte. Leider fühlte sich dieses Treffen, das aus viel zu vielem Grinsen, zu vielem oberflächlichen Gerede und viel zu wenigem persönlichen Zuhören bestand, alles andere als natürlich an.

Im Gegensatz zu Lana konnte man mich nicht ausschließlich als Fashion-Bloggerin bezeichnen. Ich war eine *Ich liebe alles was schön ist*-Bloggerin. Architektur, Inneneinrichtung, Poesie, Wörter, Momente, Kleider und auch Nacktheit, Haut, Kunst auf Haut, Kunst auf Straßenschildern und Menschen, die zu Momenten wurden. Im Großen und Ganzen liebte ich das, was die Natur und der Mensch als Kunst hinterließen. Und meine 20,8 Tausend Follower schienen es auch zu lieben. Doch es reichte nicht. Es reichte nicht, um von einer Agentur unter Vertrag genommen zu werden, es reichte nicht, um meine Mutter davon zu überzeugen, dass man auch mit Instagram sein Geld verdienen konnte. Und langsam reichte es auch nicht mehr, um meine eigene Überzeugungskraft aufrechtzuerhalten, dass dieser Traum alles andere als lächerlich war.

Die letzten Wochen hatte ich mich in den Weiten des Internets viel zu häufig mit anderen verglichen. Ich wusste, dass das kontraproduktiv war, mich noch mehr runterzog, doch mein Drang nach Erfolg, der Wunsch, endlich etwas zu erreichen und es allen beweisen zu können, war so groß, dass ich mich langsam, aber sicher vergaß und immer mehr zu etwas wurde, das gewinnbringend sein könnte.

»Ist alles in Ordnung?«, fragte Lana, woraufhin sich alle Augenpaare auf mich richteten. Ihre beiden Freundinnen saßen dicht neben ihr. Eine hübscher als die andere. Während Melisa braune Haare mit sanften pinken Strähnen darin hatte, schimmerte Rominas Mähne honigbraun. Bei allen dreien saß das Make-up wie eine Eins, während sich meine Foundation durch die Hitze, die in diesem Club herrschte, allmählich verabschiedete. In meinem schwarzen Minikleid, das im Sitzen ständig hochrutschte und das ich nur trug, weil ich ein ähnliches letztens an einem schlanken schwedischen Model auf Instagram gesehen hatte, fühlte ich mich redlich unwohl. Doch irgendwie musste ich mich anpassen, irgendwie wollte ich dazugehören. Zu den modischen Influencer-It-Girls. Da konnten meine geliebten knöchellangen Blumenkleider, die sämtliche Speckröllchen im Sitzen versteckten und in denen ich einfach sein konnte, wie ich war, schlichtweg nicht mithalten.

Seit mir ein Mistkerl im Supermarkt mal den Spruch gedrückt hatte, ich würde darin wie ein Kartoffelsack aussehen, fühlte ich mich sowieso viel unwohler. Eigentlich war mir sein Kommentar egal gewesen, *er* war mir egal gewesen. Wenn ich mich im Spiegel betrachtet hatte, hatte ich früher immer selbstbewusst und stolz gedacht: *nicht dick, aber Pasta-Liebe ist definitiv vorhanden.*

Keine Ahnung, wo diese Amelia hin war. Instagram und dessen perfekte Welt hatte sie aufgefressen, denn egal, wie aufgebrezelt ich war – neben Lana und ihren Freundinnen fühlte ich mich mit meinen ein Meter sechzig, den breiten Hüften und der Oberweite, die keine ästhetischen Schlüsselbeine zuließ, irgendwie viel kleiner ... viel unbedeutender.

»Ja, ich bin nur etwas müde.«

»Du siehst auch echt nicht so gut aus«, bemerkte Melisa und legte ihre perfekt manikürte Hand auf meinen Oberschenkel. Obwohl sie mir egal sein sollte, schmerzte ihr Kommentar. »Was benutzt du für deine Haut? Du solltest mal umsteigen, dein Glow ist verschwunden.«

Autsch. Eventuell war ich wirklich nicht frisch, nicht *glowy* genug.

»Also, ich lasse ja nur die Produkte von *La Mer* an meine Haut«, erklärte Lana, und ich fragte mich, ob sie die Wahrheit sagte. *La Mer* war eine gute, aber umso teurere Kosmetikmarke. Eine Feuchtigkeitscreme begann bei fünfundneunzig Euro, und solche Marken sahen auf Instagram-Fotos zwar immer extraästhetisch aus, doch ob man sie regelmäßig benutzte und nachkaufte, wagte ich zu bezweifeln. Zu oft gaukelte man anderen online etwas vor. Ich wusste das – und trotzdem hörte ich nicht auf, mich damit zu vergleichen.

In diesem Moment wackelte das Polster neben mir. Überrascht drehte ich mich um und realisierte, dass sich ein dunkelhaariger, hochgewachsener Typ grinsend neben mich gesetzt hatte. Auffordernd hielt er mir ein Glas Gin Tonic hin. Ich winkte mit einem Lächeln ab.

»Amelia, oder?«

Fast schon dankbar, dass wenigstens er, von dem ich keine Ahnung hatte, wer er war, meinen Namen richtig aussprach, nickte ich.

»Ich bin Lars, ein Freund von Lana, freut mich.« Sein dichtes Haar war nach hinten gestylt, und nur eine einzelne Strähne hing ihm locker in die Stirn. Das kleine Polo-Pferd auf seinem weißen Hemd verriet, dass es von *Ralph Lauren* stammte. Sicherlich hatte er die Knöpfe mit Absicht offen gelassen, damit man einen perfekten Einblick auf seine muskulöse Brust haben konnte, die sich darunter abzeichnete. Auch wenn er äußerlich ganz und gar nicht mein Typ war, er ein geheimes sechstes Mitglied der *Elevator Boys* sein könnte und ich irgendwo im Hinterkopf das Vorurteil ihm gegenüber hegte, er sei ein reicher Schönling, der für sein Geld sicherlich nur mit Papa reden musste, waren seine aufmerksame Art und das offene Lächeln doch ziemlich sympathisch.

»Erzähl mal«, fuhr er fort. »Was machst du so?« Er wirkte ehrlich interessiert. Im Gegensatz zu Lana würde er mir bestimmt aufmerksam zuhören, wenn ich mit ihm sprach, was ich schön fand. Trotzdem schwirrte mir noch immer die Absage im Kopf, die meine Gedanken einnahm.

Ich fixierte die mahagonifarbene Tapete hinter ihm, sodass ich Lars nur noch als eine verschwommene Silhouette wahrnahm. Kleine Spatzen in einem Meer aus akkuraten Kirschblüten. Hier und da rankten ein paar Äste mit zartgrünen Birkenblättern. Mein Blick suchte die Wand mit dem Blumenmuster nach weiteren Entdeckungen ab, und kurz musste ich an meine Heimat denken. An die vielen verzweigten Gewächse, das laute Zirpen Tausender Grillen und irgendwo inmitten wuchernder Wildblumen ein energisches Summen. Fast enttäuscht atmete ich aus, als ich feststellte, dass sich das Muster nach drei Ästen, zwei Spatzen und dreizehn Kirschblüten wiederholte.

»Amelia?« Lars' Stimme, die durch die laute Musik dröhnte, holte mich zurück ins Jetzt. Ich sah auf seine Hände. Sie waren klein, zierlich und wirkten perfekt gepflegt. Ich fragte mich, ob er es auch so schwer hatte oder ihm das Erwachsenwerden und alles, was er erreichen wollte, viel leichter fiel.

»Sorry«, hauchte ich und zwang mich nun schon zum dreiundsechzigsten Mal an diesem Abend zu einem Lächeln, das ich ab und zu auch auf Instagram zeigte. »Meinst du in meiner Freizeit oder beruflich?« Ich musste ein gehässiges Lachen über meine Frage unterdrücken. Egal, in welcher Sparte, es gab nur eine Antwort: scheitern.

»Beides.«

Weil noch eine kleine Möglichkeit bestand, dass ich doch übernommen wurde, klammerte ich mich an diesen einen Hoffnungsschimmer und versuchte, mir meine Unsicherheit nicht anmerken zu lassen. »Ich bin bezahlte Praktikantin bei *Procter*. Das ist eine große Münchner Firma, die Kabel herstellt. In meiner Freizeit ...« Ich stockte. Anderen Menschen, die nicht auch in dieser Branche unterwegs waren, von meinem Instagram-Blog zu erzählen, war mir schon immer schwergefallen. In letzter Zeit erst recht. Ich wollte einfach nicht verspottet oder mit Mitleid angesehen werden.

»Bei *Procter*, wow!« Lars nahm mir die Entscheidung ab, ob ich ihm meinen Traum offenbaren sollte.

Es war tatsächlich ein Traum, ein großer Traum. Seit ich mit fünfzehn die Instagram-App entdeckt und erkannt hatte, wie viel Spaß mir das Teilen von Kunst, Momenten und Wörtern bereitete, konnte ich den Gedanken nicht mehr ablegen, damit mein Geld zu verdienen. Doch nach so vielen Jahren, in denen ich trotz aller Bemühungen nicht weitergekommen war, begann ich langsam selbst, ihn für lächerlich zu halten.

»Mein Vater ist mit dem Vorstand Herrn Schröder befreundet. Er gehört sozusagen zur Familie.«

Wieso überrascht mich das jetzt nicht?, dachte ich.

»Dann hast du ja echt einen megaguten und sicheren Arbeitgeber. Ich drücke dir die Daumen, dass sie dich übernehmen.«

Dankbar nickte ich und fragte mich gleichzeitig, was es mit dem Wort *sicher* immer auf sich hatte. So viele benutzten es, wenn es um die Zukunft ging, nicht zuletzt meine Mutter.

»Amelia, du kannst deine Träume mit diesem komischen Blog ja irgendwann noch verwirklichen, aber such dir doch jetzt erst mal etwas Sicheres«, hatte sie damals nach meinem Abschluss zu mir gesagt. Und ich hatte auf sie gehört, auf sie und so viele andere. Hatte mich für ein Studium in Medien- und Kommunikationswissenschaften in München entschieden, mit dem Gedanken, in dieser wundervollen Stadt auch mit meinem Blog Fuß fassen zu können. Im Anschluss hatte ich ein Praktikum in einer Firma angetreten, in der ich mich zwar nicht für den Rest meines Lebens sah, aber in deren Kommunikationsabteilung ich wenigstens ein Stück meiner Social-Media-Leidenschaft ausleben konnte.

Sicher fühlte ich mich trotzdem nicht. Ganz im Gegenteil. Mal davon abgesehen, dass ich wahrscheinlich nicht übernommen wurde, fühlte ich mich mit meinem unerfüllten Traum mehr als unsicher. Für mich bedeutete Sicherheit, dass ich mich in dem, was ich tat, wohlfühlte. Dass ich mich in meiner eigenen Haut, in meiner eigenen Umgebung sicher fühlte – und nicht nur Rechnungen bezahlen konnte.

»Ja«, murmelte ich schließlich nur, und meine Aufmerksamkeit driftete wieder ab. Lars war nett und sah gar nicht mal so schlecht aus – in jedem Fall war sein erster Eindruck um Welten besser als der von all den anderen Männern, die ich in den letzten Jahren in München kennengelernt hatte. Aber irgendetwas an ihm war mir zu gezwungen, zu *sortiert.*

Vielleicht kann er dich dann ja auch mal sortieren, würde Marlen jetzt sagen, hätte sie meine Gedanken gehört, denn vor einigen Jahren hatte sie mich mit dem Wort *unsortiert* beschrieben. Unsortierte Gedanken, unsortierte Wünsche, unsortierte Zukunftsvorstellungen.

Es war nicht so, dass ich nicht wusste, was ich machen wollte. Ich hatte nur einfach keinen Plan, wie. In meinem physischen Chaos hingegen besaß ich nach jahrelanger Übung eine eigene Ordnung. Ich wusste zum Beispiel, dass in der linken Ecke unter meinem Bett ein grüner Kugelschreiber mit dem Logo der Ludwig-Maximilians-Universität München lag – der Uni, an der ich die letzten Jahre studiert hatte. Gleich daneben meine Pillenpackung mit zwei restlichen Blistern, die vor ein paar Tagen von meinem Nachttisch gefallen war und bei der ich mich seit längerer Zeit schon fragte, warum ich sie bei meinem schläfrigen Sexleben überhaupt noch einnahm.

»Ihr seid Kunden bei uns. Meinem Großvater gehört eine große Beratungsfirma. Wir halten oft Schulungen und Trainings bei euch ab.«

»Echt?« Langsam schweifte mein Blick durch den Raum, als ein Techno-Remix des vollkommen ausgelutschten Songs »Pony« gespielt wurde. *Dandelions* hieß der Laden hier, der tagsüber Café, abends Bar und nachts Club war. Wenn ich an *Dandelions* dachte, waren hochmoderne Neonleuchten, ein wummernder Technobeat und bunte Zeichnungen halb nackter Pärchen das Letzte, was mir in den Sinn kam. Stattdessen dachte ich bei Pusteblumen an wilde Wiesen, abendliche Sonnenstrahlen, die ihre Samen in Flammen legten, und eine Ruhe, die es nur in der Heimat gab.

Moderne Architektur oder abstrakte Inneneinrichtung hatte ich nie so richtig gemocht. Stattdessen liebte ich verwinkelte Altbauten, in deren knarzenden Holzdielen sich Geschichten tummelten und unter deren hohen Decken genug Platz für meine vielen Gedankenwolken war. Marlens und meine Wohnung in der wunderschönen Münchner Altstadt war eine von ihnen. Drei Meter hohe Decken, cremefarbener Stuck, Kronleuchter, unter denen man früher getanzt hatte, und Fenster so groß wie ich selbst.

In oder vor diesen Gebäuden kamen meine Fotos immer extragut zur Geltung. Wenn das Sonnenlicht durch das milchige

Fenster in mein Zimmer fiel, Staubkörner zu Glitzer wurden und sich mein aufgeschlagenes Notizbuch auf dem cremeweißen Sessel in der Ecke meines Zimmers in Ästhetik verwandelte. Oder wenn meine neuen Lieblingsstiefel auf dem Kopfsteinpflaster vor unserem Wohnhaus laute Töne von sich gaben und sich die Lichter der Stadt in dem dunklen Leder brachen. Dann verlor ich mich in diesen Aufnahmen, in diesen Momenten und fragte mich, ob andere sich darin nicht auch verlieren wollten.

Die letzten Wochen hatte ich mich bei dreizehn Agenturen beworben, und von jeder einzelnen war ich abgelehnt worden. Einen Grund hatten sie meistens nicht genannt, nur eine hatte erwähnt, dass meine Community zu klein und meine Postings zu unauthentisch waren. *Zu unauthentisch.*

Für einen Menschen, der sein ganzes Herz in seine Fotos steckte, war das ein Schlag in die Magengrube. Ich wusste, dass es ohne Agentur schwierig war, in diversen Branchen Fuß zu fassen. Sei es in der Literaturbranche, der Filmbranche oder ebenjener der sozialen Medien. Selbstverständlich wollte ich genau das: mir als Influencerin endlich einen Namen machen. Doch manchmal schlummerte in mir noch ganz leise ein anderer Grund, weshalb ich mich so um eine Agentur bemühte. Es war die Bestätigung. Es war der Wunsch, dass endlich jemand an mich glaubte. Jemand, der an meiner Seite stand und mir sagte, dass das schon klappt. Der mir all die Zweifel nahm, die mir so viele Menschen eingeflößt hatten. Die ich mir selbst eingeflößt hatte.

Lars erzählte mir von seinen Zukunftsplänen – er arbeite in der Beratungsagentur seines Großvaters und sei gerade auf der Suche nach einer Eigentumswohnung, um eine *sichere* Kapitalanlage zu erzielen –, und ich konnte nur denken: Warum kann er es besser als ich? Das mit dem Erwachsenwerden. Es war nicht so, dass ich es ihm oder anderen nicht gönnte, wenn sie mehr Glück und Erfolg hatten als ich. Der Grund, weshalb das Glück anderer so schmerzte, war die Erkenntnis, dass an mir irgendetwas falsch sein musste.

Ich beobachtete ihn, wie er den Rest seines Glases trank. Erst jetzt fiel mir auf, dass es Rotwein war. Genüsslich schwenkte er die rote Flüssigkeit ein paarmal und schluckte sie dann runter. Ich fragte mich, ob man das jetzt so machte. Jetzt, wo ich dreiundzwanzig war, trank man da Wein nur zum Genuss und nicht mehr, um sich die Kante zu geben? Machte man beim letzten Schluck ein sinnliches »Hmm«, statt das Gesicht zu verziehen? Machte man das als Erwachsener so? Und war ich jetzt wirklich erwachsen?

Ich hatte nichts gegen das Erwachsenwerden. Ganz im Gegenteil. Eigentlich freute ich mich ja, selbstständig zu sein, und strebte einen Beruf an, der mir Spaß machte. Doch in meiner momentanen Situation stellte mich das Erwachsenwerden besonders auf die Probe, und am liebsten hätte ich mich unter der Bettdecke bei meinen Eltern verkrochen und sie alles regeln lassen. Ich gab mir Mühe, das tat ich wirklich. Aber vielleicht war das einfach nichts für mich, vielleicht sollte ich einfach noch nicht erwachsen sein. Verglichen mit meinem Gegenüber schien ich definitiv eine blutige Anfängerin zu sein.

Weil das *Leider* und das *Vielleicht* mich auffraßen und Lana sowieso irgendwohin verschwunden war, entschloss ich mich dazu, den Abend zu beenden. Lars bestand darauf, mich hinauszubegleiten. Eine lauwarme Sommerbrise, die sich hier zwischen hohen Häusern und von den Abgasen aufgewärmter Straßen sammelte, wehte mir entgegen.

Ich hatte ein Stolperherz. So nannte ich es jedenfalls, denn es stolperte bei allem, was mir eine Gänsehaut bescherte, wie zum Beispiel jetzt, als flackerndes Gold der Laternen auf jahrhundertealtes Kopfsteinpflaster fiel. Manchmal wünschte ich mir, man könnte Gefühle in Fotos einfangen. Dann wäre mein Feed sicherlich warm wie die ersten Frühlingsstrahlen nach einem bitteren Winter. Kein Sonnengelb-Warm, eher so ein sanftes Creme-Warm, das sich in Milchkaffees, Sommerabenden in der goldbeschienenen Altstadt oder meinem kuscheligen Teddyfellsessel widerspiegelte. Jedenfalls war er das mal gewesen, bis ich gemerkt hatte, dass andere Farben, andere Dinge besser auf Instagram ankamen.

»Wollen wir telefonieren?« Ehe ich mich verabschieden und abhauen konnte, ergriff Lars noch mal das Wort. Etwas überrumpelt drehte ich mich zu ihm um. Hier im Nachtglanz konnte ich mir ihn genauer ansehen. Er war hübsch. Dieses Model-Hübsch. Seine Kleidung lag locker an, war aber trotzdem elegant und stilvoll. Sein Blick verriet mir, dass Alkohol in seinem Blut rauschte, und das Zucken seiner Mundwinkel wirkte so mechanisch, dass ich mich fragte, ob er diese Mimik öfter zeigte. Eigentlich hatte ich nicht vor, den Kontakt mit ihm weiter aufrechtzuerhalten. Warum ich meine Nummer doch in sein Handy eintippte, wusste ich nicht. Vielleicht weil ich einmal nicht so verkopft sein wollte, vielleicht weil ich ihm und seiner aufmerksamen Art eine Chance geben wollte. Vielleicht aber auch, weil ich einfach zu müde war, um ihm zu erklären, dass ich kein Interesse hatte. Die Enttäuschung über die heutige Absage hatte sich in Erschöpfung verwandelt. Meine Gedanken, mein Körper, ja sogar meine Stimme war erschöpft, weswegen ich nur ein mühsames Nicken schaffte und gar nicht besonders über die Folgen nachdachte.

»Ich werde mich melden und freue mich aufs nächste Mal. Vielleicht bist du dann ja nicht mehr so verklemmt.« Er schob einen charmanten Lacher hinter die Worte, die mich entsetzt innehalten ließen. Anschließend hob er die Hand, wünschte mir alles Gute und verschwand in dem wummernden Dunkel des *Dandelions.*

Verklemmt. So hatte mich tatsächlich noch nie jemand bezeichnet. Nicht mal ich selbst.

Kapitel 2

Nick

»Und die da sieht aus wie eine Feder!« Caja ließ ihre Hand in die Höhe schnellen und deutete mit dem Zeigefinger auf eine längliche Wolke. Kurz sah ich in den Himmel und nickte ihr zu, ehe meine Gedanken wieder abschweiften. Wir saßen auf der Lieblings-Picknickdecke meiner Schwester, die sie jeden Frühling erneut herauskramte und überallhin mitschleppte. Um uns herum ein lautes Zirpen, Rascheln in den Bäumen und leise Musik, die von der offen stehenden Terrassentür zu uns herüberdrang und zu der Anita, die Frau meines Chefs, mit summte, während sie die frisch geernteten Gartenkräuter wusch.

Die Pausen, in denen ich mich mit Caja in den Garten meines Chefs legen konnte, würden bald weniger werden. Die Ernte des Rapshonigs stand bevor, und somit erwartete uns viel Arbeit. Ein letztes Mal bewunderte ich also den großen Garten voller Wildblumen, verknoteter Zweige und mächtiger alter Bäume, da ich ihn in nächster Zeit nur noch kurz in Eile während meiner Arbeit zu Gesicht bekommen würde. Hier und da streifte mein Blick eine umherschwirrende Biene. Vor allem Hummeln konnte man bereits an allen Ecken sehen, sie ließen sich schwerfällig auf Blüten nieder und schwankten durch die Lüfte, als ob sie betrunken wären.

Ich lehnte mich zurück, vergrub die Finger in dem weichen Rasen, der Abdrücke auf meinen Handflächen hinterließ. Drei Jahre schon durften wir diesen Ort, dieses Dorf namens Engelsberg unser Zuhause nennen, in dem wir mit nichts als unserem klapprigen Wohnwagen gelandet waren. Gedanklich nannte ich ihn jedoch meistens Zufluchtsort. Denn das war er, und oft fragte ich mich, was gewesen wäre, hätte ich damals nicht die Initiative ergriffen, einfach abzuhauen. Was *sie* wohl seitdem machte?

Caja war damals gerade mal fünf Jahre alt gewesen, hatte die Welt nicht mehr verstanden. Ich war jedem Einzelnen in diesem kleinen Ort dankbar, der uns so herzlich unterstützte, auf Caja aufpasste, wenn ich arbeiten war, und ihr das gab, was ich ihr allein nie hätte geben können.

»Wusstest du, dass Wolken eigentlich gar keine Wolken sind?« Caja lag auf dem Rücken, versuchte sich nun aufzurappeln, fiel dabei aber wieder zurück. Ich half ihr, sich aufzusetzen.

»Wo hast du das jetzt schon wieder aufgeschnappt?«, fragte ich mit einem liebevollen Lachen und runzelte die Stirn. Manchmal hatte ich keine Ahnung, was in ihrem Kopf vorging, wenn sie nach einer langen Denkphase einen solchen Satz zum Besten gab. Ihre großen grünen Augen strahlten mich an, ehe sie energisch nickte.

»Wirklich, Nick.« Caja deutete in den Himmel. »Wolken sind eigentlich Wasser.«

Ich hob erstaunt die Brauen und tat ihr zuliebe so, als wäre diese Info komplett neu für mich. »Ach, echt?«

»Ja, das haben wir in der Schule gelernt. Und …« Einen Moment schien sie zu überlegen, senkte den Blick auf das wilde Gras zu unseren Füßen, aus dem gerade ein Grashüpfer sprang. Schließlich sah sie wieder auf, eine faszinierte Erkenntnis in den Augen. »Eigentlich ist Regen dann ja auch eine Wolke, oder? Dann kommt der Himmel ja einfach runter.«

Manchmal vergaß ich, dass meine Schwester erst acht war. Ihre Ansätze waren kindlich, das Resultat solcher Unterhaltungen mit ihr regten mich aber doch manchmal sehr zum Nachdenken an.

»Ja, eigentlich schon«, murmelte ich, starrte dabei fasziniert auf ihr Strahlen, das dieser Gedanke in ihr auslöste. Während sie sich wieder hinlegte und sich wohl einer neuen Überlegung widmete, hallten ihre Worte in mir nach.

Regen ist eine Wolke, die zu uns runterkommt. Regen ist ein Stück Himmel, der auf unserer Haut glänzt.

Ich weiß nicht, wie sie es schaffte, immer wieder etwas Gutes aus dem Negativen zu schöpfen, und ich hoffte, dass sie diese Gabe für immer behalten würde. Dass nichts und *niemand* sie ihr wegnahm und sie nie wieder in die Hölle zurückmusste, aus der ich mit ihr ausgebrochen war.

Cajas Ferien begannen schon nächste Woche und damit für sie die schönste, für mich die schwerste Zeit. Ich wusste, dass sich jeder und vor allem Anita gern um meine Schwester kümmerte, wenn ich arbeiten war, doch das schlechte Gewissen, ihr die Betreuung aufzubürden und etwas schuldig zu sein, machte mir noch immer zu schaffen. Zumal die Arbeit nun im Frühling und Sommer stark zunehmen und ich Caja dadurch weniger zu Gesicht bekommen würde. Ich hasste es, wenn sie nicht bei mir war. Ständig hatte ich das Gefühl, sie könnte mir verloren gehen … oder *jemand* könnte sie mir wegnehmen. Auch wenn ich wusste, dass ich diese Angst hier in Engelsberg langsam loslassen konnte. Dieser Ort war so abgelegen, dass man uns schwer finden konnte.

Der penetrante Piepton meines Nokia 3110 ertönte. Seufzend fischte ich es hervor und sah eine neue SMS meines besten Freundes Vale. Es hatte etwas gedauert, bis er sich daran gewöhnt hatte, dass ich weder WhatsApp noch Internet auf diesem Handy besaß. Weshalb ich kein ordentliches Smartphone hatte, konnte er bis heute nicht verstehen. Wie auch? Ich hatte ihm die Wahrheit nie erzählt. Zum Beispiel, dass ich Caja und mich komplett von der Außenwelt abschotten wollte und man mich über das Internet oder diverse Ortungsdienste eines Smartphones leichter finden könnte. Vale war auf dem Stand, dass ich diesen Smartphone-Scheiß ganz einfach nicht mochte. Und das sollte auch so bleiben.

Bist du heute Abend hier?

Mit *hier* meinte Vale den Biergarten seines Vaters. Der einzige Ort in Engelsberg, wo sich von Zeit zu Zeit mal etwas Leben abspielte. Zum Trinken oder Feiern mied ich diesen Ort jedoch. Wenn, dann war ich dort, um Vale, der als Barkeeper aushalf, bei diversen Aufgaben unter die Arme zu greifen, Dinge zu reparieren oder ihm nur kurz Hallo zu sagen.

Vielleicht komme ich mal vorbei.

Laute Klickgeräusche ertönten, als ich die SMS eintippte und abschickte. Auch für mich war es eine Umstellung gewesen, von meinem einstigen Touch-Display zu den Tasten zurückzukehren, doch ich hatte mich schnell daran gewöhnt.

»Essen ist fertig!« Anitas Stimme ließ mich von meinem Handy aufblicken. Caja war schon aufgestanden und losgerannt, bevor ich Anitas Satz überhaupt realisiert hatte. Ich lächelte, als ihre langen Zöpfe beim Rennen auf und ab wippten.

Noch einmal sog ich den Duft von warmem Gras, würzigem Lavendel und Rosen in mir auf, sah mich ein letztes Mal an meinem Arbeitsplatz um, der gleichzeitig mein Zuhause war. Denn ich wusste, jeder Tag könnte der sein, an dem man mir das alles wieder nehmen würde.

Kapitel 3

Amelia

»Findest du mich verklemmt?«

Marlen ließ den Pritt-Stift einmal über die Rückseite des Polaroids fahren und klebte es in einem Notizbuch fest. Schließlich widmete sie sich dem nächsten Schnipsel diverser Fotos und Grafiken. Konzentriert saß sie auf unserer breiten Fensterbank im Wohnzimmer und arbeitete an ihrem Gedankentagebuch, wie sie es liebevoll getauft hatte. Ihre dichten, lockigen braunen Haare fielen dabei über ihre Schulter und drohten immer wieder in den Klebestift zu fliegen. Ohne mich anzusehen, runzelte sie die Stirn.

»Verklemmt«, murmelte sie und schmunzelte. »Hat das diese Lana zu dir gesagt?«

Es wäre einfacher gewesen, wenn Lana der Übeltäter wäre. Zwar auch unangebracht, dass ich mir aus ihren Worten so viel machte, aber immer noch nachvollziehbarer als bei einem wildfremden Typ, an dem ich sowieso kein Interesse hatte. Doch mein ohnehin schon angeknackstes Ego und das sinkende Selbstwertgefühl, das mit der Absage tiefer in die Schlucht gerissen wurde, machten mich anfällig für jegliche Kommentare.

Nicht das erste Mal fragte ich mich, ob mein Misserfolg gar nicht an meinen Posts, an meinem Ehrgeiz oder an meinen Bildern lag – sondern schlichtweg ich der Fehler war.

Ich verzog schuldbewusst das Gesicht, brachte ein halb flüsterndes »Nein …?« über die Lippen.

Sofort blickte Marlen auf. Dabei rutschte ihre aufgeplusterte Mähne vor die grelle Nachmittagssonne, die durch das Fenster schien. Die Strahlen umrandeten sie, setzten die kleinen Babyhaare auf ihrem Kopf in Flammen. Am liebsten hätte ich mein Handy gehoben und ein Foto geschossen. Marlen in verletzlicher Halbnacktheit, nur in einem übergroßen Hemd gekleidet, umgeben von goldenem Licht und einem Fenstererker, von dessen Rahmen der beige Lack abblätterte. Für mich besaß dieser Moment so viel Spontanität, Verletzlichkeit und Kunst, die nur die Zeit zeichnete. Doch der Algorithmus auf Instagram war heutzutage viel mehr auf durchdachte Postings mit perfekten Posen, geplanten Bewegungen und Kunst ausgelegt, die der Mensch selbst zeichnete.

»Sag mir bitte nicht, dass du dir schon wieder von irgendeinem Fremden so ein Quatsch erzählen lassen hast.«

Normalerweise hätte ich nun unsicher gelacht, mein »Doch« in einem Lächeln versteckt und mich über mich selbst lustig gemacht. Doch das konnte ich langsam nicht mehr, denn allmählich war an dem unsicheren Wrack, zu dem ich die letzten Jahre mutiert war, nichts mehr lustig.

»*MediaOne* hat abgesagt.«

Marlen war die erste Person, der ich von dieser Absage erzählte, denn sie war die Einzige, die mit dem Thema Social Media neutral umging. Ihr Mailaccount war das einzige Profil, das sie in den Weiten des Internets besaß. Mit Instagram und Co hatte sie rein gar nichts am Hut, wofür ich sie an Tagen wie diesen beneidete. Wenn sie am PC saß, widmete sie sich mehr Photoshop und Lightroom, denn als Kunststudentin mit dem Zusatz Grafikdesign waren diese Programme ein Muss. Eigentlich könnte man meinen, dass Marlen mit diesem Interesse wie für das Internet geschaffen war. Doch das war sie nicht. Ganz im Gegenteil. Moodboards erstellte sie händisch in Notizbüchern aus Fotos, Schnipseln und Stickern, die sie irgendwo aufgabelte. Inspiration fand sie beim Fotografieren mit ihrer uralten Polaroidkamera oder in ihren eigenen Zeichnungen. Wenn sie beispielsweise ein Buchcover für eine Autorin oder einen Autor erstellte, was sie in der Tat schon oft gemacht hatte, setzte sie sich nicht zuerst an den PC und begann mit der Arbeit. Stattdessen las sie das Manuskript einmal durch, tauchte in die Geschichte ein, erstellte physische Moodboards und verewigte ihre Coverideen in dem Zeichenblock auf ihrem Schreibtisch.

Wir waren an der Uni zwei der wenigen gewesen, die nicht aus Deutschland kamen, weshalb wir uns von Anfang an gut verstanden hatten und zusammengeblieben waren. Während ich aus der Schweiz hergezogen war, kam sie ursprünglich aus Schweden. Ich wusste, dass sie schon einige Jahre zuvor nach Deutschland gekommen war, außer einer Oma, die sie selten in München besuchte, aber niemanden sonst hatte.

Seufzend ließ ich mich auf die Couch fallen und heftete den Blick an die stuckbesetzte Decke. Auf meinem Gesicht lag eine Tuchmaske für trockene Haut aus der Drogerie. Seit Wochen fühlte es sich wie ein Reibeisen an und hatte hier und da einige Unreinheiten. Obwohl ich es morgens und abends schrubbte und anschließend eine hochwertige Feuchtigkeitscreme aus der Parfümerie auftrug, wurde es nicht besser.

Sofort ließ Marlen von ihrem Notizbuch ab und kam zu mir auf die Couch. Aufmerksam sah sie mich an, ließ mir Zeit und gab mir Raum, meine Gedanken mit ihr zu teilen. Sie wusste, wie wichtig mir all das war. Und auch wenn sie es nicht nachvollziehen konnte, verurteilte sie mich nie, weder mit Blicken noch mit Worten. Damit war sie eine Ausnahme in meinem Umfeld, und dafür liebte ich sie umso mehr.

»Ich hab die Mail gestern Nacht im *Dandelions* gelesen, sie meinten, ich wäre zu unauthentisch. Damit war der Abend gelaufen. Später habe ich mich mit einem netten Typ unterhalten, der mir beim Abschied mitteilen musste, dass ich etwas verklemmt wirke. Ich weiß, dass ich nicht auf ihn hören sollte, aber manchmal sagen Fremde einem ja die unverblümte Wahrheit, und seitdem ... ich weiß nicht, seitdem frage ich mich, ob da etwas dran ist. Ob ich wirklich zu unauthentisch, zu verklemmt bin.«

Marlen nickte verständnisvoll und schien zu überlegen. Eine weitere Eigenschaft, die ich an ihr liebte. Statt mir Lügen und Komplimente aufzutischen, die bestätigten, dass Lars absoluten Bullshit redete und *MediaOne* sowieso keine Ahnung hatten, was sie da von sich gaben, zeigte sie mir Empathie, versuchte, sich in mich hineinzuversetzen und die Sache mit mir gemeinsam zu durchdenken. Manchmal war es besser, die Wahrheit auszudiskutieren – egal, wie sehr sie schmerzte –, als sie mit stumpfen Komplimenten und Lügen zu unterdrücken.

Sie hob die Hand und deutete auf mein Smartphone. »Lass mich mal sehen.«

Kurzerhand öffnete ich mein Instagram-Profil und hielt es ihr unter die Nase. *Liasfavsthings* hieß mein Blog, was witzig war, denn viele der Dinge, die ich dort postete, gehörten schon lange nicht mehr zu meinen Lieblingsdingen. Mit zerknirschtem Gesichtsausdruck scrollte sie eine Weile durch meine Fotos, las sich die Captions durch und hob bei einigen Posts überrascht die Brauen. Während sie das tat, zappelte ich ungeduldig mit dem Bein auf und ab.

Ich heftete meinen Blick ausweichend auf meine in Wollsocken gepackten Füße – auf meine *im Sommer* in Wollsocken gepackten Füße. Denn wenn ich zu viel grübelte, wurden meine Füße komischerweise immer kalt. Als würde mein Hirn all mein Blut für sein Chaos brauchen. In letzter Zeit waren meine Füße besonders oft kalt und die Decke meines Zimmers von besonders großen Gedankenwolken gefüllt.

»Vielleicht bist du etwas verkrampft.« Marlen hob den Blick vom Smartphone und legte den Kopf schief, als könnte sie mich somit besser analysieren.

»Wieso denn verkrampft?«, fragte ich, während sich die Muskeln meines Körpers absurderweise zusammenzogen.

Sie zuckte mit den Schultern. »Na ja, manchmal brauchst du zwei Stunden, um ein Outfit auszusuchen, nur weil du eine halbe Ewigkeit durch Instagram und Pinterest scrollst, um dich davon inspirieren zu lassen. Dein Essen ist immer kalt, weil du es erst fotografieren musst, und die Bücher auf deinen Fotos ... hast du die alle gelesen?«

»Fast alle«, beteuerte ich, »jedenfalls habe ich sie alle angefangen.«

Sie lachte, wurde dann wieder ernst. »Du lässt dich längst nicht mehr von anderen inspirieren, du versuchst krampfhaft, jemand anderes zu sein, planst alles bis ins letzte Detail, und wenn ich mir deinen Blog so ansehe, finde ich dich darin kaum wieder.«

Ich wusste es. Ich wusste all diese Dinge. Hatte selbst seit Wochen erkannt, dass mein Verhalten falsch und absolut ungesund war. Doch es von einer außenstehenden Person zu hören, war noch mal ein anderes Kaliber, das mir die Wahrheit deutlich machte.

»Es ist dein Traum, und das ist auch gut so. Es ist wichtig, einen Traum zu haben, etwas, an dem man festhalten kann. Aber ich glaube, du hast dich in diesem Traum etwas verloren und hältst jetzt an dem falschen Strang fest, der gar nicht zu dir gehört.«

»Hm«, machte ich nur, weil ich restlos überfordert war. Marlen hatte recht. In dem Chaos, das sich mein Leben nannte, war irgendwann alles durcheinandergekommen und musste schleunigst neu geordnet werden.

»Warum hast du mit dem Bloggen und Fotografieren begonnen?«

Ich überlegte, obwohl die Frage eigentlich ganz leicht zu beantworten war. »Weil ich es liebe.«

»Und warum machst du es jetzt?«

Ich schwieg, starrte ins Leere, weil diese Frage irgendwie noch schwieriger war als die vorherige. *Weil sie gesagt haben, ich könnte es nicht schaffen,* schoss mir durch den Kopf, was absurd war. Es konnte doch nicht sein, dass dies wirklich der einzige Grund war. Marlen half mir aus. »Weil du krampfhaft willst, dass es andere auch lieben. Du machst es nicht mehr für dich, sondern für andere.«

Wieder eine Wahrheit, die ich schon längst kannte. Wieder traf sie mich wie ein Schlag.

»Ich kenne dich jetzt schon seit ein paar Jahren«, fuhr sie fort. Als ich den Kopf hob, sah sie mich verträumt lächelnd an. »Und ich weiß, dass du ein absoluter Herzmensch bist. Du denkst mit dem Herzen, machst die Dinge, weil dein Herz sie verlangt. Aber mittlerweile bist du so verkopft, dass dein Herz verwirrt ist. Man kann nicht beides sein. Herz- oder Kopfmensch, und ich finde, Herzmensch steht dir besser.«

»Meine Leidenschaft zum Beruf machen«, stellte ich gedankenversunken fest. »Das will mein Herz.«

Marlen nickte. »Ich weiß, und ich weiß auch, dass es ein echter Herzenswunsch ist. Das Problem ist nur, dass sich deine Leidenschaft verändert hat. Sie gehört nicht mehr *dir*, sondern dem Ideal anderer. In den letzten Jahren haben Social Media und die Vorlieben der Gesellschaft deine Leidenschaft manipuliert, ihren Kern verändert. Du postest nicht mehr das, was zu dir gehört.«

»Weil ich mit diesen Posts nicht weitergekommen bin«, warf ich zu meiner Verteidigung ein, da mich das Bedürfnis überkam, mich zu rechtfertigen. Zu erklären, dass ich das nur getan hatte, um Erfolg zu haben. Frustriert rieb ich mir die Schläfen.

»Ich denke, du kommst mit dem, was du liebst und was dich ausmacht, viel weiter, als du denkst. Die Menschen lieben es, andere scheitern oder andere erfolgreich zu sehen. Zu beidem gehört Ehrlichkeit und Authentizität. Scheitern ist menschlich, glücklich sein aber auch. Wenn man zu viel von etwas ist, versucht, etwas anderes zu sein als das, was man wirklich ist, macht einen das unauthentisch.«

»An Lana ist nichts echt oder authentisch, und trotzdem ist sie erfolgreich.«

Marlen grinste mich schief an, und schon bevor sie den Mund aufmachte, spürte ich, dass ihre Antwort all meine Worte zunichtemachen würde. »In Lanas Blog geht es auch nicht um sie, sondern um ihre Outfits. Die Menschen folgen ihr, weil sie es auf ihre Klamotten abgesehen haben. Das ist okay, das ist Lanas Ding. Dein Ding ist Ästhetik und Tiefgründigkeit.«

Sie öffnete einen Post von vor drei Jahren, auf dem ein Foto von meinem lichtdurchfluteten Zimmer zu sehen war. Die Strahlen tanzten durch das milchige Fenster, nahmen der Umgebung jegliches Rampenlicht und waren der Hauptakteur des ganzen Augenblicks.

»Oberflächlich betrachtet ist das eine Aufnahme von ein paar Sonnenstrahlen. Doch du bist nicht oberflächlich, du gehst immer tiefer hinein, nimmst nicht nur Sonnenstrahlen, sondern auch die Staubpartikel auf, die in ihnen tanzen. In deinen Bildern geht es um Tiefgründigkeit, und ich finde, in deiner eigenen Tiefgründigkeit könntest du auch noch etwas wühlen. Hör in dich hinein und finde heraus, was dich ausmacht, wie du dich fühlst und wie du *wirklich* du selbst sein kannst.«

Gedankenversunken nahm ich ihr das Handy aus der Hand und scrollte selbst durch meinen neuen Feed. Er war dunkel, die Belichtung runtergeschraubt. Dunkle Farben waren momentan besonders in – obwohl ich helle viel lieber hatte. Auf einem Foto sah man meine neuen schwarzen Lederstiefel, auf einem anderen den schwarzen Einband meines Notizbuches. Tatsächlich hatten der Farbwechsel und die Umstellung des Fokus auf andere Dinge mir neue Follower eingebracht. Gleichzeitig hatte ich dadurch aber auch alte verloren, was im Endeffekt keinen Unterschied machte.

»Deine Bilder sind wunderschön, versteh das nicht falsch. Aber wenn ich dich nicht kennen und nur deinen Feed sehen würde, wäre das auch schon alles, was ich denken würde. Ich würde mich nicht mit dir identifizieren können. Wenn du möchtest, dass deine Follower in dir und deinem Feed eine Bedeutung sehen, musst du jedem Bild auch eine geben. Etwas, das dich für sie menschlich macht. Sei es ein Lächeln, ein Buch, das dich wirklich bewegt hat, oder Gedanken, die du mit ihnen teilst, ganz unabhängig davon, wie erfolgreich das Bild sein könnte. Du musst echter für sie werden.«

Ehe sie weitersprach, nahm sie mein Handy noch mal an sich und öffnete wieder die Fotos, die in meiner Anfangszeit in München und zum Teil auch in meiner Heimat entstanden waren. Damals hatte ich erst ein paar Tausend Follower und mir zu diesem Zeitpunkt nicht allzu viele Gedanken gemacht, was ich postete. Ich hatte einfach das geteilt, was ich schön fand, und mich damit wohlgefühlt.

»Hier zum Beispiel. Du strahlst, du sprichst zu deinen Followern, du bist nahbar, voller Leben. Du bist einfach du!«

»Vielleicht bin ich momentan nicht voller Leben.« Ich seufzte, als mir klar wurde, dass Marlen – die Person, die mit Social Media rein gar nichts am Hut hatte – trotzdem die beste Beraterin darin war.

»Ich würde das *Vielleicht* am Anfang des Satzes wegnehmen.« Sie lächelte, trotzdem war da so viel trauriges Mitgefühl in ihrem Blick. »Du bist momentan alles andere als voller Leben. Und allem voran bist du einfach nicht du.«

Ich nickte, auch wenn es wehtat. Marlen hatte recht. Bis vor ein paar Jahren hatten rosa Kirschbäume, orangene Blumenkleider und gelbe Sonnenblumen meinen Feed beherrscht, und ich wusste nicht, wann dieser Wandel begonnen hatte. Vielleicht als ich immer mehr das Gefühl bekommen hatte, mit dem, was mich ausmachte, keinen Erfolg zu erlangen. Vielleicht als ich begonnen hatte, auf die vielen Aussagen zu hören, mein Traum würde niemals in Erfüllung gehen. Vielleicht hatte mein Gefühl, nicht genug zu sein, dazu geführt, jemand anderes sein zu wollen.

»Denkst du, es wäre besser, wenn du mal eine Pause von Instagram einlegst?«, fragte Marlen irgendwann ganz vorsichtig.

»Dann kannst du dich sammeln, durchatmen und herausfinden, was du wirklich mit deiner Community teilen möchtest.«

Mein rationales Ich wollte sofort Ja sagen. Ja, es wäre besser. Es wäre besser für meine Gesundheit, es wäre besser, um herauszufinden, was ich mit meinem Feed erreichen wollte und ob mir das Bloggen wirklich noch Spaß machte oder ob es nur noch ein zwanghaftes Beweisen war. Doch meine emotionale Seite besaß die Überhand. Krampfhaft zog sich mein Herz zusammen. Die Angst, ein paar Tage nichts zu posten, könnte sich negativ auf meinen Algorithmus auswirken und somit meine Chancen auf Erfolg vollkommen zerstören, saß zu tief.

»Ja, vielleicht«, hauchte ich trotzdem und nahm mir vor, wenigstens darüber nachzudenken. Wenn das Gespräch mit meinem Chef nächste Woche so ausgehen würde, wie ich erwartete, war es nicht von Vorteil, mich zusätzlich noch mit anderen negativen Dingen zu beschäftigen.

»Ach, Lia«, flüsterte Marlen, weil sie das Gefühlschaos in meinem Inneren zu spüren schien. Sie zog mich in ihre Arme, die so sehr nach Heimat und gleichzeitig Neuanfang rochen, dass ich erschauderte. »Das wird schon.«

Das wird schon. Bestimmt.

Schon zwei Tage später erlitt ich einen Rückfall. Ein jahrelang angeeigneter Automatismus führte meinen Daumen auf den Instagram-Button, als ich Sonntagabend mit einer Tasse Kaffee in meinem kuscheligen Teddyfellsessel saß und nichts ahnend durch mein Handy scrollte. Ich verfluchte meinen Daumen, noch bevor er den Touchscreen überhaupt berührt hatte. So etwas war normal bei mir, und ich glaube tatsächlich, dass es auch bei anderen immer mehr zur Normalität wurde. Dieses *Handyweglegen-wieder-nehmen-wieder-Weglegen* und *Instagram-schließen-und-sofort-wieder-Öffnen.* In Momenten wie diesen, in denen mir meine Sucht nach Vergleichen und Bestätigung klar wurde, beneidete ich Marlen umso mehr.

Es wäre nicht so schlimm gewesen, hätte die App mir auf der Startseite den einfachen Post einer Kommilitonin oder eines Kollegen angezeigt – ein langweiliges Flatlay des heutigen Abendessens zum Beispiel. Dann wäre es mir definitiv leichter gefallen, Instagram wieder zu schließen und mich weiter an meiner Social-Media-Pause zu versuchen. Doch es war kein langweiliges Flatlay, das mir hier ins Auge sprang. Der Post, der mich nun so gebannt auf das Handy starren ließ und mein Herz zu einem großen Knoten verdrehte, war von *Majapaulina,* einer Influencerin, die zwar wunderschöne Fotos machte, aber, soweit ich wusste, erst seit zwei Jahren auf Instagram aktiv war. Auf ihrem Foto war ein Blatt Papier zu erkennen, das sie hübsch mit Blumen gerahmt hatte. Auf dem Papier zu lesen: *Agenturvertrag.*

Ihr Lieben, seht ihr das? Ich kann es immer noch nicht glauben, aber seit Neuestem hat mich die wundervolle MediaOne-Agentur unter Vertrag genommen!

Weiter kam ich nicht. Stattdessen wiederholte ich den Satz in meinem Inneren immer und immer wieder. Ich wollte mich nicht vergleichen, ich wollte meine harte Arbeit nicht hinterfragen, und erst recht wollte ich nicht die Arbeit eines anderen schlecht machen. Majas Fotos waren wunderschön, und obwohl es an mir nagte, dass sie knapp fünftausend Follower weniger als ich hatte und einen Vertrag bekam, während man mir sagte, dass meine Community zu klein sei, wollte ich nicht, dass das für mich eine Rolle spielte. Sie machte gute Arbeit, ganz egal, wie viele Follower sie besaß, und ich gönnte es ihr wirklich von Herzen. Sie hatte es verdient. Gleichzeitig hallte dieses große und laute *Warum* in mir wider.

Ich wollte das Handy wieder weglegen, doch mein Daumen handelte anders. Hastig tippte er auf ihren Nutzernamen, um zu ihrem Feed zu gelangen. Was war an ihren Fotos besser als an meinen? Was war an *ihr* besser als an *mir*? War ich tatsächlich so schlecht in dem, was ich tat? Hatten sie alle mit ihren Zweifeln damals recht gehabt? War mein Träumen wirklich so lächerlich?

Tränen fluteten meine Sicht. Je mehr Fotos ich mir von Maja ansah, desto verschwommener wurde mein Bildschirm. Meine Hand, die das Handy hielt, zitterte, so schlecht fühlte ich mich. Das Gefühl, nicht gut genug zu sein, um allen – vor allem mir selbst – zu beweisen, dass ich meinen Traum verwirklichen konnte, bohrte sich wie ein stumpfes Messer in mein Herz.

Ich malte mir aus, dass Maja den Erfolgssprung nun geschafft hatte, denn in dieser Branche konnte man eben nur mit einer Agentur erfolgreich sein. Wohingegen ich noch immer an allen Türen anklopfte, keiner mir aufmachte oder man sie mir wieder mit dem Satz »Es lohnt sich nicht, an dich zu glauben« vor der Nase zuknallte. Ich fühlte mich wie ein Nichtsnutz, als wären all die Arbeit und die Liebe in meinen Fotos die letzten Jahre umsonst gewesen. Dabei wünschte ich mir doch nur jemanden, der endlich an mich und meinen Traum glaubte.

Ein Anruf zwang mich aus dieser Höllenstarre. Hastig blinzelte ich ein paarmal und dankte Papa, dass er genau in diesem Moment anrief, um die App mit seinem Anruf zu überdecken.

»Papa?« Krampfhaft unterdrückte ich den Schwall aus Trauer und Verzweiflung, der mich überkam, als ich seinen Atem in der Leitung hörte. Es war wie der Hauch einer Papa-Umarmung, und ich merkte erst jetzt, dass ich mich schon seit Monaten danach sehnte.

»Hallo, Kleines.« Seine Stimme war rau, alt, vertraut und so heimatlich. »Wie geht es dir? Lange nichts mehr gehört. Ich habe heute an dich gedacht.«

Ausgerechnet heute. Papas Haut war viel zu dünn. Selbst aus meilenweiter Entfernung spürte er, wenn es mir nicht gut ging. »Wieso denn das?«

»Ich weiß nicht, du kennst doch deinen Vater. Manchmal, da habe ich das Gefühl, irgendetwas stimmt nicht, und meistens bin ich nur ein überfürsorglicher Papa, der sich umsonst Sorgen macht.« Sein Lachen ging mir durch Mark und Bein. Angespannt schloss ich die Augen. Von jetzt auf gleich spürte ich die zarte Schweizer Frühlingsluft auf meinen Wangen, in meiner Hand ein Glas Milch mit dem besten Honig der Welt von dem besten Papa der Welt. Gott, wie sehr ich ihn vermisste.

»Papa ...« Nun schlug meine Stimme um: laut, piepsig, weinerlich. »Du hast dir nicht umsonst Sorgen gemacht.«

In einem fiaskoähnlichen Schnelldurchlauf erzählte ich ihm von den letzten Monaten, meinen großen Gedankenwolken und den vielen kalten Füßen, meinem Verkrampftsein und dem Unzufriedensein, dem Wunsch nach einem Plan und dem Wunsch nach meinem Traum. Ich erzählte ihm unter Tränen und schluchzend von den vielen Absagen der Agenturen, meiner Angst vor dem Gespräch mit meinem Chef und davon, nicht mehr wiederfinden zu können, wer ich eigentlich war.

»Weißt du, was dein Opa mal zu mir gesagt hat?«, begann er, und dieser nostalgische Ton mischte sich in seine Stimme, mit dem er immer in Erinnerungen schwelgte. »Wenn du jemals das Gefühl bekommen solltest, etwas nicht schaffen zu können oder nicht genug zu sein, denk immer daran, wie viel eine einzige kleine Biene in der Lage ist zu leisten. Wusstest du, dass Bienen für ein einziges Glas Honig eine Strecke zurücklegen, die drei Erdumdrehungen gleicht?«

Ich musste traurig schmunzeln. Natürlich hatte ich das gewusst. Papa beglückte Mama und mich zu gern mit seinen Bienenweisheiten, und dafür liebte ich ihn. Er sah die Welt durch ein goldenes Honigglas, hatte immer einen aufmunternden Spruch auf den Lippen und ließ sich von nichts aus der Ruhe bringen. Ich schloss die Augen, blendete die lauten Geräusche der Autos von draußen einen Moment aus und träumte mich in den großen Bienengarten meiner Eltern.

»Aber auch Bienen machen Pausen, Amelia.« Langsam wurde seine Stimme wieder ernster. Ich konnte Sorge heraushören und spürte, wie meine Gesichtsmuskeln, die sich soeben noch zu einem kleinen Lächeln hatten zusammenreißen können, erschlafften. Wie von selbst nickte ich, als könnte Papa das durchs Telefon sehen.

»Im Winter ziehen sie sich zurück, um neue Energie für die nächste Saison zu tanken. Vielleicht ist der Winter für dich längst überfällig, und du solltest mal zur Ruhe kommen.«

Ich nickte wieder, weitere Tränen passierten meine Augenwinkel. »Vielleicht«, flüsterte ich erneut. »Ich habe es ja versucht, aber ...«

»Nicht nur von diesem Instagram, sondern von allem. Hast du nicht noch Urlaubstage übrig?«

Ein belustigtes Schnaufen ertönte aus meiner Nase. »Wahrscheinlich habe ich bald nur noch Urlaub, wenn ich nicht übernommen werde. Mama wird mir bestimmt eine Standpauke halten.«

»Deine Mutter meint das nicht so. Sie ist halt gut im Druckmachen, aber das macht sie bei mir auch oft«, erklärte er mir wohlwollend.

»Ich weiß«, meinte ich und wischte mir mit dem Ärmel meines Kleides über die nassen Augen, »aber ... Keine Ahnung ... Ich habe das Gefühl, alle zu enttäuschen.«

»Selbst wenn du dich so ungeschickt angestellt hättest, dass du bei einem Praktikum bei *McDonald's* nicht übernommen worden wärst, wären wir nicht enttäuscht.« Ein Lächeln stahl sich auf meine Lippen. »Dann würden wir uns zwar Gedanken machen, aber enttäuscht wären wir trotzdem nicht von dir.«

Nun lachte ich. Es war ein gedämpftes Lachen. So eins, das sich nach frisch geweint anhörte. Manchmal waren mir diese Lacher am liebsten. Sie waren wie die ersten Sonnenstrahlen nach einem schweren Gewitter. Zwar war noch alles nass und zum Teil düster, doch wenn sich die sanften Strahlen in den frischen Tropfen widerspiegelten, fühlte es sich wie ein Neuanfang an.

Eine Zeit lang war es ruhig zwischen uns, und ich genoss die Stille. Stellte mir vor, wie Papa im Garten saß und mit einer Tasse Kaffee in der Hand einem seiner vielen Bienenvölker beim Arbeiten zusah. Sie waren sein Leben, gehörten zur Familie.

»Du weißt, dass du jederzeit vorbeikommen kannst, wenn es nicht mehr geht, oder?« In seiner Stimme lag Sehnsucht nach seiner Tochter, und bei dem Gedanken, ihm in den Armen zu liegen und meinen Grüblerkopf auszuschalten, wurde mir ebenfalls warm ums Herz. »Vielleicht finden wir eine Lösung für deine Folger. Ich kann mich ja als Motiv bereitstellen.«

»Es heißt Follower«, korrigierte ich ihn lachend und spürte, wie sich die letzte Träne aus meinem Auge löste. »Und ja, du würdest sicherlich ein interessantes Motiv abgeben. Am besten in deinem High-fashioned-Haute-Couture-Imkeranzug.«

»Oder Follower eben. Immer diese englischen Begriffe.« Nun sprach er in einem sarkastischen Tonfall, mit dem er mich schon als Kind zum Lachen gebracht hatte. »Pass nur auf, irgendwann wird es meinen Imkeranzug von Louboutin Vuitton geben, und dann wird er plötzlich *in* sein.«

Ich gab mir schon gar keine Mühe mehr, ihn zu korrigieren, und lachte nur noch. Manchmal dachte ich, Papa würde ohne mich kaum etwas von der Welt außerhalb seiner Bienen mitbekommen. Wie auch? Engelsberg, das Kuhdorf, in dem ich aufgewachsen war, lag irgendwo inmitten mächtiger Berge und elend langer Wiesen und Felder voller Kühe, Schafe und Pferde. Wer dort lebte, war absolut glücklich damit, von der Außenwelt abgeschirmt zu sein.

»Also«, setzte Papa noch mal an, als wir mit dem Witzeln fertig waren und unser Lachen nachließ. »Überleg es dir. Unsere Türen sind immer offen. Das weißt du.«

»Ja, vielleicht komme ich wirklich mal vorbei.«

Vielleicht. Da war es wieder. Das Wort, das mich in letzter Zeit ständig verfolgte.

Vielleicht werde ich übernommen, vielleicht bekomme ich einen Agenturvertrag, vielleicht brauche ich eine Pause, vielleicht auch nicht, und vielleicht gerät danach alles noch mehr aus den Fugen.

Vielleicht würde ich mich mit *Vielleicht* irgendwann anfreunden. Vielleicht konnte ich mich mit *Vielleicht* durch schwierige Situationen mogeln. Und vielleicht würde bald endlich alles *viel leichter* werden.

Kapitel 4

Amelia

Ich wunderte mich schon gar nicht mehr darüber, wie schrecklich der nächste Montag begann. Es war der vierte im Mai, und die ungewöhnliche Hitzewelle in dieser Woche war so schlimm, dass ich nach dem Weg zur Arbeit eigentlich gleich noch mal hätte duschen können. Stattdessen quälte ich mich durch vollgestopfte Straßenbahnen, die keine Klimaanlage hatten, noch heißere Gassen in der prallen Sonne und über die Treppe in den fünften Stock, weil der Aufzug ausgefallen war.

Vollgeschwitzt kam ich an meinem Arbeitsplatz an, der jeden Tag aufs Neue woanders lag. *Flexspace* hieß das Konzept bei *Procter*. Flexibles Arbeiten ohne feste Arbeitsplätze. Und trotzdem hatte inoffiziell jeder hier einen eigenen Arbeitsplatz. Nur ich nicht, denn ich war Praktikantin, und ich war Amelia.

Als ich endlich einen freien Platz gefunden hatte, ließ ich mich erschöpft darauf fallen und trank gleich einen halben Liter Wasser, als wäre ich soeben einen Marathon gelaufen. Einen Moment zog ich heimlich die Stiefel von meinen Füßen. Meine Lieblingsstiefel. Und ja, ich trug sie auch im Sommer in der Bullenhitze. Oft genug verfluchte ich mich dafür, so wie heute zum

Beispiel, doch kombiniert zu einem hübschen Sommerkleid verflog der Frust darüber jedes Mal, wenn ich an einem Ganzkörperspiegel vorbeikam.

Mein Schreibtisch vibrierte. Eine unbekannte Nummer tauchte auf meinem Display auf. Für einen Moment schlug mein Herz höher, und mir kam der naive Gedanke, jemand von *MediaOne* könnte sich doch noch mal melden. Hatte ich meine Nummer angegeben? Ja, oder?

In den Sekunden, in denen ich auf mein Handy starrte, ging ich meine Bewerbung immer und immer wieder durch, konnte aber keinen klaren Gedanken fassen. Das musste einfach *MediaOne* sein.

Also straffte ich die Schultern, setzte das schönste Lächeln auf, das ich zu bieten hatte, und krallte mich an das aufgeheizte Metall meines Smartphones.

»Karl?«, meldete ich mich mit höchst freundlicher Stimme mit meinem Nachnamen.

»Amelia?«

»Ja?«

Ein Lachen. »Hey, hier ist Lars.«

Lars. Mit einem Mal schwand jegliche Körperhaltung. Seufzend ließ ich mich in die Stuhllehne fallen und schloss enttäuscht die Augen. Wie hatte ich nur erwarten können, dass sich *MediaOne* überhaupt noch mal melden würde?

»Du, ich wollte mich dafür entschuldigen, dass du gar nichts mehr von mir gehört hast, aber ich muss dir leider sagen, dass ich letztens viel zu viel Alkohol intus hatte. Eigentlich bist du gar nicht mein Typ.«

Ich öffnete die Augen wieder und hob amüsiert die Brauen. Super, jetzt bekam ich auch noch einen Korb von jemandem, an dem ich sowieso kein Interesse hatte. So was passierte auch nur mir. »Kein Problem, ich ...«

»Weißt du, Lana hat sich irgendwie Sorgen um dich gemacht.«

Ein bleischwerer Klumpen sackte in meinen Magen. Lana hatte sich Sorgen gemacht? War ich wirklich so mitleiderregend? Erinnerungen an früher schossen mir durch den Kopf. Situationen, in denen man mir das Gefühl gegeben hatte, total lächerlich zu wirken. Ich hörte die abfällige Stimme meiner ehemaligen Freundin Laura: *»Dein Blog ist so süß.«* Sah ihr mitleidiges Lächeln und spürte den feurigen Ehrgeiz in meinem Inneren, es allen zu beweisen, der mich jetzt nach so vielen Jahren von innen verbrannte.

»Sie hat es nur gut gemeint, sei ihr nicht böse. Es war ja auch ganz nett mit dir, aber ... du weißt ja, wie das manchmal mit Alkohol ist.«

»Ja«, brachte ich nur krächzend heraus, unterdrückte wütende Tränen und schluckte hörbar.

»Ja, und ich möchte dich bitten, unbedingt meine Nummer zu löschen«, raunte er nun doch etwas fordernder durchs Telefon.

Ich atmete tief durch. Eigentlich war ich ein geduldiger und oft auch etwas zu ruhiger Mensch, doch langsam, aber sicher riss mein Geduldsfaden. »Bis vor ein paar Sekunden hatte ich sie noch gar nicht in meinen Kontakten.«

»Jetzt hast du sie aber, also lösch sie wieder.«

»Fein, ist gut«, seufzte ich, um dieses Gespräch ein für alle Mal zu beenden. Dann legte ich auf und feuerte mein Handy etwas zu fest auf die Tischplatte. Wenn der Bildschirm nun kaputt war, würde ich dem heutigen Datum die Auszeichnung des beschissensten Tages in meinem ganzen Leben geben.

»Frau Karl?«, ertönte es am Eingang des Großraumtraktes. Ich musste mich nicht umdrehen, um zu wissen, wer dort nach mir rief. Herr Tewinkel, Juniorchef, der mich letztens über meine unsichere Übernahme informiert hatte. Mit seinem Vater im Nacken war er das Klischee des Sohnes eines reichen weißen Cis-Unternehmers. Wenn er nicht gerade mit einem breiten Zahnpastalächeln, das so viel aussagen sollte wie, *Ich bin besser als du, aber vielleicht, wenn du mir gefällst, können wir mal miteinander schlafen*, durch die Flure stolzierte, ließ er sexistische Bemerkungen bei rangniedrigeren Kolleginnen ab. Auch bei mir hatte er schon den ein oder anderen herablassenden Flirtversuch gestartet, die ich bisher aber alle abgeblockt hatte.

»Haben Sie kurz eine Minute?«

Ich drehte mich zu ihm um und nickte. Nun war es so weit.

»Was gibts?«, fragte ich, als ich bei ihm ankam und er mich einladend in sein Büro bat. Widerstrebend trat ich ein. Warum musste ausgerechnet er und nicht sein genauso beschissener, aber dafür um Welten professionellerer Vater mit mir sprechen?

Räuspernd ließ er sich auf seinem Stuhl nieder, rückte einen Stift auf dem Schreibtisch zurecht, ehe er die Hände faltete und mich mit schief gelegtem Kopf anlächelte. »Wie geht es Ihnen, Frau Karl?«

Es war seltsam, mit jemandem per Sie zu sein, der nur ein Jahr älter war als ich. Mein Blick fiel auf seine Krawatte. Sie war grau, mit einem navyblauen Karomuster darauf. Dazu trug er ein hellblaues Hemd, ein schwarzes Sakko und eine silberne Uhr von *Breitling*. Sein Bart war fein säuberlich rasiert, die Brille ordentlich geputzt. Er hatte schwarze Haare, die nach hinten gegelt waren, und an den Wangen ein paar dunkle Leberflecke. *Im Anzug geboren*, hatte ich gedacht, als ich ihm das erste Mal gegenüberstand.

»Gut, danke«, log ich und versteckte meine schweißnassen Hände unter meinen Beinen. Meine Stimme zitterte, vor Wut, vor Enttäuschung, vor Erschöpfung.

»Das freut mich, mir geht es ebenfalls gut, danke.«

Ich ignorierte seine Anspielung auf mein unhöfliches Verhalten, nicht nachgefragt zu haben. Bevor er weitersprach, holte er tief Luft und wandte sein Gesicht ab. Das bestätigte mir meine schreckliche Vermutung.

»Sie werden mich nicht übernehmen, oder?«

Meine offene Frage ließ ihn hochschrecken, ehe er nach den richtigen Worten rang. »Nun, wir haben uns im Vorstand besprochen, und im Auftrag meines Vaters möchten wir Ihnen mitteilen, dass wir Ihnen für Ihre Leistungen wirklich dankbar sind.« Er machte eine Pause, sah auf seine Hände.

»Aber?«, hauchte ich und nickte enttäuscht. »Jetzt kommt das Aber, stimmts?«

Herr Tewinkel öffnete den Mund, und ich wusste, dass ich recht hatte. Stattdessen schien er nun nach einem anderen Wort zu suchen. »Frau Karl, ich hoffe, Sie verstehen unsere Entscheidung gegen eine Übernahme.«

Ich hatte es gewusst – schon letzte Woche bei unserem Telefonat. Trotzdem war es wie ein Schlag in die Magengrube, als er es nun laut aussprach. Obwohl ich diesem Job kaum nachtrauern würde und ich mich sowieso nicht langfristig bei *Procter* gesehen hatte, kamen mir nun doch einige positive Aspekte in den Sinn. Mit dieser Arbeit hatte ich meine Mutter stolz gemacht, und ich wäre geblieben, bis ich mich mit meinem Blog hätte selbstständig machen können, um meine Miete zu zahlen. Trotzdem war der Verlust des Jobs an sich nicht der Hauptgrund, weshalb ich nun so traurig und wütend wurde.

Es war das Scheitern. Das erneute Scheitern. Schon wieder bekam ich das Gefühl, nicht genug zu sein. Schon wieder musste ich irgendwo neu anfangen. Schon wieder sah ich Lauras Gesicht vor mir und hörte, wie sie sagte, dass ich sowieso nichts schaffen würde.

Die Miete konnte ich mit meinem Angesparten sicherlich für weitere drei Monate zahlen, dann musste ein neuer Job her. Aber wollte ich einen neuen Job? Schon wieder etwas, das ich gar nicht wirklich anstrebte und nur machte, um Sicherheiten zu haben und andere nicht zu enttäuschen?

»Darf ich fragen, warum?«, kam es etwas patzig aus meinem Mund, was Herrn Tewinkel überrascht aufblicken ließ. Mit zusammengekniffenen Augen fixierte ich ihn.

»Nun …«, er rang nach einer Antwort, »es ist so, dass wir in der Firma momentan an allen Ecken sparen müssen.«

»Bullshit!« Scheiße, das hatte ich eigentlich nicht laut sagen wollen.

Erschrocken und als hätte er dieses Wort noch nie zuvor gehört, zuckte sein Kopf zurück. Und während er mich nun so entsetzt anstarrte, sammelten sich schreckliche Worte auf meiner Zunge. Ich wollte die Klappe halten, wollte die Worte runterschlucken. Doch mein Kopf wollte anderes. Er wollte sich über all die Dinge aufregen, die in meinem Leben schiefgingen, und sie bei diesem Arsch zurücklassen. Ihm ganz nach dem Motto *Hey, kannst du das bitte mal halten?* meine Probleme in die Hand drücken und wegrennen.

»Hat der Kaffee nicht geschmeckt, den ich Ihnen und Ihrem Vater so oft bringen musste? War er vielleicht kalt? Wissen Sie, da gibt es eine ganz gute Lösung: ihn sich nämlich selbst zu holen.« Entsetzt schnappte er nach Luft, blieb aber stumm. »Oder sind es persönliche Probleme? War ich Ihnen zu *verklemmt*? Zu prüde? Kamen Sie bei mir einfach nicht zum Zug?«

Sein Kiefer zuckte wie wild, er wandte den Blick ab. »Ich denke, das Gespräch ist an dieser Stelle beendet.«

»Das denke ich auch.«

Wütend kräuselte er die Lippen, und für eine Sekunde fühlte ich Genugtuung in meinem Inneren. Auch wenn das hier überhaupt keine Genugtuung war. Er stand noch immer über mir, hatte einen festen, guten Beruf und eindeutig einen genaueren Plan als ich, wie er seine Zukunft gestalten sollte. Er war eindeutig besser dran als ich.

»Ich habe nachgesehen, Sie haben genug Urlaubstage übrig, um sich bis zum Ende Ihres Praktikums freizunehmen. Vielleicht wäre das die beste Lösung.«

»O ja, das klingt gut.« Wutentbrannt stand ich auf, hätte am liebsten gegen die Mülltonne neben seiner Tür getreten und lief zurück zu meinem Arbeitsplatz, den ich sofort räumte. Letzter Tag hin oder her, ich war sowieso raus, und meine Stock-im-Arsch-Kollegen waren mir egal. Wieso sollte ich noch einen Tag länger bleiben und mich herzlich verabschieden? Nein, da nahm ich sein erstes gutes Angebot liebend gern an und verfrachtete mich zurück in meine Wohnung, in der ich trotz schweißnasser Hitze wieder ganz kalte Füße bekommen würde.

Noch in der Straßenbahn machte ich Papas Angebot wahr und buchte mir einen Zug in die Heimat. Ohne groß drüber nachzudenken und voller Elan drückte ich einfach den Buchen-Button. Es war auch diese Stadt, die ich mittlerweile mit so vielen schlechten, stressigen Dingen verband, dass ich vergaß, wie viele zu Hause gelassene Dämonen mich bei meinen Eltern konfrontieren würden. Ich dachte nur daran, dass ich rausmusste, mich für eine Zeit lang unter die Decke verkriechen, warme Milch mit Honig trinken und sorgenfreie Nickerchen im Bienengarten halten wollte. Bis ich wusste, wie es mit meinem Leben weitergehen sollte, waren das doch ganz vernünftige Aktivitäten.

Nur einen Tag später stand ich mit einem großen Koffer und einem schweren Herzen voller Zukunftsängste und gleichzeitig heimatlicher Vorfreude in Marlens und meinem Flur und lag ihr in den Armen.

»Lass es dir gut gehen«, nuschelte sie in meinen Nacken. »Und wenn etwas ist, ruf jederzeit an.«

Nickend löste ich mich aus ihrem Arm. »Und ist es wirklich okay, dass ich ...?«

»Lia, jetzt geht es um dich, okay? Wir finden schon eine Lösung. Mach dir um mich keine Sorgen, ich komme auch mal ein paar Wochen ohne dich klar. So unentbehrlich bist du nicht.«

Ein Schmunzeln stahl sich auf meine Lippen, und ich verdrehte die Augen. »Das war nicht das, was ich hören wollte.«

»Oh, wolltest du hören, dass ich ohne dich nicht kann, du unbedingt hierbleiben und dich weiterhin in deinem Chaos suhlen sollst?«

»Auch nicht.«

Ein Kopfschütteln, dann ein Lächeln. »Siehst du? Du weißt nicht, was du willst, da kommt deine Entkrampfungskur jetzt genau richtig.«

Entkrampfungskur. Ich mochte Marlens Wortspiele und wie sie aus meinen chaotischen Lagen immer wieder etwas Witziges herausholte. Manchmal fragte ich mich, woher sie das nahm. Diese Ruhe, die sie ausstrahlte. Ob sie wirklich der Ruhepol in Person oder einfach nur durch die Narben der Zeit ruhig geworden war. Sie sprach nie über ihre Familie, tatsächlich wusste ich von ihrem Leben vor München in Schweden rein gar nichts, wobei mir oft der Gedanke kam, dass sie außer ihrer Oma niemanden mehr hatte. Auf meine Frage zu ihrer Heimat hatte sie einst abweisend reagiert, weshalb ich das Thema seitdem mied. Trotzdem war sie meine Freundin, und die Frage, welche Dämonen sie nachts wach hielten, ließ mich nicht los.

»Und wie wir das mit der Miete machen, wo du dich bewerben willst und all dieses Zeugs, können wir immer noch besprechen, wenn es hart auf hart kommt.« Ihre großen Rehaugen strahlten mich an, und ihre Stimme holte mich aus meinen Gedanken. Dankbar drückte ich mich erneut an sie, ehe ich mich endgültig verabschiedete und die Wohnung verließ.

Kapitel 5

Amelia

Der ICE von München nach Zürich fuhr knappe fünf Stunden. Von dort aus ging es mit der Bahn weiter nach Winterthur, wo ich in einen Reisebus umsteigen musste, der eine Dreiviertelstunde durch Täler und Wälder irrte.

Schon als ich die Schweizer Landluft schnupperte, merkte ich, wie mein Herz etwas leichter wurde. Erschöpft lehnte ich meine Schläfe gegen das vergilbte Fenster des Busses, verfolgte mit dem Blick weite Wiesen, die mit dem zarten Violett wild gewachsenem Vergissmeinnicht geschmückt waren. Vermorschte Zäune, gerahmt von dicht aneinander stehenden Bäumen, hinter denen sich sattgrüne Weiden verbargen, kamen und gingen. So schnell, dass ich meine Gedanken am liebsten abgeworfen und dort gelassen hätte. Es war die richtige Entscheidung gewesen herzukommen, auch wenn sich mit jedem Meter, dem ich mich meiner Heimat näherte, immer mehr schmerzliche Erinnerungen an meine Zeit dort bemerkbar machten.

Im Bus öffnete ich Instagram und scrollte durch die Insights meiner heute Morgen veröffentlichten Story. Dort hatte ich mich schweren Herzens für eine unbestimmte Zeit abgemeldet und meinen Followern erklärt, dass ich mich aus persönlichen Gründen erst mal etwas zurückziehen würde. Damit ich mich weitestgehend auch daran hielt, hatte ich zudem alle Benachrichtigungen der App ausgestellt. Es überraschte mich, wie viele Menschen mir alles Gute wünschten, Verständnis zeigten und mir mitteilten, dass sie es gut fanden, in der perfekten Instagram-Welt auch mal Ehrlichkeit mitzubekommen. Ganz egal, ob sie negativ oder positiv ausfiel. Vielleicht hatte Marlen recht. Vielleicht musste ich wirklich menschlicher für sie werden.

In meinen Ohren tobte gerade der Bass von LEAs neuer Single »Parfum«, als ich an der Haltestelle Engelsberg ausstieg, die einzige, die meine Heimat zu bieten hatte. Sie lag an einer einsamen Landstraße. Ein Bushäuschen, an dem ich mich schon in Schulzeiten gelangweilt hatte, lud zum Warten ein. Voller Nostalgie sah ich mich um. Hinter mir graste eine Herde Kühe, und neben mir malten sich silberweiße Berge ans Himmelszelt. Kurz schloss ich die Augen, atmete Frühlingsfrische ein und dachte: *Tau, Klatschmohn und Heimat, Heimat, Heimat.*

Erinnerungsfetzen goldener Sommernächte, Besuche am See und Tage unter Kirschblüten, an denen ich nur gelesen und im Moment gelebt hatte, flitzten mir durch den Kopf. Dann drängten sich andere Momente davor, legten sich über die schönen wie ein dunkler Filter, der sie ausgraute, verpixelte, unansehnlich machte.

Langsam setzte ich mich in Bewegung. Den Rest des Weges musste ich zu Fuß gehen. Mühevoll zog ich meinen Hartschalenkoffer hinter mir her und steuerte das Dorf an, das in der Ferne zu sehen war. Mama und Papa wussten nicht, dass ich kam. Mein Vater hatte es mir zwar angeboten, doch dass ich es tatsächlich durchzog und vor allem wann, hatte ich ihm nie verraten. Es sollte eine Überraschung werden.

Doch jetzt, wo mir bewusst wurde, dass die Bushaltestelle mindestens dreißig Minuten zu Fuß von der Imkerei entfernt und die Frühlingssonne erbarmungslos auf mich hinabschien, verfluchte ich mich dafür, ihm nichts gesagt zu haben. Sicherlich hätte er mich an der Bushaltestelle abgeholt und mich von einem schleppenden Spaziergang über mit Schlaglöchern übersäte Feldwege und unebenes Kopfsteinpflaster verschont.

Wenig später fand ich mich zwischen unverwechselbaren Fachwerkhäusern wieder, erkannte unsere alte Kirche und den kleinen Marktplatz davor. Kurz blieb ich stehen und verschnaufte. Dabei erinnerte ich mich an einen Moment, in dem ich fünfzehn gewesen war, auf dem Rand des alten Brunnens vor der Kirche gesessen und mich für eine Ewigkeit in der Reflexion der Nachmittagssonne im Panzer eines Rosenkäfers verloren hatte. Dies war der Beginn gewesen, der Anfang von meinem jetzigen Ende. In diesem Moment hatte ich gemerkt, dass sich die schönsten Entdeckungen im Verborgenen befanden, man musste nur hinsehen. Und ich hatte gewollt, dass auch andere hinsahen.

Ich setzte meinen Weg fort und bog schließlich auf einen holprigen Feldweg ein, der mich zu meinen Eltern bringen würde. Mein langärmeliges dunkelbraunes Sommerkleid war zwar luftig, trotzdem klebte es inzwischen nass an meinem Körper. Nach dem Spektakel mit meinem Ex-Chef hatte ich all meine schönen, geliebten Kleider herausgekramt und mit Marlens Zuspruch entschieden, sie wieder mehr zu tragen. Wieder mehr *ich* zu sein. Egal, was andere darüber dachten.

Als sich hinter mir ein Auto näherte, stellte ich mich ausweichend an den Wegrand, merkte jedoch sofort, dass ich im Acker versank und zur Krönung den aufgewirbelten Staub des Wagens ins Gesicht geschleudert bekam.

»Hey!«, rief ich dem Auto aufbrausend hinterher und hustete mir erst mal die Seele aus dem Leib, bevor ich meine Sandalen aus dem Acker befreite.

Einen Moment konnte ich in der staubigen Luft nichts erkennen, hörte aber, dass der Wagen stehen geblieben war. Also sah ich auf, wedelte den Dreck aus meinem Gesicht, und dann erkannte ich es.

Imkerei Karl stand ganz deutlich auf dem alten rostbraunen SUV, den ich besser kannte als meine Westentasche. Das war die Imkerei meiner Eltern. Das war der Wagen meines Vaters. Für einen Moment vergaß ich all meine Wut und setzte mich in Bewegung.

»Papa?«, rief ich, als sich auf der anderen Seite die Fahrertür öffnete. »Mann, Papa, pass doch etwas auf. Ich bin voller …«

Der Mann, der nun ausstieg und um den Wagen trat, war nicht mein Vater. Meine Sprache setzte aus, als ich in grünen Augen versank. *Grüngolden wie ein Rosenkäfer im Frührotschimmer,* dachte ich. Hellbraunes Haar wie meines, ebenso durchgewirbelt. Er war älter oder wirkte vielleicht einfach älter. Aber das taten auch Sechzehnjährige, die ihr Leben besser im Griff zu haben schienen als ich.

Wie von selbst wanderte mein Blick hinab zu seinen Füßen, nahm seine hellen Shorts und das etwas verschwitzte Shirt wahr. Und als ich erneut bei seinen Augen ankam, er noch einen Schritt näher trat und sich ein fast liebevolles Lächeln auf seine Lippen stahl, war es das erste Mal, dass mein Herz bei einem Mann stolperte.

»Dreck?«

Momente vergingen. Ich lag irgendwo zwischen Sprachlosigkeit und Bewunderung und brauchte ein paar Sekunden, um zu realisieren, was dieser Typ da gerade von sich gegeben hatte.

»Was?«

Er deutete auf mein Kleid, auf seinen Lippen ein breites Grinsen, und kurz flackerte die altbekannte Unsicherheit in mir auf. »Das war es doch, was du sagen wolltest, oder? *Ich bin voller Dreck.*«

Langsam schlug meine Stimmung um. Sprachlosigkeit wurde zu aufgebrachtem Herzrasen. Bewunderung zu Scham.

»Wer bist du?«, fragte ich und verschränkte die Arme vor der Brust.

»Dasselbe könnte ich dich fragen.«

»Nein, kannst du nicht.«

»Und du schon?« Herausforderung flackerte in seinem Ausdruck auf.

Nickend deutete ich auf den Wagen. »Ja, denn du fährst das Auto meines Vaters. Also, wer bist du?« Ich ging ein paar Schritte auf ihn zu und versuchte, bei seinem nun überraschten und irgendwie doch so unschuldigen Blick nicht wieder in Bewunderung zu verfallen.

Verhalten kratzte er sich am Hinterkopf und wandte sich ab. »Peter Karl ist dein Vater? Also bist du Amelia?«

»Ich wüsste nicht, dass er noch mehr Töchter hat.«

»Sorry.« Einladend hielt er mir seine Hand hin. »Ich bin Nick, Nick Moser, und arbeite für deinen Vater. Ich mache bei ihm eine Imkerausbildung.«

Perplex runzelte ich die Stirn. Mal davon abgesehen, dass es mir neu war, dass unsere Imkerei Ausbildungen anbot, fragte ich mich, warum Nick diese ausgerechnet hier im hintersten Engelsberg absolvierte. Sicher war das Imkern ein interessanter Beruf, ich bezweifelte gar nicht, dass man ihn als junger Mensch anstrebte. Doch die Schweiz war voller Imkereien und hatte überall im Lande deutlich größere Betriebe in deutlich größeren Städten mit deutlich mehr Leben darin zu bieten. Ich hatte Nick zuvor noch nie in Engelsberg oder den umliegenden Dörfern gesehen. Er war kein Einheimischer, da wäre er mir definitiv schon früher aufgefallen. Wie war er ausgerechnet auf die Imkerei meines Vaters gestoßen, die nicht mal eine richtige Website besaß?

»Tut mir leid wegen des Drecks.« Noch immer hielt er mir seine Hand hin. Aus dem Zucken seiner Mundwinkel war ein schelmisches Grinsen geworden, als wäre meine Situation wirklich zum Schreien. Wäre sie vielleicht auch gewesen, wenn die letzten Wochen nicht passiert wären. Dann wäre ich lockerer, würde ihm sein albernes Grinsen vielleicht sogar verzeihen und mitlachen. »Nein, ehrlich«, nun wurde er ernster, »sorry.«

Ich nickte, ergriff zögerlich seine Hand. Unsere Finger berührten sich. Nur für einen Moment, den Hauch einer Sekunde, doch alles, was ich denken konnte, war: *Herz, hör auf zu stolpern.*

»Okay, hör zu«, sagte ich schließlich. »Ich habe einen echt harten Tag – nein, ein paar echt harte Wochen – hinter mir und möchte einfach nur zu meinen Eltern.«

»Na, dann möchte ich dich nicht weiter aufhalten.« Er machte kehrt, stieg wieder in den Wagen und fuhr los. Fassungslos sah ich ihm nach. Als er nach wenigen Metern allerdings wieder stehen blieb und lachend ausstieg, pochte mein Herz noch schneller als zuvor. Vor Empörung, vor Scham und ...

»Ich verarsche dich nur.« Da. Wieder dieses Grinsen, das ich ihm am liebsten aus dem Gesicht geschlagen hätte, ihn damit gleichermaßen aber auch so attraktiv fand, dass ich den Schlag lieber mir widmen würde.

Kurzerhand packte er meinen Koffer und hievte ihn in den Kofferraum. Ich schüttelte nur den Kopf und ließ mich auf dem Beifahrersitz nieder. Die letzten Wochen waren hart genug gewesen, da konnte ich auf fiese Sprüche in der Bullenhitze verzichten.

»Weißt du«, begann Nick, stieg ebenfalls ein und startete den Motor. Er ließ den Blick über meinen Körper gleiten, verharrte an meinem dunklen Blumenkleid und sah wieder auf. Für einen Moment dachte ich, ihn schwer schlucken zu sehen, war mir aber nicht mehr sicher, als er sich über den Dreitagebart fuhr. »Bienen können dunkle Stoffe sowieso nicht ausstehen. Daher ist der helle Staub auf deiner Kleidung, jetzt, wo wir zu deinen Eltern fahren, eigentlich vorteilhaft.«

»Danke für die Info, aber das weiß ich selbst, ich bin ja die Tochter eines Imkers«, antwortete ich genervt und richtete den Blick aus dem Fenster, um nicht noch mal Gefahr zu laufen, ihn zu lange anzusehen. »Soll ich dir jetzt dankbar sein?«

Er lächelte. Das hörte man deutlich an dem sanften Schnaufen. »Tut mir ehrlich leid, ich versuche nur, die Stimmung ein bisschen aufzulockern.«

Langsam wandte ich mich ihm wieder zu. Der freundliche, gutmütige Ton in seiner Stimme besänftigte meine feindselige Einstellung ihm gegenüber etwas. »Daran musst du noch arbeiten.«

Prüfend sah er mich an. »Na ja, bei dir scheint es ganz gut zu klappen. Du lächelst ja«, stellte er fest, woraufhin ich mir hastig an den Mundwinkel fasste. »So schlimm kann ich nicht sein.«

Schnaubend drehte ich mich zum Fenster, konnte mir ein Schmunzeln nun aber nicht mehr verkneifen. Auch wenn ich ihn in meiner momentanen Phase nicht ausstehen konnte, hatte er doch etwas Lockeres an sich, das auch mich komischerweise ein wenig entspannen ließ.

»Papa hat nie erzählt, dass er jemanden einlernt«, wechselte ich nun das Thema, weil ich zum Teil immer noch so genervt war, dass ich ihm den Sieg, mich zum Lächeln gebracht zu haben, nicht eingestehen wollte.

Er zuckte mit den Schultern, das konnte ich aus den Augenwinkeln erkennen. »Ist ja auch kein großes Thema.«

Der schelmische Ton, mit dem er mich eben noch geneckt hatte, war plötzlich verschwunden. Ein prüfender Blick in seine Richtung verriet mir, dass sein Ausdruck jetzt angespannter war. Er fuhr sich übers Gesicht.

Skeptisch hob ich die Brauen. »Und wie bist du dazu gekommen? Ich meine, ich habe dich hier noch nie gesehen, und Engelsberg ist jetzt nicht unbedingt die Metropole, um sich niederzulassen.«

Eine Zeit lang herrschte Stille zwischen uns. Als er auch nach einem längeren Moment immer noch nicht geantwortet hatte, wurde ich misstrauisch. Wer war dieser Fremde? Und warum war das Thema, woher er kam und was ihn hierhergetrieben hatte, offenbar so ein großes Geheimnis? Mittlerweile wirkte er wie ein komplett anderer Mensch. Irgendwie ernster. Auf seinen Lippen kein provokantes Grinsen mehr, stattdessen kaute er gedankenverloren auf ihnen herum.

»Ich finde es schön hier.« Das war alles. Das war seine Antwort. *Ich finde es schön hier.*

»Ich auch«, meinte ich, »aber wenn ich hier nicht aufgewachsen wäre, hätte ich nicht mal gewusst, dass es dieses Kaff gibt. Wurde mein Papa dir von irgendwem empfohlen? Was hat dich hierhergetrieben?«

Keine Ahnung, warum ich plötzlich so neugierig war. Normalerweise war ich diejenige, die zuhörte, und weniger diejenige, die Leute ausquetschte. Vielleicht war es reines Interesse und ein Wundern darüber, dass er sich nach Engelsberg verirrt hatte. Vielleicht war ich auch skeptisch, warum er aus alldem so ein Geheimnis machte.

Von jetzt auf gleich war er so ruhig, so stumm. Hätte ich ihn in den wenigen Minuten, in denen ich ihn nun kannte, noch als aufgeweckten, fröhlichen Menschen beschrieben, konnte ich ihn nun plötzlich gar nicht mehr einschätzen.

Wir fuhren in die große Einfahrt des Grundstücks meiner Eltern, und für einen Moment vergaß ich unsere Unterhaltung. Fein säuberlich geschnittene Rosensträucher wuchsen am Eingangstor, an den weißen Außenwänden des Hauses rankten bunte Dahlien, und herrlich duftender Lavendel ruhte unter dem blau gerahmten Kreuzfenster des Hausflurs. Ich atmete den Geruch von süßem Honig und sehnsüchtig vermisster Heimat ein und schloss für einen Moment die Augen. Dies hier war mein Zuhause. Und ich konnte es kaum erwarten, auszusteigen und meinen Eltern in die Arme zu fallen.

»Dein Vater hat Hilfe gebraucht, und ich helfe gern.«

Ich hatte schon gar nicht mehr mit einer Antwort gerechnet, da öffnete Nick wieder den Mund. Seine Stimme war tief, irgendwie leiser als zuvor. Die eines Geheimnisgrüblers. Er parkte und stieg aus, ohne zu warten, was ich antworten würde. Als würde er vor mir, vor meiner Fragerei flüchten.

Auch ich schwang mich aus dem Auto und landete auf raschelndem Kies. Sehnsüchtig spähte ich zu meinem alten Kinderzimmerfenster hoch. Dort, wo vor Jahren meine Träume begonnen hatten. Irgendwie fühlte es sich so an, als würden sie genau hier wieder enden.

»Deine Eltern sind drinnen, glaube ich.« Nick stellte meinen Koffer auf den Verandastufen ab und deutete zum Garten. »Ich bin jetzt wieder arbeiten.«

»Danke«, hauchte ich, weil mich die Gefühle gerade irgendwie überrumpelten. Kindheitserinnerungen, Aufregung, Angst. Davor, mein Scheitern vor allen anderen zugeben zu müssen, meine Mutter wieder zu enttäuschen, und vor dem Gedanken, auch nach mehreren Wochen hier immer noch keinen Geistesblitz für meine Zukunft zu bekommen. Dies waren die Dinge, die mir nun, wo ich vor meinem Elternhaus stand, durch den Kopf schossen.

»Dann sehen wir uns ja jetzt wohl öfter. Vielleicht beim nächsten Mal weniger dreckig.« Der Klang seiner Stimme kam unerwartet. Vor allem, dass sie wieder so frech, so aufgeweckt war.

Beschämt drehte ich mich um und sah, wie Nick im großen Bienengarten verschwand. Ein letzter Blick. Ein letztes Lächeln. Ein letztes skeptisches Stirnrunzeln.

Ein letztes Herzstolpern.

Kapitel 6

Amelia

Im Inneren des Hauses hatte sich kaum etwas verändert. An der Garderobe stand noch immer der alte Konsolentisch, von dem sich die weiße Farbe schon vor Jahren verabschiedet hatte. In Erinnerungen schwelgend, fuhr ich über die Rückstände eines Kerzenunfalls, bei dem sich das Wachs in den alten Lack gebrannt hatte, als ich klein war.

Die Wände waren mit Paneelen aus Holz, einer antiken Uhr und bunten gerahmten Mustern geschmückt, die meine Mutter liebte. Der Landhausstil, mit dem sich meine Eltern hier so ungeplant eingerichtet hatten, war in meinen eigenen vier Wänden nicht gerade mein Favorit. In meinem Zimmer in München liebte ich es, Modernes mit alten Vintage-Artikeln aus der Barockzeit zu kombinieren. Trotzdem überkam mich im Flur meiner Eltern sofort ein wohliges Gefühl von Angekommensein, das ich schon lange nicht mehr verspürt hatte. Nicht in München, nicht bei Marlen, nicht in der Versenkung meines Blogs. Nur hier.

Langsam trat ich weiter ins Innere. Vorbei an einem Spiegel, der in ein Kreuzfenster gerahmt war, bunten Blumen in abgenutzten Töpfen, die von der Decke hingen, und Familienfotos mit breiten Lachern und blauäugigen Amelias.

»Kann ich Ihnen …?« Eine tiefe, vertraute Stimme erklang hinter mir, und als ich mich umdrehte, sah ich meinen Vater im Türrahmen zum Wohnzimmer stehen. Seine Statur war groß, schon beim Ansehen wusste ich genau, wie sich seine Umarmung anfühlen würde. Noch immer trug er dieses knallrote Shirt, noch immer fand ich, dass es sein sowieso schon gerötetes Gesicht noch mehr in Flammen setzte. Seine grauen Haare lagen ihm durcheinander auf dem Kopf, verrieten mir, dass er bis eben seine Imkerjacke mitsamt Hut getragen hatte.

»Amelia!« Überrascht breitete er seine Arme aus, und als ich mich hineinlegte, den wohligen Duft von Propolis, Lavendel und Papa in mich einsog, hörte für einen Moment die Erde endlich mal auf, sich weiterzudrehen.

»Warum hast du denn nichts gesagt?«, fragte er und schob mich sachte von sich, nur um mich noch fester in den Arm zu nehmen.

»Es sollte eine Überraschung werden.«

»Na, die ist dir gelungen.« Staunend musterte er mich von oben bis unten, ehe er seine Stirn in Falten legte. »Warst du zu lange in der Sonne? Du bist ja ganz braun im Gesicht.«

Im Nu schwand mein Lächeln. Hastig wischte ich mir über das dreckige Gesicht. »Nein, das ist Staub. Dein Azubi …«

Als es in der Küche schepperte, drehte sich Papa um und unterbrach das Thema zum Glück. »Anita! Komm schnell. Sieh mal, wer da ist.«

Gut, das nächste Thema würde nicht besser werden. Es war schon schlimm genug, mir die Enttäuschung meiner Mutter über mein gescheitertes Praktikum vorzustellen, doch das gleich live vor mir zu haben, würde höllisch wehtun.

In der Küche klapperte es erneut, bevor ein lautes »Was ist denn los?« durchs Haus trällerte und sich der hochgesteckte Rotschopf meiner Mutter in den Flur schob.

Sie trug ihre altbekannte honiggoldene Küchenschürze mit der Aufschrift *Queen Bee* darauf, die Papa ihr vor Jahren mal zu Weihnachten geschenkt hatte. Darunter eine ihrer Lieblings-Chinos in Beige mit bunten Blumen, und an Fingern und Hals blitzte goldener Schmuck mit farbenfrohen Steinen. Als sie mich sah, kniff sie prüfend die Augen zusammen. Um sich sicher zu sein, dass es auch wirklich ihre Tochter war, die da im Hausflur mit gepacktem Koffer, einem viel zu unsicheren Lächeln und einem Herz so schwer wie Blei stand, wühlte sie nach ihrer Brille und kam auf uns zu.

»Amelia?«, fragte sie, als würde sie im Dunkeln tappen, ehe sich ihr überraschter Blick in ein begeistertes Lächeln verwandelte. »Was machst du denn hier? Warum hast du nicht vorher Bescheid gegeben, dass du Urlaub hast, dann hätte ich dein Zimmer frisch gemacht.«

Ich sank in ihre Arme und schwieg. Sie dachte, ich hätte Urlaub. Schmerzerfüllt sah ich zu Papa, der hinter ihr stand und sofort zu begreifen schien, dass das Gespräch mit meinem Chef nicht gut gelaufen war. Mitfühlend nickte er und strich mir über die Schulter. Es war meine Aufgabe, Mama die Neuigkeit zu erzählen. Doch es klappte einfach nicht. Noch nicht.

»War ganz spontan«, stammelte ich, ehe sie sich von mir löste. Liebevoll strich sie mir über die Wange, und ich schloss für einen Moment die Augen. Der Duft von Thymian an ihren Gärtnerhänden, Petrichor im Morgentau der Wildwiesen, unbeschwerte Lacher und der naive Gedanke, für immer bei meinen Eltern bleiben zu können.

»Na, dann mache ich gleich mal dein Zimmer …«

»Tante Anita?« Die hohe Stimme eines jungen Mädchens, das nun vom Garten durch die Küche in den Flur gerannt kam, unterbrach meine Mutter. Sie trug lange braune Zöpfe, in die Gänseblümchen eingeflochten waren. Doch das war nicht das Erste, was ich an ihr wahrnahm. Es waren ihre Augen. Groß wie das Gesicht selbst. Unschuldig und doch irgendwie frech. Grüngold. *Grüngold.* Wo hatte ich dieses Grüngold schon mal gesehen?

»Was ist denn los, Caja?«

Dieses Mädchen, das von meiner Mutter als Caja angesprochen wurde und das meine Mutter selbst Tante Anita nannte, schmiegte sich schüchtern an ihr Bein, als sie mich entdeckte. Ihre Wangen waren gerötet, und ich ging davon aus, dass sie schon den ganzen Tag in der Sonne gewesen war. Ohne Hemmungen fixierten ihre runden Augen mit den dichten langen Wimpern mein Gesicht, während ihr Mund offen stand und ich zarte braune Sprenkel auf ihrer Nase sah. Sommersprossen. *Sternenhaut.*

Tante Anita. Wieso zur Hölle nannte sie meine Mutter Tante Anita? Wenn das stimmte, müsste sie ja meine Cousine sein, und das hieß, dass Tante Esther ... nein, niemals. Esther war Ende sechzig, wie sollte sie jetzt noch mal Kinder bekommen?

»Hast du die gepflückt?« Weil Caja mich anstarrte und keinen Ton von sich gab, deutete Mama auf den Strauß zerdrückter Wildblumen in ihrer Hand. Nun regte sie sich, sah etwas benommen auf die Pflanzen und nickte.

»Für dich.«

»Wow, die sind ja schön. Ich stelle sie gleich ins ...«

»Tante Anita?« Ein Ziehen an Mamas Schürze, ein schüchterner Blick in meine Richtung, dann ein Flüstern. »Wer ist das?«

Mama ging in die Hocke und zog das Mädchen an sich. »Das, liebe Caja, ist meine Tochter Amelia. Sie ist ab heute zu Besuch.«

»Wohnt sie nicht hier?«

»Nein, eigentlich wohnt sie in Deutschland. Amelia ist nämlich schon erwachsen und muss nicht mehr hier wohnen.«

Ein belustigtes Schnauben ertönte aus meiner Nase, woraufhin mich meine Mutter fragend und mein Vater schmunzelnd beäugte. Ich war alles andere als erwachsen.

Als Caja mich erneut musterte, schenkte ich ihr ein Lächeln. Der Umgang mit Kindern war mir schon immer schwerer gefallen als anderen. Das ständige Getue, dass alles toll sei, war einfach nicht meins. Trotzdem bemühte ich mich.

Caja lächelte nicht zurück. Stattdessen schien sie zu überlegen, legte Mama die Hand ans Ohr und flüsterte ihr etwas zu, das ich diesmal nicht verstand. Fragend sah ich zu Papa auf, der das Ganze beobachtete. Erst als Mama auflachte, sah ich zu den beiden zurück und zwang mich wieder zu einem liebevollen Grinsen.

»Natürlich ist das in Ordnung, Caja.« Mama gab ihr den Blumenstrauß zurück, woraufhin das junge Mädchen – ich schätzte sie auf neun – ein paar Schritte näher kam und ihn mir entgegenhielt. Perplex suchte ich in den Gesichtern meiner Eltern nach Antworten.

»Die Blumen möchte ich doch dir schenken, Amelia.« Mein Name aus ihrem Mund klang weich und erinnerte mich an verflossene Tage meiner Kindheit. »Als Willkommensgeschenk.«

Langsam ging auch ich in die Hocke. Auf meine Lippen stahl sich nun ein ehrliches Lächeln. Keins, das man sich bei Kindern erzwingen musste, sondern eins, das direkt aus der Wärme meines Inneren kam. Unsere Gesichter auf Augenhöhe, erkannte ich in ihrer Iris zarte Goldsprenkel, umrandet von tiefem Grün. Ihre Wangen sahen weich aus, die Lippen voll und noch so unschuldig zart.

»Das ist sehr freundlich von dir, Caja«, antwortete ich und nahm die Blumen an mich. Verblasste Pastelltöne, trockenes Grün. Einen Moment versank ich in der Unvollkommenheit dieses Straußes und erinnerte mich daran, wie einfach es als Kind gewesen war, in den kleinsten Dingen Schönheit zu entdecken. Eine Gabe, sich die Welt so zu machen, so zu schmücken, wie man sie haben wollte, und wenn man einen Fehler beging, wie zum Beispiel der falschen Person Blumen zu überreichen, kommunizierte man offen und ehrlich und konnte damit alle Probleme aus der Welt schaffen. Ganz einfach neu anfangen. Egal, was gestern oder vor wenigen Sekunden gewesen war.

Kurzerhand pflückte ich ein paar gelbe Chrysanthemen aus dem Strauß und reichte sie Caja. »Behalte die hier für dich«, bat ich sie. »Die stehen für ewiges Glück, und sowieso, laut Papa ist Gelb immer ein gutes Zeichen.«

Ich richtete ein herzliches Zwinkern an Papa, der mich liebevoll anlächelte. Mama hatte mir manchmal stundenlang Geschichten über die Bedeutung, Heilkraft und Herkunft verschiedener Pflanzen erzählt. Da sie Heilkunde studiert hatte, besaßen wir in unserem Medikamentenschrank kaum Tabletten oder Lösungen aus der Apotheke, sondern vielmehr eigens angebaute Kräuter und selbst gemischte Tinkturen. Dass die Farbe Weiß für Reinheit, Rot für Liebe und Gelb für Glück stand, war nichts, was sie in ihrem Studium gelernt hatte, uns aber trotzdem beim Pflücken von Blumen stets mitgegeben hatte. Für Papa hingegen war die einzig wichtige Farbe in seinem Leben Gelb – oder Gold – wie sein geliebter Honig.

»Bist du jetzt auch immer hier?«, fragte Caja neugierig, nachdem sie die Blumen mit strahlenden Augen angenommen hatte, woraufhin ich zu meiner Mutter aufsah.

»Ja, wie lange möchtest du eigentlich bleiben?«

Nun wanderte er zu Papa, begegnete dem seinen gequält. »Ich weiß noch nicht«, sagte ich an Caja gewandt und zuckte mit den Schultern. Dann nahm ich einen ihrer Zöpfe und fuhr mit meinem Daumen über die seidige Haarstruktur. »Und du? Bist du immer hier?«

Schüchtern verzog sie ihre Lippen zu einem Grinsen. »Wenn ich Ferien habe und Nick arbeitet schon.«

Nick. Einen Moment lang verharrte mein Blick in ihrem Gesicht. In ihren Augen. *Grüngolden wie ein Rosenkäfer im Frührotschimmer.* Nick hatte dieselben Augen, dasselbe Farbspektrum darin. Wie eine sattgrüne Wiese, die von der sommerlichen Abendsonne in Flammen gelegt wird. Deswegen kamen sie mir so bekannt vor. Doch wer war Caja? Nicks Tochter? Nick war doch sicherlich nur ein paar Jahre älter als ich – wenn überhaupt. Andererseits war ich schließlich schon dreiundzwanzig

Jahre alt, und auch wenn ich es nicht wollte, musste ich langsam akzeptieren, dass es in meinem Alter allmählich nicht mehr ungewöhnlich war, Kinder zu bekommen, sich zu verloben und in ein eigenes Haus zu investieren. Typischer Erwachsenenscheiß eben.

»Nick ist übrigens unser Vorarbeiter«, erklärte Papa und deutete hinaus.

»Ich weiß, ich habe ihn schon kennengelernt. Dieser Mist...« Ich stockte und musste mich daran erinnern, dass ein Kind anwesend war und ich ihren Vater nicht vor ihren Augen beleidigen sollte. »Ähm ... er ...« Ich fasste mich wieder, als auch Mama warnend die Brauen in Falten legte. »Er hat mich mit seinem Wagen ziemlich dreckig gemacht.«

»Du kannst ruhig Mistkerl sagen«, meinte Caja und lachte frech. »Zu mir ist er auch manchmal ein Mistkerl.«

»Ach Quatsch, Caja, sag so was nicht. Große Brüder sind halt manchmal nervig, aber er hat dich trotzdem lieb.« Mama kniff ihr von hinten in die Seiten, woraufhin sie laut loslachte und sich in ihren Armen wand. Als sie wieder zurück in den Garten rannte, sah ich ihr hinterher und lächelte.

Bruder also. Keine Ahnung, warum es mich plötzlich erleichterte, dass Caja nicht Nicks Tochter war. Vielleicht weil er dadurch doch nicht ganz so Furcht einflößend erwachsen wirkte und es den Gesellschaftsdruck von meinen Schultern nahm. Es beruhigte mich, wenn Gleichaltrige oder sogar Ältere auch noch nicht so weit waren, auch noch keine Kinder, noch keine konkreten Zukunftspläne hatten.

Vielleicht war da aber noch etwas anderes, das mich erleichterte. Ein Funken Freude, etwas, das ich nicht einordnen konnte. Wenn Caja nicht seine Tochter war, war die Wahrscheinlichkeit höher, dass es auch keine Frau in seinem Leben gab. Ich hatte keine Ahnung, warum mir dieser Gedanke in den Sinn kam, doch in diesem Moment gehörte er zu mir wie die kalten Füße, die sich nun wieder in meinen Sandalen breitmachten.

Das Erste, was ich tat, war duschen. Ich wusch mir den Staub von den Wangen, die erdrückende Last, die ich aus München mitgebracht hatte, von der Seele und Nicks Fingerabdrücke von meiner Hand. Ich schrubbte sie förmlich, als könnte ich somit die befremdlichen Gefühle mit abwaschen, die in mir für ihn schlummerten. Ich war wütend. Wütend darüber, dass er mich dreckig gemacht und mich dann auch noch belustigt angegrinst hatte. Dass seine Schwester so unfassbar süß war und dass mein Interesse an diesem Mistkerl trotzdem so groß war.

Mistkerl. Mistkerl. Mistkerl.

Ich durfte ihn so nennen, ich hatte die offizielle Erlaubnis seiner Schwester. Wenn ich ihn nur oft genug so nannte, konnte ich mir vielleicht wirklich einreden, dass mein Nick-Gedankenkarussell und das *In-seine-Augen-sehen-und-Herz-fürs-Stolpern-Verfluchen* vollkommen unangebracht waren.

Nach dem Duschen kümmerte ich mich um meine Hautpflege. Ich sah blass und müde aus, und die Haut spannte trocken über den Wangen. Aus meinem Koffer fischte ich eine Creme einer französischen, viel zu überteuerten Kosmetikmarke, die einen strahlenden Teint versprach, und trug sie auf, gleich nachdem ich meine Haut mühevoll mit der Gesichtsseife desselben Herstellers geschrubbt hatte. Ich kannte die Marke von Instagram, hatte sie bei einer anderen Bloggerin entdeckt und mich wortwörtlich *influencen* lassen.

Fast schon belustigt darüber, wie leicht man mich kaufen konnte, schüttelte ich den Kopf. Ich benutzte diese Creme nun schon seit Monaten, und mein Teint strahlte immer noch nicht. Entweder machte ich etwas falsch, oder mein Gesicht war einfach nicht zum Strahlen gemacht. Weil ich keine andere Creme dabeihatte und meine Haut wirklich unangenehm spannte, trug ich sie trotzdem auf, ehe ich mich kurz in mein altes Kinderzimmer zurückzog. Mama hatte mein Bett zurechtgemacht und Cajas Blumen in eine kleine Vase auf meine Fensterbank gestellt.

Ich sah mich wehmütig um. Das meiste hier drin gehörte gar nicht mehr zu mir. Mama hatte sich ein Arbeitszimmer eingerichtet. In der Ecke neben dem Fenster stand ein Schreibtisch, in meinem alten Regal, in dem sich früher Bücher gestapelt hatten, entdeckte ich nun graue Ordner. Nur vereinzelte Details erinnerten daran, wie bunt es einst hier gewesen war. Der beige Hochflorteppich zum Beispiel, auf dem ich meine ersten Beauty-Flatlays fotografiert hatte, oder die rosa und roten Herzkissen von *IKEA* auf meinem Bett, die für die *Cozy Kakao mit Marshmallows*-Atmosphäre zuständig gewesen waren, damals, als mein Feed verträumt, rosa und irgendwie leichter ausgesehen hatte.

Seufzend ließ ich mich auf der Bettkante nieder und zückte mein Smartphone. Wie von selbst öffnete mein Daumen Instagram. Wieso fiel es mir so schwer, diese App zu meiden? Ich landete in meinen DMs, scrollte durch die vielen Nachrichten meiner Community, die mir Verständnis und Liebe entgegenbrachte. Obwohl ich mich darüber freute und bei vielen sogar lächeln musste, schaffte ich es nicht, auch nur auf eine zu antworten.

Bevor es Abendessen gab, entschied ich, den restlichen Nachmittag einen Spaziergang zu machen, um meinem Smartphone, das ich im Zimmer ließ, aus dem Weg zu gehen. Ich war neugierig, was sich in den letzten Jahren in Engelsberg verändert hatte. Ob Maria immer noch ihr Eiscafé führte und die alte Eiche an der Schäferstraße noch immer ihre Äste durch die Fenster des verlassenen Engelsberger Geisterhauses bohrte – wie Laura und ich das leer stehende Gebäude als Kinder genannt hatten.

Ich kam an saftig grünen Heuwiesen und dem leise plätschernden Weißbach vorbei, in dem ich als Kind im Sommer immer Steine gesammelt hatte. Hinter den in der Ferne auftauchenden Häusern dehnte sich ein weiter Wald aus, dessen Baumwipfel sich sachte im Wind bogen. Auf der schmalen, uralten Fußgängerbrücke, die mich über den Bach in Richtung Ortsinneres führte, verharrte ich. Das Gras zwischen den Steinen am Ufer war hoch und weich. Eine alte Weide tauchte ihre Äste ins plätschernde Nass, kühlte ihren Kopf. Ich hätte meinen am liebsten auch gekühlt.

Ich lief weiter. Hier mündete der sandige Weg in eine löchrige Pflastersteinstraße und führte in die Nachbarschaft. Mein Herz zog sich sehnsüchtig zusammen, als ich den Marktplatz passierte, auf dem freitags immer das pure Leben herrschte, und an vergangene Tage denken musste. Wenn dort von morgens in der Früh bis nachmittags der übliche Wochenmarkt stattfand und fast jeder, der in Engelsberg etwas zu verkaufen hatte, seinen Stand aufbaute, brachten die Einwohner ihren wöchentlichen Einkauf hinter sich.

»Amelia? Bist du es?« Eine Stimme mischte sich in meine Gedanken. Ich drehte mich in die Richtung, aus der sie gekommen war, und entdeckte Maria Weber vor ihrem urigen Eiscafé – sie führte es also tatsächlich noch. Die Hände in die Hüften gestemmt, strahlte sie mich mit einem breiten Lächeln an. Dann öffnete sie die Arme und kam mir entgegen.

»Meine Güte, du bist es ja echt! Lass mich dich ansehen.« Sie schlang ihre üppigen Arme um mich, und kurz war es, als wäre ich wieder zwölf. Maria war etwas älter als meine Mutter und betrieb ihren Laden, seit ich denken konnte. Er war schon immer da gewesen und hatte uns an heißen Sommertagen mit einer erfrischenden Kugel Eis oder einem Milchshake ausgeholfen.

Als ich klein war, ging ich ungehemmt davon aus, dass Maria und ihr Eis, das alte Fachwerkhaus, in dessen Erdgeschoss sich stets das Leben tummelte, und die wunderschöne Außenfassade das Erste gewesen waren, was es in Engelsberg gegeben hatte. Alles andere hatte sich um sie herum angesiedelt, denn sie war der Mittelpunkt, sie war das Herzstück des Ortes.

Voller Nostalgie ließ ich den Blick über mein liebstes Gebäude in dieser Stadt fahren. Hochgewachsener Blauregen, der den bröckelnden weißen Lack in zarthelles Violett tauchte, schlängelte sich über marodes Holz, verdeckte Unvollkommenheiten und rahmte milchige Fenster. Als Kind hatte ich immer gedacht, wenn Blauregen Blauregen heißen durfte, obwohl er violett war, konnte ich dann auch alles sein, was ich wollte?

»Mensch, Amelia, es ist so schön, dich zu sehen!«, betonte Maria nun zum dritten Mal, nachdem sie mich mehrfach beäugt, komplimentiert und mir Fragen gestellt hatte, zu deren Beantwortung ich immer noch nicht gekommen war.

»Hallo, Maria«, begrüßte ich sie nun endlich, »es ist auch schön, dich zu sehen.«

»Komm, setz dich doch. Möchtest du etwas trinken? Oder ein Eis? Geht aufs Haus.« Noch bevor ich ablehnen konnte, war sie wieder ins Café geeilt und ließ mich zwischen den draußen aufgestellten Tischen stehen. »Ich habe mich gerade mit Sophie unterhalten. Ihr kennt euch doch, oder?«, rief sie mir von drinnen zu, und erst jetzt entdeckte ich das rothaarige Mädchen, das an einem schattigen Platz im Eingangsbereich saß.

Schüchtern lächelte sie mir zu, woraufhin ich kurz überlegte. Auffallend bunter Schmuck, dafür schlichte Kleider in Schwarz- und Brauntönen. In ihrem Haar trug sie ein orangenes Haarband, dazu braune Bootsschuhe. Natürlich kannte ich Sophie, mein eingerostetes Hirn brauchte nur einen Moment, um zu realisieren, woher.

»Hallo, Amelia«, begrüßte sie mich, als ich an ihren Tisch trat. »Ich weiß nicht, ob du dich erinnerst. Ich war einen Jahrgang unter dir. Wir haben einmal zusammen am Tag der offenen Tür Waffeln verkauft. Aber ich kann verstehen, wenn du dich nicht erinnerst. Laura und du wart ja immer so beliebt, da bleiben einem nicht alle Menschen im Kopf.«

Ich beäugte sie überrascht. Für eine Sekunde dachte ich, dass ihr Kommentar ein Vorwurf wäre, doch sie lächelte so unschuldig, dass ich den Gedanken sofort wieder verwarf.

»Nein, natürlich erinnere ich mich, Sophie.« Das tat ich wirklich. Es stimmte. Meine damalige beste Freundin und ich waren sehr beliebt in der Schule gewesen. Das hatte aber weniger an mir gelegen, sondern mehr an Laura, die selbstbewusst und wunderschön war und eine so angsteinflößende Ausstrahlung hatte, dass man regelrecht gezwungen war, sie zu mögen. Manchmal fragte ich mich, ob dies auch mein Grund gewesen war, mich mit ihr anzufreunden. Laura konnte gemein sein und hatte schon immer gern andere geärgert, vor allem Jüngere. Leider war ich damals noch so unsicher gewesen, dass ich einfach mitgemacht hatte, obwohl ich wusste, dass es nicht richtig war. Die Angst, von Laura fertiggemacht zu werden, hätte ich mich gegen sie gestellt, war einfach zu groß.

Ob Sophie auch mal eine von Lauras Beleidigungen oder giftigen Sprüchen abbekommen hatte? Ich hoffte inständig, dass es nicht so war, und schämte mich in Grund und Boden, obwohl ich nicht mal wusste, ob es tatsächlich passiert war. Wenn ich heute an meine Freundschaft mit Laura dachte, war da nur noch Wut.

»Wie geht es dir? Was machst du so?«, fragte ich Sophie, um ihr zu signalisieren, dass ich mich definitiv verändert hatte.

Als ich mich zu ihr setzte, schien sie sich zu freuen, denn sie schmunzelte. »Ich habe Germanistik in Wien studiert. Letztes Jahr hat es mich aber wieder in die Heimat gezogen. Ich arbeite jetzt in der Stadtbibliothek«, erzählte sie, und ich erinnerte mich, dass sie damals immer mit einem Buch in der Hand herumgelaufen war.

»Das passt ja super. Ich meine, du hast schon immer gern gelesen, oder?«

Sie nickte, als Maria mit einem großen Schokoladeneisbecher und einem Glas Wasser herauskam. Perplex starrte ich das Eis an.

»Schoko ist doch dein Lieblingseis«, meinte sie stolz. »Oder hat sich das verändert?«

Sophie lachte. »Ich denke, Maria, dass das vielleicht etwas zu viel ist.«

»Zu viel?«, fragte Maria empört und stemmte die Arme in die Seiten. Nun musste auch ich lachen. Für Maria konnte es nie genug Eis geben.

»Sophie kann mir ja helfen«, schlug ich vor und schob den Becher in die Mitte des Tischs. Diese strahlte mich überrascht an. In ihrem Ausdruck lag noch immer Unsicherheit, doch als ich ihr freundschaftlich zulächelte, verflog sie.

»Dann bringe ich einen weiteren Löffel.«

»Ach und, Maria?«, rief ich ihr hinterher, kippte das Glas Wasser hinunter und hielt ihr das Gefäß entgegen. »Kannst du mir bitte etwas Stärkeres bringen?«

Sie zwinkerte mir zu und eilte ins Café.

»Ich hoffe, es ist nichts passiert?«, fragte Sophie als Reaktion auf meine Bestellung.

»Keine Sorge.« Ich winkte ab. »Es ist niemand gestorben oder so. Ich hatte die letzten Wochen nur eine megamiese Zeit, weswegen ich jetzt hier bin. Ich brauche eine Pause.«

»Pause kann jeder mal gebrauchen und etwas Starkes auch«, antwortete sie und lächelte mich verständnisvoll an. Ich war ihr dankbar, dass sie nicht weiter nachhakte und einfach hinnahm, dass es mir momentan nicht gut ging, ohne neugierig nachzufragen.

»Du wohnst jetzt in München, oder?«

Nickend schob ich mir einen Löffel Eis in den Mund. Maria brachte noch einen zweiten und ein Glas Whiskey. »Woher weißt du das?«

»Ich verfolge dich schon etwas länger auf Instagram.«

Beinahe hätte ich mich an meinem Eis verschluckt. Stattdessen kippte ich zwei Schlucke Whiskey hinunter und versuchte, mir die offene Wunde namens Instagram-Blog nicht anmerken zu lassen.

»Deine Fotos sind wirklich toll«, fuhr sie fort. »Dein Leben in München muss ein Traum sein.«

Ein weiterer Schluck Whiskey landete brennend in meinem Magen, betäubte die Schmerzen darin. Whiskey und Eis – die Kombination hatte ich auch noch nicht, aber Not macht erfinderisch, oder?

Überrascht über ihr Kompliment sah ich auf. »Danke«, hauchte ich nur und fragte mich, ob mein Leben im Internet tatsächlich so perfekt wirkte, denn die Realität sah definitiv anders aus. War es das, was ich sein wollte? Eine Lügnerin, die ihren Followern ein perfektes Leben vorgaukelte? Zum ersten Mal hinterfragte ich nicht nur die Art meines Feeds, sondern auch die Stimmung, die er rüberbrachte. War es vielleicht das, was mich meinen Followern gegenüber so unmenschlich machte? Dass alles gut wirkte? Gleichzeitig dachte ich mir, dass jeder Einzelne sicherlich genug eigene Probleme hatte, da wollten sie doch nicht noch mit meinen konfrontiert werden.

Wir unterhielten uns eine Weile über oberflächliche Dinge wie München, Wien und die Arbeit in der Stadtbibliothek. Ich erfuhr, dass Sophie wohl selbst gern Geschichten schrieb, sich bisher aber noch an keiner Veröffentlichung versucht hatte und dass sie in einer eigenen kleinen Wohnung nicht weit von ihren Eltern wohnte. Über meinen Schlamassel erzählte ich erst mal nichts. Stattdessen ertränkte ich ihn in Whiskey und den letzten Kugeln Eis. Erst als es langsam dämmerte, tauchten wir aus unserer Unterhaltung wieder auf.

»Ich sollte jetzt nach Hause«, meinte sie und zog sich ihre dünne Strickjacke enger um die Schultern.

Ich nickte. »Ja, ich auch. Das Abendessen ist bestimmt schon fertig. Mal sehen, ob ich jetzt überhaupt noch etwas essen kann.«

Wir lachten und verabschiedeten uns von Maria, der ich mit einer festen Umarmung dankte und ihr das Versprechen gab, öfter vorbeizuschauen.

»Wenn du mehr von dem starken Zeug brauchst«, begann Sophie, kurz bevor sich unser Weg trennte, »können wir auch mal gemeinsam in Pauls Biergarten gehen. Seit ein paar Jahren gibt es dort freitags oft kleine Feiern mit Musik und allem Drum und Dran. Ich weiß, es ist nicht wie in München, aber …«

»Klingt perfekt«, unterbrach ich sie, weil es das wirklich tat. Momentan konnte mir das Großstadt-Tamtam mit so vielen

Menschen gestohlen bleiben. Ruhige Feiern mit wenig Gästen und niemandem, vor dem ich perfekt sein musste, waren mir definitiv lieber. Und irgendwie ahnte ich, dass mir die Zeit mit Sophie guttun würde. »Das nächste Mal bin ich auf jeden Fall dabei!«

Kapitel 7

Nick

Die Sonne stand schon tief, als ich die letzten Fässer Honig zum Abschäumen ins Lager stellte. Das frisch geerntete Gold hatte diverse Reste von Wachs oder Rapspollen in sich, die die nächsten Tage abgetragen werden mussten. Jetzt musste ich im Bienengarten nur noch überprüfen, ob die Völker genügend Platz hatten, ehe der Tag endlich geschafft war.

In letzter Zeit hatte besonders viel angestanden. Zwar war Peter seit Generationen Berufsimker und viel Arbeit bei ihm daher vorprogrammiert, doch die letzten Jahre hatte er leider viel abbauen müssen. Einige Völker gingen verloren und große billige Honiglieferanten machten uns Konkurrenz, weshalb an allen Ecken gespart werden musste. Diese Sparmaßnahme hatte ebenfalls bedeutet, dass es neben mir und Peter kaum noch Erntehelfer gab – umso mehr Arbeit blieb am Tag eben übrig. Nach und nach konnten wir den ersten Honig ernten und auch in Anitas Gewächshaus waren viele Pflanzen bereit. Radieschen, Rettich und Rhabarber waren heute dran gewesen. Und als ob die Arbeit bei den Karls nicht schon genug wäre, stand auch bei den anderen Einwohnern vieles an, für das ich immer gern zur Stelle war.

Ich liebte dieses Städtchen mit all seinen Bewohnern. Es war schön, dass ganz Engelsberg in mir eine helfende Hand gefunden und vor allem Vertrauen in mich hatte – ich freute mich, dass ich helfen konnte. Doch ab und zu und gerade in den letzten Jahren, seit ich die einzige zusätzliche Hilfskraft in der Imkerei war, waren die Tage lang und die Nächte kurz.

Ein lautes Seufzen löste sich aus meiner Kehle, als ich meine Imkerjacke an den Haken der Scheune hängte und durch den Bienengarten zum Haus lief. In diesem Moment trat mein Chef auf die Terrasse und kam mir entgegen. Liebevoll klopfte er mir auf die Schulter.

»Ich fahre euch nach Hause«, meinte er und führte mich ins Innere des Hauses.

»Das ist nicht nötig.« Ich ging durch die kleine Küche ins Wohnzimmer, wo Caja bereits gähnend neben Anita auf dem Sofa saß.

»Bist du sicher? Es macht mir keine Umstände.«

»Ja, ich bin mir ganz sicher«, betonte ich und schenkte ihm ein dankbares Lächeln. Diese Menschen taten so viel für meine Schwester und mich, dass ich mich manchmal schon wie eine Last fühlte. Ich wollte ihnen nichts aufbürden. Stattdessen erledigte ich meine Arbeit so gut wie möglich und versuchte, ihnen das zurückzugeben, was sie uns geschenkt hatten.

»Komm, Caja.« Einladend streckte ich meine Hand aus, woraufhin sich meine Schwester die Augen rieb und von der Couch rutschte. Statt an meine Hand krallte sie sich an meinen ganzen Arm. Sicherlich hatte sie den ganzen Tag wieder im Garten getobt oder in der Sonne gemalt – so was würde auch mich hundemüde machen.

Gerade als ich mich verabschieden wollte, drückte sich Anita an uns vorbei in die Küche. »Ich habe euch noch ein paar Sachen zusammengestellt.« Der mittelgroße Korb, den sie von der Anrichte hob, brachte mich zum Schmunzeln. Er war gefüllt mit Äpfeln, frisch geernteten Radieschen, Honig und anderen schönen Dingen aus ihrem Garten. Diese Familie war viel zu großzügig.

Dankbar nahm ich den Korb entgegen. »Das wäre nicht nötig gewesen, aber vielen Dank.«

»Doch, doch«, protestierte sie und hob dabei beide Hände vor die Brust.

»Und danke, dass du heute ein Auge auf Caja hattest. Ich weiß, die nächsten Tage wird es bestimmt stressig, also sag Bescheid, wenn ich sie zu einer Freundin bringen soll oder ...«

»Das bekommen wir schon hin«, unterbrach sie mich. Dabei fuhr sie Caja liebevoll über die vom Tag zerzausten Haare.

Ich wusste, dass Anita alles meistern konnte, was sie sich vornahm. Die Frage war nur, zu welchem Preis. Dass sie sich am Ende überarbeitete, der Stress ihr zu viel wurde oder andere Dinge liegen blieben, wollte ich in jedem Fall vermeiden. Caja war toll, aber eben oft ein Wirbelwind, der einen viele Nerven kosten konnte. Wenn Anita diese Grenze nicht von sich aus ziehen wollte, musste ich sie manchmal dazu bringen.

»Da bin ich mir sicher«, antwortete ich, »aber Caja freut sich sicherlich auch mal, zu einer Freundin zu gehen.«

Meine Schwester selbst schien von der Unterhaltung kaum etwas mitzubekommen. Wie ein nasser Sack hing sie an meinem Arm, als ich sie nach draußen zog. Ein letztes Mal fragte Peter mich, ob er uns nicht fahren sollte, und ein letztes Mal betonte ich, dass das nicht notwendig sei.

Ariel, wie Caja unseren Wohnwagen getauft hatte, stand nicht allzu weit entfernt. Karl Lassing, der Förster von Engelsberg, war damals der Erste gewesen, auf den wir getroffen waren. Er lebte etwas abgelegen am Engelssee in einer urigen Hütte am Waldrand und hatte uns angeboten, Strom und Wasser für ein paar Tage von ihm zu beziehen. Dass wir ganz in Engelsberg bleiben würden, hatten wir damals nicht geplant, und doch war es so gekommen. Schnell hatte ich im Ort jede Menge Arbeit gefunden, den Menschen helfen können, und auch Caja konnte nach all dem Chaos endlich etwas zur Ruhe kommen. Als ich Peter bei seinen Waldbienen kennenlernte, stand für mich irgendwie fest, dass ich bleiben wollte. Dort, zwischen hohen Bäumen und glitzerndem Wasser statt grauen Häusern und dem Gestank nach Abgasen, hatten wir endlich unser Zuhause gefunden.

»Was hast du heute Schönes gemacht?«, fragte ich meine Schwester, als wir den sandigen Weg passierten, der neben dem Weißbach entlangführte und uns mit einem sanften Plätschern begleitete. »Hast du wieder Blumen gepflückt?«

Als ich auf die gelben mittlerweile etwas zerdrückten Blumen in ihrer Hand deutete, hob sie diese an ihr Gesicht, als hätte sie längst vergessen, dass sie sich daran festklammerte.

»Die habe ich von Amelia bekommen.« Von jetzt auf gleich wirkte sie viel wacher und schien sich an etwas zu erinnern. »Na ja, also ich habe sie gepflückt und den Strauß Tante Anita geschenkt, und dann habe ich ihn aber doch Amelia geschenkt, weil sie neu hier ist. Oder neu alt. Früher hat sie hier gewohnt, und jetzt ist sie wieder da. Aber Amelia meinte, ich soll diese hier behalten. Weißt du, sie ist die Tochter von Peter und Anita und kommt aus München.«

Ich erinnerte mich an den Moment zurück, in dem ich auf Amelia getroffen war. Natürlich kannte ich sie bereits von Erzählungen oder den Fotos im Haus von Peter und Anita, auf denen sie perfekt gekleidet und freudestrahlend in die Kamera grinste. Mir persönlich hatte der erste Eindruck von ihr nicht gefallen. Auf den Fotografien wirkte sie aufgesetzt, etwas zu unnahbar und irgendwie *unmenschlich* – jedes Haar, jeder Mundwinkel, jedes Outfit saßen an Ort und Stelle. Und auch wenn ich wusste, dass es ziemlich oberflächlich war, einen Menschen nur nach Bildern zu verurteilen, kam ich manchmal einfach nicht um das drängende Gefühl des ersten Eindrucks herum.

Doch heute, als sie mir mit Fleisch und Fehlern gegenübergestanden hatte, erkannte ich sie mit den zerzausten Haaren und dem verdreckten Gesicht kaum wieder. Ihre wütende Miene und die Art, wie sie die Arme vor der Brust verschränkt hatte, waren mir besonders stark in Erinnerung geblieben. Umso überraschter, und von ihr auch irgendwie angetaner, war ich, als ich bemerkte, dass sie anscheinend doch nicht das perfekte Püppchen war, das sie auf all den Fotos spielte. Als ich sie traf, war sie voller Chaos, voller Unvollkommenheit gewesen, in ihrem langen Kleid mit den roten Adonisröschen darauf so zeitvergessen.

»Ich habe Amelia auch schon kennengelernt«, erklärte ich meiner Schwester.

»Stimmt, sie hat dich einen Mistkerl genannt.«

Bei Cajas Worten musste ich laut auflachen und hatte komischerweise sofort vor Augen, mit welchem Gesichtsausdruck und welcher Stimme Amelia sich über mich aufgeregt haben musste. Ich kannte sie erst seit wenigen Momenten, und doch hatten sich ihre Gestik und Mimik so tief in mein Gedächtnis gebrannt, dass ich sie lebendig vor mir sah.

Meine Sprüche und Witze konnten nervenaufreibend sein, und als sie so verdreckt vor mir stand, hatte ich mir ein Grinsen nicht mehr verkneifen können. Vielleicht weil es auf eine niedliche Art und Weise amüsant war, sie so aufgebracht zu sehen, vielleicht aber auch, weil ich manchmal einfach ein Arsch war. Vor allem bei Menschen, die so wirkten, als wäre alles super und als gäbe es nichts Negatives in ihrem Leben. War ich mir bei Amelia zu Beginn noch sicher gewesen, dass sie zu dieser Sorte Mensch gehörte, belehrte sie mich schon direkt am ersten Tag eines Besseren. Wenn sie sich aufregte, mal nicht perfekt strahlte, machte sie das menschlicher, irgendwie sympathischer. Auch wenn die letzte Frage, die sie mir gestellt hatte, für einen großen Punktabzug gesorgt hatte.

»Warum hat sie dich einen Mistkerl genannt?«, fragte Caja neugierig. »Warst du unhöflich zu ihr?« Mahnend hob sie die Brauen. Manchmal wirkte sie erwachsener, als sie war.

»Unhöflich nicht«, antwortete ich und verkniff mir ein Grinsen, »aber vielleicht habe ich sie ein bisschen geärgert.«

Seufzend verdrehte sie die Augen. »Das habe ich mir schon gedacht, daher habe ich es ihr auch erlaubt.«

»Du hast ihr erlaubt, deinen Bruder einen Mistkerl zu nennen?«

»Mich ärgerst du ja auch oft. Daher darf sie dich Mistkerl nennen.«

Lachend fuhr ich ihr über den Kopf, als wir am Wohnwagen ankamen. Auf der Stufe zur Eingangstür lag ein schmales Päckchen, auf das Caja sofort zustürmte.

»Das ist bestimmt wieder von Mama«, rief sie freudestrahlend und wollte das Päckchen schon aufreißen. Gerade noch rechtzeitig nahm ich es ihr weg.

»Deine Mama hat doch erst vor Kurzem eine Postkarte geschickt«, sagte ich. »Siehst du, das ist an mich adressiert. Sind sicherlich die Ersatzteile für die Spüle bei Paul, die ich bestellt habe.«

Von jetzt auf gleich schwand Cajas Lächeln und machte Platz für einen enttäuschten Ausdruck. Es brach mir jedes Mal von Neuem das Herz, meiner Schwester dabei zuzusehen, wie sie hoffnungsvoll auf den Postboten wartete und jeden Abend enttäuscht wurde. Ihr freudiges Strahlen, wenn einmal pro Monat eine neue Postkarte eintraf, machte dafür allen Schmerz wieder wett.

»Komm, mach dich bettfertig. Es ist spät.«

Mit der Enttäuschung kehrte auch ihre Müdigkeit zurück. Gähnend fuhr sie sich über die Augen, ehe sie sich die Zähne putzte und schon bald im Hinterzimmer verschwand, das ausschließlich aus einer großen Matratze bestand. Im Vorderbereich gab es eine Anrichte mit einem Minikühlschrank und einer alten Elektroherdplatte, die wir sowieso nie benutzten, weil Anita meist für uns mitkochte.

Vor der Pinnwand über der Sitznische verharrte ich, ohne den vielen Fotos darauf einen Blick zuzuwerfen. Doch ich spürte sie, Evas Worte, die irgendwie auch meine waren, ihre Anwesenheit in diesem Wohnwagen. Ich glaube, sie würde niemals ganz weggehen, niemals aufhören, mich heimzusuchen.

»Meine Arme sind wieder ganz rot.« Caja holte mich aus meiner Starre und zeigte mir ihre Armbeugen. Das erste Mal, dass Caja einen Neurodermitis-Anfall erleiden musste, lag drei Jahre zurück. Der Stress des Umzugs hatte sie damals ziemlich mitgenommen. Zum Glück hatte ich noch eine Kortison-Salbe im Schrank, die ich ihr auch jetzt wieder auf die Arme schmierte.

»Das sollte erst mal helfen«, sagte ich, ehe ich sie ins Bett brachte und ihr die Decke über den kleinen Körper zog. Schon bald schlummerte sie weg.

Weil ich zwar müde war, aber mein Kopf noch keine Ruhe geben wollte, ließ ich mich am modrigen Steg zwischen Schilf und tief fliegenden Libellen nieder, deren bunte Flügel im Goldton der Abendsonne schimmerten. Statt auf den See starrte ich auf das kleine Päckchen in meiner Hand, riss es auf und wurde mir des Inhalts bewusst.

Bei der letzten Postkarte war Cajas Mutter gerade in Sri Lanka gewesen, hatte von Regenwäldern und Elefanten berichtet und gemeint, sie würde ihre Tochter vermissen. Ein harter Kloß machte sich in meinem Hals breit, als ich mich den vielen Malen entsann, in denen Caja mich voller Hoffnung gefragt hatte, ob und wann wir sie mal besuchen könnten. Die Wahrheit war: nie. Und früher oder später musste ich endlich ehrlich zu ihr sein.

Kapitel 8

Amelia

Am nächsten Morgen schlief ich fast bis elf Uhr durch. Es war lange her, seit das passiert war. In letzter Zeit war ich normalerweise automatisch schon vor neun Uhr auf gewesen, hatte mich rastlos, irgendwie gehetzt gefühlt, doch als ich am ersten Morgen – oder Mittag – in meiner Heimat aufwachte, fühlte ich mich gleich etwas weniger angespannt.

Vielleicht war es die Atmosphäre dieses kleinen Dorfes, das in mir sorgenfreie Tage meiner Kindheit hervorholte, vielleicht lag es aber auch daran, dass ich tatsächlich aktiv auf Pause gedrückt hatte. Dass ich mich auf unbestimmte Zeit bei meinen Followern verabschiedet hatte, machte das Ganze etwas realer, irgendwie festgelegter. Natürlich war da immer noch die Angst, auf Unverständnis zu treffen, meine Community zu verlieren oder den Algorithmus komplett kaputt zu machen, und ich fragte mich durchgehend, ob ich mir mit dieser Pause nicht alles zerstörte. Gleichzeitig waren die lieben Reaktionen überwältigend gewesen und hatten mir gezeigt, dass ein großer Teil meiner Follower wirklich hinter mir stand und mir verzieh, wenn ich mich mal zurückzog. Das machte es deutlich einfacher.

Die warmen Sonnenstrahlen auf meiner Nase und der Duft von Mamas berühmten Älplermagronen, Papas und mein Leibgericht, zauberten ein Lächeln auf meine Lippen. Verschlafen sah ich aus dem Fenster und entdeckte Scharen von Bienen, die den Nektar der Blüten des großen Kirschbaumes in sich aufsogen, der mit seinen Ästen schon beinahe in mein Zimmer reichte. Einen Moment lauschte ich ihrem Summen. Hier und da mischte sich das tiefe Brummen einer Hummel hinein, unter deren Gewicht sich die Blüten bogen.

Erst jetzt, als ich hier saß und nach einer Nacht so richtig zu Hause angekommen war, erinnerte ich mich daran, wie gern ich als Kind den Insekten zugehört und dort Ruhe gefunden hatte. Ruhe. Das war es, was ich unbedingt wiedererlangen wollte, und an diesem Morgen war ich zuversichtlich, dass mir das genau hier auch gelingen würde.

Also schwang ich mich aus dem Bett, zog mir eines meiner luftigen Sommerkleider über und legte mein Tages-Make-up auf, nachdem ich meine Haut wieder mit diversen Produkten versorgt hatte.

»Na, Schlafmütze?« Mama begrüßte mich, als ich die Treppe hinunterkam, und hauchte mir einen Kuss auf die Wange. Ihre roten welligen Haare hatte sie unordentlich in einen Knoten gebunden, vereinzelte Strähnen fielen in ihr Gesicht und vor ihre Brille.

Als sie hektisch zurück in den Garten huschte, trat ich hinter ihr in die Küche und sah mich nach Neuerungen um. Sie war ziemlich klein und im holzigen Landhausstil gehalten. An jeder Wand war ein großes Kreuzfenster, und unter den altmodischen Anrichten verdeckten dichte Vorhänge das Gerümpel dahinter. An der Spüle lagen mehrere frisch geschnittene Sträucher, die Mama zum Trocknen in die Sonne hängte, und eine schmale weiße Tür führte in den Garten, den man von hier aus mühelos in seiner ganzen Pracht betrachten konnte.

Ich entdeckte holzige Regale mit fein säuberlich aufgestelltem Porzellan mit Blumenmuster, eine Etagere, auf der die letzten

Stücke Apfelkuchen lagen, zu denen sich eine Wespe verirrt hatte. Daneben an der Spüle Mamas selbst gebackenes Körnerbrot im uralten ausgefransten Brotkorb. Nein, Neuerungen gab es seit Jahren keine.

»Möchtest du auch Pfannkuchen?«, rief mir Mama zu, als sie Caja einen Teller reichte, die mit einer Decke auf dem Rasen saß, und zurück in die Küche kam. »Es sind noch zwei übrig. Die Älplermagronen mache ich für heute Abend, isst du mit? Ich habe leider nicht so viel Zeit und muss gleich in den Laden. Dein Vater ist mit Nick hinten bei den Bienen.« Hektisch drückte sie sich an mir vorbei, holte einen Korb unter der Anrichte hervor, in dem sie Honiggläser, verschiedene Sträucher und Blumen verstaute. Während sie sich über die schweißnasse Stirn fuhr, wirkte sie mehr als gestresst.

»Mach dir um mich keine Sorgen, ich finde schon etwas zum Frühstücken«, beruhigte ich sie, als sie schon im nächsten Moment wieder an mir vorbeisauste.

»Das ist schön«, antwortete sie geistesabwesend und sammelte Cajas Malhefte vom Tisch.

»Kann man dir irgendwie helfen?«

Sie winkte ab. »Ach, ich wüsste nicht, wie. Ich muss den Korb mit Rhabarber zu Rosi bringen, im Gegenzug wollte sie uns ein paar Liter Milch geben. Unsere ist fast aufgebraucht. Außerdem muss ich nach den Tomaten hinten im Gewächshaus sehen, die sollten demnächst reif sein, sie sind dieses Jahr etwas später dran als sonst. Oh und die Kartoffeln«, aufgebracht fasste sie sich an den Mund und eilte zur Kellertreppe, »die Kartoffeln müssen in den Laden. Wir haben dieses Jahr so viele bei der Früherernte bekommen, dass wir mindestens drei Viertel davon verkaufen müssen.«

So war das bei uns in Engelsberg. Anders als in München oder anderen Großstädten lief man hier nicht mal kurz zum Supermarkt. Um zu den meisten Läden zu kommen, fuhr man oft länger als eine halbe Stunde, weshalb diese Fahrten auf das Mindeste reduziert wurden, man lieber selbst anbaute oder untereinander tauschte.

Bäuerin Rosi war eine von Mamas besten Freundinnen, seit ich denken konnte. Von ihren Kühen gab es die beste Milch, von ihren Hühnern das beste Frühstücksei. Im Gegenzug konnte sie sich bei meinen Eltern nicht nur Honig, sondern auch diverses Obst, Gemüse und Kräuter besorgen, die meine Mutter im Garten anbaute. Ihr Tante-Emma-Laden und der Gemüsegarten waren ursprünglich nur ein kleiner Zeitvertreib gewesen, doch meine Eltern waren offenbar mehr auf andere Einnahmequellen als den Honig angewiesen.

»Und Caja ... Auf Caja muss ich auch aufpassen. Sie muss wahrscheinlich mitkommen, ich weiß noch nicht, wie ...«

»Wieso musst du auf sie aufpassen? Hat sie keine Schule? Und was ist mit Nicks und ihren Eltern?«, fragte ich und trat in den Flur, um meiner Mutter einen Sack Kartoffeln abzunehmen.

»Momentan sind doch Ferien, mein Schatz.« Liebevoll und gleichzeitig belustigt kniff sie mir in die Wange. »Außerdem habe ich Nick angeboten, auf seine Schwester aufzupassen, während er arbeitet. Die beiden haben es wirklich schwer ohne Eltern.«

»Sie haben keine Eltern?« Neben meine immer noch skeptische Neugier gesellte sich Mitgefühl. Nick lebte also mit seiner kleinen Schwester allein in einem Kaff, von dem niemand, der nicht in einem Umkreis von einem Kilometer wohnte, je gehört hatte, und arbeitete in einer winzigen Berufsimkerei. Sehr seltsam. Traurig seltsam. »Weißt du, was mit ihnen ist?«

Mit bekümmerter Miene schüttelte Mama den Kopf und verharrte kurz nachdenklich. »Caja meinte mal, ihre Mutter sei auf Weltreise. Aber Nick spricht nicht gern darüber. Das geht uns aber ja auch gar nichts an.« Mit diesen Worten setzte sie ihre Arbeit fort.

»Wenn es dir hilft, sehe ich nach ihr.« Obwohl ich diesem Nick misstrauisch gegenüberstand, taten sie mir doch fast leid. Außerdem brauchte Mama eindeutig Hilfe.

In diesem Moment kam Caja aus dem Garten in die Küche und stellte vorbildlich ihren Teller in die Spüle. »Guten Morgen, Amelia«, begrüßte sie mich, und ich schenkte ihr ein warmes Lächeln. Obwohl der Umgang mit kleinen Kindern wirklich nicht meine Stärke war, machte es Caja mir leicht, sie zu mögen. Sie hatte etwas Ruhiges an sich. Oft kam ich mit Kindern nicht gut klar, weil sie mir zu wild, zu laut und aufgeweckt waren, das biss sich einfach mit meinem eigenen lauten Kopf. Doch Caja wirkte harmonisch, gefasst. Ich fragte mich, wie lange sie wohl schon allein lebten. Ob Nick sie selbst so gut erzogen hatte?

»Was denkst du, Caja?«, begann ich und fuhr ihr über die langen gelockten Haare. »Ich habe Tante Anita gerade vorgeschlagen, dass wir beide heute etwas zusammen machen könnten.«

»Au ja!« Freudig sprang sie auf und ab. »Und was?«

Ich sah zu Mama, die sich nun an die Spüle stellte und ihre restlichen Körbe füllte, und dachte kurz nach.

»Wir können Rosi den Rhabarber bringen. Dann kannst du dich in Ruhe um den Laden kümmern.«

»Aber du hast doch Urlaub, Amelia.« *Arbeitslos trifft es besser.* »Da solltest du nicht schuften müssen.«

»Ach Quatsch, Mama«, protestierte ich. »Ist doch praktisch, so sehe ich Rosi auch mal wieder und treffe vielleicht ein paar alte Bekannte.«

Endlich unterbrach sie ihre hektischen Bewegungen für einen Moment, ehe sie sich umdrehte und uns unschlüssig musterte. Dabei kaute sie auf der Innenseite ihrer Wange, das tat sie immer, wenn sie gestresst war.

»Na gut, das wäre tatsächlich eine große Hilfe für mich. Aber sagt Nick bitte Bescheid.« Caja war schon rausgerannt, bevor Mama ihren Satz überhaupt beenden konnte. »Und pass gut auf sie auf.«

Ehe ich Caja hinterhereilte, nickte ich meiner Mutter zu, um ihr zu versichern, dass sie sich keine Sorgen machen musste. Dann trat ich in den Garten. Der dichte sattgrüne und mit Gänseblümchen übersäte Rasen kitzelte zwischen meinen Zehen, und ich verharrte einen Moment. Gestern hatte ich es gar nicht mehr geschafft, ihn mir anzusehen. Mama war schon immer eine begeisterte Gärtnerin gewesen, doch die Masse an Blumen, Sträuchern und kleinen Bäumen war mir vollkommen neu. Ich fühlte mich, als stünde ich in einem verwunschenen Garten. Flammenroter Rosensalbei, violette Waldreben, die sich am alten Gemäuer unseres Gartencottages hinaufrankten, halb zerbrochene Blumenkübel, aus denen trotzdem das pure Leben spross – und all das gerahmt von weit entfernten silbernen Bergen.

Mein Blick verharrte an dem weißen Törchen, an dem Caja wartete und das zwischen großen Hecken in den hinteren Teil des Gartens führte, in dem ein paar der vielen Bienenvölker meiner Eltern standen. Es war wichtig, dass diese ausreichend Ruhe beim Arbeiten bekamen, wozu der große Garten bestens geeignet war. Hier hatten sie genug wilde Blumen, Löwenzahnweiden oder auch Kirsch- und Apfelblüten, um sich den wichtigen Nektar zu holen und Mamas Pflanzen am Leben zu erhalten. Ich fragte mich, ob es den Bienen meiner Eltern gut ging. Es war kein Geheimnis, dass das Bienensterben in den letzten Jahren immer weiter vorangeschritten war, und dass Mama und Papa ihr Blumenangebot so erhöht hatten, ließ mich skeptisch zurück.

Als ich bei Caja am Tor ankam, sah sie mich unsicher an. Den Zipfel ihres Kleides hatte sie zwischen ihren Fingern zerknüllt, die andere Hand lag an ihrem Mund.

»Alles in Ordnung?«, fragte ich und öffnete das Tor. Sie blieb auf der anderen Seite stehen.

»Kann ich hier warten?«

Skeptisch hob ich die Brauen und hielt ihr die Hand hin. »Hast du Angst vor den Bienen?«

Sie reagierte nicht, spähte nur unsicher an mir vorbei, und ich wusste, dass ich dies als Ja deuten konnte.

»Okay, warte kurz hier, ich bin gleich wieder da.«

Obwohl ich seit Jahren nicht mehr hier hinten gewesen war, hatte sich kaum etwas verändert. Dieselbe Obstwiese, dasselbe große Gewächshaus, das seinen Platz noch immer am Rande des

Zauns hatte. Hinter ein paar Hortensiensträuchern lugte die kleine Scheune hervor, in der der Honig geschleudert und in die Gläser abgefüllt wurde.

Als ich an den Bienenbeuten vorbeikam, wie man die Behausung von Honigbienen nannte, hörte ich das leise, beruhigende Summen. Mindestens fünfzig Völker waren auf unserem Grundstück verteilt, um den Garten bestäubt und die Ernte groß zu halten. Die restlichen Völker verrichteten ihre Arbeit im naheliegenden Wald oder auf dem Hof diverser Bauern, die von deren Bestäubungsleistung in ihrem eigenen Anbau profitierten. Wenn im Frühling die Tracht des Rapses, der Mohnblume oder der Sonnenblume regionaler Bauern in prächtigen Farben strahlte, konnte man die Bienen meist kaum davon abhalten, sich auf den Blüten niederzulassen.

Papa hatte mir mal erzählt, dass eines seiner Völker alle Blumen und Pflanzen in seinem Garten ignoriert hatte, um zum anliegenden Rapsfeld von Bauer Ralf zu fliegen. Und es zahlte sich aus. Die Honigernte vom Raps gehörte wohl zu den üppigsten und reichsten, weswegen nicht nur die Bauern selbst, sondern auch die Imkerei meiner Eltern von dieser Zusammenarbeit profitierte.

Ich sah mich verstohlen im Garten um, doch neben dem friedlichen Summen der Bienen war nichts zu hören. Schließlich trat ich an die Scheune und passierte das Tor, das schon immer etwas geklemmt hatte. Auch im Inneren war es ruhig.

»Papa?«, fragte ich in den Innenraum hinein, bekam aber keine Antwort, also sah ich mich etwas um.

Während im hinteren Teil ein großes Fließband stand, das für das Abfüllen des Honigs in die fertigen Gläser zuständig war, gab es im vorderen Teil an einer milchigen Fensterfront eine Arbeitsbank sowie mehrere Honigschleudern und Entdeckelungsmaschinen, die dafür sorgten, dass der Honig aus den Waben gedrückt wurde. Eine der Schleuder war gerade in Betrieb, weswegen ich mir sicher war, dass Papa oder irgendjemand seiner Angestellten in der Nähe sein musste. Auf der Arbeitsbank standen zwei gefüllte Honigeimer, in denen konserviertes Gold schimmerte, wie Papa es immer nannte. Kurzerhand schnappte ich mir einen der vielen Löffel, die hier immer zum Probieren bereitlagen, und tunkte ihn vorsichtig in den Honig.

»Der ist noch nicht fertig«, ertönte hinter mir plötzlich eine dunkle Stimme, die mich zusammenfahren ließ. Hastig drehte ich mich um und sah Nick im Torrahmen stehen. Das warme Licht von draußen drückte sich an ihm vorbei und brachte die Staubpartikel in der stickigen Scheune zum Tanzen. Sein Gesicht hingegen lag im Schatten. Ich konnte kaum erkennen, welchen Ausdruck es trug.

Er setzte sich in Bewegung und hievte eine Werkzeugkiste auf die Arbeitsbank. Erst jetzt erkannte ich, dass er mich frech anlächelte. Einen Moment verharrte er, betrachtete mich von oben bis unten. Sein Blick blieb an dem Löffel in meiner Hand hängen, und als er wieder an meinen Augen ankam, wurde sein Grinsen noch breiter. Ich wusste, dass die Hitze, die meine Wangen nun heimsuchte, nichts mit der heutigen Temperatur zu tun hatte.

»Der Honig muss noch abgeschäumt werden«, erklärte er, nahm mir den Löffel aus der Hand und stellte sich zu den Eimern. Auf seinem weißen Shirt prangten dunkle Ölflecken, seine Arme waren leicht gebräunt. Ich kam nicht umhin, seine zarten Muskelzüge an den Oberarmen zu betrachten. Auf seinem Kopf trug er eine beige Kappe, deren Schirm nach hinten zeigte und die seine Gesichtszüge dadurch ganz neu in Szene setzte. Mir fiel auf, dass sein Haaransatz an den Seiten über den Ohren heller war als der Rest, der sich unter der Kappe befand. Neben dem beigen Stoff wirkten sie dort fast blond. Ich überlegte und dachte an die vielen Typen auf Social Media, die genau diesen lässigen Look erzwingen wollten, den Nick hier so ungeplant trug. An keinem von ihnen sah er so gut aus wie an ihm.

»Den haben wir gestern früh geerntet. Frischer Rapshonig. Aber die Wachs- und Pollenreste müssen noch abgetragen werden. Ich dachte, als Tochter des Imkers weißt du das alles?«

Den letzten Satz sagte er in einem so provokanten Ton, dass ich mein Schwärmen sofort hinterfragte. Mit einem frechen Grinsen erinnerte er mich an meine eigenen Worte, die ich bei unserer ersten Begegnung von mir gegeben hatte. Kopfschüttelnd verschränkte ich die Arme vor der Brust.

»Ich weiß, was Abschäumen ist, aber woher soll ich wissen, dass dieser hier noch nicht fertig ist? Nur weil mein Vater Imker ist, heißt das nicht, dass ich aus Honig lesen kann.«

Sein Lächeln schwand und machte Platz für einen herzlicheren Ausdruck, dabei bildeten sich zarte Falten an seinen Augen, und die Grübchen in seinen Wangen wurden tiefer. Er wurde mir direkt wieder sympathischer.

»Moment.« Statt auf meine Antwort einzugehen, lief er nun zu einer Kammer und holte einen Eimer hervor. Als er diesen auf die Arbeitsbank hievte, zeichneten sich die Venen an seinen Unterarmen ab. Er öffnete den Deckel und tunkte den Löffel in den Honig.

»Dieser hier ist schon fertig und wird heute umgefüllt. Von dem kannst du gern kosten.« Offenbar ohne Hintergedanken hielt er mir den Löffel unter die Nase. Als ich den Mund öffnete und meine Zunge die süße, fast würzige Masse berührte, schloss ich für einen Moment die Augen. Tage im hohen Gras, raue Lacher meines Vaters, mein liebstes gelbes Sommerkleid um meine Beine und eine Biene, die sich darauf niederließ. Ich schmeckte im Honig vergangene Momente mit meiner Mutter in ihrem Gewächshaus, das Gefühl vom Zeitanhalten und Einfachverharren, schmeckte frisch gepflückte Pflaumen und selbst gepressten Apfelsaft. Heimat.

Als ich die Augen wieder öffnete, war Nick näher als gedacht. Das Licht drang durch die milchigen Fenster und legte sich golden auf seine Haut. Ich dachte: *Irgendwie ist alles an ihm golden.* Die Sprenkel im Grün seiner Augen, der dunkelblonde Ton seines Bartes, der Ausdruck in seiner Iris, manchmal so schwer wie ein Goldbarren und doch funkelnd wie dessen Partikel. Sein Lächeln war verschwunden. Jetzt konnte ich stille Aufregung und einen Funken Sehnsucht in seinem Blick erkennen. Oder täuschte ich mich?

Wie in Trance leckte ich mir über die Lippen, auf denen noch Reste des Honigs lagen. Als er dabei kurz hinabsah, war es, als würde er mich dort berühren. Hitze schoss mir in die Wangen, je länger er mich auf diese Art musterte. Behutsam und doch so energisch, dass ich mir plötzlich jedes Winkels, jedes Prickelns meines Körpers bewusst wurde.

Ein zittriger Atemzug löste sich aus seiner Lunge. Es schien, als würde er sich an etwas erinnern, und ließ hastig von mir ab. Räuspernd wandte er sich ab, wurde plötzlich wieder cool und lässig, und ich fragte mich, was es war, das ihm soeben durch den Kopf geschossen und ihn dazu gebracht hatte, wieder Abstand zwischen uns zu bringen.

»Wo sind eigentlich Papa und die anderen?«, fragte ich, um die unangenehme Stille zwischen uns zu füllen.

»Dein Vater telefoniert, glaube ich, gerade mit den Lieferanten und …«, er machte eine kurze Pause, die auch mich stocken ließ, »andere gibt es nicht.«

Ich runzelte die Stirn. »Meine Eltern haben niemanden, der ihnen bei der Ernte hilft? Keine Saisonhelfer?«

»Na ja, zwei Erntehelfer gibt es schon, aber die sind nicht täglich da. Leon und Jannis, zwei Jungs aus dem Ort, die sich in den Sommerferien etwas dazuverdienen wollen. Sie helfen nur auf Abruf, wenn bei uns wirklich Land unter ist. Und deine Eltern haben ja immer noch mich«, meinte er und warf mir einen gespielt empörten Blick zu.

»Ja, aber das reicht doch nicht. Die letzten Jahre hatte mein Vater mindestens vier Erntehelfer, die auch Mama bei ihrer Ernte geholfen haben und rund um die Uhr da waren.«

Unbeholfen kratzte er sich am Kopf. »Die letzten Jahre?«

»Ja, also …« Ich hielt inne, als mir bewusst wurde, dass ich tatsächlich seit mehr als drei Jahren nicht mehr hier gewesen war. »Soweit ich das mitbekommen habe.«

»Mach dir keine Sorgen, wir bekommen das schon hin.«

Sein zuversichtliches Lächeln beruhigte mich ein wenig. Trotzdem lag da immer noch etwas im Ton seiner Stimme, das mir verriet, dass er mehr wusste, als er zugeben wollte. Ich hoffte nur, dass der Personalmangel keine schlimmen Hintergründe hatte.

»Wie gesagt, dein Vater müsste im Büro im Haus sein, da ...«

»Eigentlich«, unterbrach ich ihn, »wollte ich zu dir. Es geht um Caja.«

Von jetzt auf gleich nahm sein Gesicht einen so düsteren Ausdruck an, dass mir trotz der sommerlichen Temperaturen kalt wurde. Hastig trat er einen Schritt auf mich zu. »Was ist mit Caja?«

»Nichts, es geht ihr gut.« Beruhigend hob ich die Hände. »Ich wollte nur fragen, ob es für dich in Ordnung ist, wenn ich heute mal auf sie aufpasse. Wir wollen Bäuerin Rosi einen Korb Rhabarber vorbeibringen.«

Sein Ausdruck wandelte sich von aufgebracht zu verwundert, bis er letztendlich in Erleichterung endete. »Ich denke schon, ja«, stammelte er. »Ich meine, wenn das für dich kein Problem ist.«

»Dann würde ich es nicht vorschlagen, oder?« Nun war ich diejenige, die ihn frech angrinste.

Die Unsicherheit, was seine Schwester betraf, verschwand aus seinem Gesicht, er hob seine Kappe und fuhr sich lachend durchs Haar. Nick hatte ein schönes, ruhiges Lachen.

»Punkt für dich.«

Kapitel 9

Amelia

Rosis Hof lag auf der anderen Seite des Ortes, sodass ich auf dem Weg dorthin ein paar bekannte Gesichter und Läden entdecken konnte. Caja schien sich schon gut in Engelsberg auszukennen, denn sie lief fast den ganzen Weg über ein paar Meter vor mir.

Ich erinnerte mich daran, wie ich als Kind jeden einzelnen der Pflastersteine mit Kreide zu bemalen versucht hatte. Die Natur war mein Spielplatz gewesen. Im nahe liegenden Wald hatte ich mich in Feen und Elfen verwandelt, auf den Straßen mit den Kindern der Nachbarschaft mit Kreide unsere eigenen Häuser gemalt, in denen wir leben wollten.

»Amelia?«, fragte Caja, ohne sich zu mir umzudrehen, als wir die ersten Fachwerkhäuser erreichten.

»Ja?«, antwortete ich, woraufhin sie sich umdrehte, neben mich gesellte und neugierig zu mir hochsah.

»Warum machen Hummeln eigentlich keinen Honig?«

Unwillkürlich stahl sich ein Lächeln auf meine Lippen. Dieselbe Frage hatte ich als kleines Mädchen selbst meinem Vater gestellt.

»Wie kommst du darauf, dass sie keinen Honig machen?«

»Ich habe noch nie Hummelhonig gesehen.«

»Das stimmt«, meinte ich und lachte leise. »Trotzdem produzieren auch Hummeln Honig, nur eben nicht so viel wie Bienen.«

Nachdenklich runzelte sie die Stirn. »Und warum nicht?«

»Weißt du, Bienen brauchen den vielen Honig, weil sie damit über den Winter kommen müssen. Das ganze Volk kuschelt sich dann zusammen und hat genug Honig auf Lager, um überleben zu können, wenn es im Winter keine Blüten mehr gibt. Wenn mein Papa und dein Bruder ihnen den überschüssigen Honig wegnehmen, geben sie ihnen im Gegenzug immer etwas anderes zu essen. Hummeln hingegen überwintern nicht, sie leben nur einen Frühling und Sommer lang. Deshalb müssen sie sich nicht so viel Honig auf Vorrat anlegen.«

Einen Moment lief sie stumm neben mir her. Dabei kratzte sie sich ständig an den Armbeugen. Bei genauerem Hinsehen erkannte ich, dass sie feuerrot und schuppig waren. Ich tippte auf Neurodermitis.

»Ich mag Hummeln lieber als Bienen«, stellte sie nun fest.

»Und warum?«

Caja zuckte mit den Schultern. »Sie sind mir einfach lieber. Wenigstens stechen sie mich nicht.«

Ich musste an den Sommer denken, in dem ich gerade zwölf geworden war. Mit meinem Lieblingsbuch, den *Wilden Hühnern*, hatte ich mich auf eine große Picknickdecke in den Schatten im Garten meiner Eltern gelegt und war mit dem Arm unter meinem Nacken eingeschlafen. Als ich wieder wach geworden war, hatte sich eine Hummel auf meinem Unterarm niedergelassen, die ich aber erst nicht bemerkt hatte. Als ich den Arm also wieder gesenkt und die Hummel so in meiner Achsel eingeklemmt hatte, erlangte ich das Wissen, dass diese kleinen dicken Tierchen sehr wohl dazu in der Lage waren, ziemlich stark zuzustechen.

Ich hielt es aber für besser, Caja in dem Glauben zu lassen, Hummeln würden nicht stechen. Schließlich war dies immer noch eine Seltenheit und kaum gefährlich. Wenn Caja solche Angst vor Bienen hatte und Hummeln offenbar mochte, wollte ich ihr nicht noch mehr unnötige Angst machen.

»Hat dich denn eine Biene mal gestochen?«

»Nein«, meinte sie und bekam bei einer Erinnerung, die sie nun offenbar heimsuchte, trotzdem große Augen. »Aber eine hat Mama mal wehgetan. Ich weiß, dass es sehr wehtut.«

Prüfend sah ich zu ihr hinab und fragte mich erneut, was mit ihrer Mutter los war. Sie ging auf Weltreise und ließ Nick und Caja einfach so zurück? Und was war mit ihrem Vater?

»Weißt du, Bienen sind an sich ganz liebe Tierchen. Ohne sie würden alle Menschen wahrscheinlich innerhalb von vier Jahren aussterben«, erklärte ich ihr, weil ich den Drang verspürte, ihr diese Tiere doch noch ans Herz zu legen. Immerhin hatte Einstein das mal gesagt. Und Papa auch, den man sowieso mit Einstein gleichsetzen konnte. »Außerdem können sie dir auch helfen.«

Neugierig sah sie zu mir hoch. »Helfen? Wie denn?«

»Das an deinen Armen, weißt du, was das ist?«

»Neuromitis oder so.«

Lachend fuhr ich ihr über den Kopf. »Neurodermitis«, korrigierte ich sie. »Bienenhonig ist nicht nur total lecker, sondern auch supergesund und gut für die Haut. Er soll auch bei Neurodermitis schnell helfen.«

Verwundert betrachtete sie ihre Armbeugen. »Eigentlich habe ich das nicht oft. Erst ein Mal, als wir nach Engelsberg gekommen sind. Nick sagt, dass es jetzt bestimmt wegen der starken Sonne wiedergekommen ist.«

Ich dachte nach. Neurodermitis wird bei kleinen Kindern meistens durch Stress oder Veränderungen ausgelöst, und ich fragte mich, ob der Umzug nach Engelsberg der einzige stressige Auslöser für Cajas Neurodermitis gewesen war oder ob dieser

Stress vielleicht auch in der Ursache jenes Umzugs gelegen hatte.

»Nick hat mir gestern eine Salbe drauf gemacht, ich weiß aber nicht, ob die hilft.«

»Dann sollten wir mal etwas anderes versuchen.«

»Solange ich nicht zu den Bienen muss«, meinte sie, ehe ihr etwas einzufallen schien. »Amelia?« Fragend sah sie mich aus großen Augen an und griff nach meiner Hand. »Weißt du, was auch gut für die Gesundheit ist?« Ihr schelmisches Lächeln war dasselbe wie Nicks, und ich erwischte mich dabei, wie ich sie einen Moment versonnen betrachtete.

»Was denn?«

»Eiscreme!«

Lachend schüttelte ich den Kopf. »Auf dem Rückweg, okay?«

Und als das überglückliche Strahlen auf ihrem Gesicht mein Herz zum Stolpern brachte, fragte ich mich, ob es an ihrer Niedlichkeit lag oder ich mir einfach nur kurz Nick mit genau diesem Lächeln vorgestellt hatte.

Wir gingen auf dem Rückweg doch nicht mehr bei Marias Eiscafé vorbei, denn bei Rosi konnten wir uns den Bauch mit frischer Käsesahnetorte vollschlagen. Das kam mir gelegen, da ich außer dem einen Löffel Honig nichts gefrühstückt hatte. Das Backen war neben dem Schneidern, Töpfern und dem Pflegen ihrer Tiere und ihrer Pflanzen Rosis großes Hobby, was man deutlich rausschmecken konnte. Es hatte sich wirklich nichts verändert.

Als wir zu Hause ankamen, verstaute ich die neuen Vorräte im Keller und entließ Caja in den Garten, wo sie sich wieder ihrem Mandalaheft widmete. Weil alle anderen noch unterwegs waren, beschloss ich, mich ein wenig umzusehen. Warme Sonnenstrahlen kitzelten meine Sommersprossen, während ich das Haus verließ und in Richtung Bienengarten lief. Hier hinten hatte Papa seine eigene Entspannungsecke. Unter der jahrzehntealten Akazie stand ein fast genauso alter Stuhl mit einem wahrscheinlich noch älteren Sitzkissen, auf dem meine Urgroßeltern schon Platz genommen hatten.

Mit einem Seufzen ließ ich mich hineinfallen und nahm die Umgebung in mir auf. Von hier aus konnte man die Scheune, Teile der Bienenbeuten und das Gewächshaus perfekt beobachten. Ich verstand, weshalb Papa hier so gern saß und seine Tasse Kaffee schlürfte. Für einen Moment schloss ich die Augen und reckte das Kinn gen Himmel. Kaum zu glauben, dass dies derselbe Himmel war, unter dem ich mich in München noch so gestresst gefühlt hatte. Die dichten Gewächse boten Schatten, das Summen der Bienen und das Rascheln der Blätter beruhigten die Sinne, und die leichte Prise der Bergluft ließ mich zum ersten Mal seit Langem so richtig durchatmen.

Als ich die Augen wieder öffnete, schickte die grelle Mittagssonne bunte Farben vor meine Iriden. Ich blinzelte sie davon, dann fiel mein Blick auf die mit gelbem Jasmin bewachsene Außenwand der Scheune. Das Kreuzfenster wurde von dem Gewächs fast vollkommen verschlungen, nur wenige Sonnenstrahlen lockten es zum Vorschein. Doch dort, wo es angeschienen wurde, setzte der Schatten der Blüten sein Wachsen fort. Instinktiv stand ich auf, um es mir näher anzusehen, und bemerkte schon von Weitem, dass sich mehrere Hummeln und Bienen darin tummelten. Der Duft der Pflanze war herrlich. Süß und herb zugleich. Ohne darüber nachzudenken, fischte ich mein Handy hervor, richtete die Kamera auf das kleine Fenster und versuchte, die wohltuenden Klänge und die Atmosphäre für ein paar Sekunden in einem Video einzufangen.

Es passte rein gar nicht in meinen Feed. Die Farben, die Klänge, alles biss sich mit dem, was meine Follower bisher von mir gekannt hatten. Komischerweise war mir das in dem Moment vollkommen gleich. Auch dass ich eigentlich eine Pause machte, denn irgendwie war es immer noch eine Pause. Eine Pause von allem, was man bisher von mir gekannt hatte. Nichts an dem Video war verkrampft, geplant oder weckte Hoffnungen in mir, dass es meinen Algorithmus erweitern könnte. Es war einfach ein spontanes Video, das Ruhe ausströmte und meinen Followern zeigen sollte, wie ich jene Pause verbrachte. Also postete ich es ohne Filter und nur mit einem blinkenden *Sound-on*-GIF in meiner Story. Somit lud ich meine Community ein, selbst an dieser Ruhe teilhaben zu können.

Es vergingen Stunden, in denen ich durch den Garten streifte, mich unter einem Baum niederließ oder ein paar Heidelbeeren aß – und außer für die eine Aufnahme hatte ich kein einziges Mal das Bedürfnis, mich mit meinem Smartphone zu beschäftigen. Keine Sekunde langweilte ich mich, und erst als Mama mich zum Abendessen rief, merkte ich, wie schnell die Zeit vergangen war und wie gut es tat, sich mit seiner Umgebung, mit der Natur auseinanderzusetzen, statt immer am Handy zu hängen. Vielleicht könnte ich es das nächste Mal einen ganzen Tag zur Seite legen. Ich wollte es auf jeden Fall versuchen.

Als ich aus dem Bienengarten kam, sah ich Nick und Caja am Esstisch auf der Terrasse sitzen. Skeptisch runzelte ich die Stirn. War es jetzt auch normal, dass sie beim Essen dabei waren, oder war das heute nur eine Ausnahme? Mein Gedanke wurde von Papa unterbrochen, der aus der Küche trat und sich mir näherte. Fest zog er mich in seine Arme.

»Und? Hattet ihr Mädels einen schönen Tag?«

Caja drehte sich um und strahlte meinen Vater an. »Ja, wir haben bei Rosi ganz viel Käsesahnetorte gegessen!«

»Was? Und ihr habt mir nichts mitgebracht?« Empört stemmte er die Hände in die Seiten, dann kam er spielerisch drohend auf Caja zu. »Dafür muss ich euch bestrafen.«

Kurzerhand vergrub er seine Finger in ihren Bauch und kitzelte sie. Caja wand sich laut lachend in seinem Griff und rief immer wieder: »Tut mir leid, tut mir leid!«

Instinktiv sah ich zu Nick, der seine Schwester mit so viel Liebe bedachte, dass mir warm ums Herz wurde. Immer wieder lachte auch er leise mit, wobei sich tiefe Grübchen unter seinem Bart bildeten und …

Sein Blick traf den meinen, sein Lachen verwandelte sich in ein zartes Lächeln. So zart, dass es irgendetwas mit mir machte. Hastig räusperte ich mich und wandte mich ab.

»Papa?«

Mama brachte das Essen raus, und ich ließ mich meinem Vater gegenüber nieder. Bevor er reagierte, hatte er sich ein Stück Kartoffel in den Mund geschoben. Nun sah er mich fragend an.

»Hat es einen Grund, warum ihr so aufgerüstet habt?«

»Was meinst du?«

Ich deutete in den Garten und auf die vielen bunten Sträucher und Blumen, die das letzte Mal, als ich hier gewesen war, noch nicht in solchen Massen geblüht hatten. »Na ja, der Garten.«

»Wir müssen aufrüsten. Den Bienen wird schließlich überall anders jeglicher Lebensraum genommen.«

»Euren Völkern geht es aber gut, oder?« Keine Ahnung, warum, aber meine Alarmglocken läuteten bei Papas abwesender Art sofort. Ich bemerkte, dass auch Nick mich grübelnd ansah. Als sich unsere Blicke trafen, lächelte er kurz und widmete sich wieder seinen Kartoffeln.

»Mach dir keine Sorgen«, beruhigte mich Mama. »Erzähl doch mal von dir. Wie geht es dir? Wie ist es in München? Was macht dein Praktikum?«

Ich schluckte. War ja klar gewesen, dass dieses Thema irgendwann aufkommen würde. »Es ist ziemlich stressig und sehr trocken. Ich weiß nicht, ob mir die Arbeit dort auf Dauer Spaß macht.«

Wenn ich meine Mutter schon anlügen musste, versuchte ich wenigstens, ein Stück weit ehrlich zu sein. Ich wollte es ihr ja erzählen, nur eben nicht sofort. Am besten war es, wenn ich sie langsam auf die schlechte Nachricht vorbereitete.

»Das kommt vielleicht noch. Aller Anfang ist schwer, letztendlich hast du aber einen super Arbeitgeber und bist abgesichert.«

Da war er wieder. Mamas Standardspruch, der mir in meiner momentanen Lage noch schlimmer ins Gewissen biss. Ein Standard-Gewissensbiss-Spruch eben. Ich wusste, dass sie es nur gut meinte, sich für mich eine perfekte Zukunft wünschte. Aber zählte zu dieser perfekten Zukunft nicht auch, dass man sich wohlfühlte?

»Wie ist es so in München?«, fragte Caja neugierig.

»Laut und groß«, antwortete ich, ehe ich mir eine voll beladene Gabel mit Kartoffeln in den Mund steckte.

»Das war es in Bern auch«, warf Caja schulterzuckend in die Runde, woraufhin ich die Ohren spitzte. Neugierig wartete ich darauf, dass sie mehr von sich, ihrem Bruder und den Gründen preisgab, warum sie ausgerechnet im abgelegenen Engelsberg lebten, wenn sie doch offenbar aus dem großen, wunderschönen Bern kamen. Doch sie aß nur genüsslich weiter und setzte einen Haken an das Thema.

»Ihr seid aus Bern? Was führt euch nach Engelsberg?«

»Unser Wohnwagen hat sich Engelsberg ausgesucht, hat Nick mal gesagt«, erzählte Caja voller Selbstverständlichkeit und verstärkte mein Misstrauen dadurch nur weiter.

Im Inneren zählte ich auf: Sie lebten also nicht nur komplett allein ohne Eltern in einem so abgelegenen Dorf, dass es auf einer Karte kaum zu finden war, sondern wohnten dazu auch noch in einem Wohnwagen. Auch wenn ich Caja wirklich mochte, war die Lebensart, die ihr Bruder für sie und sich selbst ausgesucht hatte, mehr als ungewöhnlich. Wie kam es, dass meine Eltern das nicht auch hinterfragten?

»Wohnwagen?«, hakte ich mit hochgezogenen Brauen nach, ehe mein Blick skeptisch zu Nick zuckte, der meinen Fragen schon einmal ausgewichen war. Dann erstarrte ich. In seinen Augen, die mich fixierten, lagen Anspannung und eine Intensität, die sich in mein Inneres bohrte. Fast hätte ich sie als wütend und drohend gedeutet, wenn darin nicht noch dieses warme, beinahe treue und gleichzeitig besorgte Gefühl gelegen hätte, das mich heiß erschauern ließ. Irgendwie verloren sah er mich an und wechselte damit beinahe jegliches Misstrauen in mir gegen Mitgefühl aus. Erst als er sich wieder seinem Teller zuwandte, fasste ich mich langsam.

Treue Augen, die mein Herz zum Stolpern brachten, hin oder her, dieser Typ war ein Fremder und seine Reaktion auf meine Frage äußerst seltsam. »Ihr lebt in einem Wohnwagen? Und was ist mit …?«

»Peter, ich habe die Waben vom Volk Julia, die von der Ernte übrig waren, in den Dampfwachsschmelzer gestellt«, unterbrach mich Nick mit einer Info, über die mein Vater sicherlich schon längst Bescheid wusste. Dabei zuckte sein Blick kurz in meine Richtung, was mein Gefühl verstärkte, dass er etwas verheimlichte und diesem Thema aus dem Weg gehen wollte. »Ich sehe in einer Stunde noch mal danach. Morgen kümmere ich mich um die Obsttracht. Bei Volk Jana, Josephine und June habe ich heute die Bienenflucht gesetzt, um morgen ernten zu können. Die anderen waren noch zu feucht.«

»Das ist gut. Das Wachs können wir für das Traumfest nutzen, damit die Kinder wieder ihre eigenen Kerzen gießen können.« Papa sah mich an, begegnete meinem empörten Ausdruck mit einem beruhigenden Lächeln, als könnte er meine Gedanken lesen. War er denn gar nicht skeptisch, was seinen Imkerlehrling anging, der hier ganz offensichtlich etwas verheimlichen wollte? »Amelia, wirst du beim Traumfest noch hier sein? Dann kannst du Nick bei den Vorbereitungen helfen. Dir wird hier doch bestimmt schnell langweilig.«

Verwundert über den raschen Themenwechsel stockte ich. »Ich … ähm …«, begann ich und sah mich in der Runde um. Nick bei den Vorbereitungen für das Traumfest helfen? Ausgerechnet das Traumfest?

Ich wusste, dass die Organisation immer sehr zeitintensiv war, und der Gedanke, mehrere Stunden am Tag mit Nick zu verbringen, gefiel mir nicht. Keine Ahnung, warum. Vielleicht weil mein Misstrauen ihm gegenüber immer stärker wurde, vielleicht weil er sicherlich die ganze Zeit alberne Witze reißen würde und dieses schelmische Schmunzeln, mit dem er mich nun wieder ansah, auf seinen Lippen sein würde. Anscheinend machte es ihm Freude, mich verärgert oder verwirrt zu sehen. Vielleicht war es aber auch das starke Gefühl, dass er noch mehr in mir durcheinanderbringen würde, und das wollte ich in meiner momentanen Lebenslage definitiv unterbinden.

»Ich weiß nicht so recht«, antwortete ich und verzog das Gesicht. »Wann findet das Fest noch mal statt?«

»In fünf Wochen, am vierten Juli.«

Fünf Wochen. Ich hatte geplant, länger zu bleiben. Viel länger. Na ja, eben so lange, bis ich rausgefunden hatte, was mein nächster Schritt sein würde. Doch jetzt ...

»Also ist das hiermit geklärt.« Papa klatschte in die Hände, nickte mir dankbar zu und ignorierte mein empörtes Gesicht, als er aufstand und seinen Teller in die Küche brachte. Eigentlich war gar nichts geklärt, eigentlich hatte ich gar keine Antwort gegeben, doch für Papa war das mal wieder typisch. Er legte gern selbst fest, wer was zu tun hatte, hielt sich lieber an seinen eigenen Plan. Diese Einstellung hatte ihn mit seinem Honig zwar in die größten Supermärkte des Landes gebracht, mich persönlich aber dennoch oft an den Rand der Verzweiflung.

»Ich kann auch mithelfen«, ertönte Cajas Stimme.

»Bestimmt«, meinte Mama und lächelte ihr liebevoll zu. Ein Lächeln, das in meiner Kindheit immer mir gegolten hatte. »Wir finden schon eine Aufgabe für dich.«

»Bitte entschuldigt mich.« Ich stand auf und eilte Papa nach. Dieser war gerade damit beschäftigt, sich ein kühles Bier aus dem Kühlschrank zu holen.

»Papa«, meinte ich nur und schüttelte den Kopf. Seinem Grinsen nach zu urteilen wusste er genau, weshalb ich mich ärgerte. »Kannst du nicht einmal meine Antwort abwarten?«

»Ach, Amelia, das bisschen Vorbereitung bekommst du doch sicherlich hin. Du hast die Zeit.«

»Darum geht es nicht. Es ...«

»Worum geht es dann?« Er grinste breiter, und ich rang nach einer Antwort.

»Es ist einfach ...«

»Es ist Nick, oder?«

Perplex runzelte ich die Stirn. Ich hatte fast vergessen, wie dünn die Haut meines Vaters war. Natürlich entging ihm nichts, natürlich hatte es keinen Sinn zu widersprechen. Und doch tat ich es.

»Nein, ich meine, er ...«

»Was hast du gegen ihn?« Nun war sein Grinsen verschwunden. Stattdessen hob er eine Braue und sah mich erwartungsvoll an. Wem machte ich etwas vor? Meinem Vater sicherlich nicht. Also dann vielleicht letztendlich ... mir?

»Keine Ahnung, er ist einfach komisch. Ich kenne ihn nicht und finde es seltsam, dass er mit seiner Schwester in einem Wohnwagen lebt. Findest du das nicht auch?«

Er zuckte mit den Schultern. »Viele Menschen tun das. Ist auf jeden Fall günstiger, und man ist mobil.«

Seufzend rollte ich mit den Augen und lehnte mich gegen die Spüle. »Aber in seinem Alter? Ich meine, er ist doch nur paar Jahre älter als ich. Wo sind seine Eltern? Was macht er hier? Du kannst mir nicht erzählen, dass du glaubst, eine Karriere in der Imkerei Karl im hintersten Engelsberg könnte sein Zukunftstraum sein.«

»Mein Zukunftstraum war es in seinem Alter zumindest.«

»Ja, weil du hier aufgewachsen bist und die Imkerei deiner Eltern übernommen hast. Aber er? Er kommt aus Bern. Aus Bern!«

»Ach, Amelia.« Einen Moment lang sah Papa mich fast mitleidig an. Dann schüttelte er den Kopf und schenkte mir ein warmes Lächeln. »Merkst du eigentlich, dass du dir dein Leben selbst schwerer machst, als es ist?« Mein vollkommen verwirrtes Stirnrunzeln brachte ihn dazu weiterzureden. »Zu denken, dass Menschen in deinem Alter große Zukunftspläne haben *müssen* und ein Leben in einer Kleinstadt mit einer simplen Arbeit gar nicht infrage kommt ... damit machst du dir selbst ganz schönen Druck, und ich glaube, das ist auch genau der

Grund, weshalb du nicht so wirklich weiterkommst. Du hast zu hohe Ansprüche.«

Empört öffnete ich den Mund, um zu widersprechen, brachte aber kein Wort heraus. Hatte Papa recht? Gab ich der Gesellschaft und zum Teil auch meiner Mutter die Schuld für meine von viel zu hohen Erwartungen geprägten Zukunftspläne, obwohl schlussendlich nur ich diejenige war, die sich diesen Druck machte? Obwohl nur ich diejenige war, die sich dazu entschieden hatte, sich von den Meinungen anderer verunsichern zu lassen?

»Vielleicht verheimlicht er wirklich etwas«, fuhr Papa fort, ohne auf meine Antwort zu warten, »ich halte das sogar für sehr wahrscheinlich. Aber heißt das automatisch, dass es etwas Schlechtes, etwas Gefährliches sein muss? Ich meine …« Er kam ein paar Schritte auf mich zu und verkniff sich ein Schmunzeln. »Verheimlichst du deiner Mutter nicht auch etwas?«

Schon wieder klappte mein Mund auf, schon wieder kam nichts raus, und Papa sah mich an, als hätte er genau diese Reaktion erwartet. Schließlich drückte er mir einen Kuss auf die Stirn.

»Nick und Caja sind gute Menschen, da kannst du deinem alten Vater schon vertrauen. Auch was das Fest angeht. Glaub mir, du brauchst die Festvorbereitungen als Beschäftigung, um aus deinen fiesen Gedanken herauszukommen. Du bist viel zu verklemmt, entspann dich mal ein bisschen.«

Mit diesen Worten fuhr er mir durch die Haare, zwinkerte mir ein letztes Mal liebevoll zu und verließ die Küche, um zurück in den Garten zu gehen.

Verklemmt.

Mein Vater hatte also dieselbe Meinung von mir wie Lars. Und wenn Papa das sagte, musste es schon etwas bedeuten. Ich spürte, wie sich ein Kloß in meiner Kehle bildete, der schwer wie Blei in meinen Magen sackte. Vielleicht sollte ich wirklich etwas lockerer werden. Nicht nur, was meine Mitmenschen betraf, sondern vor allem, was mich selbst anging. Und vielleicht auch, was Nick anbelangte. Doch was sollte ich tun? In meinem Inneren klingelten nun mal durchgehend schrille Alarmglocken, wenn er da war, und ich war mir sicher, dass das an meinem Misstrauen ihm gegenüber lag und nicht an dem warmen Prickeln, das er seit unserer ersten Begegnung in mir auslöste.

Dachte ich jedenfalls.

Kapitel 10

Nick

Eigentlich hatte der Feierabend dieses Donnerstags ziemlich entspannt begonnen. Die Rapsernte war geschafft, die Waben geschleudert und Peter und ich endlich fertig mit der Arbeit.

Dann war der Anruf gekommen. Im Nachbarort Winterbach hatte ein Obstbauer ein ausgeschwärmtes Bienenvolk an einem seiner Apfelbäume entdeckt, zu dem wir uns nun auf den Weg machten. Peter holte ein paar Dinge aus dem Bienengarten, während ich vorne im Hof am Wagen wartete. Die Sonne knallte mal wieder erbarmungslos auf uns herab, ließ Pflanzen und Blumen austrocknen. Nur abends, wenn sie sich langsam verabschiedete, kühlte es etwas ab. Trotzdem war es einfach viel zu heiß für Ende Mai.

Hinter mir ertönte ein metallisches Klappern. Als ich mich umdrehte, entdeckte ich Amelia in einem luftigen Sommerkleid. Bunte pastellige Blumen, auf denen sich jede Biene gern niederlassen würde, waren darauf abgebildet, und ein hoher Schlitz enthüllte beim Laufen ihr linkes Bein. Die hellbraunen Haare hatte sie zu einem Pferdeschwanz zusammengebunden, wodurch ihr rundes Gesicht noch besser zu sehen war.

Ihre außergewöhnlich große Kleidersammlung war mir bereits die letzten Tage aufgefallen. Eines blumiger und bunter als das andere, und ich hasste mich für den Gedanken, dass ich alle umwerfend an ihr fand. Da war eine Wand um mich herum, die seit Jahren keine Frau mehr durchließ. Wenn ich ehrlich war, hatte ich überhaupt noch nie eine Frau durchgelassen. Amelia in Kleidern, Amelia in Person schimmerte durchsichtig hindurch. Als wäre diese Wand plötzlich aus Glas. Hastig langte ich nach einem Spruch, der die Jalousien vor jene Glaswand zog und meine emotionale Seite wieder einfror, meine Gedanken zunichtemachte.

»Willst du etwa in dem Kleid Fahrrad fahren?«, fragte ich also in abfälligem Ton und deutete mit einem belustigten Schmunzeln auf das Rad an ihrer Seite. Sofort huschte Unsicherheit über ihr Gesicht, und sie sah an sich hinab. Ich hätte mich ohrfeigen können, sie so zu verunsichern, doch es war besser so. Besser so für mich und noch besser für sie.

Ihre Miene veränderte sich. Es war, als hätte sie tatsächlich kurz beklommen über ihre Kleiderwahl nachgedacht, damit gerungen, wieder hochzueilen und sich umzuziehen. Doch dieses Gefühl schien von etwas Standhaftem, Entschlossenem verdrängt zu werden. Langsam kam sie auf mich zu. »Ja, wieso nicht?«

Ich deutete auf ihr Kleid. Auch wenn ich es gut fand, dass ihre Unsicherheit verschwunden war, war es doch ziemlich leichtsinnig von ihr, sich mit einem so langen Rock aufs Fahrrad zu schwingen. »Das Kleid könnte sich in den Speichen verfangen.«

»Machst du dir Sorgen um das Kleid oder um mich?«

Meine Mundwinkel zuckten, als sie mich herausfordernd ansah. »Um das hübsche Kleid natürlich.«

Auch sie lächelte kurz, ehe sie mein Gesicht genau betrachtete. Sicherlich fragte sie sich gerade, ob ich meinen Spruch ernst meinte oder sie wieder nur verarschte. Um ehrlich zu sein, wusste ich das selbst nicht.

Schließlich schüttelte sie den Kopf und schob das Rad an mir vorbei.

»Also ich könnte in einem so langen Kleid nicht Fahrrad fahren.«

»Deswegen überlässt du diese Aufgabe ja auch mir«, meinte sie, ehe sie sich noch mal zu mir umdrehte. Überlegen hob sie die Brauen und stemmte den Arm in die linke Seite. Ich konnte mir ein Lachen nicht verkneifen, was sie, ihrem verärgerten Blick nach zu urteilen, offenbar als Auslachen verstand. Doch ich lachte sie nicht aus. Ganz im Gegenteil: Mir gefiel es, dass sie sich von mir nicht mehr allzu sehr ärgern ließ, sondern langsam, aber sicher schlagfertig konterte.

»Und wenn du stürzt?«

»Das fragt ihr Männer uns auch, wenn wir hohe Schuhe tragen«, entgegnete sie mir mit einem Schulterzucken. Automatisch sah ich zu ihren Schuhen, um zu überprüfen, welche sie für ihre Fahrradtour gewählt hatte. Fast erleichtert war ich, als ich erkannte, dass sie flach waren.

»Und lass mich raten: Du bist mit hohen Schuhen wahrscheinlich noch nie gestürzt?«

Ein selbstsicheres Lächeln erschien auf ihren Lippen. »Nö, nie.«

Kurz blieb ich an genau diesem Lächeln hängen, weil ich irgendwie süß fand, mit wie viel Stolz es gefüllt war. So als könnte sie sich an den kleinen Dingen im Leben erfreuen, als würde unter der aufgetakelten Großstädterin ein junges Mädchen schlummern, das Bilder in Wolken zeichnete, Melodien im abendlichen Windheulen fand und sich im Flimmern lichtgetränkter Pusteblumenwiesen verlor. Ein solches Lächeln hatte ich bisher nur bei Caja entdeckt.

»Würdest du mich jetzt entschuldigen?«, fragte sie und unterbrach mein Starren, holte mich zurück ins Jetzt. Ein letzter Blick, ein letztes feindseliges und doch irgendwie warmes Funkeln in ihren Augen, ehe sie sich aufs Rad schwang und um die Ecke verschwand.

»Komisch, ich frage mich, von wem das Volk ist«, überlegte Peter neben mir im Auto laut, während ich den Blick über die mit großen Eichen gesäumte Chaussee gleiten ließ, die wir gerade passierten.

Normalerweise sorgten gute Imker dafür, dass ihre Völker nicht ausschwärmten. Wenn die Königin merkte, dass sie nicht mehr genug Platz für ihre Eier hatte, bestimmte sie eine Larve als die neue Königin, die die alte und einen Teil des restlichen Volkes vertrieb. Da Peter immer genauestens darauf achtete, dass wir rechtzeitig Ableger bildeten und den Bienen genügend Platz boten, konnte das ausgeschwärmte Volk also nicht von uns stammen.

»Da hat wohl jemand nicht aufgepasst. Glück für uns«, antwortete ich mit einem Schulterzucken. Wir konnten uns wirklich glücklich schätzen, ein weiteres Volk dazuzugewinnen. Die letzten Jahre waren hart für die Imkerei gewesen.

Ein altes Backsteinhaus mit dunklen Holzpfählen in der Fassade erhob sich am Ortseingang zwischen dichten Bäumen und Wiesen. Im hinteren Teil ging der Hof direkt auf die große Streuwiese über. Als wir ankamen, konnte man das Volk schon deutlich am Baum hängen sehen. Wie eine Traube hatten die Bienen sich um ihre Königin gekuschelt und schwankten laut summend an einem Ast. Der Obstbauer stand etwas abseits, auf seinem Gesicht ein ängstlicher Ausdruck. Ich würde nie verstehen, wie man vor diesen friedlichen Tieren Angst haben konnte – wenn man nicht allergisch war, konnten sie einem nichts tun.

»Guten Tag«, begrüßte Peter ihn und reichte ihm die Hand. Seine weißen Haare ähnelten den hellen Blüten des Apfelbaums neben ihm, der dieses Jahr sehr spät blühte. Seine Haut war faltig und gebräunt von der vielen Arbeit an der frischen Luft. »Peter Karl.«

»Kreling, Eric Kreling«, stellte sich der Bauer vor, und auch ich nannte kurz meinen Namen, dann deutete er unsicher zu den

Bienen. »Da sind sie. Haben mir einen Todesschrecken eingejagt.«

»Sind Sie allergisch?«, fragte ich mit einem belustigten Schmunzeln auf den Lippen.

Er blinzelte ein paarmal verwirrt. »Nein, aber ich möchte trotzdem nicht gestochen werden.«

»Wenn Sie ihnen nichts tun, werden Sie auch nicht gestochen.«

Bevor er antworten konnte, hatte Peter unsere Imkerjacken aus dem Wagen geholt und hielt mir meine entgegen. Anschließend parkte er den Wagen so, dass die Ablage mit der freien Beute direkt unter den Bienen stand. Ehe wir an das Volk herantraten, reichte er mir den Wassersprüher, mit dem wir Regen imitierten. Dies brachte die Bienen dazu, sich enger aneinanderzuschmiegen, und erschwerte ihnen das Fliegen.

Peter ließ mir den Vortritt, weil ich dieses Handwerk noch üben musste. Die letzten drei Jahre, in denen ich jetzt schon bei ihm arbeitete, hatte es erst einmal ein ausgeschwärmtes Volk gegeben, das wir wieder hatten einfangen müssen. Während ich Peter dort noch bei der Arbeit zugesehen hatte, ließ er sie mich nun selbst ausführen.

Ich stellte mich neben das Volk und suchte am Ast nach einer Stelle, an der ich einen guten Griff hatte, während ich den Wassersprüher ein paarmal einsetzte. Ein Blick zu Peter, um mir sein Okay einzuholen. Er nickte, dann zog ich mit einem Ruck den Ast herunter und beförderte damit den Großteil der Bienen in die Beute darunter, in der eine mit Honig beschmierte Wabe steckte. Ein aufgebrachtes Summen ertönte, doch das Volk beruhigte sich umgehend, als es den Honig bemerkte. Nun hieß es abwarten, bis sich auch der Rest der Bienen vom Ast verabschiedet hatte und den anderen folgte. Optimal war es, wenn die Königin bereits in der Beute war, doch das konnten wir in dem Gewimmel momentan nicht feststellen.

»Wollen Sie einen Kaffee?«, fragte Bauer Kreling, als sich auch nach zwanzig Minuten nicht viel getan hatte. Die meisten

Bienen waren schon in der Beute, doch viele saßen noch am Ast oder tummelten sich an der Außenwand der Box.

»Oder ein Bier?«

Peter kratzte sich am Kopf. »Ich würde vielleicht eins nehmen«, antwortete er, woraufhin ich ihn forschend ansah. Normalerweise war er sehr zuverlässig, erlaubte sich keine Fehler und trank keinen Alkohol bei der Arbeit, doch die letzten Jahre schienen ihn sehr fertiggemacht zu haben. Amelias Sorgen waren nicht ganz unbegründet.

Ich winkte ab. »Nein danke, für mich bitte nichts. Ich sehe mal, ob ich das hier mit einem Besen beschleunigen kann.«

Peter nickte, und ich lief zur Beifahrertür des Wagens, um den Bienenbesen herauszuholen, mit dessen weichen Borsten man den Rest der Tierchen sachte vom Ast fegen konnte, musste aber feststellen, dass wir ihn zu Hause liegen lassen hatten.

Peter und Bauer Kreling hatten sich gerade im Hof niedergelassen, als ich bei ihnen ankam.

»Wir haben den Besen vergessen. Ich würde ihn ja schnell holen, aber das Auto steckt jetzt erst mal unter dem Baum fest.«

Peter blinzelte mich mit zusammengekniffenen Augen an, da ihn die tief stehende Sonne hinter mir blendete. Auf seiner Stirn bildeten sich zwei Denkerfalten.

»Mist, ich wusste, wir haben etwas vergessen.«

»Brauchst du einen Wagen?«, fragte mich Bauer Kreling mit kehliger Raucherstimme, ehe er sich ein paarmal kränklich räusperte und hinter sich deutete. »Ich kann dir meinen kleinen Trecker leihen. Ist zwar nicht so schnell, aber besser als nichts.«

Als ich sah, was er meinte, musste ich mir ein Schmunzeln verkneifen. Trecker konnte man das Teil kaum nennen. Sicher, auf den Obstwiesen erledigte er bestimmt gute Arbeit, doch dieser Wagen war so klein, dass er fast als Spielzeugtraktor durchgehen konnte, und bestimmt war er genauso schnell. Trotzdem – wie er gesagt hatte – besser als nichts.

»Wenn das für Sie in Ordnung ist?«

»Na, wenn nicht, würde ich es dir ja nicht anbieten«, antwortete er, stand auf und bedeutete mir, ihm zu folgen. Bei seinen Worten lächelte ich, denn sie erinnerten mich an Amelia, die in der Honigscheune etwas Ähnliches von sich gegeben hatte. Hastig schüttelte ich den Kopf. Warum mir ihr schelmisches Funkeln plötzlich wieder vor Augen trat, konnte ich mir nicht erklären, und es war besser, wenn ich es schleunigst vergaß.

Der Bauer reichte mir den Schlüssel und zeigte mir kurz die Steuerung. Weil ich schon einige Male bei Ralf geholfen hatte, kannte ich mich etwas aus und fuhr wenige Momente später vom Hof in Richtung Ortsausgang. Der Trecker vibrierte laut unter mir, als ich auf die Landstraße in Richtung Engelsberg tuckerte. Mit maximal vierzig Kilometern pro Stunde erreichte ich den Ortseingang erst nach zwanzig statt zehn Minuten und war fast erleichtert, als ich wieder vertrautes Terrain um mich herum hatte.

Seit Bern bereitete mir fast jeder andere Ort, der nicht Engelsberg hieß, tiefes Unbehagen. Ich konnte es nicht genau erklären, doch wenn ich nicht zu Hause war, herrschte durchgehend Unruhe in meinem Inneren – ganz leise und kaum bemerkbar. Die Angst, dass man uns fand, war einfach immer da.

Ich bog gerade von der Hauptstraße in einen Feldweg, der direkt in die Imkerei führte, als ich am Wegesrand eine Person im hohen Gras hocken sah. Relativ schnell erkannte ich, dass es Amelia war. Ihr auffälliges Kleid, das daneben liegende Fahrrad und ihr grimmiger Gesichtsausdruck, mit dem sie sich das Knie hielt, verrieten sie. Doch als ich näher kam, erkannte ich, dass in ihrem Gesicht viel mehr als Wut lag. Schmerz? Anspannung? Sie schien gefallen zu sein.

»Wie war das? Noch nie gestürzt?«

Ich stellte den Trecker aus und lief auf sie zu. Ihr Kiefer zuckte wild, sie wandte das Gesicht ab und schien mit etwas zu kämpfen. Schon von der ersten Begegnung an hatte ich gemerkt, dass sie mir nicht gerade positiv gegenüberstand. Sie hinterfragte, woher ich kam und was ich bei ihrer Familie zu suchen hatte.

Große Lust auf ihre Gesellschaft war daher auch meinerseits kaum vorhanden. Ich hasste es, wenn man mich nach meinen Eltern fragte, was die meisten Einwohner Engelsbergs auch mittlerweile wussten und respektierten. Amelia war da hartnäckiger. Ich spürte an ihrem Blick, dass sie mich nicht bei ihrer Familie willkommen hieß, dass sie mir nicht vertraute und mich sofort verurteilte.

»Was willst du?«, fragte sie.

Ja, was wollte ich eigentlich? Ich konnte sie selbst kaum leiden, gab mir nur Mühe, mit ihr klarzukommen. Warum mir das Zittern in ihrer Stimme trotzdem einen Stich in die Magengrube versetzte, wusste ich daher nicht. Und als sie mich schmerzerfüllt aus gläsernen Augen ansah, überkam mich plötzlich die starke Vorahnung, dass es nicht der Sturz war, wegen dem sie litt. Jedenfalls nicht hauptsächlich. Er war nur ein Tropfen von vielen, gesammelt in einem Fass, das bald überzulaufen drohte.

Ohne auf ihre Frage zu antworten, ging ich vor ihr in die Hocke und sah mir ihr Knie näher an. Es war blutig. »Tut es sehr weh?«

Allmählich gab auch sie ihre abwehrende Haltung auf, die zusammengezogenen Brauen entspannten sich, dann inspizierte sie ebenfalls ihr Knie. »Nein, mir geht es gut.«

Ich blickte zu ihr auf und wusste sofort, dass sie log, fragte aber nicht weiter nach. Schließlich stand ich auf und hielt ihr die Hand hin, die sie überrascht betrachtete.

»Komm, ich bring dich nach Hause«, schlug ich vor und wedelte mit der Hand vor ihrem Gesicht, weil sie sich noch immer nicht rührte. Sie musterte den Trecker hinter mir.

»Mit dem Teil?«

Ich schnaufte, ehe sie meine Finger ergriff. Haut an Haut wusste ich kurz nicht mehr, wie ich atmen sollte, und erstarrte. Erst als sie auf den Beinen war und von mir abließ, schnappte ich erleichtert nach Luft. Trotzdem brauchte ich einen Moment, um mich wieder zu fangen. Meine Finger pochten, die Wangen brannten.

»Da passen wir doch gar nicht zu zweit drauf. Und was ist mit dem Fahrrad?«

Auch ich nahm den Sitz des Treckers näher in Augenschein. »Das Fahrrad kann ich später mit Peter auf dem Rückweg von Winterbach mitnehmen. Und es ist ja nicht mehr weit«, überlegte ich laut und deutete auf das schmale Schutzblech über dem Hinterreifen, »vielleicht kannst du dich dadrauf setzen?«

Ihr Gesicht verzerrte sich einen Moment, ehe sie ihr Kleid raffte und sich mit Leichtigkeit auf das Schutzblech schwang. Kurz starrte ich sie perplex an, weil ich nicht erwartet hätte, dass sie es ganz ohne Mühe und Meckern dort hoch schaffen würde. Doch ich hatte vergessen, dass dieses Mädchen zwischen Tieren, Dreck und Natur aufgewachsen war – ganz egal, wie aufgetakelt sie manchmal wirkte.

»Okay, gut«, meinte ich nur, ließ mich auf dem Fahrersitz nieder und startete den Trecker. Die ersten Minuten herrschte Stille zwischen uns, doch irgendwann drang Amelias Stimme durch das laute Surren des Motors.

»Willst du es nicht langsam mal sagen?«

Verwirrt warf ich ihr einen Blick über die Schulter zu, woraufhin sie schmunzelnd die Augen verdrehte.

»›Ich habe es dir doch gleich gesagt.‹ Das ist es doch, was du sagen willst.«

Ich unterdrückte ein Lächeln. »Ich weiß nicht, was du meinst.«

»Ist klar.« Sie lachte und etwas zog sich in mir zusammen. »Ist es nicht das, wofür du lebst? Deine Leidenschaft, Sprüche zu klopfen?«

Grinsend sah ich sie an. »Dafür, dass du dich von diesen Sprüchen so ärgern lässt, hast du sie aber auch selbst ganz gut drauf.«

»Ich lasse mich nicht ärgern«, antwortete sie in einem angespannten Tonfall, der mir zeigte, dass sie es eben doch tat. Nun wurde sie etwas nachdenklicher. »Jedenfalls nicht von dir.«

Wir fuhren auf den Hof, als das altbekannte große Schlagloch im Tor den Trecker durchschüttelte. Amelia fiel zur Seite, krallte sich an meine Schulter. Hastig packte ich sie und zog sie im letzten Moment wieder auf das Blech. Atemlos klammerten wir uns aneinander. In Amelias Gesicht lag Überraschung, die sich in Wärme verwandelte. Eine Zeit lang sahen wir uns einfach nur an, ließen nicht voneinander ab, weil der Schock uns noch durchströmte. Und vielleicht auch etwas anderes.

»Ist es immer noch mein Kleid, um das du dich sorgst?«, fragte sie leise.

Ohne darüber nachzudenken, schüttelte ich den Kopf und kam nicht umhin, meinen Blick auf ihre Lippen zu senken. Fehler. Denn nun spürte ich etwas in mir, das zwar warm war, aber dennoch Höllenschmerzen mit sich brachte. Was tat ich hier eigentlich? Panische Unruhe machte sich in mir breit, was mich dazu brachte, von ihr abzulassen, den Motor zu stoppen und schleunigst im Bienengarten zu verschwinden. Dieses Gefühl war nur eine Illusion, die mich verführen und am Ende töten wollte.

Kapitel 11

Amelia

Freitagabend nahm ich die Einladung von Sophie an und traf mich mit ihr im *Pauls*, ein ursprünglich einfacher Biergarten, der seit Neuestem wohl aber auch Cocktails servierte und am Wochenende kleine Feste veranstaltete. Wir setzten uns in den Außenbereich, wo Biertischgarnituren aufgebaut waren und helle Sonnenschirme Schatten boten. In einer Ecke stand eine kleine Außenbar, hinter der ein junger Mann Getränke mixte und lässig zur Musik wippte.

Ich trug eines meiner Lieblingskleider. Ein viel zu überteuertes türkisblaues Maxikleid von *Costarellos,* zu dessen Kauf mich meine Lieblingsbloggerin Lydia Millen vor wenigen Jahren überredet hatte. Wie von selbst legte sich mein Finger auf die kleine Wunde am Knie, und ich wurde in die Situation mit Nick zurückkatapultiert. Dass ausgerechnet er mich dort hatte finden müssen, jagte kribbelnde Hitze in meine Wangen. Ich hatte doch nur ein bisschen die Gegend erkunden wollen. Dass Fahrrad und Maxikleid nicht zusammenpassten, musste ich schließlich auf die harte Tour lernen.

»Für Engelsberg ziemlich fortgeschritten«, bemerkte ich und sah mich weiter im Außenbereich um. »Wie lange gibt es das hier schon?«

Sophie zuckte mit den Schultern und ließ den Blick ebenfalls über die anderen Gäste – bisher fast ausschließlich ältere – schweifen. »Meine Mutter meint, wohl schon seit zwei Jahren. Es läuft offenbar ganz gut. Wenigstens haben die jüngeren Übriggebliebenen hier etwas zum Amüsieren.«

Ich musste schmunzeln, als sie das Wort Übriggebliebene verwendete. »Wie ist es so, hier jetzt fest zu arbeiten und zu leben?«, fragte ich, als wäre es etwas vollkommen Unvorstellbares. »Ich meine, nachdem du in einer Großstadt warst.«

»Tatsächlich mag ich das Landleben lieber«, erklärte sie mir. »Es ist so schön ruhig hier. Ich meine, in Wien ist es auch schön gewesen, aber mit der Zeit war mir alles zu viel. Zu viele Menschen, zu viel Lärm, zu viel Druck und zu viel Reizüberflutung.«

Obwohl ich München und das Stadtleben liebte, wusste ich sofort, was sie meinte. Kaum war ich in Engelsberg gewesen, hatte ich mich entspannen können. Keine Ahnung, ob das wirklich am Landleben an sich oder letztendlich daran lag, dass es meine Heimat war, doch in puncto Druck und Reizüberflutung in der Stadt hatte Sophie definitiv recht.

»Außerdem habe ich in Wien leider kaum Anschluss gefunden«, fügte sie mit traurigerer Stimme hinzu. Als ich sie ansah, richtete sie ihren Blick auf die Tischplatte vor sich.

»Ist es hier jetzt besser?«

Sie schien zu überlegen, wobei sie den Kopf schief legte. »Ja, ein wenig. Na ja, gleichaltrige Freunde habe ich hier zwar nicht so viele, aber Mamas Freundinnen und die Nachbarn sowie Maria sind toll. Ich verbringe gern Zeit mit ihnen.«

Ich nickte. »Ja, Maria ist ein Schatz!«

Nachdenklich fuhr sie mit dem Finger die Maserung des Holztisches nach und schwieg einen Moment. Dann sah sie endlich wieder hoch, und unter ihren vielen Sommersprossen bildete sich ein Lächeln. »Aber mit einer Gleichaltrigen in eine Bar oder in einen Biergarten zu gehen, habe ich tatsächlich ewig nicht mehr gemacht.«

»Das sollten wir jetzt öfter angehen«, schlug ich vor und griff kurz nach ihrer Hand, woraufhin sich ein Strahlen in ihre Augen legte.

Ganz davon abgesehen, dass ich ihr etwas Gutes tun wollte, falls Laura und ich sie damals in der Schule tatsächlich ausgeschlossen haben sollten, mochte ich Sophie wirklich. Sie war freundlich, ruhig, und ich hatte ein richtig gutes Gefühl bei ihr. So wie bei einer ehrlichen Freundin eben. Und als ich realisierte, dass ich sie als meine Freundin haben wollte, begann ich ebenfalls zu strahlen.

»Was? Du hast keines der Bücher gelesen?«

Nach drei Drinks stand die Sonne schon ziemlich tief und verfing sich golden in den weißen Johannisbeeren, die hier so üppig wuchsen. Sophie und mir merkte man den leichten Alkoholpegel definitiv an, denn wir waren längst nicht mehr so zurückhaltend und ruhig wie zu Beginn, unterhielten uns laut, lachten und sangen zu ein paar der Songs mit.

»Nein, kein einziges. Nur angefangen«, erzählte ich und dachte an die vielen hübschen Bücher, die ich ästhetisch in meinem Feed präsentierte. »Ich meine, ich wollte sie lesen, aber irgendwie hatte ich nie die Zeit dafür.«

»Du enttäuschst mich, Amelia Karl«, säuselte Sophie und hielt sich wehleidig die Hand ans Herz.

Kurzerhand hob ich mein Glas und kippte den Rest Gin Tonic runter. »Nicht nur dich.«

Im angetrunkenen Zustand hatte ich Sophie von meinem Instagram-Schlamassel erzählt und davon, wie unzufrieden ich war. Keine Ahnung, ob es am Alkohol oder einfach an ihr lag, dass ich so offen über mein Scheitern sprechen konnte, doch es fühlte sich gut an, mal alles bei jemandem rauszulassen, der mich eigentlich nur von Instagram kannte. So als würde ich wenigstens vor einem klitzekleinen Teil meiner Community die Maske ziehen, mich offenbaren und ein Stück weit durchatmen können, weil ich keine Rolle mehr spielen musste.

»Auf Bücher muss man sich voll und ganz einlassen«, erklärte Sophie. »Es sind andere Welten, meist schönere Welten. Wenn man in der eigenen aber so gestresst und irgendwie *gefesselt* ist, fällt es einem schwer, da rauszukommen.«

»Vielleicht kann ich mich nach dieser Pause darauf einlassen.«

»Vielleicht auch schon in deiner Pause. Komm bei mir in der Bibliothek vorbei, ich empfehle dir ein paar Bücher. Was willst du sonst machen, wenn deine liebe Freundin Sophie arbeiten ist?« Lachend kniff ich ihr in den Arm, ehe sie weitersprach. »Den ganzen Tag bei deinen Eltern in der Imkerei dösen?«

Apropos ... je mehr ich an die Imkerei dachte, desto mehr schwand mein Lachen. »Was das betrifft«, begann ich und lehnte mich etwas vor, »der neue Lehrling meiner Eltern, Nick ... Kennst du ihn?«

Noch immer schwirrte mir im Kopf, wie sorgenvoll er mich vor einem weiteren Sturz gerettet, mich gehalten und mit so viel Gefühl angesehen hatte. Sein Kopfschütteln als Antwort auf meine Frage, ob er sich mehr um das Kleid sorgte als um mich. Keine Ahnung, warum ich ihm diese Frage gestellt hatte – sie war einfach so aus mir rausgesprudelt. Ob sie ihm gefallen hatte, bezweifelte ich allerdings, denn im Anschluss hatte er noch verschlossener und zurückgezogener gewirkt als bei unserer ersten Begegnung. Obwohl ich ihm immer noch stark misstraute, war da mittlerweile ein anderes Gefühl, das ich umso lieber unterdrücken wollte. Es verwirrte mich, *er* verwirrte mich, und das musste aufhören.

»Nick«, murmelte Sophie und runzelte ebenfalls etwas ernster die Stirn. »Ich glaube, ich habe ihn bisher nur ein-, zweimal mit seiner Schwester im Ort gesehen. Er ist wohl erst seit ein paar Jahren hier. Wieso?«

Seit ein paar Jahren, überlegte ich. Wenn man bedachte, dass ich bis vor Kurzem nichts von ihm gewusst hatte oder darüber, dass meine Eltern überhaupt ausbildeten, waren ein paar Jahre schon eine lange Zeit. Ein paar Jahre in einem Wohnwagen ohne Familie oder Freunde, die sie in Bern vermissten.

»Nur so«, log ich und wandte mich wieder meinem leeren Glas zu. Als Sophie nach mehreren Momenten immer noch nichts gesagt hatte, sah ich auf und merkte, dass sie mich grinsend bedachte.

»Er gefällt dir«, stellte sie neugierig fest.

Ich riss die Augen auf. »Nein!«, protestierte ich. »Ich meine, das ist nicht der Grund, weswegen ich gefragt habe.«

»Aber du bist trotzdem interessiert an ihm?«

»Nein, ich ...«

»Warum fragst du dann?«

Seufzend atmete ich durch, ehe ich mich sammelte und von vorne begann. »Er ist seltsam, okay?«

»Seltsam? In welcher Hinsicht?«

»Er lebt mit seiner kleinen Schwester in einem Wohnwagen, und wieso zur Hölle ist er in diesem Kuhdorf, wenn er aus Bern kommt? Ich meine, nach Engelsberg kommt man doch nur, wenn man mindestens einen Menschen kennt, der hier jemanden kennt. Aber einfach so? Aus dem Nichts?«

Sie kniff die Augen zusammen. »Worauf willst du hinaus?«

»Na ja, was ist, wenn er ein Landstreicher ist oder ein Dieb oder so.«

Sophie lachte laut auf, und ich musste mir ebenfalls eingestehen, dass das ein ziemlich weit hergeholter Gedanke war. »Amelia, du müsstest dich mal hören! Denkst du nicht, dass deine Eltern oder irgendjemand anderes in Engelsberg nicht schon längst gemerkt hätte, dass etwas mit ihm nicht stimmt, wenn er tatsächlich ein Dieb wäre? Dann wäre er doch schon längst über alle Berge. Wenn er echt so schlimm wäre, würde er nicht überall so viel helfen. Und denk doch an seine Schwester. Kommt es dir so vor, als ob er ihr so was antun würde?«

Träumerisch entsann ich mich an unser gemeinsames Abendessen und seinen liebevollen Blick, den er seiner Schwester zugeworfen hatte. Dass jemand, der seine Schwester so sehr liebte, ein schlechter Mensch war, konnte auch ich mir nicht vorstellen. Und doch ging dieses misstrauische Gefühl ihm gegenüber einfach nicht weg.

Sophie lehnte sich über den Tisch und zwang mich dazu, sie anzusehen. »Weißt du, was ich glaube?«, fragte sie, ohne meine Antwort abzuwarten. »Ich glaube, dein Gehirn sucht einfach nur krampfhaft nach Gründen, um ihn nicht mögen zu müssen. Doch so, wie es aussieht, ist das schon längst passiert. Also, warum willst du ihn nicht mögen?«

Ja, warum wollte ich ihn nicht mögen? Hatte Sophie recht, und ich mochte ihn schon längst? Wachsam hörte ich in mein Inneres hinein und dachte an unser erstes Zusammentreffen. Das Erste, was mir an ihm aufgefallen war, waren seine goldgrünen Augen, deren Strahlen ich noch immer deutlich vor mir sah. Doch angesichts seiner provozierenden Sprüche hatte ich ihn eigentlich nicht ausstehen können. Er war frech, zügellos ehrlich und gleichzeitig so verschlossen, dass ich gar nicht sagen konnte, ob ich ihn wirklich mochte oder nicht.

»Ist er das nicht?« Sophies Stimme holte mich aus dem Off. Ich fuhr herum und realisierte, dass sich Nick mit dem Barkeeper unterhielt. Er trug ein dreckiges Arbeitsshirt und wirkte damit nicht so, als würde er den Biergarten zum Vergnügen besuchen. Und doch stach er mit seiner Kappe, dem weichen Lachen, das bis zu uns rüberdrang, und dem schelmischen Grinsen zwischen allen anderen Gästen hervor.

Ich erstarrte, schluckte hart, als er sich in der Menge umsah und ich gleichermaßen hoffte und befürchtete, dass er mich entdeckte. Sein Blick traf mich eine Sekunde, glitt weiter durch die Gegend, ehe er doch zurück in mein Gesicht zuckte und sich eine überraschte Erkenntnis in seinen Augen niederlegte. Ich war gefangen, konnte einfach nicht wegsehen. Unser Blickkontakt war so intensiv, dass ich das Gefühl bekam zu schmelzen. Es waren nur wenige Momente, vielleicht nur ein paar Sekunden, doch hier zwischen uns passierte etwas, das man als

Außenstehender sicherlich gar nicht wahrnahm. Wir zwischen Menschen, wir zwischen Momenten. Wir als ein sonderbares Zwischendrin.

Ein lautes, nur zu bekanntes Frauenlachen löste mich von ihm, dann sah ich sie, und ich bekam keine Luft mehr. Laura – meine alte Freundin Laura, mit der ich noch heute so viel Schmerz verband – tauchte hinter Nick auf und drückte dem Barkeeper einen leidenschaftlichen Kuss auf die Lippen. Ich hatte befürchtet, sie hier in Engelsberg anzutreffen, dabei wollte sie schon immer aus diesem Dorf verschwinden. Jedenfalls waren dies stets ihre Worte gewesen.

Je länger ich sie ansah, desto panischer wurde ich. Szenen, Sätze, schmerzende Worte hallten in meinem Inneren wider, weckten Erinnerungen an Zeiten, die ich jahrelang zu verdrängen versucht hatte, die jedoch stets bei mir geblieben waren und mein Leben bestimmt hatten.

»Willst du das wirklich anziehen, Amelia? In dem Oberteil siehst du dick aus.«

»Jungs, habt ihr gehört? Amelia hat einen Instagram-Blog, ist das nicht süß?«

»Süße, denkst du echt, dass du mit so was erfolgreich sein kannst? Du? Mit deinem Style? Also, ich hab dich echt lieb, aber ich wäre mir da nicht so sicher.«

Ohne groß darüber nachzudenken, erhob ich mich. Bevor sie mich sah, bevor ich mich mit ihr beschäftigen musste.

»Amelia?«, hörte ich Sophie fragen. »Ist alles in Ordnung?«

»Bitte entschuldige mich«, hauchte ich nur. »Mir geht es nicht so gut, ich melde mich bei dir.«

Und erneut fand ich mich auf der Flucht vor vergangenen Tagen wieder. Auf der Flucht vor einem Teil meines Selbst.

Kapitel 12

Nick

»Gehst du schon?« Verschmitzt lächelnd nahm Vale das leere Bierglas an sich, dessen Rest ich soeben in mir versenkt hatte, und hielt es fragend hoch. Mit der anderen Hand fuhr er sich durch das dichte braune Haar, das er locker zu einem Mittelscheitel gestylt hatte und das ihm wellig in die Augen fiel. Mit einer knappen Handbewegung deutete ich ihm an, dass ich genug hatte, also stellte er es in die Spüle.

»Ich muss gleich weiter, Caja abholen«, sagte ich und verdrehte unbemerkt die Augen, als sich Laura von hinten an ihn schmiegte und ihm erneut einen innigen Kuss gab. Die Wahrheit war, dass Caja bei einer Freundin übernachtete und ich schlichtweg keine Lust hatte, das dritte Rad am Wagen der beiden Turteltäubchen zu sein.

Vale wohnte noch nicht lange in Engelsberg – erst vor wenigen Jahren war er zurück zu seinem Vater gezogen, nachdem er seine Kindheit bei seiner Mutter in Winterthur verbracht hatte. Ich gönnte meinem besten Freund dieses Glück und freute mich, dass ein kurzer Besuch von Laura bei ihrer Mutter die beiden zusammengebracht hatte, doch so richtig warm würde ich mit ihrer Art, glaubte ich, nie werden. Für meinen Geschmack war sie etwas zu aufgesetzt, zu glatt. Nie erlaubte sie sich Fehler, wirkte leider oft arrogant, und irgendetwas an ihrer zu perfekten Art störte mich.

Äußerlich passten die beiden zwar wunderbar zusammen, denn sie gehörten definitiv zu der attraktiven Sorte Mensch, doch vom Charakter her war Vale lockerer als Laura. Mein bester Freund war mit dichtem Haar gesegnet, das wie Dominosteine ganz von selbst an Ort und Stelle fiel, zudem war er riesig, breit gebaut durch den vielen Sport, den er trieb, und hatte meistens ein Sunnyboy-Lächeln auf den Lippen. Laura hatte lange, elegante Beine, war immer perfekt gestylt und sorgte sich sichtlich um ihr Aussehen. Auch wenn sie ganz sicher viele Köpfe verdrehen konnte, war sie dennoch nicht mein Typ.

»Ich weiß, dass das nicht stimmt.« Vale lachte, nachdem er sich von Laura gelöst hatte, und sah mich stirnrunzelnd an. Ausweichend drehte ich mich mit dem Rücken zur Bar, ließ den Blick über den Biergarten schweifen. Der Tisch, an dem Amelia bis eben gesessen hatte, war nun leer, und jetzt, wo ich ihr halb ausgetrunkenes Glas anstarrte, erwischte ich mich bei einem Gedanken an sie. Nur kurz und im hintersten Winkel meines Hirns fragte ich mich, was es war, das sie so panisch hatte aufbrechen lassen. Wir hatten uns angesehen, irgendetwas war zwischen uns passiert, was ich nicht einordnen konnte – und dann war sie wie aus dem Nichts geflüchtet. Vor mir?

Hastig schüttelte ich den Kopf. *Du kannst sie nicht leiden,* rief ich mir ins Gedächtnis, weil mir das feindselige Gefühl ihr gegenüber lieber war als jenes, das sich seit Neuestem manchmal in meiner Magengrube bemerkbar machte, wenn sie in meiner Nähe war. *Außerdem ist sie eine Frau, und von denen wird sich ferngehalten.*

»Du schuldest mir noch eine Antwort.« Vale klopfte mir auf die Schulter, woraufhin ich mich wieder umdrehte. Er grinste. »Zürich? Wochenende?«

Seufzend vergrub ich das Gesicht in den Händen, weil er das Thema einfach nicht lassen konnte.

»Komm schon«, bettelte er, »einmal kannst du mit deinem besten Freund feiern gehen. Du arbeitest viel zu viel.«

Vales Lust, Wochenendtrips in diverse Großstädte zu unternehmen und dort die Sau rauszulassen, hielt schon an, seit ich ihn vor zweieinhalb Jahren kennengelernt hatte. Bisher hatte ich mich immer gut mit Gründen wie Arbeit oder Caja rausmogeln können. Nur zweimal an seinen Geburtstagen hatte ich mich dazu gezwungen gefühlt, mit ihm nach Winterthur zu kommen, was mir immer noch einschneidend im Hirn brannte. Großstädte waren nichts für mich. Sie waren laut, menschendurchflutet, erinnerten mich zu sehr an mein altes Leben in Bern, und das Risiko, gefunden zu werden, war dort einfach zu groß. Doch wie sollte ich das Vale erklären? Wie sollte ich ihm sagen, dass ich auf einer langen Flucht war und es mein Ende bedeuten würde, wenn plötzlich die falsche Person vor mir stünde?

»Ich kann am Wochenende nicht«, meinte ich und hob das Gesicht. »Du weißt, dass gerade extrem viel los ist. Die Ernten stehen an, und das Fest müssen wir auch noch organisieren.«

Das brachte Vale zur Vernunft, denn er wusste, wie es um die Imkerei Karl stand und dass Peter sich kaum weitere Arbeitskräfte leisten konnte. Die Erntezeit erzeugte daher immer intensiven Zeitdruck.

»Na gut«, er gab ein Seufzen von sich, »aber sobald dieser Traumfest-Heckmeck rum ist, ziehen wir los!«

Weil ich keine Lust hatte weiterzudiskutieren, nickte ich. Musste ich mir eben beim nächsten Mal eine neue Ausrede einfallen lassen.

»Wir sehen uns!« Um weitere Diskussionen oder den Anblick zu vermeiden, wie sich die zwei regelrecht auffraßen, schwang ich mich vom Barhocker und machte mich auf in Richtung Ausgang. Draußen parkte Peters alter SUV, den ich den Tag über für diverse Erledigungen gebraucht hatte. Eine Reparatur an der Spüle in Pauls Biergarten war das letzte To-do meiner heutigen

Aufgabenliste gewesen, und nun musste ich den Wagen meines Chefs nur noch zurück in die Imkerei bringen.

Müde stieg ich ein und fuhr die dunkle, menschenleere Straße entlang. In Bern würde es jetzt nur so von Menschen wimmeln, grelle Straßenlaternen würden mir in den Augen brennen und das durchgehende Gefühl von Bedrängnis durch meine Adern strömen. Einen Moment lehnte ich mich aus dem Fenster und sog die Stille in mich auf. Für nichts auf dieser Erde würde ich es riskieren, wieder zurückzumüssen.

Ich parkte Peters Wagen im Hof und passierte das Törchen, das in den Garten und zur Terrasse führte, wo ich den Autoschlüssel deponieren wollte. Gerade als ich ihn unter einen Blumenkübel legte, bemerkte ich aus den Augenwinkeln, dass in der Honigscheune noch Licht brannte. Peter musste wohl vergessen haben, es auszuschalten. Also lief ich nach hinten in den Bienengarten, öffnete die Tür zur Scheune und wollte schon den Schalter betätigen, da sah ich, dass die Tür am hinteren Ende der Scheune offen stand. Skeptisch lief ich ins Innere und erkannte, dass Amelia mit dem Rücken zu mir auf den Stufen der Hintertür saß und in die Nacht hinausstarrte. Ihre Schultern bebten, und einen Moment überlegte ich, mich wieder hinauszuschleichen, zu ignorieren, dass es etwas mit mir machte, sie so aufgelöst zu sehen. Ich wollte unsere Bekanntschaft nicht tiefer werden lassen, als die neckenden Witze und coolen Sprüche es zuließen. Doch ich konnte nicht.

»Habe ich dich so erschreckt, dass du vor mir fliehen musstest?«, fragte ich und schob einen Lacher hinterher. Kurz zuckte ihr Kopf zur Seite, und ich konnte sehen, dass sie Tränen in den Augen hatte. *Fuck, Nick, lass doch einfach mal deine Sprüche.*

»Sorry«, murmelte ich und fuhr mir übers Gesicht, »das war unpassend. Ich …«

»Alles gut«, unterbrach sie mich, und ich war erleichtert, als sie tatsächlich leise auflachte.

Langsam ließ ich mich neben ihr auf den Stufen nieder und sah in die dunkle Nacht vor uns. Das Einzige, was man hören konnte, war das laute Zirpen Tausender Grillen, die sich im hohen Gras versteckten. Kurz verlor ich mich in dem Dunkelblau des leuchtenden Himmels und den spitzen Bergen, die sich vor ihm ins Bild schoben. Manchmal konnte ich nicht fassen, dass dies wirklich mein Zuhause war.

»Ich bin tatsächlich geflohen«, fuhr sie fort und schmunzelte traurig, »aber nicht vor dir. Du bist zwar nervtötend, doch so schnell verjagst du mich nicht.«

Ihr Lachen steckte mich an. Ich musterte ihr Profil, beobachtete, wie sich ihr Lächeln wieder verabschiedete und dem Schmerz Platz machte, den sie ganz eindeutig zu verstecken versuchte.

»Und vor wem dann?«

Überrascht zuckte ihr Blick hoch, ehe sie mir wieder auswich. »Einer Person aus meiner Vergangenheit, die mir, im Nachhinein betrachtet, eigentlich nie gutgetan hat.«

Prüfend sah ich zu ihr rüber und überlegte, wer im Biergarten hinter mir gestanden hatte, den sie wohl meinen könnte. Umgehend bekam ich ein ungutes Gefühl. War es möglich, dass sie von Vale sprach? War Vale diese Person aus ihrer Vergangenheit, die ihr nicht gutgetan hatte? Auch wenn er seine Jugend bei seiner Mutter in Winterthur verbracht hatte, war es gut möglich, dass die zwei sich in den Ferien in Engelsberg getroffen hatten.

»Na ja, zwischen uns ist damals einiges passiert, was heute immer noch an mir nagt«, murmelte Amelia, ehe sie abwinkte und sich wieder zu einem Lachen zwang. »Aber keine Sorge. Mir gehts gut, ich hatte nur einen kurzen Aussetzer.«

Mein Blick verharrte weiterhin auf ihr, weil ich merkte, dass ihr das Thema stärker zusetzte, als sie zugeben wollte. Doch sie versteckte sich. Hinter einem Lächeln, hinter perfektem Make-up und einem makellosen Erscheinungsbild. Irgendwie ahnte ich, dass sie hinter all diesem Perfektionismus nur noch schöner sein konnte.

»Du musst mit mir nicht darüber sprechen«, begann ich schließlich. »Aber tu nicht so, als wäre alles okay. Denn das ist es nicht, und das sieht man.« Überrascht sah sie hoch und versank in meinen Augen. Vor ihren Iriden bildete sich ein wässriger Film, weswegen ich ihr ein beruhigendes Lächeln schenkte. »Es ist okay, nicht okay zu sein. Ganz simpel.«

Obwohl meine Worte mehr als gewöhnlich waren, starrte sie mich an, als würde sie diesen Spruch das erste Mal hören. Als wäre er längst überfällig gewesen und müsste sie schleunigst wachrütteln.

Sie presste ihre Lippen zu einer schmalen Linie zusammen und nickte. »Danke. Ich ärgere mich nur so über mich selbst, dass ich jahrelang keine Grenzen gezogen habe, dass ich diese Beziehung aufrechterhalten habe, obwohl es mir so schlecht damit ging. Wie dumm kann man sein?«

»Manchmal tun Menschen einem nicht gut, und man bleibt trotzdem bei ihnen. Weil man sie liebt und weil man sich wünscht, dass sie doch gar nicht so schlimm sind. Weil man sich wünscht, dass man sich täuscht.« Ich hatte gesprochen, ohne den Blick von der Dunkelheit vor uns zu nehmen. Nun hielt ich kurz inne, verharrte in eigenen schmerzlichen Erinnerungen, woraufhin Amelia mich prüfend musterte. Vielleicht gab ich ihr mit meinen Worten neue Gründe, mir zu misstrauen, vielleicht merkte sie meinen eigenen Schmerz und wurde dadurch noch skeptischer. Doch darum scherte ich mich momentan nicht. Ich musste ihr klarmachen, dass es keine Dummheit war, wenn man die Hoffnung in diesen einen Menschen nie aufgab. Vielleicht musste ich mir das selbst auch klarmachen. »Das heißt aber nicht, dass man dumm oder naiv ist. Das heißt nur, dass man eben wirklich geliebt hat, und das ist für mich keine dumme Eigenschaft.«

Als ich mich wieder ihr zuwandte, sah sie mich nachdenklich an, so als wollte sie zwischen meinen Zeilen lesen, herausfinden, was mit mir nicht stimmte und was es mit meinem Aufenthalt hier auf sich hatte. Diesmal war da aber weniger Misstrauen. Nein, in ihren Augen lag Verständnis und vor allem Dankbarkeit.

»Was hast du eigentlich im *Pauls* gemacht?«, fragte sie unvermittelt, und ich war froh, dass wir das Thema wechselten. Die Emotionen zwischen uns wurden mir langsam etwas zu intim.

»Ich musste etwas an der Spüle in der Küche reparieren.«

Neugierig hob sie die Brauen. »Wie? Du bist nicht nur Imker, sondern auch Klempner?«

»Imker, Klempner, Automechaniker«, zählte ich schulterzuckend auf. »Du kannst mich Mädchen für alles nennen.«

»Das ist ganz schön viel Arbeit an einem Tag.«

»Na ja, klar, in der Hochsaison ist bei deinen Eltern schon mal viel zu tun, doch den Rest des Jahres über helfe ich gern, wo es geht, damit mir nicht langweilig wird und ich mir an anderen Ecken etwas dazuverdienen kann.«

Mittlerweile hatte sie ihren gesamten Körper in meine Richtung gedreht und den Kopf müde gegen den Türrahmen gelehnt.

»Vale, der Barkeeper«, fuhr ich fort und achtete dabei besonders stark auf ihre Reaktion. Bei seinem Namen sah ich ihren Kiefer deutlich zucken. »Er ist Pauls Sohn und ein guter Freund von mir. Wenn ich dort nichts zu tun habe, bin ich meist sowieso abends nach der Arbeit kurz bei ihm, oft auch mit seiner Freundin Laura.«

Abwesend senkte sie den Blick auf ihre Hände und nickte nur. Eine Sekunde lang schien sie sich zu sammeln, sah dann wieder hoch und rang um ein Lächeln.

»Und wo ist Caja immer, wenn du ausgehst?«

»Manchmal bei deiner Mutter, manchmal bei einer Freundin. Heute zum Beispiel darf sie bei einer Schulfreundin übernachten. Die Einwohner von Engelsberg sind wirklich sehr hilfsbereit. Sie behandeln Caja wie ihr eigenes Kind. Das rechne ich ihnen hoch an … Caja braucht das.« Den letzten Satz hatte ich eigentlich nicht laut aussprechen wollen. Gespannt sah ich Amelia an, die in diesem Moment die Stirn runzelte.

»Ihr zwei seid allein, oder?«

Da war sie. Die Frage der Fragen. Die Frage, die ihr sicherlich schon lange auf der Zunge lag und mich nun endgültig verhöhnte. Konzentriert versuchte ich, mich zu sammeln, und hielt den Blick auf meine Füße gerichtet.

»Nein, wir haben ganz Engelsberg an unserer Seite.« Als ich Amelia wieder ansah, musterte sie mich stumm und mit schief gelegtem Kopf. Ich weiß nicht, ob es das Mitleid war, das in ihren Augen lag, oder das immer noch vorhandene Misstrauen in ihrem Stirnrunzeln, doch ihr Starren fühlte sich plötzlich wie Säure an, und ich musste mich erneut abwenden, um ruhig bleiben zu können.

»Und sonst?«

»Was und sonst?« Langsam konnte ich meine Anspannung nicht mehr verstecken.

»Na ja«, begann sie vorsichtig, »habt ihr in Bern niemanden, der auf euch wartet?« Mein Kiefer zuckte wild, ich formte die Hände zu Fäusten. Dieses Thema ließ mein Inneres bis heute heiß aufkochen. »Ich meine Freunde oder Elt…«

»Bist du eigentlich immer so unangenehm neugierig?« Ich konnte die Worte nicht aufhalten, konnte meinen Schmerz nicht mehr im Zaum halten. Entnervt verhöhnte ich sie mit einem wütenden Blick, ehe sich ihr Ausdruck von überrascht in verletzt wandelte, bis auch sie wieder ihre kalten Mauern hochzog und ebenfalls in Abwehrhaltung ging.

»Wenn es um meine Familie geht, ja«, meinte sie und verschränkte die Arme vor der Brust.

Ich stieß ein verächtliches Schnaufen aus. »Ach ja? Wo bist du dann die letzten drei Jahre gewesen?«

»Was meinst du?«

»Na ja, du redest von Familie und dass du sie schützen willst, bist aber in den drei Jahren, in denen Caja und ich nun schon hier leben, kein einziges Mal aufgetaucht.«

Erschrocken zuckte sie zusammen, als wären meine Worte einem schmerzhaften Schlag gleichzusetzen. Ich wusste, es war falsch, mein Leid an ihr auszulassen, doch ich konnte nicht anders.

»Wenn du deine Familie ein paarmal besucht hättest, dann hättest du mich vielleicht kennenlernen können und müsstest dir jetzt nicht solche Sorgen machen, ich könnte deinen Eltern schaden. Hast du aber nicht. Stattdessen tauchst du jetzt aus dem Nichts auf und stellst irgendwelche Fragen, die mir signalisieren sollen, dass ich für dich nicht willkommen bin, nachdem ich mir hier ein Zuhause aufgebaut habe. Du fragst dich, warum ich hier gelandet bin? Ich könnte dich dasselbe fragen. Hat es etwa was mit deinem Praktikum zu tun?«

Amelias Mund stand offen, und ich spürte, dass sie krampfhaft versuchte, sich zu beherrschen. Schon letztens am Esstisch hatte ich bemerkt, wie sehr sie das Thema Praktikum beschäftigte. Sie hatte es schnell wechseln wollen, als Anita es auf den Tisch packte – zweifellos. Es einfach wegschlagen wollen wie eine lästige Fliege, Regen, der einem ins Gesicht peitschte, oder meine Angst, wenn es um das Thema Vergangenheit ging. Daher schlug auch ich um mich, nicht nach ihr, sondern nach diesem Höllenthema. Und es schmerzte, dass ausgerechnet sie in meiner Schusslinie stand.

»Du hast keine Ahnung«, presste sie wütend hervor. In ihren Augen standen erneut Tränen.

Ich nickte. »Ja und du auch nicht. Jeder Mensch hat Themen, über die er nicht gern spricht. Ich respektiere deins, also respektiere du bitte auch meins. Tu mir den Gefallen und erwähne nie wieder meine Eltern.«

Eine wehmütige Erkenntnis tauchte in ihrem Ausdruck auf, dann nickte sie und erhob sich. »Okay«, hauchte sie, »tut mir leid, wird nicht mehr vorkommen.« Ohne mich noch mal anzusehen, verschwand sie im Schatten der Scheune.

Vielleicht war es besser so. Vielleicht war es gut, wenn wir vergaßen, dass da eben irgendetwas zwischen uns passiert war, und zur alltäglichen Distanz zurückkehrten. Komischerweise fühlte es sich jedoch alles andere als gut an.

Kapitel 13

Amelia

»Darf ich mir ein Buch aussuchen?« Caja strahlte mich mit großen Augen an, als wir am nächsten Vormittag gemeinsam die Stadtbibliothek erreichten. Nach meinem abrupten Aufbruch gestern hatte ich mir vorgenommen, mich bei Sophie zu entschuldigen. Sie wusste nicht, was Lauras Anwesenheit heute noch mit mir machte, schließlich hätte ich selbst niemals damit gerechnet, dass die Wunden, die die jahrelange toxische Freundschaft mit ihr verursacht hatte, noch immer so stark schmerzten.

»Na klar«, antwortete ich. »Wie wäre es mit *Die Wilden Hühner*? Das habe ich als Kind geliebt.«

Mühevoll öffnete ich die schwere Tür. Ein Klimpern ertönte, das einer am Türrahmen befestigten Glocke geschuldet war, und verkündete damit unsere Ankunft.

Ehe Caja hinter großen Bücherregalen verschwand, schien sie kurz zu überlegen und nickte. Ich blieb allein am Eingang zurück und hielt nach Sophie Ausschau. Im Inneren war es ruhig, so als wären Caja und ich die einzigen Besucher. Eine verwunschene und antike Wendeltreppe versteckte sich zwischen hohen Bücherstapeln und führte in den ersten Stock. Als ich die Stufen betrat, knarzte das Holz laut unter meinen Füßen.

»Ich bin gleich bei Ihnen«, ertönte es irgendwo zwischen verstaubten Seiten und alten Buchrücken, ehe ich oben ankam und mich nach Sophies Stimme umsah. Langsam trat ich an ein Fenster, das in die unfassbar dicke Mauerwand eingebaut war. Von hier aus konnte man die Goldgasse sehen, die direkt zum Markt führte. Ich erinnerte mich daran, wie ich mich als Teenager oft hierher geflüchtet und mit einem Buch an das Fenster gesetzt hatte. Die Bibliothek war der Ort gewesen, der nur mir und nicht Laura gehört hatte. Für sie waren Bücher uncool, daher war es sehr unwahrscheinlich gewesen, sie jemals hier anzutreffen.

»Amelia?« Hinter mir ertönte Sophies Stimme. Als ich mich umdrehte, blickte sie mich überrascht mit einem Stapel Bücher in der Hand an.

»Hey.« Ich kam auf sie zu. »Ich wollte mich wegen gestern entschuldigen. Dass ich einfach so abgehauen bin ...«

»Was war denn los?«

Seufzend ließ ich mich auf einem Stuhl nieder, woraufhin sie die Bücher weglegte und mich aufmerksam musterte.

»Als wir uns bei Marias Eiscafé getroffen haben, hast du Laura erwähnt, erinnerst du dich? Laura Runkel?«

Grübelnd runzelte sie die Stirn. »Ja, ihr wart sehr dicke, oder? Ich glaube, sie ist momentan zu Besuch bei ihren Eltern.«

Ich nickte. »Ja, wir waren sehr dicke ... Leider hat das aber nur so gewirkt.«

»Was meinst du?«

Einen Moment hielt ich inne und atmete tief durch. Bis heute – und ohne dass sie etwas zu mir sagen musste – besaß Laura die Kraft, mir das Gefühl zu geben, nicht gut genug zu sein und lieber die Klappe zu halten.

»Im Nachhinein betrachtet, hat sie mir nicht gutgetan«, gab ich schließlich zu. »Und wer weiß, vielleicht habe ich ihr auf irgendeine Weise auch nicht gutgetan. Lange Rede kurzer Sinn:

Die Freundschaft mit ihr war zum Teil erzwungen und hat mich ziemlich geprägt. Manche ihrer Worte verfolgen mich bis heute.«

Mitleidig presste Sophie die Lippen aufeinander. »Ja, ich erinnere mich, dass sie einschüchternd sein konnte.«

»Ich schäme mich, dass ich oft bei ihren Einschüchterungsversuchen mitgemacht habe. Damals hatte ich kein Selbstbewusstsein, war irgendwie abhängig von ihr. Also falls wir dich irgendwie mal verletzt haben sollten, tut es mir aufrichtig ...«

»Mach dir darüber keine Sorgen.« Sie winkte ab und schenkte mir ein Lächeln. »Ich war Meisterin im Verstecken und bin euch eh nie aufgefallen.«

Ich stieß ein Schnaufen aus und nickte erleichtert. »Und als ich Laura gestern im *Pauls* wiedergesehen habe, kam vieles wieder hoch.«

»Ich habe sie gar nicht gesehen«, meinte Sophie.

»Sie stand hinter der Bar und hat diesen Barkeeper abgeschleckt.«

Angewidert verzog sie das Gesicht und lachte. »Ich habe schon gedacht, du bist vor Nick weggerannt.«

Ihre Worte katapultierten mich in die letzte Nacht zurück. Nick hatte dasselbe gedacht, mich dasselbe gefragt. Und irgendwie fand ich das süß.

»Das meinte er auch.«

»Nick? Hat er dir das gesagt?«

»Ja, wir haben uns noch bei meinen Eltern getroffen.« Dass er mir erst ungewohnt zur Seite gestanden und mich im Anschluss beleidigt hatte, erwähnte ich nicht. Denn seine Worte beschäftigten mich nach wie vor, und ich musste sie erst mal selbst einordnen.

»Dann ist er dir wohl doch gefolgt.«

Überrascht hob ich den Blick. »Was?«

Sophie zuckte mit den Schultern. »Keine Ahnung, bevor ich gegangen bin, ist mir nur aufgefallen, dass er dir hinterhergesehen hat, und ich war mir fast sicher, dass er dir gleich nachkommt.«

Schmunzelnd schüttelte ich den Kopf. »Das hast du dir sicher eingebildet«, antwortete ich und musste dabei an letzte Nacht zurückdenken.

Noch eine ganze Weile hatte ich wach in meinem Bett gesessen und mit den Tränen gekämpft. Nick hatte mit seinen Worten genau ins Schwarze getroffen. Ja, wo war ich die letzten drei Jahre eigentlich gewesen? Warum hatte ich Mama und Papa kein einziges Mal besucht? Ich hätte damit argumentieren können, dass ich viel mit meinem Studium beschäftigt gewesen war, kaum Zeit für anderes gehabt hatte. Doch die Wahrheit war – und das merkte ich erst jetzt so richtig –, dass ich nicht mit dem Studium, sondern vielmehr mit mir selbst beschäftigt gewesen war. Meine hektische Welt hatte sich um Kooperationen, Reichweite, Selbstdarstellung und Likes gedreht.

Nick hatte mir dieselbe Frage gestellt, die auch ich die letzten Tage unterschwellig an ihn gerichtet hatte: *Wer bist du, und was machst du hier bei meiner Familie?*

Und das Schlimmste war, er stellte sie mit Recht. Während ich einen Mann anfeindete, der seit drei Jahren an der Seite meiner Eltern war, und ihm seine Zugehörigkeit entziehen wollte, war eigentlich ich diejenige, die schon lange nicht mehr dazugehörte. Und daran trug ich ganz allein die Schuld.

Prüfend hob Sophie die Brauen. »Ich glaube, ich habe eine gute Intuition.«

»In diesem Fall liegt deine Intuition aber falsch«, meinte ich und sah sie skeptisch an.

Sophie lachte, ehe sie mir an die Schulter fasste und wieder ernst wurde. »Geht es dir jetzt besser?«

Ich überlegte. Mal ganz davon abgesehen, dass mir Nicks Worte zusetzten, ging es mir tatsächlich besser – und so paradox das auch klang, war gerade er dafür verantwortlich.

Es ist okay, nicht okay zu sein.

Seine Worte hallten noch immer in meinem Inneren wider und erinnerten mich daran, dass ich mir seit Jahren nicht eingestehen wollte, gescheitert zu sein. Vielleicht seit dem Zeitpunkt, an dem ich zugelassen hatte, dass Lauras Worte mein Selbstwertgefühl minderten. Vielleicht auch erst, als ich mich selbst in meiner Leidenschaft verloren hatte. Ab irgendeinem Zeitpunkt war ich hingefallen, und seitdem tat ich so, als wäre das nie passiert. Statt mich kurz auszuruhen, aufzurappeln und wieder aufzustehen, kroch ich mühevoll und mit einem aufgesetzten Lächeln weiter. Ich hatte mir nie eingestehen wollen, dass es wehtat weiterzumachen oder dass ich eine Pause nötig hatte. Nicks Worte hatten mich wachgerüttelt, und das, obwohl sie so simpel waren. Ihm hatte ein Blick genügt, um mich zu sehen. Mich und meine Konflikte. Während ich mir seit Jahren unsicher im Spiegel entgegengrinste und nicht realisierte, was ich wirklich brauchte.

Umso mehr ärgerte ich mich nun, Nicks Grenze mit meiner unsensiblen Frage überschritten zu haben. Auch wenn ich ihm skeptisch gegenüber war, war diesmal tatsächlich kein Misstrauen im Spiel gewesen. Gerade weil er für mich da gewesen war, hatte ich mich ehrlich für ihn, seine Schwester und seine Eltern interessiert. Es war keine *Ich traue dir nicht über den Weg*-Frage gewesen. Nein, vielmehr hatte sich in mir ein *Erzähl mir mehr über dich*-Interesse angebahnt. Und am liebsten hätte ich ihm das so gesagt.

Erzähl mir mehr über dein Hinfallen, über deine Neuanfänge. Erzähl mir mehr über dein Ist-Gewesen und deine Wünsche für das Wird-noch-Kommen. Erzähl mir mehr über dich, Nick.

»Ich bin auf dem Weg der Besserung«, sagte ich daher ehrlich, statt Sophie und mich selbst weiterhin zu belügen.

Mitfühlend presste sie die Lippen aufeinander. »Wenn etwas ist, bin ich für dich da.«

Dankbar nickte ich, ehe ich ihr zurück ins Erdgeschoss folgte, wo Caja mit meinem vorgeschlagenen Buch in einer Ecke saß und konzentriert darin las.

»Wir können den Abend ja wiederholen«, schlug Sophie vor und verschwand hinter dem Tresen. »Das nächste Mal dann ausgestattet mit Schwertern und Schutzschilden, falls Laura wieder auftaucht.«

Belustigt über ihre ulkigen Vorstellungen schüttelte ich den Kopf. »Du hast zu viel Fantasie.«

»Das kommt davon, wenn man mehr in Büchern als in der Außenwelt lebt.«

»Apropos Bücher.« Mir fiel ein, dass ich mir vor einigen Wochen ein Buch auf Instagram gemerkt hatte. »Hast du dieses Buch im Lager? Moment …« Hastig fischte ich mein Handy hervor und tippte auf das Instagram-Symbol. Sofort wurde ich von Tausenden Benachrichtigungen überflutet. Weil ich diese ausgeschaltet hatte und mir erst jetzt bewusst wurde, dass ich seit Tagen nicht mehr online gewesen war, hatten sich meine DMs und Likes gehäuft. Das war nicht ungewöhnlich bei einem so großen Account wie meinem, aber gleich so viele, und das in meiner Pause? Das war tatsächlich seltsam.

Stirnrunzelnd tippte ich auf eine der vielen DMs, um nachzusehen, worum es hier ging.

So idyllisch! Bitte mehr davon! Könnte mich glatt dorthin träumen!, schrieb *@caroluise.*

Wow! Wo genau ist das? Das sieht so wunderschön aus!, hatte ich von *@megsunny08* in meinen Nachrichten, und *Wenn so deine Pause aussieht, will ich auch eine!*, meinte *@anna_eo8* als Reaktion auf meine vor wenigen Tagen veröffentlichte Story der blumen- und bienenübersäten Außenwand des Schuppens.

Ehrlich gesagt hätte ich nicht gedacht, dass sich überhaupt jemand dafür interessierte. Ich hatte es gepostet, weil *ich selbst* es schön fand, ich hatte es gepostet, weil *ich* es so wollte. Vielleicht hatte Marlen recht, und es war am besten, vor meinen Followern einfach ich selbst zu sein.

Überwältigt von den vielen positiven Reaktionen schickte ich Marlen ein paar Screenshots und erläuterte ihr kurz, was geschehen war.

»Alles in Ordnung?«

Als ich zu Sophie aufsah und sie anstrahlte, wusste ich kurz nicht mehr, was ich eigentlich auf der App hatte machen wollen.

»Ich habe total viele liebe Nachrichten auf Instagram bekommen. Die Leute finden die Story, die ich letztens vom Bienengarten gemacht habe, richtig schön und wollen mehr davon.« Freudig und irgendwie perplex hielt ich ihr das Handy unter die Nase, woraufhin sie es nahm und durch die DMs scrollte.

»Das ist ja toll! Ich erinnere mich an die Story und daran, dass ich mir noch gedacht habe, dass es kaum zu deinem Feed passt. Aber irgendwie dann doch!«

»Ja«, hauchte ich und nahm das Handy wieder an mich, »es war wirklich spontan. Vielleicht sollte ich öfter spontan sein.«

Caja nahm sich *Die Wilden Hühner und die Liebe* mit, und Sophie bestellte für mich *Die Geschichte der Bienen* von Maja Lunde. Vor einigen Wochen hatte ich es auf dem Profil einer anderen Bloggerin entdeckt und mich zum ersten Mal seit Langem wieder richtig für ein Buch interessiert. Die Bienen waren Papas Leidenschaft, tatsächlich waren sie das aber auch mal für mich gewesen. In meiner Kindheit hatte es keinen einzigen Tag gegeben, an dem ich ihn nicht in den Bienengarten begleitet hatte, und dieses Hobby wollte ich unbedingt wieder aufleben lassen.

Auf dem Nachhauseweg schauten Caja und ich in Mamas kleinem Tante-Emma-Laden vorbei. Er lag versteckt in einer engen Gasse. Das Schaufenster war geschmückt mit diversen Obst- und Gemüsesorten, und an der Außenwand hing ein verschnörkeltes altes Schild aus Zinn, das den Namen *Karl* trug. Eine Glocke läutete, als wir eintraten, dann ertönte Mamas Stimme aus dem Hinterraum.

»Bin gleich bei Ihnen!«

»Wir sind es nur«, antwortete ich laut und sah mich um. Neben den regionalen Produkten, die Mama hier verkaufte, bot sie auch natürliche, selbst gemachte Tinkturen, Salben und Cremes an.

»Amelia, wie schön!«, trällerte sie und trat in den Verkaufsraum, der einer altertümlichen vollgestopften Apotheke ähnelte. Trotz des vermeintlichen Chaos hatte hier jeder Apfel und jedes Fläschchen Propolis-Tinktur seinen Platz. »Was macht ihr denn hier?«

»Wir waren bei Sophie in der Bibliothek.« Caja hielt ihr *Wilde Hühner*-Buch in die Höhe.

»Toll, das Buch hat Amelia als Kind auch geliebt.«

»Ich habe es ihr vorgeschlagen«, warf ich ein und fuhr Caja über das Haar. Mama bedachte mich dabei liebevoll, dann lief sie hinter den Tresen.

»Kann ich euch etwas Gutes tun?«

Mein Blick fuhr erneut durch den Raum, streifte dunkelbraune Flaschen, die säuberlich beschriftet und beklebt waren. Ich näherte mich dem Regal und sah sie mir an.

»Hast du eine Idee, was ich gegen trockene Haut machen kann?«, fragte ich, weil ich mir sicher war, dass meine Mutter das beste Mittel haben würde.

Nachdenklich stellte sie sich neben mich. »Trockene, schuppige Hautstellen? Da ist Honig gut.«

Ich schüttelte den Kopf. »Nein, es ist eher ein unangenehmes spannendes Trockenheitsgefühl im Gesicht, obwohl ich es ständig eincreme. Und ich bekomme ab und an immer wieder Unreinheiten, trotz täglicher Reinigung.«

Mama hob die Brauen, als hätte sie in meinen Worten schon die Lösung für mein Problem gefunden. »Hört sich nach einer Überpflege an. In vielen Feuchtigkeitscremes sind Stoffe drin, die deine Haut auf Dauer nur noch trockener machen, damit du abhängig von der Creme wirst und sie nachkaufst. Außerdem solltest du dein Gesicht nicht übermäßig reinigen. Du willst zwar Bakterien abtöten, aber die Guten sollen doch erhalten bleiben.« Sie hob die Brille, die an einem Band um ihren Hals hing, und legte sie auf ihrer Nasenspitze ab. Dann trat sie näher und betrachtete mein Gesicht genauer. »Hört sich definitiv an, als wäre deine Hautbarriere kaputt. Am besten lässt du mal eine Zeit lang so wenig wie möglich an deine Haut.«

Mit diesen Worten lief sie zu ihrem großen Regal und zog ein paar braune Fläschchen hervor, die sie mir reichte. »Hier. Die Haut ist eigentlich selbst dazu in der Lage, sich zu heilen, zu fetten und zu versorgen. Mit deinen Cremes und Kosmetikartikeln hast du diese Funktion wahrscheinlich kaputt gemacht, daher braucht die Haut eine Auszeit, um sich zu regenerieren. Du kannst sie aber mit diesen Ölen ein bisschen unterstützen. Kamillenblütenöl, Lavendelöl und Hagebuttensamenöl, alles super für geschädigte Hautbarrieren, und dazu reinigen sie wunderbar sämtlichen Schmutz und Make-up von der Haut. Ah, und das Himbeersamenöl solltest du unbedingt gegen die UV-Strahlung nutzen.« Ehe sie weitersprach, wühlte sie erneut in ihrem Regal und holte ein verstaubtes Buch hervor. »Leider habe ich gerade nicht viel Zeit, um dir mehr zu erklären, aber in diesem Buch steht alles drin, was du wissen musst. Lies es dir mal durch, es ist wirklich erstaunlich, was die Natur kann.«

Voller Verwunderung sah ich erst auf die Fläschchen, dann auf das Buch. *Naturschön – Warum wir nur die Natur brauchen, um schön zu sein.* In der Welt der Heilkräuter war Mama so weise, so begeistert, dass mich das Thema langsam, aber sicher selbst mehr interessierte. Zudem erstaunte es mich, wie einfach und natürlich Hautpflege sein konnte und wie schwer die Kosmetikindustrie es einem machte. Es ärgerte mich, dass es in jeder Werbung hieß, nur diese eine Creme könnte der Haut helfen, wenn sie ihr letztendlich eigentlich Schaden zufügte. Offenbar war ein Furcht einflößender Neuanfang nicht nur bei mir, sondern auch bei meiner Haut längst überfällig. Ich vertraute Mama und wollte endlich wieder zu meinem Ursprung zurückfinden. Und dieser Ursprung lag wohl – o Wunder – in der Natur.

Kapitel 14

Amelia

»Ich hab es dir doch gesagt!« Am anderen Ende der Leitung klirrte das Geschirr. Marlen war gerade dabei, ihre berühmten Pfannkuchen zu braten, und ich hätte alles dafür getan, jetzt bei ihr zu sein, um den süßen Duft in meiner Nase zu haben.

»Jaja«, antwortete ich mit einem Schmunzeln, während ich weiterhin durch meine vielen DMs scrollte. »Du hast ja recht, aber ich weiß nicht … Ich wollte halt einfach immer, dass meine Postings perfekt sind. Woher hätte ich wissen sollen, dass meine Follower das anders sehen?«

»Perfekt ist relativ.« Am dumpfen Klang ihrer Stimme hörte ich, dass sie sich gerade ein Stück Pfannkuchen in den Mund geschoben hatte. »Perfekt ist der, der einfach er selbst ist. Du würdest dich wundern, wie positiv andere Menschen reagieren, wenn man offen Fehler zugibt. Sei einfach so, wie du bist, und die Welt um dich herum wird perfekter, als du denkst.«

Dass Marlens Worte manchmal pure Poesie waren, merkte sie selbst gar nicht. In jedem ihrer Sätze steckte so viel Wahrheit. Simple Wahrheit. So simpel, dass ich sie oft vor lauter Gedanken erst nicht sah. Ohne dass ich es überhaupt wollte, schweiften meine Gedanken zurück zu Nick. An seine simple Wahrheit.

Es ist okay, nicht okay zu sein.

Und kurz fragte ich mich, ob die Wahrheit, die ihn so verschreckte, genauso simpel war, er sie vor lauter Gedanken aber ebenso wenig wahrnahm.

»Deine Follower sind auch nur Menschen. Klar, bestimmt gibt es auch einige, die deinen Münchner Stadtcontent mehr mögen als irgendwelche summenden Bienen in der Pampa. Aber diese vollkommene Natur, die du da in deiner Heimat hast, sieht man nicht oft, deswegen ist es für die Menschen, die in ihrem Alltag nur Asphalt und Beton zu Gesicht bekommen, umso schöner.«

»Du könntest Psychologin werden«, stellte ich teils belustigt, teils erstaunt fest. »Oder Social-Media-Auswerterin.«

»Social-Media-Auswerterin? Was soll das sein?« Ich konnte ihr verwirrtes Grinsen förmlich vor mir sehen.

»Keine Ahnung, jemand, der in Menschen lesen kann? Der weiß, wie man das Beste aus seinem Online-Auftritt herausholt?« Ich antwortete mit Fragen, weil ich selbst nicht wusste, wie ich diesen von mir erfundenen Job erklären sollte.

Marlen hatte eine faszinierende Menschenkenntnis und konnte sich unglaublich gut in andere hineinversetzen. Irgendwie wusste sie immer, was in einem vorging. Vielleicht lag das daran, dass sie ihr Gegenüber wirklich real und nicht durch die perfekte Online-Welt betrachtete. Vielleicht war Marlen einer der Menschen, die ihr Ureinfühlvermögen noch nicht verloren hatten. So wie Tiere ohne Sprache miteinander kommunizierten, spürten, wie der Gegenüber sich fühlte. In ihren Bildern, ihren Moodboards, Stickern und Polaroids, versteckten sich Emotionen und Nachrichten, die man mit gewöhnlicher Sprache niemals entziffern würde. Das war Marlens Sprache. Sie konnte uns lesen, wir sie aber nicht, und nicht selten fragte ich mich, ob nicht irgendwann jemand auftauchen würde, der sie ganz einfach entzifferte.

»Aber jetzt fang bloß nicht an, irgendwelche Postings aus dem Garten deiner Eltern zu planen und dich wieder zu verkrampfen.«

Natürlich konnte sie auch jetzt perfekt meine Gedanken lesen. »Ich muss zugeben, dass ich mich bei den vielen positiven Reaktionen tatsächlich gleich wieder gefragt habe, welchen Post ich als nächstes veröffentliche und wie ich diese Begeisterung aufrechterhalte«, antwortete ich beschämt und hörte Marlen auf der anderen Leitung empört seufzen. »Aber ich habe den Gedanken sofort verworfen. Keine Sorge. Ich möchte meine Pause hier noch etwas fortführen, und wenn ich das Gefühl habe, etwas zu posten, dann mache ich das, weil *ich* es möchte, und nicht, weil ich das Gefühl habe, dass ich es muss!«

»So ist es richtig! Bin stolz auf dich.«

Ihre Worte brachten mich zum Lächeln, woraufhin ich mich tiefer in die Kissen meines Bettes schmiegte und hinaus ins Dunkle blickte. Bei Marlen in München war es sicherlich total hell. Nicht weil die Sonne noch schien, sondern weil die goldenen Straßenlaternen die Gassen mit Licht fluteten und in der großen Stadt das volle Leben herrschte. Hier in Engelsberg schienen nur noch die Grillen wach zu sein.

»Wie geht es dir denn sonst so?«, fragte sie.

»Ach, ganz gut«, ich seufzte, »aber so richtig abschalten kann ich hier auch nicht ganz. Laura ist hier.«

»Toxic Laura?«

»Toxic Laura«, wiederholte ich den Namen, den Marlen ihr einst gab, als ich Lauras und meine ehemalige Freundschaft angeteasert hatte. Alles hatte ich ihr aber nie erzählt, ich war einfach nie bereit gewesen, über sie zu sprechen. Ich hatte sie verbannen, ihr und den Erinnerungen an sie keine Aufmerksamkeit mehr schenken wollen.

»Die kann dir doch gar nichts mehr. Aus der machst du Kleinholz, wenn es sein muss. Und zur Not komm ich vorbei«, witzelte Marlen, und ich schob einen zustimmenden Lacher nach.

Auch wenn ich wusste, dass sie mir eben doch noch einiges antun konnte. In meinem Kopf, tief in meiner Seele.

»Was gibt es bei dir so Neues?«, fragte ich und wechselte rasch das Thema. Nun war Marlen diejenige, die seufzte.

»Nicht viel. Na ja, meine Schwester baut wohl momentan viel Mist, und Oma ruft mich deswegen täglich an, weil sie will, dass ich vorbeikomme und helfe, aber ...«

An dem Punkt brach Marlen den Satz ab. Ich wusste nicht, ob er mit »aber ich will nicht« oder mit »aber ich kann nicht« endete, denn welche Lasten Marlen in Schweden zurückgelassen hatte, waren nie Gesprächsthema bei uns gewesen. Und das würde sich sicherlich auch nicht so schnell ändern. Seit ich sie kannte, war sie kein einziges Mal in ihrer Heimat gewesen, und ich war mir sicher, davor auch nicht. Irgendwie ahnte ich, dass es bei ihr dafür ganz andere Gründe gab als bei mir.

»Verstehe«, murmelte ich, obwohl ich rein gar nichts verstand. Das, was ich verstand, war, dass dieses Thema sehr belastend für sie war und sie nicht darüber sprechen wollte.

»Ja, blöde Situation gerade.« Sie atmete hörbar aus. »Aber das wird schon.«

Ich wusste, was das bedeutete. *Das wird schon.* Ein Satz, mit dem ich selbst oft genug Themen ein Ende setzte, über die ich nicht länger sprechen wollte. Die Wahrheit war, dass es meistens nicht *schon wurde* und man sich damit nur selbst Mut zureden wollte. So war es bei mir jedenfalls.

Auch die nächste Woche verbrachten Caja und ich viel Zeit miteinander, damit Mama in Ruhe im Laden oder im Garten arbeiten und Nick und Papa sich ihren Bienen widmen konnten. Während ich ihr Montag und Dienstag vorlas, wir spazieren gingen und durch den Weißbach streiften, um uns etwas abzukühlen, gingen wir es Mittwoch ruhiger an und machten es uns auf einer Decke unter einem schattigen Baum im Garten gemütlich. Caja las gespannt in ihren *Wilden Hühnern*, während ich weiterhin in Mamas Naturkosmetikbuch stöberte und diverse Öle und

Tinkturen unter die Lupe nahm. Meine Haut hatte sich durch meinen selbst gemischten Ölreiniger innerhalb weniger Tage um einiges gebessert, und ich fühlte mich wieder pudelwohl damit, kaum etwas auftragen zu müssen.

Auch am Donnerstagabend, als die Sonne schon fast hinter den Bergen verschwunden war, fand ich mich erneut mit der Nase in Mamas Buch wieder. Knapp anderthalb Stunden verbrachte ich im Bienengarten, las über entzündungshemmende Wirkstoffe, aus welchen Pflanzen man sie gewann und studierte diese in Mamas Kräutergarten. Auf Seite zweihundertsechsundfünfzig erfuhr ich, dass Seife das Schlechteste war, was man seiner Haut antun konnte, denn sie wusch nicht nur sämtlichen Schmutz, sondern mit ihm auch jegliche Schutzbarrieren von der Haut. Schockiert und fast schon wütend auf die Kosmetikindustrie klappte ich das Buch schließlich zu. Jahrelang hatte ich zum Abschminken Seife genutzt, meine Haut mit Lotionen eingecremt, die suspekte und abhängig machende Inhaltsstoffe beinhalteten, mich von anderen Influencern kaufen lassen, die sie vermarkteten. Und ich war nicht die Einzige, die sich kaufen ließ. Fast jede bekannte Kosmetikmarke, die online beworben und von Menschen wie mir hoffnungsvoll gekauft wurden, verarbeitete fragwürdige Inhaltsstoffe in ihren Produkten, deren Schäden man oft erst Jahre später bemerkte und deswegen gar nicht auf jene Pflege zurückführte.

Grübelnd betrachtete ich ein paar frühreife Hagebutten in meiner Hand, deren Öl auch in meinem Reinigergemisch steckte und dafür verantwortlich war, dass meine Haut wieder mehr Feuchtigkeit bekam. Ich fragte mich, was es in den Gärten der Natur noch so Feines gab und ob ich daraus nicht noch mehr Wundermittel für meine Haut herstellen konnte.

»Amelia?«

Ich ging gerade wieder zum Haus, als Cajas verschlafene Stimme vom Tor zu mir drang. Überrascht warf ich einen Blick auf die Uhr. Wir hatten schon halb zehn.

»Was machst du denn hier?«, fragte ich und ging auf sie zu. Sie trug einen Pyjama, rieb sich müde die Augen, und Nick war weit und breit nicht zu sehen. Besorgt ging ich vor ihr in die Hocke. »Bist du ganz allein?«

Sie nickte. »Karl hat mich ins Bett gebracht, aber Nick ist noch arbeiten, und meine Arme ...«, sie streckte ihre Armbeugen aus, »... die brennen ganz doll. Du hast doch gesagt, dass du mir das nächste Mal Honig draufmachen kannst.«

Mein Herz erwärmte sich bei ihren Worten, zog sich gleichermaßen schmerzlich zusammen. Sie war den ganzen Weg vom Wald hergelaufen. In einem Pyjama. Barfuß. Wie einsam musste sie sich wohl fühlen ganz ohne Mutter und mit einem Bruder, der zwar sehr liebevoll, aber dennoch stets arbeiten war?

»Und deswegen bist du ganz allein hergekommen? Süße, dein Bruder macht sich bestimmt schlimme Sorgen, wenn er nach Hause kommt und sieht, dass du nicht da bist.«

»'tschuldigung«, nuschelte sie und fuhr sich über das Gesicht.

»Wir rufen ihn gleich an und sagen ihm Bescheid, okay? Jetzt sehen wir erst mal nach deinen Armen.« Sie nickte, dann nahm ich sie an die Hand und zog sie in Richtung Honigscheune. Kurz vor den Beuten stoppte sie.

»Muss ich dafür in den Bienengarten?«

»Sieh dir das mal an«, meinte ich, stellte mich neben sie und deutete in Richtung Garten. »Die Bienen interessieren sich gar nicht für uns, sie machen nur ihre Arbeit. Und jetzt schlafen sie sowieso schon. Siehst du dort irgendwo Hektik, oder hörst du ein aggressives Summen?«

Ich hätte Caja auch einfach ein wenig Honig bringen können, doch irgendwie packte mich der Ehrgeiz, ihr die Angst vor diesen wunderbaren Tieren zu nehmen.

Sie schüttelte den Kopf. »Nein, aber was ist, wenn sie aufwachen und aggressiv werden, wenn wir kommen?«

»Willst du ihnen etwas tun?«

»Nein.«

»Willst du sie stören?«

»Nein.«

Schulterzuckend lächelte ich sie an. »Also werden sie auch nicht aggressiv werden«, erklärte ich. »Weißt du, Bienen sind so schlau, dass sie sich sogar Gesichter merken können.«

Caja riss erstaunt die Augen auf. »Wirklich?«

Ich nickte. Tatsächlich hatte ich ähnlich wie sie reagiert, als Papa mir einst davon erzählt hatte. Doch es stimmte.

»Daher wissen sie immer, wer ihr Imker ist. Sie kennen meinen Papa und Nick gut. Bestimmt sehen sie direkt, dass du Nicks Schwester bist, und werden dir erst recht nichts tun.« Ob Letzteres der Wahrheit entsprach, wagte ich zu bezweifeln, doch es war ein schöner Gedanke, der auch Caja zu gefallen schien. »Die Bienen gehören zu unserer Familie. Ich verspreche dir, dass sie dir nichts tun werden.«

Caja brauchte einen Moment, klammerte sich schließlich fest an meine Hand und erlaubte es mir, sie in den Bienengarten zu führen.

»Und? Ist es so schlimm?«

Zaghaft schüttelte sie den Kopf, während sie sich noch etwas unsicher umsah.

»Na also. Komm, lass uns mal in die Scheune zum Honig gehen.«

Kaum waren wir drinnen und das Licht eingeschaltet, atmete Caja erleichtert auf und studierte neugierig den Raum. Ich verfrachtete sie auf einen Stuhl und holte ein frisch abgefülltes Glas Honig hervor.

Bevor ich ihn auf Cajas Armen auftrug, zückte ich mein Handy, denn es reizte mich, später einen Vorher-Nachher-Vergleich zu haben.

»Ich mache mal ein kleines Video von deinen Armen, okay?«

Caja nickte und streckte ihre Armbeugen durch, um sie mir zu zeigen. Beim Filmen achtete ich extra darauf, dass man ihr Gesicht nicht sehen konnte und die Neurodermitis von jedem Winkel aus erkennbar war.

Zufrieden speicherte ich das Video in meiner Galerie, ehe ich mir Cajas Armbeugen noch mal in Ruhe ansah und etwas Honig auftrug.

»Für wen hast du das Video gemacht?«, fragte sie und blickte mich durch grünes Gold an, in dem ich mich einen Moment verlor, weil es Nicks Augen so ähnlich war.

»Nur für uns. Später können wir genau sehen, wie gut der Honig geholfen hat.«

»Vielleicht kannst du das Video Nick zeigen. Dann weiß er auch, dass Honig gut dafür ist.«

Ich musste schmunzeln. »Das weiß dein Bruder sicherlich. Honig ist nämlich nicht nur bei Neurodermitis gut. Er hilft auch bei anderen Schürfwunden, trockenen Stellen oder Entzündungen.«

»Und warum?«

»Das weiß leider niemand. Die Bienen haben ein Geheimrezept in ihren Honigmägen. Wir Menschen könnten niemals von uns aus Honig produzieren. Wie sie diese heilenden Inhaltsstoffe in den Honig bekommen, wird für immer ein Mysterium bleiben.«

Mit strahlenden Augen sah sie zu mir hoch, ihr Mund öffnete sich staunend. »Also sind Bienen irgendwie Zauberer, und Honig ist ihr Wundertrank.«

»Ja, so in der Art.«

Aus Staunen wurde ein Gähnen, Caja schloss müde die Lider. Man konnte ihr deutlich ansehen, wie erschöpft sie war. Also entfernte ich den Honig, der schon in so kurzer Zeit für einen deutlichen Rückgang der Rötung und des Juckreizes gesorgt hatte, und machte zum Vergleich ein weiteres Video. Schließlich hob ich Caja hoch und trug sie zum Haus, wo ich sie ins Wohnzimmer auf das Sofa legte. Es dauerte nicht lange, da war sie weggeschlummert.

»Papa?«, flüsterte ich in das Schlafzimmer meiner Eltern hinein. Weil beide jeden Tag früh rausmussten, waren sie auch jeden Abend früh im Bett. Ein lautes Schnarchen ertönte, dann drehte sich mein Vater mit dem Rücken zu mir. Ich wollte sie nicht wecken, also suchte ich mir aus seinem Handy Nicks Nummer raus und wählte sie an, während ich zurück ins Erdgeschoss lief. Es klingelte, ehe die Mailbox ertönte. Auch beim zweiten Mal hob Nick nicht ab.

Also entschied ich mich, noch einen Moment zu warten, bevor ich es ein drittes Mal versuchte. Mit einer Decke setzte ich mich neben Caja und fuhr ihr liebevoll über die Haare. Ihre Wimpern ruhten friedlich auf ihren Wangen, und ich erwischte mich bei der Frage, was diesem Mädchen alles schon zugestoßen war. Was Nick wohl schon alles zugestoßen war. Dass er mit seiner kleinen Schwester in einem Wohnwagen lebte und schon in so jungen Jahren so viel Verantwortung übernehmen musste, war nicht nur seltsam, sondern vor allem auch irgendwie traurig.

In diesem Moment hörte ich das laute Klappern des Tors zur Einfahrt. Hastig erhob ich mich, warf einen Blick aus dem Fenster und sah Nick gehetzt auf das Wohnhaus zurennen. Damit er Caja nicht weckte, trat ich in den Hof und kam ihm entgegen.

»Ist meine Schwester hier?«, fragte er atemlos. Seine Stimme war kratzig, als würde sie von einem dicken Kloß in der Kehle unterdrückt werden. Kurz bekam ich Angst. Nicht vor ihm, sondern vor dem, was sich nun in ihm befand. Hass, Leid, Verbitterung. Er kämpfte.

Beruhigend hob ich die Hände, doch er reagierte nicht.

»Karl hat sie ins Bett gebracht, aber sie war nicht im Bett ... Sie war nicht ... Ist sie hier? Sie war nicht da ... Sie war nicht ...«

»Alles gut«, unterbrach ich ihn, »sie ist drinnen. Ihr geht es gut.«

Nicks Atmung blieb flach, sein Körper bebte, und in seinen Augen schimmerten Tränen. »Ich konnte sie nirgends finden«, sagte er voller Panik, »sie war einfach ...« Er verzog das Gesicht, und ich konnte einen Schmerz darin sehen, der mir durch Mark und Bein ging. »Sie war einfach weg.«

Von jetzt auf gleich war es, als würde ich sein Leid, seine Angst mitspüren. Je länger ich ihn so sah, desto mehr Angst bekam ich. Was war es, das Nick so durchdrehen ließ? Das ihm solch schreckliche Angst um seine Schwester machte? In diesem Moment war er nicht er selbst, jegliche Freude war aus seinem Körper gewichen, nun herrschte dort nur noch Dunkelheit. Seine Lippen zitterten, auf der Stirn prangten Schweißtropfen, trotzdem strahlte er eine Eiseskälte aus, die mich erschauern ließ.

Um ihn aus seiner Panik zu holen, packte ich ihn an den Schultern und schob mich in sein Blickfeld. Er taumelte, in seinen Augen lag Orientierungslosigkeit. Er war nicht hier. Nicht hier in Engelsberg. Ich sah ihn an, starrte in seine Augen, deren sonst so glitzerndes Grün nun pechschwarz war. Die Pupillen geweitet, und je länger ich hineinsah, desto mehr war es, als würde auch ich mich in seinem Tunnel verirren. Der Tunnel, in dem er feststeckte, aus dem er nicht mehr rauskonnte. Mich überkam die starke Vorahnung, dass er dort wohl schon seit Jahren vergeblich nach dem Ausgang suchte.

»Es ist alles okay, Nick«, sagte ich erneut, fuhr ihm mit der Hand über die Wange, um ihn wach zu rütteln. »Sie liegt drinnen und schläft, hörst du?«

Mit meinen Worten verlangsamte sich endlich seine Atmung. Nun schien er mich zu erkennen, zu verstehen. Panik wich Erkenntnis, nur kurz. Dann sammelten sich darin müde Tränen, doch so ganz schien er es noch immer nicht zu realisieren.

»Hörst du?«, wiederholte ich daher. »Caja geht es gut. Ihr geht es *gut.*«

Ein letzter panischer Atemzug, mit dem er erschöpft in sich zusammensackte. Instinktiv nahm ich die Hände von seinen Schultern und schlang die Arme um seinen Körper. Ein leiser Schluchzer löste sich aus seiner Kehle, und er zuckte in meinen Armen zusammen, krallte sich hilflos in meinen Rücken. Und mit seinen Tränen, die meine Schulter benetzten, spürte ich, dass er nicht nur aus Angst um Caja weinte. Da war etwas, das ihn heimsuchte. Etwas, das ihm jegliche Luft zum Atmen nahm.

Kapitel 15

Nick

Es geht ihr gut. Es geht ihr gut.

Es dauerte eine ganze Weile, bis ich Amelias Worte realisierte und nicht nur in meinem Inneren immer und immer wieder von Neuem abspielte. Es dauerte eine ganze Weile, bis ich merkte, dass ich tatsächlich weinte, und es dauerte noch länger, bis ich wahrnahm, dass es Amelia war, an deren Körper ich mich hier so verzweifelt klammerte.

Etwas benommen löste ich mich von ihr und sank auf die Treppen vor der Eingangstür. Ausgelaugt stemmte ich die Arme auf meine Knie und ließ den Kopf hängen, um Amelias durchdringendem Blick auszuweichen. Doch es nützte nichts. Ich spürte ihre Anwesenheit zu deutlich, fühlte ihre Nähe, als sie sich neben mir niederließ. Und seltsamerweise wünschte ich sie mir diesmal auch gar nicht fort. Ich war zu müde, um gegen ihre Nähe anzukämpfen, zu ausgelaugt, um zu verstehen, warum es mir guttat, sie gerade neben mir zu haben.

»Ich habe echt gedacht, sie ist ...« Ich konnte nicht weitersprechen, weil mich allein bei dem Gedanken daran eine neue Flut von Tränen übermannte.

»Wo sollte sie denn hin?«, fragte Amelia sanft.

Ja, wo sollte sie hin? Eigentlich gab es hier in Engelsberg mit so wundervollen Einwohnern keinen Grund, Angst zu haben. Und doch war die Panik noch immer präsent. Jeden Tag könnte der Tag sein, an dem man mich fand und mir alles nahm, was mir heilig war.

»Es geht ihr gut«, sagte Amelia und holte mich erneut aus meinen dunklen Gedanken. Sie legte ihre Hand auf mein Knie. Für einen Moment konnte ich tatsächlich alles vergessen, konnte vergessen, wie düster es sich in meinem Inneren anfühlte, und spürte nur ihre warme Hand auf meiner Haut. Doch es hielt nicht lange an. Amelia zog sie fort, so schnell, wie sie sie daraufgelegt hatte. Eine Zeit lang schwiegen wir. Während mein Puls weiterhin zur Ruhe kam und ich versuchte, alte Erinnerungen aus meinem Hirn zu verbannen, saß Amelia einfach nur da und schenkte mir ihre Geduld.

»Als ich zehn war …«, begann sie schließlich zu erzählen. Ihre Stimme war ruhig und schaffte es, mich im Hier und Jetzt zu behalten. Ich war nicht irgendwo am Rande von Bern und grübelte darüber, wie der nächste Tag wohl aussehen würde. Ich war in Engelsberg, saß neben Amelia, einer Frau, die ich eigentlich nicht ausstehen konnte, deren Anwesenheit ich aber in diesem Moment trotzdem nicht missen wollte. »… da wollte ich, wenn ich mit Papa bei den Bienen war, nie die Imkerjacke anziehen. Ich fand sie hässlich und habe mich geweigert, obwohl ich es wirklich geliebt habe, bei den Bienen zu sein. Das fehlt mir.« Einen Moment hielt sie inne und schien in verblassten Erinnerungen zu schwelgen, dann winkte sie ab. »Jedenfalls haben wir uns eines Tages so heftig deswegen gestritten, dass ich weinend meinen Koffer gepackt und meinen Eltern gesagt habe, dass ich zum Sozialamt gehe. Das hatte ich mit dem Jugendamt verwechselt.« Sie lachte leise auf, ehe sie fortfuhr. »Also bin ich mit meinem Koffer abgehauen. Rate mal, wie weit ich gekommen bin. Mama hat mich bei Maria im Eiscafé gefunden.« In ihren Augen blitzte etwas Kindliches auf, und ich konnte mir ein Lachen nicht verkneifen. Ein Lachen, das wie ein Wundermittel gegen all die Panik wirkte.

»In Engelsberg brauchst du dir keine Sorgen zu machen. Caja kann gar nicht abhauen, ohne von irgendwem gefunden und aufgenommen zu werden.«

Ich nickte und lächelte sie dankbar an. Wenn sie doch nur wüsste, dass meine Angst nicht daher rührte, Caja könnte abhauen. Nein, vielmehr fürchtete ich mich davor, dass man sie finden und einfach mitnehmen könnte.

»Sie kam im Pyjama zu mir, weil ihre Neurodermitis wieder schlimm war.« Amelia deutete hinter sich zum Haus.

»Ja ... Sie hat das seit dem Umzug hierher lange nicht mehr gehabt«, erklärte ich und dachte an die ersten Tage, die wir außerhalb von Bern verbracht hatten. Caja hatte nur geweint, war verwirrt gewesen, und ihr Körper hatte durchgehend unter Stress gestanden. Ich ging stark davon aus, dass genau dieser Stress jene Hautprobleme auslöste.

»Ich habe ihr mal erzählt, dass Honig dabei gut helfen kann.« Aufmerksam hob ich den Blick und sah sie an. Sie lächelte. »Daran hat sie sich anscheinend erinnert und ist deswegen hergekommen. Du wirst es mir nicht glauben, aber sie war tatsächlich mit mir hinten bei den Bienen.«

»Im Bienengarten?« Ungläubig riss ich die Augen auf, woraufhin Amelia eifrig nickte.

»Ja, ich musste sie zwar überreden, aber mit etwas Mut ist sie mit mir mit.«

Fassungslos schüttelte ich den Kopf. Seit ihre Mutter einst von einer Biene gestochen worden war, hatte Caja Angst vor ihnen. Ich wusste nicht, ob sie sich überhaupt aktiv daran erinnerte – schließlich war sie damals erst vier gewesen –, doch diese Erinnerung steckte schmerzhaft in ihrem Unterbewusstsein fest. Ihre Mutter war für sie eine Heilige, eine Frau, die alles wusste, denn ich hatte meine Schwester, so gut es ging, von allem Negativem abgeschirmt. Wenn ihre Mutter also Angst vor Bienen hatte, war Cajas Angst davor umso schlimmer.

»Weißt du …« Ich schluckte ein paarmal hart und verdrängte die Tränen, die sich nun wieder in mir anbahnten. »Caja ist alles, was ich habe.« Bei meinen Worten zog Amelia mitfühlend die Brauen zusammen. »Sie hat dich, glaube ich, wirklich gern.« Mittlerweile war meine Stimme nicht mehr als ein Flüstern. Traurig senkte ich den Blick. Auch wenn ich es Tag für Tag versuchte, konnte ich meiner Schwester längst nicht das geben, was ihr an weiblicher Vorbildfigur fehlte. Sie vermisste ihre Mutter so sehr – und ich war schuld an ihrem Leid. »Also … danke für alles, was du für sie getan hast.«

»Ich mag sie auch.«

Als ich aufsah, war Amelia mir plötzlich näher als zuvor. Eine Nähe, bei der ich mich im ersten Moment reflexartig versteifte. Doch je intensiver sie mich ansah, je liebevoller sie mich anlächelte, desto mehr merkte ich, dass mir ihre Nähe noch längst nicht genug war.

Ich hatte keine Ahnung, was hier zwischen Amelia und mir passierte. Wir konnten uns nicht ausstehen, hielten uns gegenseitig lieber auf Abstand und kamen am besten miteinander klar, wenn wir uns alberne Sprüche drückten. Doch hier, zwischen aufgerissenen Wunden und verdrängten Ängsten, existierte dieser Abstand plötzlich nicht mehr. Hier, auf den Stufen ihres Elternhauses, wollte ich wenigstens für einen Abend nicht so tun, als würden ihre Augen nichts in mir auslösen. Stattdessen wollte ich die Zeit und ihr Dilemma im vertrauten Nachtgeflüster ertränken, irgendwo zwischen dem ersten *Hey* und einem nach ihrer Stimme lechzenden *Erzähl mir mehr von dir.*

Amelia war diejenige, die unseren Blickkontakt löste und uns zurück in die Realität holte. *Fuck.* Wir mussten dringend vermeiden, in verletzlichen Momenten beieinander zu sein. Wenn wir uns noch näherkamen, ahnte ich Schlimmes.

»Honig auf Neurodermitis«, sagte ich, um die peinliche Stille zu füllen. »Darüber habe ich noch nie nachgedacht, dabei ergibt das ja total Sinn.«

»Als ich klein war, hatten meine Eltern kaum Salben oder Medikamente aus der Apotheke, sondern nutzten nur das, was im Garten zu finden war«, erzählte Amelia. »Wunde Stellen behandelten sie mit Honig, wenn etwas geblutet hat, nutzten sie Salz, und ...«

»Salz? Wirklich?«, unterbrach ich sie staunend.

Sie nickte. Ein stolzes Lächeln machte sich auf ihren Lippen breit, das auch Caja manchmal trug, wenn sie mir etwas erklärte, das ich selbst noch nicht wusste. »Ja, tatsächlich ist es ein Irrglaube, dass Salz der Wunde schadet. Ich finde den Spruch *Streu noch Salz in die Wunde* auch ziemlich unpassend, weil Salz eigentlich gut bei offenen Stellen hilft. Im ersten Moment brennt es zwar höllisch, aber im Endeffekt stoppt es die Blutung und unterstützt die Heilung.«

»Vielleicht ergibt der Spruch ja doch Sinn.«

Verwirrt runzelte sie die Stirn, dabei kräuselten sich ihre Lippen. Mir fiel auf, dass sie diesen Ausdruck oft im Gesicht stehen hatte, wenn sie überlegte, und irgendwie fand ich es süß.

»Na ja, meistens tut die Wahrheit so höllisch weh, dass wir sie gar nicht hören wollen«, sagte ich und dachte dabei an meine eigenen Lügen. Ich wusste, es war falsch wegzurennen. Ich wusste, es war falsch, nicht darüber zu reden und meine Vergangenheit zu verdrängen. Aber ob es richtig war, sie zu offenbaren, bezweifelte ich eben auch. »Wir streiten sie ab, so wie wir das Salz von unseren Wunden fernhalten wollen. Erst brennt es höllisch, aber im Endeffekt brauchen wir diese Schmerzen manchmal, um heilen zu können.«

Amelia lächelte fasziniert. »So habe ich noch nie darüber nachgedacht.« Dem Blick, mit dem sie mich nun ansah, konnte ich deutlich entnehmen, welcher Gedanke in ihrem Inneren ertönte.

Was ist deine Wahrheit, Nick? Welche Wahrheit schmerzt in deinen Wunden so sehr?

Doch ich konnte ihr die Antwort nicht geben. So einfach war das bei mir nicht. Egal, wie viel Salz man auch hineinstreute, die Wunde war zu groß, um sie jemals heilen zu können.

»Ich bringe Caja jetzt mal ins Bett.« Langsam rappelte ich mich auf und lief ins Haus. Amelia folgte mir.

Meine Schwester schlummerte tief und fest auf der Couch, und einen Moment verlor ich mich in ihrem Anblick. Wenn ihr jemals etwas zustieß, würde ich mir das nie verzeihen können.

»Soll ich euch fahren?«, fragte Amelia, als ich Caja in meine Arme hob und mit ihr zurück in den Hof lief.

»Nein, das ist nicht nötig, ich ... würde jetzt gern allein sein.«

Amelia stand im Türrahmen und nickte verständnisvoll. »Okay, ich wünsche euch eine gute Nacht.«

»Gute Nacht.« Unschlüssig sah ich umher, als sie sich umdrehte und zurück ins Haus gehen wollte. Bevor sie die Tür verschloss, machte sich meine Stimme selbstständig. »Amelia?«, fragte ich in die Nacht hinein. Sie trat zurück auf die Stufen. »Danke.«

Mit einem Lächeln bedachte sie meine Schwester. »Nicht der Rede wert. Ich bin froh, dass es ihr gut ...«

»Ich meinte nicht nur wegen Caja.«

Überrascht runzelte sie die Stirn, versank in meinen Augen. Für einen Moment starrte sie mich an, dann schien sie sich zu erinnern. An ihre Arme, die um mich geschlungen waren, ihr Körper an meinem, ihre Wärme, die mich derweil durchströmte. Und mit dem Strahlen, das sich nun in ihrem Blick niederlegte, war es, als würde sie mich ein weiteres Mal in den Arm nehmen.

Kapitel 16

Amelia

»Das heißt, du benutzt momentan nur ein paar Pflanzenöle?« Sophie steckte fasziniert die Nase in das Buch, das mir meine Mutter vor mehr als zwei Wochen empfohlen hatte. Seitdem packte mich die Welt der Tinkturen, Kräuter und Heilpflanzen, und ich hatte ihr Buch kaum aus der Hand legen können. Es faszinierte mich, wie effektiv einfache, natürliche Inhaltsstoffe arbeiten konnten, während herkömmliche Kosmetik meiner Haut seit Jahren Schaden zufügte.

Ich nickte und schlürfte an meinem Eiskaffee, den Maria soeben vor mir abgestellt hatte. Seit ich meine Haut ausschließlich mit den Ölen meiner Mutter reinigte und pflegte, fühlte ich mich immer wohler in ihr. Das Abschminken ging ganz einfach, und auf Cremes und Salben konnte ich gut verzichten.

Sophie fuhr mir begeistert über die Wangen, dabei streifte das kalte Metall ihrer silbrigen Ringe meine Haut. »Das will ich auch!«, meinte sie und strahlte. »Kannst du mir auch so einen Reiniger anrühren?«

Ich lachte. »Tatsächlich kann man das, was ich da auftrage, noch nicht Reiniger nennen. Es sind drei einfache Öle, und ganz zufrieden bin ich mit der Wirkung nicht. Hier und da plagen mich noch immer ein paar Unreinheiten, die ich loswerden will. Vielleicht finde ich in Mamas Laden etwas dagegen.«

Sophie schien zu überlegen, dabei tauchten zwei Falten auf ihrer Stirn auf. Ihre rote Mähne hatte sie in einen lockeren Pferdeschwanz gebunden und ein Haarband darum gewickelt. »Etwas gegen Pickel ist immer gut. Sag mir Bescheid, wenn du deinen Wundertrank zusammengemischt hast.«

Wir unterhielten uns noch eine ganze Weile über Kosmetik und deren betrügerische Industrie, grübelten über weitere Inhaltsstoffe, die in der Gesichtspflege entzündungshemmend wirken könnten, ehe wir das Thema wechselten und Sophie mir erzählte, dass sie im Nachbarort eine Frau namens Michelle kennengelernt hatte und überlegte, sie zu daten.

»Ich will es langsam angehen lassen«, erklärte sie mir aufgeregt und kräuselte die mit Sommersprossen gesprenkelte Nase. »Ich habe noch nicht ganz rausgefunden, was ich will. Das wäre die erste Frau, die ich date ... aber irgendwie fühlt es sich richtig an.«

Ich nickte und schenkte ihr ein warmes Lächeln. »Das ist die Hauptsache. Ich würde mir an deiner Stelle nicht allzu viele Gedanken machen. Genieß es einfach erst mal und versuch, im Moment zu bleiben.«

»Es ist nur ... Michelle ist cool. Also so richtig cool. Sie hat megacoole Tattoos, schwarze Haare mit lila Strähnen, Piercings, ein geiles Auftreten mit einer so selbstsicheren Art, dass man richtig von ihr eingenommen ist. Das macht mir irgendwie Angst, weil ich ... Ich bin nur das kleine rothaarige Mauerblümchen von nebenan.«

Ich musste lachen. Nicht weil ich mich über sie lustig machte, sondern weil es manchmal so absurd war, was das eigene Gehirn für Gedanken formte.

»Mach dir jetzt, wo noch gar nichts passiert ist, keine Gedanken über so was. Vielleicht steht sie ja auf Mauerblümchen. Und sowieso, ich finde dich megacool!«

Dankbar griff sie nach meiner Hand und drückte sie. Weil wir irgendwann so tief im Thema Bekanntschaften drin waren, konnte ich meine seltsamen Gefühle Nick gegenüber langsam auch nicht mehr für mich behalten.

»Und er ist echt komplett zusammengebrochen?« Sophie starrte mich an, und ich nickte. Nur kurz hatte ich Nicks und meine Begegnung von vor einer Woche angeteasert, und bei der Erinnerung an ihn in meinen Armen spürte ich noch immer sein Zittern, die Kälte, die ihn durchströmt hatte, die Geschwindigkeit seines Herzschlags.

»Nur ein paar Tage nachdem wir uns in den Haaren hatten«, fügte ich gedankenverloren hinzu. »Ich kann echt nicht einordnen, ob ich ihn mag oder nicht.«

»Ich glaube nach wie vor, dass du ihn sogar sehr magst«, meinte sie, wackelte mit den Brauen und kniff mir in die Seite.

Schmunzelnd schüttelte ich den Kopf. »Wäre schön, wenn ich dir zustimmen könnte. Nicht weil ich ihn mögen will, sondern weil ich dann Klarheit über mein Gedankenchaos hätte.« Mit einem lauten Seufzen ließ ich mich in den Stuhl sinken. »Irgendetwas ist komisch an ihm, ich traue ihm nicht über den Weg. Ganz und gar nicht. Das steht fest. Aber das letztens ... wie wir uns angesehen haben, wie wir uns gehalten haben – irgendwie hat es sich so vertraut angefühlt. Auch wenn es paradox ist, wenn man überlegt, dass ich ihm misstrauisch gegenüberstehe.«

Sophie presste die Lippen aufeinander und starrte mich unschlüssig an. »Klingt wirklich nach einem Gedankenchaos. Aber meine Intuition sagt trotzdem, dass da etwas zwischen euch ist. Und vielleicht will dir deine Intuition dasselbe sagen, und du bist einfach nur zu blind, um sie zu verstehen.«

Ich lachte und wusste nicht, was ich mir erhoffen sollte: dass sie falschlag, oder vielleicht doch, dass sie recht hatte.

Auf dem Heimweg nahm ich eine größere Runde am Waldrand entlang, weil ich noch spazieren gehen und meine Heimat neu erkunden wollte. Ich streifte durch den Weißbach, sammelte

Tannennadeln und lauschte dem Klopfen eines Spechts. Als ich zurück auf den Weg trat, entdeckte ich in der Ferne einen bekannten SUV. Der Wagen meiner Eltern parkte am Straßenrand. Ein Blick hinein verriet mir, dass niemand drin saß. Neugierig ging ich um den Wagen herum und sah, dass ein kaum sichtbarer Trampelpfad abseits des Weges und weiter in den Wald hineinführte. Sicherlich hatte mein Vater hier irgendwo die Beuten der Waldbienen deponiert. Kurzerhand folgte ich dem Pfad und hielt nach meinem Vater Ausschau.

»Papa?«, rief ich durch dichte Äste und hohe Baumkronen, bekam aber keine Antwort. Irgendwann konnte ich in der Ferne hinter breiten Baumstämmen eine Gestalt in weißer Kleidung ausmachen. Und dann erkannte ich die vielen Bienenbeuten unserer Imkerei. »Sag das nächste Mal Bescheid. Ich möchte auch mal wieder mit zu den Bienen.«

Überrascht drehte sich die Gestalt um, und ich realisierte, dass es nicht mein Vater war, der hier an den Beuten rumhantierte, sondern Nick. Ich blieb an einem Baum stehen.

»Oh, sorry. Ich dachte, du bist Papa. Ich habe den Wagen vorne stehen sehen und …« Ich brach ab und wusste erst nicht, wie ich auf ihn reagieren sollte. Nach der Nacht letzte Woche hatten wir uns nicht mehr zu Gesicht bekommen, und das war kein Zufall. Ich ging ihm aus dem Weg, weil das Chaos, das seitdem in mir herrschte, absolut seltsam war. So überrascht, wie er nun wirkte, schien es ihm ähnlich zu gehen.

»Kein Problem.« Nick winkte ab und drehte sich wieder zu den Beuten um, um seine Arbeit fortzusetzen. Wir waren von Beginn an distanziert gewesen, doch die Schlucht, die jetzt zwischen uns lag, war größer als zuvor. Und komischerweise tat sie höllisch weh.

Weil ich davon ausging, dass unsere Unterhaltung hiermit beendet war und er nicht bei der Arbeit gestört werden wollte, entfernte ich mich langsam wieder von ihm. Kurz bevor ich hinter einem Baum verschwand, sagte er meinen Namen.

»Amelia?«

Hastig drehte ich mich um. Er hatte das Netz vor seinem Gesicht geöffnet und lächelte mich warm an. *Herzstolpern.*

»Ich bin zwar nicht dein Vater«, er kam noch einen Schritt näher, »aber wenn du möchtest, kannst du bleiben. Ich meine, weil du ja mal wieder Zeit bei den Bienen verbringen wolltest.«

Mit einem strahlenden Nicken kam ich auf ihn zu. Nicht nur weil ich mich wegen der Bienen freute, sondern auch weil Nick hiermit eine Brücke über die tiefe Schlucht gebaut hatte. Wackelig und zerbrechlich – gefährlich, das wusste ich. Und doch trat ich ohne Hemmungen sofort auf das modrige Holz.

Kurz bevor ich die Beuten erreichte, hielt er mich mit ausgestrecktem Arm von ihnen fern und sah an mir hinab.

»Das wird schwierig mit deinem Kleid. Besitzt du eigentlich auch Hosen?« Ein Grinsen tauchte auf seinen Lippen auf, und ich versuchte, mir meine Unsicherheit nicht anmerken zu lassen. Ich fühlte mich mittlerweile wieder so wohl in meinen Kleidern, dass ich sie mir nicht noch mal kaputt machen lassen wollte.

»Ich habe ehrlich gesagt nicht geplant, mit dem Kleid auf Bienen zu treffen«, erklärte ich mich, woraufhin Nick nur lachte. Es war schön, dass er wieder Witze reißen konnte und dass zwischen uns vielleicht doch alles wieder beim Alten war.

Schließlich streifte er sich die Jacke vom Kopf und hielt sie mir hin.

Verhalten nahm ich sie an mich. »Und was ist mit dir?«

»Ich habe wenigstens eine lange Hose an und etwas mehr Stoff auf der Haut.« Kurz fragte ich mich, ob er seine Worte als Vorwurf meinte, konnte in seinem Blick aber keinen Spott erkennen. Er meinte es ernst. Er sorgte sich darum, dass ich nicht gestochen wurde. »Ich passe schon auf«, fügte er beruhigend hinzu, als ich ihn zerknirscht ansah. Dankbar zog ich mir die Jacke über, dann stellte ich mich hinter ihn.

Behutsam trat er an die offene Beute, aus der bereits mehrere Arbeiterbienen strömten, und zog den äußeren Rahmen hervor. Ein Teppich aus Bienen tummelte sich auf dem Wachs. Sie ließen sich von uns kaum stören und strahlten eine solch angenehme Ruhe aus, dass man sich selbst auch direkt entspannte.

»Was genau machst du jetzt damit?«, fragte ich. »Soweit ich weiß, erntet man Waldhonig erst im September, oder?«

»Wir müssen die Larven überprüfen, Nachwuchsköniginnen finden und eventuell Ableger bilden«, erklärte er und betrachtete die Waben genau. »Hier, sieh mal.« Er deutete auf einen mit Bienen befüllten Rahmen. »Dort ist eine Königinnenlarve.«

Langsam trat ich näher an den Rahmen und erkannte, dass zwischen den vielen verdeckelten Waben eine längliche und weit hervorstehende Larvenwabe steckte. Fasziniert sah ich auf. »Eine neue Königin?«

Er nickte. »Ja, offenbar ist das Volk groß genug, um auszuschwärmen. Die Königin hat gemerkt, dass es eng wird, und deswegen entschieden, eine neue Königin zu legen, sodass sich das Volk trennen kann. Damit wir die Hälfte nicht verlieren, müssen wir dringend einen Ableger bilden. Ich gebe Peter Bescheid, dann können wir morgen starten.«

Nick verschloss die Beute wieder und markierte die Außenwand mit einem weißen Stift, damit er morgen noch wusste, um welches Volk es sich handelte. Dann wiederholte er die Kontrolle bei der nächsten Beute. Vorsichtig beugte ich mich so nah über den Rahmen, den er nun herauszog, dass das Netz vor meinen Augen nur wenige Zentimeter von den Waben entfernt war. Nicks Körper berührte meine Schulter, und ich spürte ein warmes Kribbeln. Ob er es auch spürte?

»Was ist eigentlich der Unterschied zwischen normalem und Waldhonig?« Neugierig sah ich mich im Wald um, konnte aber keine Blume entdecken, an der sich die Bienen bedienen konnten. Ehrlich gesagt hatte ich noch nie darüber nachgedacht, woraus Waldhonig überhaupt bestand.

Nick blickte auf und lächelte mich belustigt an. Erst dachte ich, er verspottete mich für mein Unwissen, doch bei genauerem Hinsehen erkannte ich, dass er in dem Thema einfach richtig aufging und sich darüber freute, mir etwas erklären zu können.

»Aus Honigtau«, meinte er, wandte sich ab und grinste in sich hinein. »Also aus den Hinterlassenschaften von anderen pflanzensaugenden Insekten.«

»Aus den Hinterlassenschaften?«, wiederholte ich und hob überrascht die Brauen. Nick warf mir einen faszinierten Blick zu, und irgendwie war es schön, ihn in seiner Leidenschaft – der Welt der Bienen – aufblühen zu sehen. »Das wusste ich tatsächlich nicht.«

»Manche meinen, dass Waldhonig der Honig in Europa mit der größten antibakteriellen Wirkung sei«, fuhr er gedankenversunken fort. »Das ist nicht bewiesen, aber Honig an sich ist ja sowieso schon entzündungshemmend. Daher hat er bei Cajas Neurodermitis wahrscheinlich auch so gut geholfen.«

Entzündungshemmend.

Ja, genau. Das war es! Wieso war ich da nicht schon viel früher drauf gekommen? Die ganzen letzten Tage und den ganzen Mittag hatte ich mit Sophie darüber gegrübelt, was ich in meine Hautpflege gegen Unreinheiten noch einbauen konnte. Honig! Wie meine Mutter gesagt hatte. Wenn er bei Wunden und bei Neurodermitis so effektiv half, war es doch einen Versuch wert, ihn auch bei der täglichen Hautpflege zu verwenden. Ich nahm mir vor, es zu Hause direkt mal auszuprobieren.

»Total faszinierend, was die Natur so kann«, flüsterte Nick, als würde er das Wort gar nicht wirklich an mich richten. Die Art, wie er von den Bienen und der Natur sprach, war so liebevoll, dass man spüren konnte, wie sehr er diese Insekten schätzte. Ich fragte mich, ob er schon immer einen Bezug zu Tieren gehegt hatte, ob wohl schon in seiner Kindheit festgestanden hatte, dass er irgendwann mal Imker werden wollte. Und wie diese Kindheit wohl ausgesehen hatte.

Vorsichtig lehnte ich mich wieder zurück und brachte etwas Abstand zur Beute. Im selben Moment kam ich Nick dadurch näher, und als ich aufsah, trennte uns nur lediglich der hauchdünne Netzschleier. Je länger er mich ansah, desto deutlicher wurde die Müdigkeit in seinen Augen. Irgendetwas war da, was ihn traurig machte, was ihn nach letzter Woche noch immer beschäftigte. Seine Lippen öffneten sich, er holte Luft, und ich starrte gespannt auf seinen Mund. Was er wohl sagen würde? Doch er schwieg, und ich sah zu, wie seine Gesichtsmuskeln wieder erschlafften. Ob er sich über letztens unterhalten wollte? Oder über unseren Streit neulich? Ob er das Thema aus der Welt schaffen oder sich gar entschuldigen wollte?

Bevor ich es selbst wieder aufgreifen konnte, zuckte er schmerzerfüllt zusammen und zog seine linke Hand ruckartig von der Wabe.

»Scheiße!«, zischte er. »Ich habe eine Biene eingeklemmt.«

Panik flammte in mir auf. »O mein Gott, geht es dir gut?«

Weil er die linke Hand ausschüttelte, wackelte auch die rechte, womit er noch immer das Rähmchen voller Bienen hielt. Ein paar hatten sich nun gelöst und schwirrten summend um uns herum.

»Verdammt«, murmelte ich und versuchte, ihm irgendwie zu helfen, denn ich fühlte mich schuldig, ihm die Imkerjacke genommen zu haben.

»Bleib ruhig«, bat er mich gepresst, weil der Schmerz offenbar so stark war, dass er ihm die Stimme nahm.

»Aber was, wenn sie dich noch mal stechen?« Ich wirbelte panisch herum. Als sich eine Biene direkt an das Netz vor meinen Augen verirrte, erschrak ich, taumelte und fuchtelte reflexartig vor meinem Gesicht herum. Dass man dies nicht tun sollte, wusste ich, seit ich sechs war. Dass dies ein verheerender Fehler war, wusste ich auch heute noch. Und doch machte sich mein Körper selbstständig.

»Amelia.« Nicks Stimme klang trotz des schmerzhaften Stichs ruhiger, als ich mich fühlte. »Bleib stehen, dein wehender Rock macht sie verrückt.«

Doch es war zu spät. Noch bevor ich etwas sagen oder tun konnte, machte sich ein schrecklicher Schmerz an meiner rechten Wade breit. Ich schrie auf und fasste mir ans Bein, ehe ich die Flucht ergriff und mich etwas weiter entfernt von den Beuten an einem Baum niederließ. Tränen schossen mir in die Augen, und sie wurden mehr, je weiter sich der Schmerz ausbreitete. Zuerst brannte es, ehe die Stelle dumpf zu pochen begann.

»Scheiße, scheiße, scheiße«, murmelte ich und kniff die Augen zusammen, um das Pochen irgendwie zu kompensieren. Es dauerte nicht lange, da tauchte Nick vor mir auf und blickte mit einem mitleidigen Lächeln auf mich herab.

»Wieso zur Hölle lächelst du so? Hast du keine Schmerzen? Fühlst du überhaupt etwas?«

Er ging vor mir in die Hocke. »Ich wurde schon so oft gestochen, irgendwann hört es auf, so höllisch wehzutun«, antwortete er und inspizierte den Stich an meiner Wade, der sich nur wenige Zentimeter von der Wunde meines Fahrradunfalls entfernt befand. Beides hatte ich meiner Vorliebe für Kleider zu verdanken.

»Tut es sehr weh?«

»Nein, überhaupt nicht. Ich rede nur aus Spaß so«, krächzte ich abfällig und kniff erneut die Augen zusammen, darauf wartend, dass der Schmerz bald abklingen würde. Weil ich Nicks Finger an meinem Bein spürte, öffnete ich sie schleunigst wieder und zuckte zusammen. »Was machst du da?«, fragte ich und starrte auf die rote brennende Stelle, der er sich nun näherte.

»Der Stachel steckt noch drin, der muss raus.« Ohne mich anzusehen, entfernte er den schmerzhaften Stachel mit einem kurzen Handgriff. Für eine Sekunde wurde das Brennen wieder stärker, dann klang es endlich langsam ab.

Erschöpft streifte ich die Imkerjacke ab und lehnte mich zurück an den Baumstamm. »So ein Mist«, zischte ich erneut. »Das tut weh.«

»Ich weiß.« Er nickte und betrachtete den Stich noch eine Zeit lang, ehe er mir zurück zum Auto half und mich in die Imkerei brachte. Weil jeder Schritt an der Wade spannte und die Schmerzen dadurch wieder stärker wurden, konnte ich erst mal nur humpeln. Im Hof angelangt, stieg ich aus dem Wagen und machte mich auf in Richtung Haus, um mir schleunigst etwas

Kühles auf den Stich zu legen. Erst am Eingang bemerkte ich, dass Nick im Hof stehen geblieben war, und drehte mich um.

Er deutete zum Tor. »Ich hole jetzt Caja ab.«

War die Stimmung zwischen uns eben noch mit Witz und Entspannung gefüllt gewesen, fühlte sie sich nun wieder gedrückt an. Auf einmal wusste ich nicht, wie ich mich verabschieden sollte oder was die richtigen Worte waren, machte aber dennoch wieder ein paar Schritte auf ihn zu.

»Danke«, murmelte ich, »dass du mir das alles gezeigt hast.« Eine falsche Bewegung, und ein grauenhafter Schmerz zog sich durch das ganze Bein. »Scheiße!«, fluchte ich erneut. »Ich ziehe nie wieder ein Kleid an!«

Nick schmunzelte nur. »Das wird schon wieder.«

Wir verabschiedeten uns. Er lief Richtung Tor, ich Richtung Haus.

»Amelia?« Der Klang meines Namens auf seinen Lippen war weich wie ein Federbett. So weich, dass die Schmerzen beim Umdrehen kaum relevant waren. »Willst du mir morgen bei den Vorbereitungen helfen?«

Verwirrt hob ich die Brauen.

»Für das Traumfest, meine ich.«

»Ach so.«

»Du musst nicht, wenn du nicht möchtest. Ich weiß, dass du das eigentlich nicht wolltest und dein Vater es dir regelrecht aufgezwungen hat. Es ist auch nicht mehr viel, das meiste ist schon organisiert. Für morgen habe ich nur leider niemanden, der mir hilft. Vale hat keine Zeit, und …«

»Ja, nein … Stimmt schon, aber das liegt nicht an dir, das hat andere Gründe.« Ich winkte ab. Keine Ahnung, warum ich das sagte. Doch irgendwie wollte ich nicht, dass er dachte, meine fehlende Motivation, an den Vorbereitungen des Festes teilzunehmen, hätte etwas mit ihm zu tun. Einen Moment hielt ich inne, weil sich bei dem Gedanken, durch die Vorbereitungen mit meinen gescheiterten Träumen konfrontiert zu werden, ein schmerzlicher Kloß in meinem Hals bildete.

»Ich helfe gern.«

Ich weiß nicht, wie viele Momente vergingen, in denen er mich einfach nur prüfend ansah. So als könnte er in mein Inneres sehen, als wüsste er ganz genau, welche düsteren Gedanken sich momentan wieder in meinem Kopf abspielten.

»Okay, dann bis morgen.«

Erneut drehten wir uns um, erneut waren wir noch nicht fertig.

»Amelia?«

Aufmerksam wandte ich mich ihm wieder zu. Auf meinen Lippen ein warmes Lächeln, das sich nun auch in seinem Gesicht spiegelte.

»Bitte nicht«, begann er, und ich runzelte verwirrt die Stirn. »Bitte hör nicht auf, solche Kleider zu tragen.«

Kapitel 17

Amelia

Die Schmerzen des Stichs wurden direkt in meiner Motivation erstickt, weiter an einem Reiniger zu experimentieren. Hastig band ich mir ein Coolpack mithilfe eines Küchentuchs um die Wade, dann machte ich mich mit Mamas Buch auf in die Honigscheune, wo Papa gerade an den Maschinen hantierte.

»Amelia«, begrüßte er mich und kam überrascht auf mich zu. »Du humpelst ja. Was hast du gemacht?«

Ich winkte ab. »Wurde von einer Biene gestochen, aber halb so wild.«

»Warst du an den Beuten?«

»Ja, Nick hat mir die Waldbienen gezeigt. Ich bin ihm auf dem Nachhauseweg begegnet, er hat gerade nachgesehen, ob Ableger zu bilden sind.«

Er hob verräterisch die Brauen. »*Nick* hat sie dir gezeigt?« In seiner Stimme klang Überraschung, aber auch neckende Freude mit. »Ich dachte, du magst ihn nicht?«

Genervt verdrehte ich die Augen, konnte mir ein Schmunzeln aber nicht verkneifen. »Tu ich auch nicht«, meinte ich und wusste trotz allem immer noch nicht, ob ich log oder die Wahrheit sagte. »Wir stehen uns in einem neutralen Verhältnis gegenüber.«

»Soso.« Papa schürzte die Lippen, ehe er mich eine Zeit lang mit einem prüfenden Grinsen anstarrte.

»Kannst du bitte aufhören, mich so anzusehen?«

»Ich weiß nicht, was du meinst.«

»Ist ja auch egal«, seufzte ich. »Was ich dich fragen wollte: Hast du Waldhonig von letztem Jahr über?«

»Ich glaube schon.«

»Darf ich mir ein Glas für ein kleines Reinigerexperiment nehmen?«

»Reinigerexperiment?«

»Ja, zur Gesichtsreinigung. Mama hat mir ein paar Öle gegeben, und ...«

»Hast du mit ihr schon über dein Praktikum gesprochen?« Sein mahnender Blick brachte mich zum Verstummen. Ich stockte, wollte etwas erwidern, wusste aber nicht, was. Also schüttelte ich nur den Kopf.

»Du weißt, dass ich dich in allem unterstütze. Aber bevor du deine Zeit mit einem neuen Hobby oder einer neuen Leidenschaft füllst, solltest du das andere erst mal abgehakt haben.« Väterlich fuhr er mir über den Hinterkopf. »Rede mit deiner Mutter. Sie wird es verstehen.«

Ich nickte ergeben, ehe ich kehrtmachte und zurück in den Garten lief.

»Ach und, Amelia?«, rief mir Papa nach. Als ich mich umdrehte, lächelte er mir verschmitzt zu. »Der Honig steht im Keller.«

Ich schnappte mir ein Glas Honig und meine Öle und fuhr mit dem Fahrrad in Mamas Laden. Papa hatte recht. Ich musste dringend mit ihr sprechen. In der Zeit, die ich nun schon hier war, hatte ich das Thema erfolgreich verdrängen und umgehen können. Ja, tatsächlich hatte ich es sogar komplett vergessen können. Zwischen dem Chaos mit Laura, meinem neuen Interesse an natürlicher Hautpflege und den seltsamen Gefühlen Nick gegenüber, hatte ich das Wichtigste verdrängt. Mama dachte noch immer, ich sei nur im Urlaub. Sie ging noch immer davon aus, dass ich demnächst einen tollen Bürojob in München antreten würde, der finanzielle Sicherheit mit sich brachte. Aber wie sollte ich ihr sagen, dass ich alles verloren hatte und mich nun hier ausruhte?

Bestimmt würde sie mir vorwerfen, noch nicht mit den Bewerbungen für einen neuen Job begonnen zu haben. Sie würde nicht verstehen, dass ich mich erst mal sammeln musste und eigentlich keine Lust darauf hatte, erneut eine solche Stelle anzutreten. Sie machte sich Sorgen, was ich auch verstand. Nur irgendwie musste ich ihr erklären, dass sie sich mehr Sorgen um die Amelia machen musste, die zwar einen festen Job hatte, aber absolut unglücklich war.

Ich parkte mein Fahrrad neben dem Laden und trat ins Innere. Aus dem Hinterraum war Gerumpel zu hören. Schnell lief ich nach hinten und entdeckte meine Mutter an einem großen Arbeitstisch mit Kräutern, getrockneten Pflanzen, Tinkturen und Hydrolaten. Sie trug eine weiße Apothekerschürze und füllte gerade ein Gemisch ab. Einen Moment beobachtete ich sie fasziniert bei ihrer Arbeit und spürte, wie sich mein Interesse für diese Themen immer weiter verstärkte.

»Hallo, Mama.« Zur Begrüßung hauchte ich ihr einen Kuss auf die Wange.

»Amelia, was machst du denn hier? Brauchst du wieder etwas für deine Haut?« Erfreut stellte sie die Gläser zurück auf den Tisch.

Ich schüttelte den Kopf. »Jein. Ich habe alles, aber wollte dich fragen, ob du mir bei einem Rezept für einen Gesichtsreiniger helfen kannst.«

Im Schnelldurchlauf erzählte ich ihr von meinem großen Interesse an der Naturheilkunde und was sie in der Gesichtspflege bewirken könnte, davon, dass ihre Öle mir bereits enorm geholfen hatten und ich mich fragte, ob Honig ebenfalls verwendet werden könnte.

»Ganz bestimmt«, antwortete sie. »Honig ist ein Wundermittel. Ich habe ihn zwar noch nie in Kombination mit einem Reiniger gesehen, aber ich wüsste nicht, was dagegensprechen sollte.« Grübelnd deutete sie auf ein hohes Bücherregal. »Da sollte irgendwo ein Buch über die Anwendungsgebiete von Honig stehen. Tob dich in meiner Rührküche ruhig ein bisschen aus.«

»Danke, Mama«, sagte ich, ehe ich meinen Mut zusammennahm und das ungemütlichere Thema ansprach. »Ich finde es so toll, was du machst. Ich glaube, dass ich in Zukunft auch mehr in Richtung Naturheilkunde gehen möchte.«

Keine Ahnung, ob ich das wirklich wollte. Im Moment fand ich das Thema tatsächlich toll, und wenn ich Mama und ihren Laden so sah, packte mich der Ehrgeiz, ebenfalls eine Schürze überzuziehen und mit der Natur zu experimentieren. Trotzdem galt diese Überlegung zunächst nur als Vorwand, um einzuleiten, dass ich meinen alten Job auf keinen Fall weiterhin ausüben wollte.

Liebevoll lächelte sie mich an. »Klingt gut. Macht sich bestimmt schön als Hobby.«

»Nein.« Ich schüttelte den Kopf und seufzte. »Mama ... ich meinte das nicht als Hobby. Ich glaube, der Job in München ist nichts für mich.«

Mitfühlend presste sie die Lippen aufeinander, dann winkte sie ab. »Schatz, als Praktikantin hat man es immer schwer. Aber glaub mir, wenn du erst mal fertig bist und übernommen wirst, wird dir die Arbeit bestimmt viel mehr Spaß machen.«

Ungeduldig kniff ich die Augen zusammen, wollte ihr gerade die ganze Wahrheit sagen, als vorne die Türglocke läutete.

»Lass uns wann anders darüber sprechen, okay?«, meinte sie, ehe sie im Verkaufsbereich des Ladens verschwand.

Nur zu gern.

Kapitel 18

Nick

»Alter, du musst dich dringend mal um deine Kupplung kümmern.«

Im Inneren des Wagens krachte es. Dann, nach einigen Versuchen, schaffte Vale es, den ersten Gang einzulegen. Kopfschüttelnd lachte ich. Er fuhr nun schon seit Jahren mit dieser Schrottkarre, und doch schien er sie niemals aufzugeben.

»Mach dir keine Sorgen um Morris.« Vale streichelte das abgewetzte Leder des Lenkrads, ehe er von Ralfs Hof fuhr und die gepflasterte Gasse passierte, die in Richtung Marktplatz führte. »Wir sind ein Herz und eine Seele. Wir lassen uns nicht im Stich.«

»Irgendwann wirst du ihn aufgeben müssen«, antwortete ich im wehleidigen Tonfall und klopfte ihm tröstend über die Schulter.

Theatralisch fasste er sich an die Stirn. »Sag so etwas doch nicht! Morris und ich werden noch viele Jahre miteinander haben.«

Mit einem breiten Grinsen warf ich den Blick hinaus und stellte mir vor, wie licht- und menschendurchflutet diese Straßen in wenigen Wochen sein würden. Gerade hatten Vale und ich die letzten Lichterketten für das Traumfest in Ralfs Scheune gebracht, die zum Tanzen und Verharren einladen würde. Ralfs Hof lag unmittelbar am Ende der Gasse, die vom Marktplatz wegführte, und war damit der perfekte Ort, um einen Besuch auf dem Fest ausklingen zu lassen. Es faszinierte mich, dass jeder einzelne Einwohner bei den Vorbereitungen mithalf. Jeder Haushalt steuerte Lichterketten, Biertischgarnituren, Zelte und diverses anderes Zeug bei. Alle packten als Einheit an.

In den drei Jahren, in denen Caja und ich nun schon hier lebten, waren mir die Traumfeste immer die liebsten gewesen. Caja konnte einen wunderschönen Abend mit ihren Freundinnen erleben, Kerzen aus Wachs gießen und am Ende ihr Tanzherz in Ralfs Scheune ausleben. Und ich hatte die Möglichkeit, einfach mal zu verharren, mein neues Zuhause so richtig wertzuschätzen und mit den Menschen zu feiern, die uns liebten. Doch nicht nur das Fest an sich war etwas Besonderes für mich, auch die Vorbereitungen machten mir viel Spaß. Die Gemeinschaft zu spüren, mit den Menschen hier und vor allem mit Vale Zeit zu verbringen und etwas Schönes zu erschaffen – das waren die Dinge, die ich an der Arbeit in Engelsberg besonders schätzte.

Ich dachte an Amelia und daran, dass wir uns vor wenigen Stunden für morgen verabredet hatten. Jetzt, wo alles erledigt war und der morgige Tag näher rückte, an dem ich erneut Zeit mit ihr verbringen würde, erwischte ich mich mehr und mehr beim Grübeln.

Caja sprach fast nur noch von Bienen. Keine Ahnung, wie Amelia meine Schwester dazu bekommen hatte, mit ihr in den Bienengarten zu gehen, und ich würde lügen, wenn ich sagte, dass ich Amelia dafür nicht bewunderte. Ich war ihr so unfassbar dankbar. Nicht nur wegen Caja, auch weil sie für mich da gewesen war und meine Ängste akzeptiert hatte. Dabei hätte ihr meine Panikattacke jeden Grund geben können, mir noch mehr zu misstrauen oder mir die verletzende Abfuhr heimzuzahlen, die ich ihr neulich Abend nach Pauls Biergarten erteilt hatte.

Auch wenn sie mir nicht mehr böse zu sein schien, schämte ich mich immer noch in Grund und Boden, Amelia so angefahren zu haben. Ihre penetrante Fragerei hatte mich zwar genervt, und wenn es um meine Vergangenheit ging, konnte ich meine Gefühle einfach nicht unterdrücken, doch sie zu verletzen, war das Letzte, was ich wollte. Die Themen, die sie ansprach ... Meine Herkunft holte eine Seite in mir hervor, die Amelia und jeden in meinem Umfeld von mir stoßen wollte. Und einerseits dachte ich mir, dass es gar nicht schlecht war, wenn Amelia mir misstraute, denn dadurch suchte sie den Abstand, den auch ich wollte. Trotzdem war stetig dieser Drang in mir, fast eine Sehnsucht, genau diesen Abstand zu durchbrechen. Zum ersten Mal seit Jahren hatte ich das Bedürfnis, einer Frau gefallen zu wollen – und das war gehörig falsch.

»Erde an Nick«, drang es dumpf zu mir durch. Erschrocken zuckte ich hoch und blickte in Vales Augen, die mich fragend ansahen. »Hast du mir überhaupt zugehört?«

»Sorry, ich war in Gedanken.«

Er schmunzelte. »Ich habe dich nur daran erinnert, dass du morgen ohne mich auskommen musst. Ich fahre mit Laura nach Winterthur, habe ich ihr versprochen. Sie will ein neues Kleid oder so.«

»Kein Problem, Amelia hilft mir morgen.«

»Die Tochter deines Chefs?«, fragte Vale, woraufhin ich ihn prüfend musterte. Seine dunkelbraunen Haare hatte er wie immer säuberlich zu einem Mittelscheitel gestylt, ein paar Strähnen hingen ihm ins Gesicht, und auf seinen Lippen ruhte ein schelmisches Lächeln.

»Ja. Kennst du sie?«

Er legte die Stirn in Falten, sah mich dabei nicht an. »Nein, nicht persönlich, glaube ich.«

Ich dachte an die Nacht, in der ich Amelia aufgelöst in der Scheune gefunden hatte, und daran, dass sie von einer Person aus ihrer Vergangenheit sprach, die sie an genau diesem Abend entdeckt hatte. Noch immer fragte ich mich, ob Vale diese Person sein könnte. Zwar hatte er sein Leben in Winterthur verbracht, war jedoch einige Sommer hier bei seinem Vater gewesen. Dass er in diesen vielen Sommern kein einziges Mal auf Amelia getroffen sein sollte, machte mich skeptisch.

»Also bist du ihr noch nie begegnet?«

Erneut runzelte er die Stirn, den Blick auf die Straße gerichtet. »Bestimmt ist sie mir mal über den Weg gelaufen, aber gesprochen haben wir nie.«

»Okay«, seufzte ich und starrte wieder aus dem Fenster. Ich fühlte mich schlecht, Vale in irgendeiner Weise zu verdächtigen. Er war mein Freund, und ich vertraute ihm.

»Wieso fragst du? Gefällt sie dir etwa?« Vales Stimme nahm einen neckenden Unterton an.

»Halt die Klappe«, antwortete ich nur, woraufhin er mir auf den Oberschenkel schlug.

»O mein Gott.« Er stieß ein überraschtes Lachen aus. »Sie gefällt dir tatsächlich!«

»Vale, hör auf. Ich kenne sie gar nicht.«

»Das heißt ja nicht, dass sie dir nicht gefallen kann.«

»Das heißt, dass du die Klappe halten sollst.«

»Hey, gönn deinem Freund mal etwas Freude. Seit ich dich kenne, gab es keine Frau, die du auch nur ansatzweise angesehen hast. Und bei unserem Ausflug nach Winterthur oder Zürich hätte es genug Möglichkeiten gegeben, das weißt du.«

Kopfschüttelnd lehnte ich mich gegen den Fensterrahmen und wandte mich von ihm ab. Auch wenn er recht hatte.

»Wenn sie dir gefällt, ist das doch was Schönes«, fügte er hinzu, und ich hätte am liebsten auf irgendeinen Aus-Knopf gedrückt, damit er endlich still war. »Freu dich doch.«

Genervt zuckte ich mit den Schultern und war dankbar, als Vale dieses Thema endlich sein ließ.

Es hatte einen Grund, weshalb ich mich von Frauen fernhielt, warum ich sie alle nicht zu nah an mich heranließ. Vale wusste davon nichts. Die eine Wahrheit war, dass Amelia mir tatsächlich gefiel. Die andere Wahrheit war, dass dies eben nichts Schönes sein konnte. Für mich jedenfalls nicht, denn es machte mir eine Heidenangst.

Leises Geplätscher ertönte, als ich am nächsten Tag frühmorgens aus dem Wohnwagen trat und meinen Kaffee trank. Caja schlief noch, doch ich war mir sicher, dass sie jeden Moment aufwachen würde. Ich lief zwischen den Bäumen entlang, die den See säumten, und bemerkte, dass jemand darin schwamm. Verwundert sah ich auf das Display meines alten Handys.

Wir hatten gerade erst sieben in der Früh. Zwar war der Juni dieses Jahr besonders warm, doch nachts und morgens war es meistens noch frisch. Neugierig trat ich näher ans Ufer, als die Person in der Mitte des Sees verharrte und sich einfach treiben ließ. Ein warmes Gefühl machte sich in mir breit. Je näher ich kam, desto drängender wurde der Gedanke, dass ich sie kannte, dass sie ...

Ich schluckte. Und schluckte noch mal. So hart und so oft, dass mir bald der Hals schmerzte. Die Person, die hier so frei im kalten Engelssee schwimmen ging, war Amelia, und bei genauerem Hinsehen erkannte ich an ihrer Schulter, dass sie nackt war.

Fuck.

Hastig wandte ich mich ab. Mein Mund wurde taub, die Zunge kribbelte. Einerseits fingen meine Wangen Feuer, andererseits breitete sich in mir eine Eiseskälte aus. Amelia hatte eine Anziehungskraft auf mich, die mir Angst machte, und nun, wo sie nur wenige Meter von mir entfernt mit nichts als dem Wasser, das sie umgab, im See schwebte, musste ich mich erst mal sammeln.

Fuck, dachte ich erneut. Seit wann konnte nackte Haut Emotionen in mir auslösen? Seit wann konnte überhaupt ein Mensch Emotionen in mir auslösen? Jahrelang hatte Vale mir diverse Frauen vorgestellt, und bei keiner von ihnen hatte sich auch nur ansatzweise irgendwas in mir geregt. Doch jetzt ... *fuck!* Allein der Gedanke, dass sie dort nackt im See trieb, brachte mein Inneres zum Brodeln.

Noch immer etwas benommen spähte ich zurück und überlegte, wie ich mich am besten bemerkbar machte, ohne sie zu erschrecken, ohne sie ansehen zu müssen und ihr zu nahe zu treten. Mit gesenktem Blick lief ich zum Ufer und räusperte mich laut. Es plätscherte, weil sie überrumpelt nach Luft schnappte und dabei kurz das Gleichgewicht im Wasser verlor, dann drehte sie sich in meine Richtung. Weil das Wasser nun ausreichend ihren Körper bedeckte, trat ich auf den Steg.

»Nick!«, rief sie und funkelte mich wütend an. Obwohl sie rein gar nicht erfreut klang, machte mein Name aus ihrem Mund etwas mit mir. »Willst du mich verarschen? Was machst du hier?«

»Ich wohne hier«, antwortete ich und deutete mit meiner Kaffeetasse zurück hinter die Bäume.

»Was?«

»Unser Wohnwagen steht dahinten.«

Mit aufgerissenen Augen versuchte sie, durch die Bäume zu spähen. Sie schien unter Schock zu stehen. Immer wieder starrte sie ins Wasser vor sich, wie um sicherzugehen, dass man nichts sehen konnte. Auf ihren Wangen lag eine feurige Röte.

»Und was machst du hier?« Ich durchbrach die Stille, als sie auch nach einigen Momenten nicht antwortete.

Perplex runzelte sie die Stirn. »Schwimmen nennt man das.«

Ich verkniff mir ein Lachen. »Bei fünfzehn Grad in der Früh?«

Etwas blitzte in ihren Augen auf, ein provokantes Lächeln erschien auf ihren Lippen. »Das habe ich früher jeden Morgen gemacht. Bist du etwa ein Warmduscher?«

Mir gefiel, wie schlagfertig sie mittlerweile war. Hatte sie zu Beginn noch jeder meiner Sprüche zur Weißglut bringen können, schien sie sich nun langsam an meine Art zu gewöhnen. Keine Ahnung, was sie da aus München mit sich herumschleppte, doch ich hatte das Gefühl, dass sich dieser Stress nun legte.

»Nur im Winter.«

»Es ist nicht Winter.« Herausfordernd hob sie die Brauen und verschränkte die Arme vor der Brust. Als ich auf dem Steg ein paar Schritte näher trat, machte sich Unsicherheit in ihrem Gesicht breit.

»Willst du mich etwa auffordern, auch reinzukommen?« Ich wusste, dass sie das nicht wirklich wollte. Ganz im Gegenteil, das Letzte, was ihr in dieser Lage jetzt noch fehlte, war, dass ich ihrer nackten Haut näher kam. Doch es reizte mich, sie zu ärgern und ihre toughe Fassade zu durchbrechen.

Kurz flammte Panik in ihrem Gesicht auf, doch sie hob das Kinn. »Wenn du dich traust.«

Ich streifte mir das Shirt vom Kopf, kam aber nicht weit, als Amelia ein lautes »Warte!« ausstieß.

Mit dem Shirt in der Hand sah ich lachend auf sie hinab, und als ihr Blick über meinen Oberkörper glitt, wurde ich mir mit einem Mal jedem Zentimeter nackter Haut an mir bewusst. In ihren Augen lag Unsicherheit, doch auch Verlangen – und für einen Moment überlegte ich ernsthaft, zu ihr ins Wasser zu springen.

»Das war ein Scherz. Bitte komm nicht rein. Ich ... habe nichts an.«

Ich spürte, dass mir noch wärmer wurde, jetzt, wo sie ihre Nacktheit tatsächlich ansprach, sie bestätigte. In meinem Mund breitete sich eine schreckliche Trockenheit aus, und mein Herz begann plötzlich, schneller zu pochen. Was zur Hölle machte ich hier? Kopfschüttelnd fuhr ich mir durch die Haare. Scheiße, was war ich bitte für ein Arschloch, sie so zu verunsichern! Plötzlich schämte ich mich für mein Verhalten.

»Tut mir leid.« Ohne sie noch einmal anzusehen, machte ich kehrt. »Ich wollte dir nicht zu nahe treten.«

»Nick!« Gerade als ich vom Steg trat und am sandigen Ufer ankam, ertönte ihre Stimme. Langsam drehte ich mich um. In ihrem Ausdruck lag Wärme, auf den Lippen ein unsicheres und doch so anziehendes Lächeln.

»Du bist mir nicht zu nahe getreten«, meinte sie so leise, dass man es aus der Entfernung kaum hören konnte. Doch ich las es an ihren Lippen ab, ich konnte es deutlich sehen. Ein Stein fiel mir vom Herzen, das Kribbeln in meiner Brust wurde stärker, je länger ich sie ansah, je einschneidender sich ihre dunklen Augen in meinen Kopf brannten – und genau dieses Kribbeln sollte sich gefälligst verpissen.

»Aber ich würde mich jetzt trotzdem gern wieder anziehen. Du kannst ja am Wohnwagen auf mich warten, dann können wir gleich schon mit den Vorbereitungen beginnen«, fügte sie hinzu und lachte, woraufhin ich wieder im Hier und Jetzt ankam.

»Natürlich«, krächzte ich, machte kehrt und verschwand zwischen den Bäumen.

Natürlich. Wie sollte ich jetzt noch *natürlich* mit ihr den Tag verbringen können?

Es dauerte nicht lange, da trat Amelia aus dem Wald. Sie schob ihr Fahrrad neben sich her und kam in einem luftigen Kleid auf mich zu. Als ich sie entdeckte, erhob ich mich hastig von den Stufen, die in den Wohnwagen führten. Hier hatte ich die letzten zehn Minuten verharrt und darüber nachgedacht, was zum Teufel in mich gefahren war.

Benommen fuhr mein Blick ihren Körper ab und endete an ihren nassen Haaren. Angetrocknet und nicht durchgekämmt waren sie viel lockiger als sonst. Im Allgemeinen sah sie ganz anders aus als an den letzten Tage. Irgendwie spontaner, weniger durchdacht. Auf ihrem Gesicht keine Schminke, die Haare nicht perfekt frisiert. Ich brauchte einen Moment, um mich von ihrem Bild loszureißen, denn jetzt, wo sie mir so natürlich begegnete, fand ich sie noch schöner als zuvor.

»Du hast ja Locken«, war das Erste, was ich von mir gab.

»Ja.« Sie blieb vor mir stehen, fuhr sich unsicher über das Haar.

»Und Sommersprossen.« Schon gestern waren mir die zarten Sprenkel auf ihren Wangen aufgefallen. Ich hatte sie zählen wollen, mich aber irgendwo zwischen bernsteinfarbenen Augen und lachenden Grübchen verloren.

Amelia löste die Finger von ihren Locken, fuhr sich über die Wangen und wandte beschämt den Blick ab. »Auch ja.« Sie schmunzelte. »Aber ich mag meine Locken nicht so, deswegen glätte ich sie immer.«

»Dann habe ich ja Glück, dass du heute kein Glätteisen dabeihast.« *Was zur Hölle?* Damit ich nicht noch mehr Scheiße von mir gab, machte ich kehrt und lief zur Tür vom Wohnwagen. »Ich sehe kurz nach, wie weit Caja ist.«

Im nächsten Moment schlug ich die Tür hinter mir zu und lehnte mich von innen dagegen. Konzentriert schloss ich die Augen, atmete ein paarmal durch und versuchte, das Kribbeln zu ignorieren, das mich durchströmte, seit ich sie im See entdeckt hatte. Gott, was machte diese Frau nur mit mir?

»Ist alles okay?« Caja stand mit ihrem Rucksack vor mir und sah mich verwirrt an.

»Bist du fertig?« Ich ging nicht auf ihre Frage ein und durchsuchte ihren türkisfarbenen Anna-und-Elsa-Rucksack. Den Tag würde sie wieder bei Anita verbringen. Obwohl sie viel zu tun hatte, freute sich Amelias Mutter mindestens genauso sehr darauf wie Caja.

»Willst du dein Mandalaheft nicht mitnehmen?«, fragte ich, als ich den Inhalt ihres Rucksacks in Augenschein nahm. Normalerweise kümmerte ich mich nicht groß darum, was sie zu Anita mitnahm – schließlich hatte sie dort alles, was sie für den Tag benötigte: Essen, Wasser, Spiele, Bücher. Doch jetzt brauchte ich irgendetwas, um mich abzulenken, irgendetwas, das meine Hände und den Kopf beschäftigte und das wirre Kribbeln darin verschwinden ließ. Wenn ich wieder aus diesem Wohnwagen trat, wollte ich mich gefälligst normal verhalten. Wie sollte ich die heutigen Stunden mit Amelia sonst durchhalten?

Caja schien mein ungewöhnliches Verhalten zu bemerken und starrte mich stirnrunzelnd an. »Du bist ja ganz rot.« Sie stemmte die Hände in die Seiten.

»Bin ich nicht.«

»Bist du wo-hol«, rief sie und deutete auf mein Gesicht. »Und ganz unsicher. Wenn ich so unsicher bin, fragst du immer, was ich angestellt habe. Hast du auch was angestellt?«

Ich musste mir ein Lachen verkneifen. Wenn Caja auf erwachsen machte und mich warnend ansah, war sie viel zu niedlich. Kurzerhand kniff ich ihr in die Seite.

»Pff, ich bin schon groß, und Erwachsene können gar nichts anstellen. Das können nur Kinder namens Caja«, neckte ich sie, woraufhin sie kreischend loslachte.

Kurz bevor wir den Wohnwagen verließen, sah mich meine Schwester ernst an. »Ich glaube nicht, dass Erwachsene nichts anstellen können.«

Wie recht sie doch hatte.

Kapitel 19

Amelia

Dann habe ich ja Glück, dass du heute kein Glätteisen dabeihast.

Mein Spiegelbild starrte mir im Badezimmer meiner Eltern entgegen. Nick wartete unten im Hof, denn bevor wir aufbrachen, wollte ich mich umziehen und mich zurechtmachen. Die letzte Nacht hatte ich kein Auge zubekommen. Seinetwegen. Wegen seinem *Bis Morgen* und den Worten, die zwischen seinen Zeilen gelegen hatten. Wegen unserer innigen Umarmung, die ich bis heute noch in mir spürte, und dem Fakt, dass ich mich nun bei jedem meiner Kleider fragte, wie er es finden würde.

Vorsichtig fuhr ich mir über die Wangen, die ich nun schon seit mehr als zwei Wochen mit nichts anderem als der Natur pflegte. Die Art und Weise, wie Nick mich ohne Make-up angesehen hatte, den Blick fasziniert auf meine Sommersprossen gerichtet, die ich immer zu verstecken versuchte, hatte mir das Gefühl gegeben, gut zu sein, wie ich war. Die Welt war von Perfektionismus geprägt – gerade online. Wer besitzt die neuesten Markensachen? Wer trägt das beste Contouring? Wer hat die ebenste Haut?

All diese Dinge hatten mein besessenes Streben nach Vollkommenheit, das verkrampfte Schrubben meiner Haut noch weiter verstärkt. Ich hatte mir selbst eingeredet, dass alles an mir, was nicht in die glatt gezogene Instagram-Welt passte, hässlich war. Doch Nicks Blick und seine Worte ... Ein breites Lächeln stahl sich auf meine Lippen, das Kribbeln in meinem Magen wurde stärker.

Entschlossen packte ich Bürste und Pinsel zurück in meinen Kulturbeutel und überlegte für einen Moment, mein Handy mitzunehmen. Ich unterdrückte den Impuls, warf es auf mein Bett und lief zurück in den Hof, wo Nick im bereits angelassenen Wagen wartete. Als ich mich auf den Beifahrersitz schwang, sah er kurz von seinem Handy auf und musterte mein neues Outfit. Nur kurz, nur eine Sekunde lang, dann wandte er sich wieder ab und fixierte die Straße vor sich.

»Ist das etwa deins?« Mein Blick blieb an dem alten Nokia hängen, das er neben sich in die Mittelkonsole gelegt hatte.

»Ja, das ist meins.«

Fasziniert betrachtete ich es genauer. »Krass, es ist ewig her, dass ich so ein altes Handy in der Hand gehalten habe. Ich hatte damals ein Sony Ericson. Ist das dein Arbeitshandy?«

»Mein Alltagshandy.«

Perplex starrte ich ihn an, was er merkte und woraufhin er mich belustigt ansah. Irgendwo tief in meinem Inneren klingelten erneut schrille Alarmglocken. Er kam aus Bern, wohnte trotzdem im abgelegensten Dorf der ganzen Schweiz, sein Zuhause war ein Wohnwagen – und dazu besaß er nicht mal ein Smartphone, sondern lediglich ein altes Prepaidhandy. Vor wem versteckte er sich? Was verheimlichte er?

»Du hast nur dieses Handy?«

Er nickte knapp. Und ich merkte, dass ich neben der Verwunderung auch Bewunderung dafür hegte.

»Das finde ich irgendwie cool.«

Damit schien er nicht gerechnet zu haben. Überrascht sah er zu mir rüber, blieb einen Moment zu lange an meinen Sommersprossen und an meinen Augen hängen, ehe er leise, fast erleichtert auflachte. »Wirklich?«, fragte er.

»Ja, ich meine, dadurch wirst du von dem ganzen Chaos im Internet verschont«, antwortete ich und warf einen gedankenverlorenen Blick aus dem Seitenfenster. »Die Vergleiche, der Druck ... Und du kannst oldschool SMS verschicken, ohne zu wissen, ob der andere die Nachricht schon gelesen hat oder gerade dabei ist zu antworten. Das gibt dem Ganzen viel mehr Spannung.«

Er lachte. »Ich bin nicht so der SMS-Schreiber.«

»Lieber der Telefonierer?«

Nick zog offenbar belustigt über dieses Wort die Nase kraus. »Weder noch. Ich habe das Handy nur für Notfälle.«

»Du hast also nie ein Smartphone besessen? Mit Touchscreen, Apps, Internet und dem ganzen Müll?«

»Doch.« Seine Antwort kam schneller als erwartet. Knapper als erwartet, als wollte er das Thema schleunigst abhaken. »Aber das ist lange her.«

Zufällig drei Jahre?, fragte mein Inneres skeptisch. Doch ich riss mich zusammen, nickte und legte das Handy zurück in die Ablage, um das Thema sein zu lassen. Als ich bemerkte, dass wir aus Engelsberg rausfuhren, sah ich mich um. In der Ferne ragten grüne Berge mit silberner Spitze in den hellblauen Himmel, immer wieder sausten wir an ein paar Schafherden vorbei oder begegneten der ein oder anderen Kuh. Ich kurbelte das Fenster runter und schloss einen Moment genussvoll die Augen. In meinen Haaren tanzte der Wind, zerzauste sie noch mehr, als sie es sowieso schon waren. Doch das machte mir gerade rein gar nichts aus.

»Wohin fahren wir eigentlich?«

»Zwei Orte weiter nach Beerensdorf«, erklärte Nick.

»Was machen wir da?«

»Biertischgarnituren abholen. Normalerweise haben wir in Engelsberg genug für das Fest, aber die letzten Jahre sind einige wohl so verrostet gewesen und kaputtgegangen, dass wir in den Nachbargemeinden nachfragen mussten.«

»Und das erledigen wir an einem Samstag?«

Seine Mundwinkel zuckten. »Es gibt immer etwas zu tun. Bei deinen Eltern ist momentan viel los. Die ersten Gemüseernten stehen an, und wir sind mitten in der Ernte vom Rapshonig. Wenn ich mit den Vorbereitungen vom Fest beschäftigt bin, helfen Leon und Jannis.«

Ich musterte ihn prüfend. »Ihr habt so viel zu tun, und trotzdem stellen meine Eltern nur zwei Erntehelfer ein? Ich dachte, ihr bekommt das hin.«

Sein Kiefer zuckte. »Tun wir ja auch.«

»Aber?« Ob ihm diese Fragerei Druck machte, war mir gerade vollkommen gleichgültig. Ich wollte endlich wissen, was bei meinen Eltern los war.

Er zuckte mit den Schultern. »Nichts aber. Du weißt doch, wie das mit dem Klimawandel ist. Für Tier und Mensch bedeutet er den Tod, und trotzdem scheint es jedem egal zu sein.« Aufmerksam musterte ich sein Profil. Er fuhr sich über die Augen, und ich merkte, dass er noch nicht fertig war. »Die letzten Jahre waren die Ernten ziemlich schlecht. Entweder wurde es schlagartig wieder kalt, woraufhin die Bienen einfach in ihren Beuten geblieben und die Pflanzen erfroren sind. Oder die Sommer kamen früh und zu schnell, so wie dieses Jahr. Ich meine, wir haben Anfang Juni, und es sind knapp dreißig Grad. Die Pflanzen trocknen aus, die Bienen sterben und mit ihnen alles Leben dieser Erde. Ohne sie gibt es keine Blüten, keine Pflanzen, kein Gemüse, kein Obst, keine Lebewesen. Hinzu kommt, dass bei uns letztes Jahr zwei Völker durch die Varroamilbe draufgegangen sind.«

Ein schwerer Stein bildete sich in meinem Magen. Was er sagte, war nichts Neues für mich. Was er sagte, war für die wenigsten etwas Neues. Jeder wusste, wie schrecklich wir mit unserem Planeten umgingen, und doch versuchte man, das schlechte Gewissen irgendwie für seinen eigenen Nutzen zu verdrängen.

Auch ich – obwohl ich Tochter eines Imkers war – bestellte Produkte aus aller Welt, deren Transport die Luft verschmutzten, fuhr mit dem Auto mal schnell an irgendeinen schönen Platz in München, statt das Fahrrad zu nutzen, nur um dort ein paar Fotos für meinen Blog zu schießen, und benutzte viel zu viele Pflegeprodukte, deren Verpackungen und Chemikalien eine Sünde für die Umwelt waren.

Ich kannte die Fakten, und doch hatte ich dieses Problem, das eigentlich bei jedem Einzelnen an erster Stelle stehen sollte, immer verdrängt. Wieso bemühten wir uns um Dinge, die absolut irrelevant waren, würde es unseren Planeten einst nicht mehr geben? Wieso gingen wir nicht erst mal die Grundlage eines schönen Lebens an – den Schutz unseres Zuhauses.

»Deine Eltern mussten einfach in vielen Dingen zurückstecken, was die Kosten betrifft, weil sie längst nicht mehr so viel Honig und Gemüse verkaufen können wie früher. Der viele Rapshonig rettet sie fast jedes Jahr, doch auch der wird weniger.«

Einen Moment wusste ich nicht, was ich sagen sollte. Dass ich von einer Erkenntnis, die ich schon geahnt hatte, so umgehauen wurde, war genauso unglaublich wie real.

»Ich wusste nicht, dass es der Imkerei so schlecht geht«, murmelte ich traurig, und wieder holte mich ein schreckliches schlechtes Gewissen darüber ein, dass ich die letzten Jahre kein einziges Mal zu Hause gewesen war. Vielleicht rührte Mamas Druck nach einer *sicheren* Arbeit daher. Vielleicht hatte sie sich für mich gewünscht, dass ich mir um Geld keine Sorgen machen musste.

»Sie geben es auch nicht gern zu. Ich denke, sie wollten dich schützen, du scheinst ja auch genug um die Ohren zu haben.«

Erneut machte sich ein Stechen in meiner Brust bemerkbar. *Du scheinst ja genug um die Ohren zu haben.* Ich wusste, dass er seine Worte nicht böse meinte, doch sie schmerzten trotzdem. Sie schmerzten, weil sie der Wahrheit entsprachen und ich mich lange Zeit viel zu sehr mit mir selbst statt meinen Eltern oder gar dem Planeten auseinandergesetzt hatte.

»Für feste Arbeitskräfte ist momentan kein Geld da. Das ist der Grund, warum sie keine Erntehelfer eingestellt haben«, fügte Nick mit traurigem Unterton hinzu, rutschte tiefer in den Sitz und lehnte sich mit einem Seufzen an den Fensterrahmen.

»Das heißt, sie bezahlen dich auch nicht?«

Er schüttelte den Kopf. »Nein, dafür passen sie auf Caja auf, versorgen uns mit Früchten und Gemüse aus dem Garten deiner Mutter und … geben uns ein Zuhause.«

Die letzten Worte sprach er fast flüsternd aus. Und erneut fragte ich mich, wie Cajas und Nicks Leben in Bern ausgesehen haben musste. Ein Zuhause schien für ihn etwas so Besonderes zu sein, dass er bereit war, dafür unbezahlt zu arbeiten. Ich dachte an unsere Auseinandersetzung und schämte mich für all das Misstrauen, das ich zu Beginn für ihn gehegt hatte. Ich hatte ernsthaft geglaubt, er sei irgendein Landstreicher, der meine Eltern bestehlen wollte. Nein, Nick war kein schlechter Mensch und erst recht keine Gefahr für meine Familie. Ganz im Gegenteil: Er stand meinen Eltern in einer schwierigen Zeit bei und half ihnen, ihre Leidenschaft weiter ausleben zu können.

»Tut mir leid«, kam es schließlich aus mir heraus, woraufhin er mir einen verblüfften Blick zuwarf. »Wegen meiner Fragerei und unseres Streits neulich. Ich wollte dich nicht bedrängen, und es war falsch, dich anzufeinden. Dass du meinen Eltern so eine große Hilfe bist, wusste ich nicht. Also danke.«

Kurz blitzte derselbe Schmerz, dieselbe Wut in seinem Ausdruck auf, die ihn dazu getrieben hatte, mich letztens so anzufahren. Doch sie verschwand und wurde durch eine überraschte, fast traurige Erkenntnis ersetzt. Er öffnete den Mund, schloss ihn wieder und wandte sich unschlüssig ab. Eine Zeit lang war es still zwischen uns.

»Wir sind da.« Nach wenigen Momenten fuhr er in einen Hof, antwortete sonst gar nichts mehr auf meine Entschuldigung. In seiner Stimme lag wieder diese unnahbare Kälte, die mich erschaudern ließ. Erst als er den Motor stoppte, verharrte er reglos, ehe er mich ansah und ich mir sicher war, Dankbarkeit in seinem Blick zu erkennen.

Wir liehen uns von einem Gasthof zehn Sets Biertischgarnituren mit jeweils zwei Bänken. Die Ablage von Papas SUV war zum Glück groß genug, doch es wurde knapp. Während wir verluden, zog sich der blaue Himmel langsam zu. Das Sonnenlicht verschwand und wich gräulichen Wolken. Bald ertönte der erste Donner, und kurz darauf setzte starker Regen ein.

»Nur noch zwei Bänke«, rief mir Nick durch den Regen zu.

Hastig griff ich nach der letzten Bank und schleppte sie zum Auto, als Nick mir entgegenkam und sie mir abnahm. Als wäre es das Einfachste der Welt, hievte er sie auf die Ablage. Sein Shirt klebte ihm eng am Körper, seine Brust hob und senkte sich. Ich schluckte, als er mich am Ellenbogen packte und unter den Unterstand des Restaurants zog. Im Trockenen angekommen, lüftete er seine Kappe und fuhr sich durch die nassen Haare. Dann hob er den Kopf und versank in meinen Augen.

Auf seinen Wangen glitzerten Regentropfen, sein Mund offen stehend und schwer atmend. Auch ich war aus der Puste, fragte mich, ob das am Schleppen oder an Nick lag. Ohne Vorwarnung fischte er eine nasse Strähne aus meinem Gesicht. Seine Fingerspitzen berührten meine Wange, in meiner Brust ein spürbares Rumpeln. Obwohl die Strähne längst aus meinem Gesicht verschwunden war, verharrte er mit seinen Fingern noch etwas länger an meiner Wange. In seinem Blick lag Wärme und stumme Aufregung, doch je länger ich ihn ansah, desto klarer wurde die Angst darin.

»Hat alles geklappt?« Die Stimme des Restaurantleiters riss uns entzwei.

»Ja, vielen Dank.«

Der Chef deutete hinter sich. »Wenn ihr wollt, könnt ihr drinnen warten, solange es regnet. Ihr müsst die Biertischgarnituren nicht durch dieses Wetter fahren. Wollt ihr etwas essen?«

Fragend sahen Nick und ich uns an, ehe wir lächelten und nickten.

Der Chef führte uns ins Innere des Restaurants an einen Tisch in einer urigen Holznische. Drinnen tummelten sich mehrere Gruppen, die mit Rucksäcken auf der Wanderung zu sein schienen und sich hier vor dem Regen gerettet hatten. An den Wänden hingen verschiedene Jagdtrophäen, alte Lampenschirme aus grünem Glas baumelten von der Decke. Es roch deftig nach frischen Bratkartoffeln und würzigem Braten.

Wir ließen uns in die mit Sitzkissen gepolsterte Holzbank fallen, und ich warf einen Blick aus dem Fenster, das hinter uns lag. Dabei versuchte ich, meine Wangen mit meinem Shirt zu trocknen. Die Haare band ich zu einem lockeren Zopf, damit sie mir nicht nass über die Schultern hingen.

Nick bestellte sich eine Ladung Rösti, während ich mich für einen Gemüseauflauf entschied.

»Organisierst du das Fest eigentlich sonst ganz allein?«

Er nippte an seinem Bier und schüttelte den Kopf. »Die Stände muss jeder selbst für sich organisieren, aber das Drumherum – sprich die Deko in der Scheune, das Schmücken der Lichterketten, die Getränke, die Musik –, das mache ich meistens mit ein paar anderen zusammen. Dieses Jahr hilft mir Vale viel, ansonsten findet man überall Hilfe.«

»Arbeit scheint dir wirklich Spaß zu machen, oder?«, witzelte ich und dachte an die vielen anderen Aufgaben, die er hier in Engelsberg erledigte.

»Helfen macht mir Spaß«, antwortete er knapp. »Und außerdem brauche ich diese Beschäftigung. Ich muss immer etwas zu tun haben, sonst wird mir langweilig.«

Ich bedachte ihn eine Zeit lang aufmerksam, weil ich das Gefühl bekam, dass nicht nur Langeweile der Grund für seine zwanghafte Beschäftigung war. Versteckte er sich durch die Arbeit vor irgendetwas? Machte ihm etwas zu schaffen, von dem er sich ablenken wollte?

»Das letzte Mal, als ich am Traumfest teilgenommen habe, ist schon über sechs Jahre her«, überlegte ich laut und ignorierte den schmerzhaften Druck in meiner Brust, der sich nun wieder bemerkbar machte. Keine Ahnung, warum ich dieses Thema von selbst weiter aufrechterhielt. Normalerweise ging ich ihm strikt aus dem Weg. Dem schrecklichen Thema Träume. Doch komischerweise fühlte es sich bei Nick gar nicht mehr so schlimm an, über meine Ängste und mein Scheitern zu sprechen. Vielleicht lag es an seinem simplen *Es ist okay, nicht okay zu sein.* Vielleicht aber auch daran, dass er in meinen Armen zusammengebrochen war und ich eine so verletzliche Seite an ihm zu Gesicht bekommen hatte, dass es sich natürlicher anfühlte, vor ihm die Maske zu ziehen.

»Und sind seitdem all deine Träume in Erfüllung gegangen?«

»Na ja, das mit den Träumen ist bei mir so ein Ding.« Seufzend wandte ich den Blick ab. »Ich hatte einen Traum.«

»Und den hast du jetzt nicht mehr?«

»Ich weiß nicht. Er hat mich in den letzten Jahren so viel Zeit und Nerven gekostet, dass ich damit kaum noch etwas Positives verbinde.«

Nick bedachte mich eingehend, so als würde er meine Geschichte in meinen Augen lesen wollen. Sein Ausdruck rief *Wer bist du, Amelia?*, sein Mund blieb stumm. Er schien sich vor dieser Frage zu drücken.

»Das Gute an Träumen ist, dass sie unbegrenzt sind.« Er drückte sich wirklich.

»Ja«, hauchte ich und lehnte mich an die Bank. »Ich ärgere mich nur. Hätte ich nicht so krampfhaft an diesem einen Traum festgehalten, hätte ich vielleicht gemerkt, dass es meinen Eltern nicht gut geht.«

Bei meinen Worten senkte er angespannt den Kopf und zuckte mit dem Kiefer. Es wurde still zwischen uns, nur das leise Gemurmel der anderen Gäste war zu hören.

»Mir tut es auch leid«, kam es nach einigen Momenten aus Nicks Mund, und ich realisierte, dass er an meine Entschuldigung vom Hinweg anknüpfte. »Ich habe dich beleidigt und angefahren. Das war nicht richtig.«

»Du hattest recht. Ich hätte die letzten Jahre ruhig öfter vorbeischauen sollen«, sagte ich und zuckte mit den Schultern.

»Vielleicht … aber trotzdem. Es ist nicht meine Aufgabe, dir das vorzuschreiben, und es tut mir leid. Manchmal versuche ich, meine Unsicherheit zu verstecken, und nicht selten bin ich dabei einfach ein Arschloch.«

Ich bedachte sein Profil und fragte mich, in welcher Unsicherheit er gerade wohl festhing. »Sind wir das nicht alle?«

Als er aufblickte, warf ich ihm ein verständnisvolles Lächeln zu, und für einen Moment war es, als würde er sich in meinen Augen verheddern. Je länger er mich ansah, desto ruhiger wurde es um uns herum. In meinem Inneren dagegen hämmerte mein Herz rastlos gegen die Brust.

Irgendwann zuckte sein Blick in Richtung Eingang, und mit einem Mal verlor sein Gesicht jegliche Farbe. Bevor ich reagieren konnte, hatte er zwei Zwanzigfrankenscheine auf den Tisch geknallt und die Flucht aus dem Restaurant angetreten. Verwundert sah ich mich um, nicht sicher, was genau ihn so verschreckt hatte. Als ich zwei Polizisten am Tresen stehen sah, überkam mich urplötzlich ein seltsam ungutes Gefühl. Wer zur Hölle war Nick, und warum fürchtete er sich vor der Polizei?

Kapitel 20

Nick

Unruhig schnappte ich nach Luft, als ich aus dem Restaurant stolperte und mich mit rasendem Herzen gegen den Wagen lehnte. Der Regen hatte sich schon vor mehr als einer halben Stunde verabschiedet und der Sonne wieder Platz gemacht. Dennoch waren meine Hände eiskalt. Eiskalt vor Panik.

Scheiße! Knapp drei Jahre hatte ich der Polizei nun schon aus dem Weg gehen, meine Angst ihr gegenüber im Zaum halten können. Warum musste die Panik ausgerechnet hier mit Amelia wieder aufflammen? Hier, wo ich ihr so nah gewesen war, für einen Moment vergessen hatte, weshalb ich mich so strikt von ihr und anderen Frauen fernhalten wollte.

Noch immer spürte ich ihren Blick auf mir, noch immer spürte ich die Hitze, die mich durchströmt hatte, als ich ihr nähergekommen war. Diese unbekannten Gefühle, die mich bei ihr heimsuchten, raubten mir jeglichen Nerv. Und als ich diese beiden Polizisten am Tresen hatte stehen sehen, hatten sich wieder alte Wunden, alte Ängste geöffnet und in meinem Gehirn einen Kurzschluss ausgelöst.

Amelia trat an den Wagen und warf mir ein schwaches Lächeln zu. Sie hakte nicht nach, fragte nicht, was los war. Schließlich hatte ich ihr mehr als deutlich gemacht, mich mit ihrer Fragerei zu verschonen. Doch ich hörte ihre Gedanken laut und deutlich, ich spürte, dass sie mir nach dieser Aktion noch weniger vertraute, und diese Erkenntnis schmerzte seltsam stark.

»Wollen wir weiter?«, fragte sie und sah mich über die Motorhaube hinweg an.

Ich atmete tief durch, nickte und schwang mich in den Wagen. Auch Amelia stieg ein, wühlte in ihrer Tasche und hielt mir zwanzig Schweizer Franken hin. »Für das Essen.«

Hastig winkte ich ab. »Lass stecken. Ich hab dich eingeladen.«

Als mein Blick zu ihr zuckte, lächelte sie mich dankbar an. »Na gut, aber das nächste Mal zahle ich.«

Das nächste Mal. Kurz fragte ich mich, was dieser Satz bedeuten sollte. Sie wäre verrückt, würde sie nach dieser Aktion ernsthaft noch mal mit mir ausgehen wollen. Und doch keimte in mir die Hoffnung auf, dass es so war.

Auf der Fahrt entstand eine unangenehme Stille zwischen uns. Amelia lehnte sich ans Fenster, und ich krallte mich an das Lenkrad. Der Regen hatte viel Matsch und Glitzer auf den Wiesen hinterlassen, und als wir durch ein kleines Waldstück fuhren, bekam Peters SUV langsam Schwierigkeiten. Immer wieder musste ich viel Gas geben, um aus einem matschigen Loch rauszukommen. Wir passierten gerade einen umgestürzten Baum, als der Wagen wieder nachließ und in einem Schlammgraben stecken blieb. Mit aller Kraft drückte ich auf das Gas, buddelte uns damit jedoch nur noch weiter ein. Amelia sah verunsichert zu mir rüber, als ich den Rückwärtsgang einlegte und es über die andere Richtung versuchte. Auch hier klappte gar nichts. Der Motor heulte schmerzerfüllt auf, woraufhin ich ihm etwas Luft gab.

»Wir stecken fest«, sagte ich und rieb mir angestrengt über die Augen. Mit so einer schweren Ladung musste das ja passieren.

Amelia öffnete die Tür und inspizierte den Boden. Ohne die Nase zu rümpfen, sprang sie hinaus, wodurch Matsch an ihre Beine spritzte. Zu meiner Überraschung schien sie das gar nicht zu stören.

»Soll ich mal von hinten drücken, und du gibst Gas?«

Verwundert sah ich sie an.

»*Du* willst dich in den Dreck stellen und schieben, während ich im Wagen bleibe?«

»Emanzipation«, meinte sie nur und hob die Brauen. »Oder traust du mir das nicht zu?«

Tatsächlich hatte ich es ihr nicht zugetraut, doch die Überraschung entlockte mir ein Lächeln. »Okay, versuch es mal.«

Amelia lief hinter den Wagen, ich beobachtete sie im Rückspiegel. Als sie bereit war, lehnte ich mich aus dem Fenster. »Okay?«, fragte ich.

»Okay.« Mit aller Kraft stemmte sie sich gegen den Wagen, und ich drückte aufs Gas. Nur ein kurzer Blick nach vorne, und ich bekam nicht mit, was geschah. Amelia schrie auf, und das Herz rutschte mir in die Hose. Hastig schaltete ich den Motor aus und eilte zu ihr hinter den Wagen.

»Ist alles in Ordnung?« Noch bevor ich den Satz zu Ende gesprochen hatte, realisierte ich, was los war. Amelia war mit Schlamm bedeckt und sah angeekelt an sich hinab. Offenbar hatten die Reifen so stark gespritzt, dass sie nicht verschont geblieben war. Verärgert blickte sie zu mir hoch. Auf ihren Wangen klebten ebenfalls einige Spritzer, gesellten sich zu ihren Sommersprossen. Ein Grinsen bildete sich auf ihren Lippen, und nun konnte auch ich mich nicht mehr zusammenreißen. Ich prustete los und lachte so laut, wie ich es lange nicht mehr getan hatte.

»Hör auf zu lachen!«, rief sie, obwohl sie ihr eigenes Lachen auch nicht aufhalten konnte.

»Du wolltest es so«, antwortete ich und hielt mir den vom Lachen schmerzenden Bauch. »Du müsstest dich mal sehen.«

Amelia trat um das Auto herum und betrachtete ihr Spiegelbild in den Fenstern. Dann rümpfte sie die Nase.

»Und du müsstest dich mal sehen.«

»Was meinst du?«

So schnell, wie sie nach dem Schlamm griff und ihn in meine Richtung warf, konnte ich gar nicht reagieren. Eine schwere Masse brauner Brühe verteilte sich auf meiner Schulter und an meiner Wange. Überrascht schloss ich die Augen. Als ich sie wieder öffnete, grinste Amelia mich herausfordernd an. Und ich nahm die Herausforderung an.

Kurzerhand schnappte ich sie mir und drückte ihr ebenfalls eine Ladung Matsch ins Gesicht. Ihr Aufschreien gab mir Genugtuung, und gleichzeitig wollte ich mehr. Mehr von ihrem Lachen, mehr von dem Glücksgefühl, das sie in mir auslöste, mehr von ihrer Nähe. Sie rannte um das Auto, ich kam ihr von der anderen Seite entgegen. Als sie mich entdeckte, drehte sie kichernd wieder um, doch ich packte sie von hinten und hob sie in meine Arme.

»Hilfe!«, rief sie. Mittlerweile waren wir fast gleichermaßen mit Schlamm beschmiert, doch das reichte noch nicht. Mit schnellen Schritten trug ich sie wieder hinter das Auto. Sie zappelte wild in meinem Griff, rief immer wieder: »Nein, bitte nicht!«, doch ich hatte kein Erbarmen. Ich schmiss mich in den Dreck und zog sie mit mir, woraufhin der Matsch aufspritzte und unsere Körper von Kopf bis Fuß in braune Brühe getaucht wurden.

Sie stellte sich in den Vierfüßlerstand und betrachtete angewidert ihre Kleidung. Dann sah sie mich an und begann erneut zu lachen.

»Mistkerl!«, rief sie und schubste mich zurück, sodass ich mit dem Rücken komplett im Matsch lag.

»Mistkerl nennst du mich?«, rief ich und lachte empört. »*Du* hast doch angefangen.«

»Deine Schwester hat mir die offizielle Erlaubnis dafür gegeben. Außerdem hast du mich ausgelacht. Du hast es verdient.«

Ich grinste erneut, und als sie sich neben mir auf den Rücken legte, verblasste es langsam zu einem Lächeln. Gemeinsam starrten wir in den Himmel, der von grünen Baumkronen gesäumt war. Erst als ich den Kopf zu ihr drehte, realisierte ich, wie nah sie mir wirklich war. Sie müsste nur ebenfalls den Kopf drehen, um …

Hastig verdrängte ich den Gedanken und wandte mich wieder ab. Wir ließen unsere Atmung zur Ruhe kommen und genossen die wohltuende Stille. Ab und zu ertönte das Zwitschern einiger Vögel, neben uns raschelte es, und der Wind veranstaltete ein Tänzchen in den Blättern der Bäume.

»Lach mich bitte nicht aus«, begann Amelia irgendwann, hielt inne und schien noch mal über ihre Worte nachzudenken, »aber mein Traum ist tatsächlich ein Instagram-Blog.«

Weil ich nicht wusste, wie sie jetzt darauf kam, runzelte ich die Stirn.

»Also, Instagram ist eine Plattform im Internet, wo man Fotos …«

»Ich weiß, was Instagram ist«, unterbrach ich sie, »so ein Höhlenmensch bin ich auch nicht.«

Verschmitzt grinste sie mich an und presste Zeigefinger und Daumen aufeinander. »Ein bisschen schon.«

Als Antwort kniff ich ihr in die Seite, und sie schrie lachend auf. Nun wurden wir wieder etwas ernster.

»Wie kommst du auf das Thema?«

Sie zuckte mit den Schultern. »Ich weiß nicht … Wir haben vorhin darüber gesprochen, und seitdem geistert es mir im Kopf herum. Bis vor Kurzem ist es mir unglaublich schwergefallen, über diesen Traum, über das Scheitern zu sprechen. Ich hatte regelrecht Angst davor. Habe ich immer noch ein bisschen. Aber bei dir, Nick …«

Ich drehte den Kopf zur Seite und hielt die Luft an, als sich unsere Nasenspitzen fast berührten. Sie wandte sich wieder ab.

»Keine Ahnung, deine Worte letztens, dass es okay ist, nicht okay zu sein … Ich weiß nicht, ich habe zum ersten Mal erkannt, dass es wirklich Zeit war, mir einzugestehen, dass es mir nicht gut geht. Deine Worte, sie waren wie eine Art Ventil. Du bist irgendwie wie eine Art Ventil, wenn das nicht blöd klingt, und deswegen wollte ich das einfach rauslassen.«

Meine Mundwinkel zuckten. Es freute mich, dass sie lockerer wurde und endlich etwas Ballast abließ. »Dann lass mal alles raus.« Trotz der Angst, die diese Intimität mit sich brachte, kamen die Worte aus meinem Mund, weil ein Teil von mir jedes Detail von ihr erfahren wollte, während ein anderer sich lieber wieder verkrochen hätte.

Prüfend sah sie mich an, ehe sie in den Himmel blickte. »Ich hab schon in der Schule damit angefangen. Hab auf Instagram Outfits und Fotos anderer Dinge hochgeladen. Einfach alles, was ich schön fand und was mich bewegte. Damals, als Instagram noch relativ neu war, kamen meine Beiträge sehr gut an, und ich habe mir relativ schnell eine Community aufgebaut.« Kurz ließ sie einen spottenden Lacher von sich, ehe sie weitersprach. »Für mich stand fest, dass ich damit mein Geld verdienen wollte – ist schließlich kein abwegiger Gedanke –, doch damals hat mich jeder belächelt und mir eingetrichtert, dass so was nur die ganz Guten schaffen und ich das eh nicht packen würde. Sogar meine Mutter hat mich zu etwas *Richtigem* gedrängt, damit ich *Sicherheit* habe.« Enttäuscht rümpfte sie die Nase. »Ich weiß, dass sie nur das Beste für mich wollte, aber oft habe ich das Gefühl gehabt, dass sie nicht an mich glaubt und ich sie nur enttäusche. Deswegen bin ich nach München gegangen. Dort konnte ich etwas *Richtiges* studieren und gleichzeitig meiner Leidenschaft nachgehen. Eigentlich war ich mir sicher, dass ich es nach meinem Studium schon zu etwas gebracht haben würde. Na ja, ein Agenturvertrag, eine größere Community, vielleicht schon ein paar Einnahmen. Aber nichts.« Sie verzerrte schmerzerfüllt das Gesicht, und ich merkte, dass ihre Stimme kurz davor war zu brechen. »Nichts hat sich weiterentwickelt. Die ganze Zeit bin ich auf der Stelle gelaufen, und irgendwann habe ich angefangen, mich zu fragen, ob ich das Ganze überhaupt noch mache, weil ich es liebe oder weil ich es krampfhaft lieben will.«

Nach einem tiefen Seufzen drehte sie sich wieder in meine Richtung und sah mir direkt in die Augen. In ihrem Blick lag Erschöpfung und so viel Unsicherheit.

»Deswegen die Pause hier?«, fragte ich vorsichtig.

Sie nickte. »Als ich dann auch noch meinen Praktikumsplatz verloren habe, habe ich mich wie die letzte Versagerin gefühlt. Ich habe dieses Scheitern immer verdrängt, weil ich es mir selbst und all den anderen Menschen, die es vorhergesagt haben, nicht eingestehen wollte. Ich wollte nicht, dass sie recht haben, ich wollte nicht aufgeben ... aber zu welchem Preis?« Erschöpft schüttelte sie den Kopf. »Die ganzen Jahre hatte ich Angst vor den Schmerzen des Scheiterns und davor, meine Leidenschaft aufgeben zu müssen. Erst jetzt merke ich so langsam, wie weh es eigentlich tut, überhaupt daran festzuhalten.«

»Ich kenne das Gefühl«, kam es plötzlich aus mir heraus. Amelia gab so viel von sich preis, dass auch ich ihr etwas geben wollte. »Wenn man so lange an etwas festhält, das einem auf Dauer nicht guttut, wird man krank.«

»Manchmal fühle ich mich aber, als hätte ich kein Recht, unglücklich zu sein. Ich meine, anderen geht es schlechter. Es gibt größere Probleme auf dieser Welt. Die Bienen sterben aus, meine Eltern haben Geldprobleme, und ich weine wegen eines Instagram-Blogs ... Das kommt mir manchmal so albern vor, weswegen ich ungern drüber spreche«, erklärte sie und versuchte, ihren Schmerz unter einem Auflachen zu verstecken.

»Es war dein Traum. Jeder Traum zählt.«

»Ja, aber andere haben es doch viel schlechter.«

»Es war trotzdem dein Traum«, wiederholte ich meine Worte. Ich wollte nicht, dass sie sich kleinmachte oder schlecht fühlte. »Deine Träume sind genauso wichtig wie die von anderen. Da gibt es keine Unterschiede, da gibt es keine Vergleiche. Dasselbe gilt für deine Probleme. Für manche ist ein Bienenstich nur ein Piks, für andere könnte er den Tod bedeuten. Vergleich dich nicht mit anderen und denk bitte niemals, dass du nicht die Berechtigung hast zu leiden, nur weil es anderen schlechter gehen könnte.«

Die Dankbarkeit, die sich nun in ihren Augen zeigte, ließ mich warm erschaudern. In ihrem Ausdruck lag so viel Erleichterung, ich konnte sprichwörtlich den Stein von ihrem Herzen plumpsen hören. Und obwohl es mich freute, stieg wieder Panik in mir auf. Die Gefühle, die sie in mir auslöste, durften einfach nicht sein.

»Danke, dass du dich nicht über mich lustig machst.« Ihre Hand fand die meine und drückte sie einmal. Ein warmes Prickeln machte sich in meinen Fingern breit, und ich wusste, dass es nichts mit dem Bienenstich dort zu tun hatte. Überrascht sah ich auf unsere Hände hinab, die sich auch nach wenigen Momenten noch nicht loslassen wollten. Ich nahm Amelias Finger und führte ihre und meine Hand gen Himmel. Ihre Haut war warm, die Finger klein und zierlich. Sanft ließen wir sie miteinander tanzen, berührten uns nur sachte und betrachteten unsere Hände eingehend.

»Weißt du, was das Gute am Scheitern ist?«, fragte ich, ohne den Blick von unseren Händen zu nehmen. Meine Stimme nur ein Flüstern.

»Mhm?«

»Du bekommst eine zweite Chance.« Erst jetzt wandten wir uns einander zu. Ich lächelte sie warm an. »Der nächste Traum wartet sicherlich schon auf dich.«

Ihr Atem streifte meine Wangen, und ich bekam eine feurige Gänsehaut. »Wie ist es bei dir?«, fragte sie. »Was ist dein Traum?«

Urplötzlich ließ ich von ihren Fingern ab. »Ich habe keinen Traum.« *Nicht mehr.*

Amelia rappelte sich auf. »Jeder Mensch hat Träume.«

»Das stimmt«, flüsterte ich gedankenversunken, »aber manche haben das Träumen einfach verlernt.«

Und das war die Wahrheit. Seit es nur noch Caja und mich gab, seit ich alles dafür tat, dass es ihr gut ging, hatte ich meine

Bedürfnisse und Träume in einer Schublade verschlossen. Amelia regte mich an, mir zum ersten Mal seit Ewigkeiten wieder Gedanken über meine Träume zu machen. Da war etwas, ganz tief vergraben, ganz weit weg. Doch ich wusste nicht, ob ich das Recht hatte, es wieder rauszuholen.

»Zum Glück kann man so was ja ganz schnell wieder lernen.« Amelia sah mich an, als würde sie genau verstehen, was in meinem Kopf vorging. Mit einem hoffnungsvollen Lächeln sah sie auf mich hinab. Ihr Kopf schob sich vor die Sonnenstrahlen, die sich in den Baumkronen verhedderten. Nun sah ich nur sie. Langsam hob ich die Hand, fuhr über eine leicht angetrocknete Schlammstelle an ihrer Wange. Als ich sie dort berührte, sog sie zittrig den Atem ein und schloss die Augen. Sie drückte sich in meine Handfläche, öffnete die Augen wieder, woraufhin mein Blick auf ihre Lippen sank.

Amelia beugte sich mit Bedacht über mich, ihre Stirn berührte meine, und als ich ihren Atem auf meinen Lippen spürte, war es, als würde sie mich bereits küssen. Doch ich wollte mehr. Also überbrückte ich die letzte Distanz zwischen uns und legte meine Lippen auf ihre, nur ganz leicht. In meinem Inneren schrie etwas laut: *Falsch, falsch, falsch!* Doch die Reaktion meines Körpers auf ihre Lippen sagte etwas anderes. Nun trennten sich unsere Münder, um sich in der nächsten Sekunde wieder fester zu vereinen. Ich wusste nicht, was hier zwischen uns passierte, erkannte mich nicht wieder, hatte keinen blassen Schimmer, wohin uns das führen würde. Dieser Kuss, der zwischen zwei Menschen passierte, die sich normalerweise voneinander fernhielten. Aber es fühlte sich gut an. In diesem kurzen Moment fühlte es sich richtig an.

Plötzlich konnte man das leise Rauschen eines näher kommenden Wagens hören, woraufhin wir uns voneinander lösten. Hastig stand ich auf und lief ein paar Schritte vom Wagen weg. Von Amelia weg.

Denn nun, als sich von hinten ein Truck näherte, der uns sicherlich aus dieser misslichen Lage befreien konnte, holte mich die bittere Realität wieder ein. Ganz egal, wie mein Körper auf sie reagierte, mein Kopf war es, auf den ich hören musste. Er wusste, was passieren könnte, er wusste, dass es besser war, sich zurückzuhalten. Es war egal, wie gut sie sich in meiner Nähe anfühlte, denn früher oder später würde ich ihr nur schaden.

Kapitel 21

Amelia

Wir haben uns geküsst.

Die nächsten Tage bekam ich diesen Gedanken nicht mehr aus dem Kopf. Den Kuss und Nicks abweisende Art im Nachgang. Auch ich zweifelte daran, dass es richtig gewesen war, ihn zu küssen, obwohl es sich so gut angefühlt hatte wie lange nichts mehr. Trotzdem, ich kannte Nick doch gar nicht, misstraute ihm zum Teil immer noch und wusste nicht, was mich dazu getrieben hatte, seine Lippen auf meinen zu erwidern. Vielleicht war es einfach ein Erforschen gewesen, vielleicht hatte das Chaos, das in mir herrschte, dazu geführt, dass ich nicht mehr klar denken und zwischen Richtig und Falsch unterscheiden konnte. Was es auch war – Nick schien diesen Kuss ebenfalls als falsch empfunden zu haben, und ich stimmte ihm zu. Es war besser, wenn wir wieder zum Alten zurückkehrten.

Was mir ebenfalls nicht mehr aus dem Kopf ging, waren Nicks Worte über die Imkerei und das Bienensterben. Nachdem uns ein Pferdewirt aus Beerensdorf erfolgreich aus dem Graben gezogen hatte, brachte Nick mich heim, wo wir uns hastig mit dem Gartenschlauch säuberten. Dann hatte unser gemeinsamer Tag geendet. Durch den Kuss war er seltsam zu Ende gegangen, dennoch hatte ich mich Nick in diesem Wald so richtig geöffnet, meine Ängste und mein Scheitern mit ihm geteilt. *Ventil* hatte ich es genannt, hatte ich Nick genannt. Und es stimmte. Nun saß ich gedankenversunken im Bienengarten, starrte die orangebraunen Beuten an und versuchte, die vielen Fragen in meinem Kopf zu ordnen.

Was passierte, wenn das Bienensterben weiter voranschritt? Wenn meine Eltern irgendwann kein Geld mehr hatten? Was war, wenn es kein Umdenken in der Gesellschaft geben würde? Angestrengt überlegte ich, was ich tun konnte, um meinen Eltern und vor allem um den Bienen zu helfen. Seufzend holte ich mein Smartphone hervor und merkte, dass es schon länger nicht mehr die Nummer eins der Dinge war, die ich immer bei mir haben musste. Tatsächlich vergaß ich es mittlerweile sogar manchmal zu Hause und dachte den ganzen Tag kein einziges Mal an das Chaos, das darin herrschte. Ein seltsam befreiendes Gefühl.

Auch diesmal waren meine Instagram-Insights das Letzte, was mich interessierte. Stattdessen öffnete ich Google. Mindestens eine Stunde versank ich in Artikeln und Statistiken über die Erderwärmung der letzten Jahre, recherchierte entsetzt die genaueren Gründe des Klimawandels und vor allem, was dieser mit Bienen, Pflanzen und letztendlich auch dem Menschen machte. Es erschreckte mich, dass E-Autos in der Herstellung und Entsorgung der Batterien mehr CO_2-Ausstoß verursachen als ein Diesel, dass Teile unseres sorgsam getrennten Mülls gar nicht so umweltfreundlich verwertet, sondern nach Südostasien verschifft werden, und nicht zuletzt, wie groß der Verlust des Grundwasserspeichers durch viel zu heiße Sommer und zu wenig Regen jedes Jahr war. Irgendwann rief Mama mich zum Essen, und ich trat mit gemischten Gefühlen durch das kleine Holztor in Richtung Terrasse.

»Ist Caja schon weg?«, fragte ich, während meine Mutter Salat auf unseren Tellern verteilte.

»Nick hat sie vor einer Viertelstunde abgeholt«, erklärte Papa und lehnte sich seufzend zurück.

Langsam ließ ich mich auf meinem Stuhl nieder und dachte an vergangenen Samstag. Noch immer spürte ich die Stellen, an denen er mich bei unserem Kampf berührt hatte, fühlte noch immer das Prickeln in meinen Fingern, als wir sie verschränkt hatten, und schmeckte noch immer seine Lippen auf meinen. Mich Nick anzuvertrauen, hatte gutgetan, mir aber auch gezeigt, dass es wichtig war, sich auszusprechen, war das Problem noch so klein. Schließlich konnte ein winziger Dorn die schlimmste Entzündung auslösen, blieb er unbehandelt. Ich wollte meine Probleme nicht unbehandelt lassen, und ich wollte auch nicht, dass die Probleme meiner Eltern unbehandelt blieben.

»Kann ich euch etwas fragen?« Ohne sich von ihren Tellern abzuwenden, nickten meine Eltern eifrig. »Wie geht es euch?«

Überrascht blickten sie auf, Mama lachte herzlich. »Gut natürlich, Schatz. Wie lieb, dass du fragst.«

»Ist das so *natürlich*?«, fragte ich traurig, doch meine Eltern starrten mich nur an. Das Lächeln auf Mamas Lippen verblasste einen Moment, ehe es sich wieder verfestigte.

»Was meinst du?«

»Papa, Mama, seid mal bitte ehrlich«, bat ich sie, legte das Besteck zur Seite und griff nach ihren Händen. »Wie geht es euch, und wie geht es der Imkerei?«

Allmählich schienen sie zu verstehen. Von jetzt auf gleich verschwand ihr Lächeln, sie sahen sich ernst an. Schließlich legten auch sie Messer und Gabel zur Seite.

»Nick hat es dir erzählt?«, fragte Papa, woraufhin ich nickte.

»Ich meine, mir war klar, dass der Klimawandel vor allem die Insekten und Tiere trifft, aber ich dachte immer, ihr gebt Bescheid, wenn es euch nicht gut geht.«

»Na ja, so arm sind wir noch nicht dran.« Papas vertrautes Lachen erwärmte mein Herz und erleichterte mich ein wenig. »Aber klar, wir müssen eben zusehen, dass wir jetzt schon für die nächsten Jahre vorsorgen und sparen. Den Klimawandel kann man nicht aufhalten, nur etwas verlangsamen.«

»Ich möchte helfen«, sagte ich und stützte die Ellenbogen auf den Tisch. »Was kann ich tun?«

Meine Mutter griff nach meiner Hand. »Schatz, das ist lieb von dir, aber kümmere dich lieber um deinen eigenen Job. Wir bekommen das schon hin.«

»Mama«, flüsterte ich, ehe mein Blick zu Papa zuckte. Vielleicht war es jetzt an der Zeit. Jetzt oder nie. Wie ein Pflaster abreißen, kurz und schmerzhaft. »Was das angeht … Leider wurde ich nicht übernommen und habe meinen Praktikumsplatz verloren.«

Perplex runzelte sie die Stirn. »Wie meinst du das?«

Ich schluckte. Es schmerzte, ihr die Wahrheit zu sagen und ihre Enttäuschung zu spüren, doch es war an der Zeit, ehrlich zu sein. Ich konnte das nicht mehr mit mir rumschleppen.

»Ich weiß, du bist jetzt wahrscheinlich maßlos enttäuscht von mir, aber anscheinend habe ich meine Arbeit nicht gut genug gemacht, sodass sie mir keine Übernahme angeboten haben. Und tatsächlich denke ich, dass es das Beste war.«

Immer noch sichtlich verwirrt schüttelte sie den Kopf. »Moment … das Beste? Aber warum? Ich dachte, dieses Social Media macht dir Spaß.«

»Tut es auch, nur es war eben nicht mein *eigenes* Social Media, verstehst du? Ich dachte, dass ich irgendwann Gefallen an einem normalen Arbeitsalltag im Büro finde, aber wenn ich ehrlich bin, habe ich eigentlich nur darauf gewartet, dass ich mich mit meinem Blog selbstständig machen und in der Firma kündigen kann.«

»Und kannst du das jetzt?«

Etwas zerbrach in mir, ganz leise und heimlich, weil ich dieses Scheitern langsam akzeptierte. Trotzdem tat es immer noch schrecklich weh, es zuzugeben. Vor allem vor Mama, bei der ich sowieso immer das Gefühl hatte, sie würde nicht an mich glauben.

»Leider nein«, flüsterte ich und senkte den Kopf. »Anscheinend bin ich auch für die Instagram-Welt nicht gut genug. Ich bin in jeglicher Hinsicht gescheitert, und es tut mir so leid, dass ich dich enttäuschen muss.« Ein Schluchzen entkam meiner Kehle. »Ich weiß, du hast mir von Anfang an gesagt, dass dieser Blog eine dumme Idee ist und dass ich ...«

»Oh, Schatz, so habe ich das nie gemeint.« Sie sprang auf und schlang ihre warmen Arme um meinen Körper. »Ich weiß doch, wie hart du arbeitest.«

»Aber ich bin jetzt arbeitslos und weiß nicht, was ich machen soll.« Nun weinte ich hemmungslos.

»Wir finden schon eine Lösung.« Ein Blick zu meinem Vater zeigte mir, dass auch er zuversichtlich nickte, und ein riesiger Stein fiel mir vom Herzen.

Ich löste mich aus Mamas Umarmung und fuhr mir über die nassen Augen. »Du bist also nicht enttäuscht?«

Sie schüttelte lachend den Kopf. »Niemals, ganz im Gegenteil. Ich bin stolz, dass du deinen eigenen Weg gehen willst, Grenzen ziehst und Träume verfolgst.«

»Aber du hast dir das doch immer so sehr für mich gewünscht, du wolltest, dass ich in einer guten Firma Fuß fasse und einen sicheren Arbeitsplatz habe.«

Mama ließ sich wieder auf ihrem Stuhl nieder und streichelte mir über die Wange. »Das ist *mein* Wunsch für dich. Dass du dich nicht um Geld sorgen musst, um einen festen Arbeitsplatz, dass du nicht untergehst und dir Gedanken machen musst, was morgen ist ... Ich wollte nicht, dass du ein Leben wie wir führen musst. Ich meine, wir lieben unsere Imkerei und unseren Gemüsegarten, aber wenn man etwas aus Liebe und Leidenschaft tut, macht das einen viel verletzlicher. Ich hatte eben gehofft, dass du an einem festen Job Spaß hast, aber doch nur, damit es dir gut geht. Wenn das nicht der Fall war, war eine Kündigung schon längst überfällig.«

»Ich glaube, auf Dauer wäre ich dort nicht glücklich geworden.«

»Dann stimme ich dir zu, dass es das Beste war zu gehen.«

»Danke, Mama.« Ich hauchte ihr einen liebevollen Kuss auf die Wange, sog ihren süßlichen Duft nach Beeren und Honig ein und hatte zum ersten Mal so richtig das Gefühl, dass am Ende irgendwie alles gut werden würde.

»Wie möchtest du jetzt weitermachen?«, fragte Papa.

Ich zuckte mit den Schultern. »Ich hatte gehofft, meine Pläne hier etwas ordnen zu können«, antwortete ich. »Jetzt möchte ich aber erst mal helfen.«

Papa lachte leise. »Akut kannst du nicht wirklich etwas tun. Jeder Einzelne muss sich bessern und dafür sorgen, dass er der Umwelt guttut. Wenn du bewusster lebst, hilfst du uns und den Bienen schon mal enorm.«

Ich grübelte und fragte mich, wie ich mein Verhalten weiterhin verbessern konnte. Für mich stand fest, dass ich in Zukunft weniger Auto fahren und öfter auch mal das Fahrrad nehmen wollte, dass ich beim Online-Shopping mehr darauf achten würde, welchen Weg das Paket auf sich nahm, und langfristig auf Secondhandmode zurückgreifen wollte. Doch irgendwie reichte mir das nicht. Ich musste mehr tun. Mehr Leute dazu animieren mitzuhelfen. Nur wie?

Kapitel 22

Amelia

Den Rest der Woche verbrachte ich die meiste Zeit mit Caja und Sophie in der Bibliothek. Während Caja in ihrem *Wilde Hühner*-Buch weiterlas, stöberte ich in Publikationen über den Klimawandel oder feilte in Mamas Laden um die Ecke weiter an meinem Rezept für einen Reiniger, der mit Distelöl, Kamillenblütenöl, Waldhonig und anderen regionalen Inhaltsstoffen fast perfekt war.

Abends, wenn Nick mit seiner Arbeit fertig war, half ich ihm bei der Dekoration und dem Aufbau des Festes, das nächste Woche stattfinden sollte. Mittlerweile waren wir dabei aber kaum noch allein, was mich nach unserem Kuss mit gemischten Gefühlen zurückließ. Einerseits war ich erleichtert, dass es durch Sophie und andere Einwohner, die fleißig mithalfen, nicht komisch zwischen uns wurde. Andererseits war da ein leiser Wunsch in mir, wieder mit ihm allein zu sein.

»Einfach abends und morgens ins Gesicht schmieren und dann abwaschen?« Sophie blickte mich aufgeregt an, als ich ihr den Prototyp meines neuen Honigreinigers gab. Weil ich noch nicht ganz zufrieden war, sollte sie mein Versuchskaninchen werden und mir Feedback geben, was ihr in der Rezeptur noch fehlte. Gemeinsam saßen wir am Freitag vor der Traumfestwoche in Ralfs Scheune und schnitten die Karten zurecht, auf denen man beim Fest seine Träume notieren konnte. Ein paar wenige andere halfen uns dabei, während der Rest sich in der Scheune tummelte, Deko befestigte und Tische aufbaute.

Ich nickte. Es war ein seltsam schönes Gefühl, mein erstes eigenes Produkt an eine richtige Person auszuhändigen. »Du kannst damit abends einfach dein Make-up verschmieren, bis du aussiehst wie ein Panda. Dann abspülen und abtrocknen. Im Anschluss solltest du keine Pflege mehr benötigen.«

»Verschmieren kann ich. Klingt unkompliziert.«

»Ist es auch. Hautpflege kann ganz einfach sein, wenn man darauf vertraut, dass sich die Haut selbst regeneriert. Man muss ihr nur ein kleines bisschen dabei helfen.«

Sophie lachte. »Du klingst schon fast wie deine Mutter, wenn sie in ihrem Laden steht.«

Mit ihren Worten katapultierte sie mich in das Gespräch mit meinen Eltern zurück. Seufzend ließ ich die Schultern hängen, ehe ich Sophie von den Problemen der Imkerei erzählte und meinem Drang, irgendwie helfen zu müssen.

»Mhm, ich denke, mehr kannst du nicht tun, als einfach bewusster zu leben und es anderen vorzumachen«, sagte sie, als ich geendet hatte.

»Wem soll ich das denn vormachen? Dir? Meinen Eltern? Marlen? Mit mehr Menschen habe ich nicht zu tun, ich …« Überrascht stockte ich und riss die Augen auf. Mir war eine Idee gekommen, wie ich vielleicht doch mehr helfen könnte. »Mein Instagram-Blog!«, sagte ich mit solcher Begeisterung, dass die Leute neben uns ihre Köpfe reckten.

Sophie runzelte die Stirn. »Was?«

»Damit kann ich helfen! Mit meiner Reichweite! Ja, genau dafür möchte ich sie nutzen. Um aufzuklären, meinen Followern vorzumachen, wie sie bewusster leben und der Umwelt helfen können!«

»Klingt toll« Meine Freundin und strahlte. »Das ist wirklich eine gute Idee.«

»Ich könnte einen Ratgeber erstellen, Informationen in Form von Reels teilen. Die Reaktionen auf den Bienengarten meiner Eltern waren so positiv, dass ich mit diesen Themen sicherlich viele Menschen erreichen könnte!« Bevor ich das Schwärmen fortsetzen und meine Idee weiter durchdenken konnte, entdeckte ich eine reglose Hummel auf dem Steinboden neben unserem Tisch. Als ich mich bückte, um sie mir näher anzusehen, bemerkte ich, dass sie noch lebte, aber sehr schwach war.

»Sieh mal«, flüsterte ich, schnappte mir ein Stück Papier und schob das kleine Tier darauf, um es aufzuheben. Sophie stellte sich neben mich und betrachtete die Hummel ebenfalls.

»Die ist ja total wackelig auf den Flügeln.«

Ein kurzer Blick in Nicks Richtung, dann lief ich mit dem beladenen Papier zu ihm. Er stieg gerade von der Leiter, als ich bei ihm ankam.

»Nick?« Überrascht blickte er auf. »Kannst du uns kurz mal helfen?« Mit einem Kopfnicken deutete ich auf die Hummel, und er verstand sofort. Stirnrunzelnd nahm er das Tier an sich und legte es auf dem Tisch ab.

»Scheint entkräftet. Wahrscheinlich die Hitze.«

»Was können wir tun?«, fragte Sophie. Mittlerweile wurden auch ein paar andere Helfer auf die Hummel aufmerksam.

Nick schien zu überlegen und sah sich in der Scheune um. »Am besten ein bisschen Zuckerwasser. Ich sehe mal, was ich finden kann.«

Während er sich auf die Suche machte, zückte ich mein Handy und dokumentierte die schwache Hummel in einem Video. Damit wollte ich in meiner Aufklärungsmission beginnen. Ich wollte aufzeigen, wie man Natur und Tier helfen konnte.

Auch als Nick mit einer kleinen Plastikspritze zurückkam, die er von Bauer Ralf bekommen hatte und in der ein Zuckerwasser-Gemisch enthalten war, hielt ich die Kamera weiterhin auf das Insekt gerichtet. Caja kam ebenfalls dazu, setzte sich auf die

Bank und beobachtete, wie ihr Bruder ein wenig Zuckerwasser vor die Hummel träufelte. Es dauerte nicht lange, da sah man deutlich, wie sie ihren Rüssel in die Flüssigkeit steckte.

»Muss sie jetzt sterben?«, fragte Caja mit entsetzlicher Trauer in ihrer Stimme.

Liebevoll fuhr ich ihr über das Haar. »Wir tun alles, damit sie es nicht muss.«

Mein Blick fand den von Nick. Er bedachte Caja und mich mit einem Lächeln. Kurz erwischte ich mich dabei, wie ich ihn prüfend musterte. Unser Kuss hatte die seltsame Erinnerung an seine regelrechte Flucht vor der Polizei nicht verdrängen können. Zwar hatte sich seine Nähe gut und vertraut angefühlt – ich hatte mich bei ihm fallen lassen und einfach mal die Zeit genießen können –, gleichzeitig fragte ich mich, ob ich nicht zu naiv handelte. Ich hatte keine Ahnung, was der wahre Grund für sein seltsames Verhalten war und ob an den Alarmglocken in meinem Inneren nicht wirklich etwas dran sein könnte. Es war besser, bei dem Entschluss zu bleiben, wieder Distanz zwischen uns zu bringen. *Oder?*

Sophie holte geräuschvoll Luft und brachte mich damit zurück ins Hier und Jetzt. »Seht mal, sie wirkt schon viel wacher.«

Nick tropfte ein wenig mehr von der Lösung vor die Hummel, während ich weiterhin die Kamera draufhielt und aufnahm, wie sich das Tierchen langsam erholte.

»Normalerweise holen sich Hummeln aus den gesammelten Pollen die sogenannte p-Hydroxy-Zimtsäure«, erklärte Nick.

»Hydro-was?« Sophie sah ihn verständnislos an, und ich hegte Bewunderung dafür, dass er so vieles über die kleinen Tiere wusste.

Mit einem Schmunzeln winkte er ab. »Das ist ein Stoff, der nur von Pflanzen produziert wird und in Zuckerwasser eigentlich nicht vorhanden ist. Daher enthält das Wasser keine Nährstoffe für die Hummel. Einer sehr geschwächten wie dieser kann man aber trotzdem ein bisschen Zucker anbieten, nur nicht zu viel.«

Mit einem zarten Lächeln, das fast dem aufgeregten seiner Schwester glich, starrte er auf die Hummel hinab, und das Gefühlschaos in mir wirbelte noch ein bisschen mehr auf. Wie sollte jemand, der Natur und Tier so liebte, ein schlechter Mensch sein? Wie konnte sich ein solcher Mensch vor dem Gesetz fürchten? Und wie sollte ich es schaffen, ihm aus dem Weg zu gehen?

Wenige Minuten später startete die Hummel ihre ersten Flugversuche, und Caja klatschte erfreut in die Hände. Als sie schließlich abhob, jubelten wir alle gemeinsam, und ich hielt mit nervösem Herzen und breitem Grinsen weiterhin die Kamera auf sie gerichtet, bis sie aus dem Scheunentor flog und irgendwo in den Weiten des Himmels verschwand.

»Was gibt es hier zu bejubeln?«

Plötzlich zog sich alles in mir zusammen. Ich wurde mir jeder einzelnen Mahlzeit der letzten Tage bewusst, denn sie machten sich alle deutlich in meinem Magen bemerkbar. Angespannt drehte ich mich um und starrte direkt in Lauras Augen, die mit Vale auf mich zukam. Als sie mich erkannte, hielt sie inne und wirkte fast genauso geschockt wie ich, hatte sich aber schnell wieder gefangen.

»Amelia?«, fragte sie und zog mich in eine Umarmung. Ich versteifte mich. »Wie witzig ist das denn? Ich freue mich so, dich zu sehen.«

Der Duft ihrer Haare verhöhnte mich und verstärkte die Übelkeit in meinem Inneren. Es war noch immer derselbe wie damals. Kurzerhand schob sie mich wieder von sich und betrachtete mich eingehend.

»Wie geht es dir?«

Mein Blick zuckte zu Nick, der mich mit einem Stirnrunzeln betrachtete. Ich zwang mich zu einem Lächeln und versuchte, mir meine Starre nicht anmerken zu lassen. Nick kannte meine verletzliche Seite bereits, und auch vor Sophie und Caja schämte ich mich nicht. Es war Laura. Nach all den Jahren war es stets Laura, vor der ich mir keine negative Emotion eingestehen wollte.

»Mir geht es sehr gut, und dir?«

Strahlend hakte sie sich bei Vale unter. »Und mir erst. Wie du vielleicht schon weißt, habe ich erst kürzlich den Master in Modemanagement gemacht und darf demnächst meine erste eigene Kollektion in einer Wiener Boutique vorstellen.«

Wie du vielleicht schon weißt.

Mit diesen Worten hatte Laura schon damals gern ihre Sätze begonnen, schließlich war es ja absolut legitim, dass jeder über alles in ihrem Leben Bescheid wusste. Die Erde drehte sich nun mal um sie, jedenfalls nahm sie das bis heute noch an.

»Klingt großartig.« Mein höfliches Lächeln konnte kaum darüber hinwegtäuschen, wie sehr es mich quälte, dass sie in einer der Branchen erfolgreich war, die ich so liebte, während ich darin scheiterte.

Eigentlich hatte ich auch irgendetwas mit Design oder Mode studieren wollen, doch Mama war ganz und gar nicht begeistert gewesen, da das Studium zum einen viel Geld kostete und eine Zukunft in der Branche zum anderen nicht garantiert war. Jetzt, wo ich wusste, dass meine Eltern finanzielle Probleme hatten, verstand ich die Gründe meiner Mutter, mir diesen Weg auszuschlagen. Trotzdem schmerzte es, dass ausgerechnet Laura das bekam, was ich mir immer gewünscht hatte.

»Und du?«, fragte sie erneut und zückte ihr Smartphone aus ihrer *Dior*-Saddle, deren zarte Brauntöne ihr kurzes Sommerkleid von *Zimmermann* perfekt umschmeichelte. »Hast du noch diesen Blog?« Bei ihren Worten zog sie belustigt die Nase kraus, und etwas zerbrach in mir. Kurzerhand warf sie ihre perfekten kastanienbraunen Haare über die Schulter und öffnete Instagram.

»Momentan mache ich eine Pause«, gab ich leise von mir, während es in meinem Inneren allmählich eskalierte. Sophie schien das zu bemerken und legte mir eine Hand auf die Schulter. Überrascht zuckte ich zusammen, schüttelte ihre Finger damit wieder ab. Auch Nick sah mich besorgt an. Meine Güte, warum musste ich Laura ausgerechnet vor allen anderen wiedertreffen?

»O mein Gott«, schrie sie erfreut auf, zog eine Schnute und blickte mich mitleidig an. »Das ist ja so süß, du heißt ja immer noch wie damals. Sieh mal, Schatz.« Sie hielt Vale das Handy unter die Nase.

»*Liasfavsthings*, süß«, las dieser vor und nickte mir zu. »Find ich cool.«

Vales Anerkennung schien ehrlich zu sein, weshalb ich ihm dankbar zunickte und mein Herz etwas leichter wurde. Gleichzeitig ließ Laura ein schnaufendes Lachen los, das alles in mir wieder verkrampfte.

Langsam, aber sicher glichen ihre Blicke einer Folter. Ihr gesamtes Verhalten schien mir laut *Wie lächerlich* zuzuschreien. Jede noch so kleine Geste rief *Mach doch lieber etwas Richtiges* und *War ja klar, dass das nichts wird.*

»Warum machst du eine Pause?«, fragte Laura und sah mich mit falscher Besorgnis an. »Hat es doch nicht geklappt?«

Allmählich ging mir die Luft aus. Der Raum schwand. Ich wurde erdrückt. Etwas warf mich zurück in die Schulzeit, sagte mir, dass ich nicht gut genug und zum Scheitern verurteilt war. Kurz bevor ich die Flucht ergreifen konnte, stellte sich plötzlich Nick neben mich, seine Hand berührte meine. Ein Blick in seine Augen, deren warmer Ausdruck mir seine Worte wieder in Erinnerung rief. *Es ist okay, nicht okay zu sein.* Und mit einem Mal fühlte ich mich ein Stück weit sicherer.

»Instagram ist nicht alles«, meinte ich mit zittriger Stimme. »Ich habe das erkannt. Daher die Pause.«

»Oh, echt? Aber für dich war Instagram doch immer *alles*?« Sie drehte sich lachend zu Vale um. »Früher wollte sie damit ernsthaft Geld verdienen.«

»Vielleicht solltest du von dieser perfekten Welt auch mal eine Pause einlegen, Laura.« Die Panik in meinem Inneren verwandelte sich in Wut. Meine Zunge machte sich selbstständig.

»Das macht dich nur verbitterter, als du eigentlich schon bist. Und Verbitterung macht leider hässlich.«

Empört schnappte Laura nach Luft, und auch ich riss überrascht über meine eigenen Worte die Augen auf. Ich zog den Kopf ein, noch immer hatte ich Angst, von ihr einen schlimmeren Spruch reingedrückt zu bekommen. Da war die absurde Panik in mir, nun von ihr aus der Freundesgruppe ausgegrenzt zu werden, von allen anderen auf der Schule verspottet zu werden, weil Laura sie im Griff hatte, und Opfer von fiesen Streichen zu werden. Doch wir waren nicht mehr fünfzehn, wir waren nicht mehr in der Schule. Wir waren fast erwachsen, und Laura hatte sich tatsächlich kein Stück weiterentwickelt.

»Okay, ganz ruhig.« Obwohl sich Vale ein Grinsen verkniff, versuchte er nun zu schlichten, stellte sich vor Laura, die mich wutentbrannt anstarrte, und hob beruhigend die Hände. Offenbar hatte er schon selbst erfahren müssen, wie leicht Laura zu reizen war.

»Ich …«, stammelte sie. Konnte es sein, dass ich ihr tatsächlich die Sprache genommen hatte? Ihr Blick zuckte zwischen mir, Nick und den anderen hin und her. Dann schien sie sich wieder etwas zu sammeln. »Ich bin nicht verbittert, ich zeige nur einer alten Freundin mein Mitgefühl. Amelia, was ist denn los? Warum bist du so wütend?«

Ich schnaufte verblüfft. Machte sie das gerade wirklich? Drehte sie wirklich den Spieß um und stellte mich als wütend und verbittert dar?

»Lass es einfach, Laura.« Das war Nicks Stimme. Auf der anderen Seite legte Sophie ihre Hand um meinen Unterarm. Ein riesiger Stein plumpste von meinem Herzen. Meine Freunde standen auf meiner Seite, sie ließen sich nicht von Laura manipulieren oder wandten sich von mir ab, so wie es in der Schulzeit der Fall gewesen wäre.

Lauras Lächeln war voller gespielter Sorge. Ein lebenslang angeeigneter Automatismus, andere schlecht zu machen, um sich selbst besser darzustellen.

»Amelia braucht dein Mitgefühl nicht.« Nun meldete sich Sophie zu Wort, und ich war mehr als dankbar, dass sie das Sprechen für mich übernahm. Aus meinem Mund drang nämlich kein einziger Ton mehr. »Aber da du Instagram als so wichtig empfindest, dass du sie bemitleidest, brauchst du es wahrscheinlich eher.«

»Okay, Schatz, komm. Lass uns gehen.« Vales Miene verriet mir, dass er uns unsere Worte gegen Laura nicht übel nahm. Kurz blitzte Schmerz in seinen Augen auf. Ich konnte mir gut vorstellen, dass auch er schon oft in das Kreuzfeuer seiner Freundin gekommen war.

Laura fielen sämtliche Emotionen aus dem Gesicht. Hilfe suchend sah sie sich in der Runde um. Als würde sie darauf hoffen, dass sich irgendjemand auf ihre Seite schlug, schließlich war es das, was sie gewohnt war. Ein letzter verzweifelter Blick in meine Augen, in denen ich plötzlich großes Leid erkennen konnte. Ein Leid, das für ihr hässliches Verhalten verantwortlich zu sein schien. Sie machte kehrt und verschwand um die Ecke. Vale zuckte entschuldigend mit den Schultern, ehe er ihr hinterherrannte.

Ich blieb mit einem so aufgewühlten Herzen zurück, dass ich es nur zu einem leisen »Danke« schaffte, mich dann aber ebenfalls entfernen musste. »Entschuldigt mich bitte«, krächzte ich und lief in Richtung Ortsausgang, wo ich mich auf einer schattigen Parkbank niederließ und über die fast erntereifen Felder sah. Vor mir ein großer Acker Gerste, dessen Ähren im Abendlicht wie ein wolkenweiches Bett wirkten.

Obwohl ich stolz war, vor Laura endlich mal den Mund aufgemacht zu haben, und mich freute, dass sowohl Sophie als auch Nick an meiner Seite gestanden hatten, war in mir einiges aufgewühlt. Meine Lunge brannte, mein Magen schmerzte. Es war anstrengend. Die ehemalige Freundschaft mit Laura, allein ihre Anwesenheit kostete einen so viel Energie, dass ich mich ausruhen musste.

Ich erinnerte mich an das schreckliche Gefühl, das mit ihr jahrelang angehalten hatte. Nie verstanden, nie akzeptiert zu werden und für das, was man war, verspottet zu werden. Laura war der manipulativste und giftigste Mensch, den ich kannte, doch mit dem Leid, das ich heute zum ersten Mal so deutlich in ihr gesehen hatte, fragte ich mich, ob sie vor langer Zeit nicht selbst von jemandem vergiftet worden war.

Auch wenn Sophie es gut gemeint hatte, war Lauras Mitleid auf irgendeine Weise angebracht gewesen. Ja, ich machte mir viel zu viel aus der perfekten Instagram-Welt, ja, das war mitleiderregend, und nein, mir ging es nicht wirklich gut. Zwar schon deutlich besser als in München, aber immer noch nicht *gut*.

Warum stand ich nicht zu mir? Zu meinen Entscheidungen? Warum stand ich nicht dazu, dass ich diesen Weg gewählt hatte, trotz all der Hürden, die er mit sich brachte? Warum stand ich nicht dazu, dass ich das machen wollte, was ich liebte? Mich mit Menschen austauschen, eine Plattform für Schönes schaffen.

Die sozialen Medien konnten absolut fake sein und einem auf Dauer nicht guttun. Aber warum hatte ich zugelassen, dass *meine* Instagram-Welt fake wurde? Dass ich nicht das zeigte, für das ich einstand und was mich ausmachte, sondern nur das, was perfekt *schien*. Ich hatte zugelassen, dass die toxische Energie, die ich von der Schulzeit mitgenommen hatte, alles beeinflusste, was ich tat, dass sie meinen Followern vorgaukelte, auf Instagram sei wirklich alles perfekt. Das wollte ich nicht mehr. Ich wollte nicht, dass meine Follower das, was ich dort postete, für mein Leben hielten. Ich wollte, dass sie sahen, dass Scheitern, Fehler und Unvollkommenheiten ebenfalls zu mir gehörten wie Mode, Ästhetik und schöne Worte.

Kurzerhand zückte ich mein Smartphone, schnitt das Video der Hummel zusammen und begann mit diesem Post meinen ersten Beitrag zum Umweltratgeber. Ich war keine Expertin, musste selbst noch einiges lernen, doch an diesem Lernprozess wollte ich meine Community teilhaben lassen. So konnte ich zeigen, dass es nicht wichtig war, alles perfekt zu machen. Wichtig war es, einen Versuch zu wagen.

Ein letztes Mal sah ich mir das Video an und nahm ein kurzes Vorwort auf, in dem ich meine Beweggründe für den zukünftigen Wandel meines Contents erklärte. Nichts daran passte in meinen Feed. Das Licht stimmte nicht, die Kameraführung war schlecht, es gab keinen Filter. Doch zum ersten Mal seit Ewigkeiten fühlte sich ein Post so richtig echt an. So richtig *ich* an.

Kapitel 23

Nick

Laura war es. Laura war die Person aus Amelias Vergangenheit, die sie noch immer so quälte. Laura, nicht Vale.

Fast schon belustigt schüttelte ich den Kopf über die Absurdität, dass ich tatsächlich gedacht hatte, Vale und Amelia hätten eine schmerzhafte gemeinsame Vergangenheit. Doch als Amelia Laura entdeckte, hatte ich in ihrem Blick dieselbe Panik erkannt, die auch am Abend im Biergarten in ihrem Gesicht gestanden hatte. Und als Laura dann anfing, sich über sie lustig zu machen, war mir alles klar geworden. Umso glücklicher war ich, dass sich Amelia nicht von ihr hatte unterkriegen lassen. Auch ich hatte schon früh gemerkt, dass Lauras Art sehr verletzend und nervig sein konnte. Nicht selten bewunderte ich meinen besten Freund dafür, dass er es mit ihr aushielt. Es war verständlich, dass Amelia nun aufgewühlt war.

»Danke für deine Hilfe, Nick.« Rosi Lang verabschiedete sich von mir, nachdem ich ihr beim Aufbau ihres Standes geholfen hatte. Die anderen hatten schon den Nachhauseweg angetreten, auch Caja war vor einigen Stunden mit Karl gegangen, weil es langsam spät wurde.

Ich sah auf die Uhr. Halb neun. Erschöpft räumte ich meine Sachen zusammen und machte mich ebenfalls auf den Heimweg. Caja schlief sicherlich bereits, hoffte ich zumindest. Manchmal, wenn sie schlecht träumte oder sich unruhig umherwälzte, fiel es mir noch schwerer einzuschlafen. Mein Schlaf war sowieso schon schlecht, meist lag ich stundenlang wach und konnte meine Gedanken nicht ausschalten. Heute war ich wirklich kaputt und daher umso dankbarer, wenn auch Caja gut schlafen würde.

Zu Fuß begab ich mich in Richtung Ortsausgang, passierte ein paar verlassene Gassen, ehe ich auf einen Feldweg kam, der mich zwischen Äckern zum Wald bringen würde. Doch ich kam nicht weiter als bis zum ersten Gerstenfeld, denn schon von Weitem erkannte ich, dass Amelia mit dem Rücken zu mir auf einer Parkbank saß.

Vorsichtig näherte ich mich ihr. Seit dem Zusammenstoß mit Laura waren vier Stunden vergangen. Amelia hatte sich im Anschluss von uns entfernt, und ich fragte mich, ob sie die ganze Zeit hier gesessen hatte. Als ich ihr Profil erkennen konnte, verharrte ich kurz. Gedankenversunken starrte sie ins Weite. Doch sie war ganz ruhig, ganz in sich gekehrt, irgendwie friedlich. Seit sie gegangen war, hatte ich das ungute Gefühl ihr gegenüber nicht abschütteln können. Eigentlich sollte mich das Drama nicht beschäftigen. Was da zwischen Laura und Amelia stand, war deren Sache, und Amelia war nur die Tochter meines Chefs. Nicht von großer Bedeutung. So wünschte ich es mir zumindest. Dass mich ihr Schmerz nicht beschäftigte, dass mir ihre Nähe egal war und ich den Kuss zwischen uns schon längst vergessen hatte. Pustekuchen.

Vorsichtig trat ich einen Schritt näher, woraufhin es raschelte und sie ihren Kopf in meine Richtung drehte. Erst blickte sie mich ohne Emotionen an. In ihren Augen stand eine solche Leere, als würde sie gedanklich noch gar nicht wirklich hier sein. Ich schluckte, weil mich plötzlich eine schreckliche Unsicherheit überkam. Was sollte ich sagen? Nach unserem Kuss waren wir kein einziges Mal allein gewesen, und streng genommen wollte ich das auch gar nicht. *Oder doch?* Allein mit ihr zu sein, war gefährlich. Denn dann vergaß mein Kopf manchmal, was passieren könnte, wenn ich sie zu nah an mich ranließ. Normalerweise hatte ich immer irgendeinen schlagfertigen Spruch auf den Lippen. Doch jetzt? Sollte ich mich nach ihr erkundigen? Oder sie einfach in Ruhe lassen? Amelia nahm mir die Entscheidung ab, indem sie mir ein zartes Lächeln zuwarf. Sie stand auf, kam auf mich zu und schlang die Arme um mich. Ich unterdrückte den Impuls, sie von mir fortzudrücken. Obwohl es besser gewesen wäre. Ich wäre zu Caja heimgelaufen, hätte mein Leben in Engelsberg normal weitergeführt und die Gefühle vergessen, die Amelia in mir auslöste, sobald sie wieder in München war.

Hätte.

Stattdessen schloss ich die Augen, zog sie näher an mich und vergrub meine Hände in ihren weichen Haaren. Ihre Atmung war ruhig, ihr ganzes Wesen war ruhig. So ruhig, dass ich mich mit ihr in meinen Armen am liebsten sofort schlafen gelegt hätte. Genau hier im weichen Gras, mit nichts als dem Himmel als Decke und unseren aneinandergeschmiegten Körpern.

»Danke. Danke für deinen Rückhalt«, hauchte sie an meine Brust, woraufhin ich meine Lippen gegen ihre Haare drückte und nickte. Mit den Fingern fuhr sie beruhigende Kreise über meinen Rücken, und ich fragte mich, wie es wäre, sie jeden Tag in den Arm nehmen zu können, sie jeden Tag spüren zu können. Bei keiner Frau hatte ich es je gewagt, einen solchen Gedanken zu hegen. Doch sie löste unbekannte Sehnsüchte in mir aus. Amelia war warm wie die ersten Sonnenstrahlen nach einem starken Gewitter, die sich sanft durch ein goldenes Honigglas drückten. Amelia war mein *Auf-Pause-Drücken*, Amelia war mein *Durchatmen* und *Im-Moment-Verharren.*

Langsam löste sie sich von mir, ließ die Arme aber weiterhin um mich geschlungen. Vertraut blickte sie zu mir auf, und wir lächelten uns gefährlich lange an. Gefährlich deshalb, weil mein Blick wieder zu ihren Lippen glitt. Ausweichend klammerte ich mich an etwas, das die Stille zwischen uns füllte.

»Möchtest du mit zum Wohnwagen kommen?« Keine Ahnung, warum ich diese Frage jetzt stellte, und sie sollte auf keinen Fall so klingen, wie sie nun plötzlich klang. »Also«, erklärte ich mich hastig, »Caja würde sich sicherlich freuen, und du ... Ich meine, wir sind so nah. Vielleicht willst du noch mal ...?«

Ja, was sollte sie eigentlich bei mir wollen? In dem kleinen Teil, in dem für Caja und mich schon kaum Platz war, würde es noch gefährlicher zwischen uns werden. Kaffee würde sie um die Zeit sicherlich nicht wollen, zumal meiner wirklich grottig war, und sonst gab es bei mir nicht viel zu sehen. Trotzdem nickte sie und strahlte mich an, als hätte ich sie gerade in das nobelste Restaurant eingeladen.

»Sehr gern«, antwortete sie, ehe wir ganz voneinander abließen und uns in Richtung Wohnwagen aufmachten.

»Soll ich dir etwas verraten?« Ich unterdrückte ein Grinsen. Aufmerksam sah sie mich an. »Ich dachte die ganze Zeit, du wärst an dem Abend in Pauls Biergarten vor Vale geflüchtet.«

Kurz schien sie zu überlegen, dann löste sich ein überraschtes Lachen aus ihrer Kehle. »Vale? Wieso denn das?«

»Keine Ahnung, ich wusste nur, dass es irgendeine Person hinter mir gewesen sein muss, und da dachte ich an Vale.«

Belustigt schüttelte sie den Kopf, bevor sie wieder ernster wurde. »Ich weiß nicht, wie es Laura damals ging oder mittlerweile geht, doch ich weiß, dass mich das Gift der Freundschaft mit ihr bis heute begleitet.« Gedankenverloren legte sie den Kopf in den Nacken. »Ich kann dir nicht mal genaue Erlebnisse oder Situationen mit ihr nennen, die erklären können, was ich meine. Sie hat einem einfach das durchgehende Gefühl gegeben, nicht genug zu sein. Die ständige Angst, dass sie an diesem Morgen mit dem falschen Fuß aufsteht und du ihren Ärger abbekommst. Ich stand die ganze Zeit unter Anspannung, gemerkt habe ich das erst viel zu spät. Im Nachhinein verstehe ich, weshalb ich in vielen Dingen so verkrampft zielstrebig bin und mein Scheitern nicht akzeptiere.«

»Weil du bei ihr nie scheitern durftest?«

Sie nickte. »Wenn jemand, mit dem du so eng bist, dir jahrelang das Gefühl gibt, nicht genug oder zum Scheitern verurteilt zu sein, glaubst du das irgendwann selbst. Du versuchst krampfhaft, dieser Person oder vielleicht auch dir selbst das Gegenteil zu beweisen. Es ist eine Endlosschleife, denn das, was du eigentlich liebst, machst du dann nicht mehr, weil es dir Spaß macht, sondern weil du unbedingt erfolgreich sein möchtest – und dann scheiterst du erst recht.« Sie ließ einen lauten Seufzer los. »In den letzten Jahren habe ich mich immer wieder gefragt, was Lauras Gründe waren, sich so aufzuführen. Als ich heute die Verzweiflung in ihrem Blick gesehen habe, war das wie eine Bestätigung für mich, dass auch sie Probleme hat, die sie dazu treiben, andere so herablassend zu behandeln. Ihr Verhalten hat nichts mit mir zu tun und zeigt nur ihre eigene Unsicherheit. Das ist ihr Päckchen, das sie ganz allein tragen muss. Und irgendwie war diese Erkenntnis richtig befreiend.«

»Das freut mich«, antwortete ich nur. Am liebsten hätte ich ihre Worte genommen und sie in mein Hirn eingebrannt. Damit auch ich mich frei machen konnte, damit auch ich nicht mehr unter dem Einfluss meiner Vergangenheit leben musste.

Wir betraten den Wald und passierten den See. Bald tauchte der Wohnwagen vor uns auf.

»Nick, Nick!« Cajas Stimme ertönte, und sie kam uns mit einer Postkarte entgegen. Mein Herz rutschte mir in die Hose. Im Hintergrund stand Karl, der sich nun mit einem Winken zurück in seine Hütte verabschiedete.

»Sieh mal, Mama hat wieder geschrieben! Können wir sie gemeinsam lesen? Bitte, bitte!«

Ein kurzer Blick in Amelias Richtung verriet mir, dass auch sie Caja überrascht ansah. Nun zuckten ihre Augen hoch und versanken unsicher in meinen.

»Ähm, ich gehe mal lieber«, stammelte sie, weil sie sich an meine Worte zu erinnern schien. Unschlüssig wandte ich mich ab. Zum einen wollte ich sie dabeihaben, zum anderen auch nicht.

»Nein. Amelia muss bleiben«, rief Caja und griff nach ihrer Hand. »Dann siehst du, wo Mama überall herumreist.«

Wieder begegneten wir uns, wieder lag Unsicherheit und Unbehagen zwischen uns.

»Tut mir leid, Caja, aber ich muss …«

»Du kannst ruhig bleiben«, sagte ich schließlich, wobei ich sie nicht ansah. Caja jubelte laut und rannte vor zum Wohnwagen. Plötzlich spürte ich Amelias Hand an meiner Schulter, und wie von selbst schwand jegliche Anspannung, die etwas mit Eva zu tun hatte. Langsam sah ich zu ihr auf.

»Ich will nicht, dass du dich unwohl fühlst. Es ist kein Problem für mich zu gehen.«

»Für mich aber.« Ich lächelte.

Auch Amelia musste schmunzeln und lief mit mir zum Wohnwagen. Vor der Treppe standen zwei alte Gartenstühle. Während Caja und Amelia sich darauf niederließen, setzte ich mich auf die Stufen. Caja reichte mir die Postkarte, und ich starrte sie eine Zeit lang unschlüssig an. Ich fuhr über das Motiv, ehe ich sie umdrehte. Ein letzter Blick in die Runde. Caja zappelte mit den Beinen, während sie mich anstrahlte. Amelia hingegen starrte mich an, irgendwie besorgt und skeptisch.

»Meine allerliebste Caja«, las ich die bereits bekannten Wörter mit trockener Kehle vor. »Ich schicke dir ganz herzliche Grüße aus Muna, einer Insel in Indonesien. Wir haben hier fast täglich dreißig Grad im Schatten, und dazu ist es richtig tropisch. Du würdest es hier lieben. Wenn ich nicht am Strand liege, findet man mich meistens in meinem Lieblingsrestaurant, wo ich Nasigoreng esse – ein leckeres Reisgericht aus Indonesien. Und wenn ich dort auch nicht zu finden bin, lausche ich den vielen tropischen Vögeln, entdecke Muna-Buton-Makaken – eine heimische Affenart – oder helfe den Einheimischen bei der Ernte von Kokosnüssen. Eine ist mir fast mal auf den Kopf gefallen, da muss man wirklich aufpassen. Ich hoffe, es geht dir gut. Ich vermisse dich. Bis bald, deine Mama.«

Bevor ich mich traute, das Gesicht wieder zu heben, verharrte ich noch einen Moment auf den Wörtern. Caja schnappte sich die Postkarte und inspizierte die Vorderseite genauer.

»Wie cool, ich möchte auch Kokosnüsse ernten. Und können wir mal dieses Nasegoreng machen, Nick?«, fragte sie aufgeregt, doch ich schaffte nur ein Nicken. Erschöpft fuhr ich mir durch das Haar und fand den Blick von Amelia. Ihre Brauen hatte sie zusammengezogen, der Mund bildete eine schmale Linie. Keine Ahnung, ob sie die Wahrheit ahnte, doch sie sah, wie sehr mich das Thema belastete.

»Weißt du, Amelia, Mama ist auf einer Weltreise«, erklärte Caja ihr. »Sie war schon in Afrika, Amerika, Asien, und vielleicht kommt sie bald mal wieder zu uns. Ich vermisse sie so.«

Fürsorglich drückte Amelia Caja an sich. »Sie vermisst euch sicherlich auch.«

Etwas setzte in mir aus, Wut flammte auf. Ich erhob mich und nahm Caja die Postkarte aus der Hand. »So, jetzt aber ins Bett«, sagte ich etwas zu forsch, konnte die Anspannung aber nicht mehr unterdrücken.

»Jetzt schon?«

»Wohl eher *jetzt erst*«, ranzte ich meine Schwester an. »Es ist schon spät.«

»Ist es gar nicht! Ich möchte noch was mit Amelia machen.«

»Caja, sofort!«

Wütend stampfte sie mit dem Fuß auf und klammerte sich an Amelia fest.

»Komm, Caja, wir sehen uns morgen, okay?«, half Amelia mir aus. »Ich bin auch schon müde und gehe ebenfalls gleich schlafen.«

Das schien meine Schwester endlich zu überzeugen. Mit einem lauten Seufzen ließ sie von ihr ab und trottete ins Innere des Wohnwagens. Mein Blick fand erneut den von Amelia, und mit meinem Schmerz, der sich in ihren Augen spiegelte, wurde mir klar, dass bald die Zeit für die Wahrheit kommen würde.

Kapitel 24

Amelia

»Hallo, Leute. Ich hoffe, es geht euch allen gut.« Mit offener Imkerjacke stand ich im Bienengarten und strahlte in die Kamera meines Smartphones, mit dem ich seit Langem mal wieder eine persönliche Story von mir aufnahm. Dies war der zweite Post zu meiner neuen Umweltmission, wie ich sie liebevoll auf Instagram nannte.

»Wie ihr vielleicht mitbekommen habt, habe ich mich für eine kleine Instagram-Pause entschieden, die ich in der Imkerei meiner Eltern verbringe.« Während ich erzählte, schwenkte ich die Kamera, sodass ein paar von Papas Beuten im Hintergrund zu sehen waren. »Einige von euch fragen sich bestimmt, weshalb ich gestern ein komplett spontanes Video einer Hummel geteilt habe. Zumal ich ja eigentlich eine Pause einlegen wollte.« Ich schob ein Lachen hinterher, dann wurde ich ernster. »Nun, es ist so, in der Zeit hier bei meinen Eltern und im Abstand zu Instagram habe ich gemerkt, was wirklich wichtig ist. Sicherlich weiß jeder Einzelne von euch, wie schnell der Klimawandel voranschreitet und welche Auswirkungen er auf die Erde hat. Die Auswirkungen auf die Bienenwelt merken Imker wie meine Eltern besonders stark, und wusstet ihr, dass wir Menschen ohne Bienen überhaupt nicht überleben können?«

Als ich eine Biene auf einer Wildblume entdeckte, drehte ich die Kamera und filmte näher an sie heran. »Daher geht uns dieses Thema alle an. Das größte Problem der Bienen ist, dass sie leider kaum noch Nahrungsraum haben. Entweder ist es zu heiß, und die Blüten trocknen aus, oder die Pflanzen sterben, weil sie erfrieren, wenn manche Frühlinge plötzlich wieder eiskalt werden. Dafür müssen wir Abhilfe schaffen. Und aus diesem Grund: Geht los und schmückt euren Garten oder Balkon mit bienenfreundlichen Blumen. Ich blende gleich eine Liste mit Pflanzen ein, die Bienen lieben. Schickt mir gern ein Foto von eurem Insektenstrauß, und ich teile es.«

Weil das Video hier stoppte, machte ich eine kurze Pause, fügte besagte Liste hinzu und teilte das Ganze in meiner Story. Anschließend sprach ich weiter. »Was ihr sonst noch für die Umwelt und somit auch für unsere Bienen tun könnt: Versucht, so wenig wie möglich mit dem Auto zu fahren. Ich kenne das nur zu gut, man hat keine Lust zu laufen, und mit dem Auto geht es schneller – aber umso schneller heizt sich dadurch unsere Erde auf. Achtet auf euren Plastikkonsum. Erst letztens musste ich selbst feststellen, wie oft in herkömmlicher Kosmetik Mikroplastik oder Inhaltsstoffe drin sind, die der Haut nur schaden, sie regelrecht abhängig machen oder nur da sind, um das Produkt zu strecken. Sogenannte Füllstoffe, damit es einfach nach mehr aussieht. Krass, oder? Meine Mutter hat Heilkunde studiert und besitzt einen großen Kräutergarten. Seit Kurzem nutze ich für mein Gesicht nur noch die Wunder der Natur.«

Ein Strahlen legte sich auf meine Lippen, denn meiner Haut ging es tatsächlich viel besser. Die letzten Tage hatte ich nur noch meinen Honigreiniger benutzt, den ich nun durch Mama mit einem Emulgator optimieren konnte. Mandelöl als Basisöl stabilisierte das Gewebe, Distel- und Kamillenblütenöl als Wirkstofföle halfen bei gereizter Haut, während der Honig die entzündungshemmende Komponente lieferte. Hinzu kamen noch ein naturbelassener Emulgator und Rosmarinextrakt, das den Reiniger länger haltbar machte.

»So, jetzt habe ich aber genug geredet. Ich hoffe, ich konnte euch zum Nachdenken anregen, und ihr seid genauso motiviert mitzuhelfen wie ich. Machts gut!« Ich warf einen letzten Luftkuss in die Kamera, dann postete ich auch diese Story. Als letzten Slide machte ich ein Selfie von mir vor einer geöffneten Beute mit Tausenden Bienen im Hintergrund und notierte auf dem Bild noch ein paar Fakten.

Funfacts über Bienen:

1. Die Bienenkönigin wird nur ein einziges Mal begattet, dann verbringt sie den Rest ihres Lebens mit dem Legen Tausender Eier.
2. Für ein Glas Honig legen sie rund 100.000 Flugkilometer zurück. Das ist fast dreimal der Weg um die Erde.
3. Wenn es im Winter kalt wird, zittern Bienen sich warm. Ihr Zuhause können sie somit auf über dreißig Grad erwärmen.
4. Alle Arbeiterbienen sind weiblich. Frauenpower!!!

»Du musst das Rezept dieses Reinigers mit der Welt teilen.«

Ohne Begrüßung stürmte Sophie in den Laden meiner Mutter, mit der ich Montagnachmittag in der Rührküche stand und an diversen Produkten tüftelte. In den letzten Tagen hatte meine Mutter mich, so oft es ging, mit in den Laden genommen und mir ihr Handwerk gezeigt, das ich unfassbar interessant fand, seit ich selbst experimentierte. Gemeinsam hatten wir Wundsalben für Frau Korbs Kinder, einen Magentee für Herrn Winter und Lippenpflegestifte aus Bienenwachs hergestellt, die am Traumfest verkauft werden konnten.

»Meine Kollegin und ihre Mutter möchten auch so einen Reiniger haben, und sie fragen, ob sie ihn bei dir kaufen können.«

»Woher wissen sie davon? Hast du ihn weitergegeben?«

Sophie grinste in sich hinein. »Weitergegeben nicht, aber ich habe etwas Werbung gemacht. Gut, das Gemisch sieht nicht sehr schön aus, aber die Wirkung ist gut. Meine Haut ist erfrischt, und ich brauche gar keine teuren Cremes und Seren mehr. Mein Geldbeutel und meine Haut freuen sich.«

Ich hob die Brauen und musste lachen. »Du hast in der Bibliothek für Kosmetik geworben?«

»Naturkosmetik«, verbesserte sie mich. »Kosmetik, die du in deinen Ratgeber auf Instagram aufnehmen kannst. Schließlich wäre das auch ein Umweltthema, oder? Wie läuft es denn auf deinem Blog?«

Tatsächlich war ich mittlerweile wieder vermehrt auf Instagram unterwegs. Doch noch immer hatte ich jegliche Benachrichtigungen auf stumm gestellt und versuchte, mir keinen Druck zu machen. Ich wollte mich nach wie vor von dieser App fernhalten und sie nur für wichtige Posts nutzen. Nach meiner Infostory am Samstag war Sonntag das Vorher-Nachher-Video von Cajas Armbeugen online gegangen, um zu zeigen, dass Honig eben nicht nur lecker schmeckte und wir seine Hersteller schützen mussten.

Seit meiner ersten Story aus dem Bienengarten war mein Account viral gegangen. Mit jedem weiteren Post fanden mehr und mehr Leute meinen Blog und lernten die wahre Amelia kennen. In der Zwischenzeit hatte ich mich von meinem alten Namen getrennt und ihn in *@ameliagoesnature* abgeändert. Knapp fünfzigtausend Mitglieder zählte meine Community inzwischen, was mich jeden Tag aufs Neue erstaunte. So viele Menschen schrieben mir persönliche Nachrichten, kommentierten und lobten mich für meinen Wandel und meine Authentizität, während meine Reels und Beiträge auf diversen Accounts geteilt und dadurch weiter gestreut wurden.

Mama sah mich fragend an. »Ratgeber?«

»Ja, ich habe mir überlegt, meine Reichweite zu nutzen, um ein bisschen aufzuklären. Na ja, so Fragen wie: Was können wir besser machen? Welche Alternativen gibt es? Wie wirkt sich unser Verhalten wirklich auf die Erderwärmung aus? Ich denke, dass ich für manche auf meinem Blog eine Vorbildfunktion habe, und wenn sie sehen, dass ich mich bessern will, möchten sie vielleicht mithelfen. Andere wiederum wissen bestimmt gar nicht, wie ernst die Lage ist.«

Einen Moment starrte sie mich stumm an, ehe sie die Hand hob und mir liebevoll über die Wange fuhr. »Ich bin so stolz auf dich«, hauchte sie. »Dass du deinen Weg findest und aus etwas, das gescheitert ist, wieder etwas Positives schöpfst. Die Natur wird es dir danken.«

»Danke, Mama.« Ich fiel ihr in die Arme. Es fühlte sich so unfassbar gut an, sie endlich wirklich stolz zu machen.

Langsam löste sie sich von mir, kniff die Augen zusammen und sah Sophie nachdenklich an. »Deine Bekannten wollen den Reiniger auch kaufen?«

Meine Freundin nickte eifrig, während ihr Blick aufgeregt zwischen Mama und mir hin und her zuckte. Mit einem Mal packte meine Mutter der Ehrgeiz.

»Gut, macht euch an die Arbeit. Bis zum Traumfest sind es nur noch wenige Tage, und wir wollen doch nicht, dass irgendjemand keinen Reiniger abbekommt.«

Überrascht runzelte ich die Stirn. »Du möchtest ihn an eurem Stand verkaufen?«

»Warum nicht?« Sie grinste. »Das ist dein erstes eigenes Produkt, und es ist gut. Außerdem hat Sophie recht, du solltest es in deinen Ratgeber auf Instagram aufnehmen. Vielleicht animierst du damit noch mehr Menschen, die Finger von herkömmlicher Kosmetik zu lassen, die den Planeten belastet. Dann öffnen sie endlich die Augen und widmen sich der Natur, die vor ihnen liegt.«

Voller Freude fiel ich meiner Mutter erneut in die Arme. Sie hatte recht. Vor uns stand mein allererstes eigens entwickeltes Produkt, und es vereinte alles, was ich mir wünschte. Vor allem wollte ich es mit anderen teilen.

Es war Freitag, der Tag, bevor das Traumfest stattfand, als Mama und ich in der Rührküche des Ladens die letzten Reiniger in dunkelbraune Glasfläschchen abfüllten und sie mit einem selbst beschrifteten Etikett versahen. Für unseren Verkaufsstand am Fest standen zwanzig Stück zur Verfügung, schließlich wussten wir nicht, wie sie sich verkaufen würden. Sophie hatte laut ihren Aussagen zwar schon den halben Ort dafür begeistern können, doch ich wollte es erst mal langsam angehen lassen. Ich zückte mein Handy und las mir die neuen Kommentare unter meinen letzten Posts durch. Achtzigtausend Wiedergaben zählte das Hummel-Reel mittlerweile, knapp hunderttausend jenes von Cajas Armen, und auch die Kommentare vermehrten sich stündlich. Viele schrieben: *Finde es so cool, dass du deine Plattform nutzt, um diesen kleinen Tierchen zu helfen.* Andere wiederum: *Wow, habe dich unterschätzt. Du kannst ja noch mehr als nur gut aussehen und perfekte Bilder posten.* Ja, das konnte ich wirklich.

Die Glocke der Vordertür klingelte, woraufhin Mama ihre Schürze beiseitelegte. »Bin gleich bei Ihnen.«

»Ich bins nur.«

Keine Ahnung, was es war, aber irgendetwas zog sich in mir zusammen, als ich Nicks Stimme hörte. Etwas Warmes, das sich freute und mir ein Kribbeln in die Lippen schickte. Dort, wo er mich geküsst hatte. Gleichzeitig schrillten die Alarmglocken in meinem Kopf erneut. Seit dem Abend, an dem die Postkarte seiner Mutter eingetroffen war, hatten wir uns kaum mehr gesehen. Während ich viel Zeit in Mamas Laden verbracht hatte, war er mit der alltäglichen Arbeit und der Organisation des Festes beschäftigt gewesen. Trotzdem hatte ich das starke Gefühl, dass auch er mir wegen des Kusses aus dem Weg ging. Vielleicht auch wegen etwas anderem …

Er tauchte in der Tür auf, sein Blick fand den meinen, er lächelte. Mein Herz stolperte. »Und? Seid ihr startklar?«

»Fast«, antwortete Mama an meiner Stelle, weil mein Inneres hin- und hergerissen war. Ich wollte das ungute Gefühl ihm gegenüber ignorieren, das sich seit neulich Abend wieder in mir geregt hatte. Vor allem jetzt, wo wir uns so gut verstanden und dieser Augenblick im Matsch nicht zwischen uns zu stehen schien. Und doch hatte ich tausend Fragen.

Wie kam es, dass seine Mutter ihn und Caja so lange allein ließ? Wieso war sie die Einzige, die schrieb, wieso empfing sie keine Antwort von ihren Kindern? War sie überhaupt auch Nicks Mutter? Schließlich hatte sie sich in ihrer Postkarte nur an Caja gewandt, was ich seltsam fand. Wer war diese mysteriöse Frau? Und warum fragte ich mich neben all den Warnzeichen, die ihn betrafen, trotzdem ständig, ob er mich noch mal küssen würde?

»Moment, ich hole kurz einen Karton, darin kannst du schon mal etwas zum Stand mitnehmen.« Mama wirbelte durch die Rührküche und schob sich an Nick vorbei zum Laden. Sobald sie aus dem Raum verschwunden war, machte sich eine drückende Stille breit. Unsicher lächelten wir uns an, ehe ich mich räusperte.

»Und? Alles vorbereitet?«, fragte ich.

Er nickte. »Ja, so weit schon. Fehlen nur noch eure Produkte. Du hast einen eigenen Reiniger, habe ich gehört?«

Röte schoss mir in die Wangen. Nicht weil ich mich für meine neue Leidenschaft schämte, sondern vielmehr, weil ich mich darüber freute – und irgendwie hoffte, dass auch Nick es cool finden würde.

»Ja, aus dem Honig der Imkerei.«

»Anita hat davon erzählt, sie ist wirklich stolz auf dich.« Kurz hielt er inne, dann trat er einen Schritt näher. In seinem Blick lag ein besorgter, fast flehender Ausdruck. »Denk also bitte nie wieder, dass du sie enttäuschen könntest.«

Mit seinen Worten erinnerte er mich an meine eigenen. Daran, dass ich jahrelang gedacht hatte, Mama würde nicht an mich glauben und sich etwas Besseres für mich wünschen. Nun war ich schlauer. Nun konnte ich meine Mutter besser verstehen und wusste, dass der Druck, den sie auf mich ausübte, andere Gründe hatte. Ich schenkte ihm ein warmes Lächeln.

»Danke«, sagte ich und ging ebenfalls einen Schritt auf ihn zu. Kurz zuckten seine Augen hinab auf meine Lippen, darin blitzte Sehnsucht auf, die ich ebenfalls spürte.

Zurückhaltend legte er seine Hand auf die Anrichte neben mir und lehnte sich dagegen. »Geht es dir sonst etwas besser? Also, ich meine, wegen Laura.«

Ich fand es schön, dass er sich nach mir erkundigte. »Ja«, antwortete ich, ehe ich mir verhalten auf die Lippe biss, »und ... dir?«

Meine Frage tat ihm sichtlich weh, wie ich befürchtet hatte. Sicher dachte er an die Postkarte seiner – oder Cajas? – Mutter. Das erkannte ich daran, wie er die Brauen zusammenzog, an seinem zerknirschten Gesicht, das er abwandte, und an seiner Körperhaltung, die sich nun anspannte. Sofort bereute ich meine Frage, denn sie erinnerte auch mich an Tage, an denen Nick und ich uns angefeindet hatten.

»Ja«, krächzte er, ohne mich anzusehen. Einen Moment herrschte Schweigen zwischen uns, dann sah er doch auf. In seinen Augen lag eine Traurigkeit, die mich erschaudern ließ. »Amelia, ich muss dir ...«

»So, hier! In dieser Kiste kannst du die Produkte transportieren.« Mama stürmte zurück in die Rührküche, und ihre plötzliche Anwesenheit riss uns auseinander. Räuspernd entfernte Nick sich von mir und lief zurück zur Tür. Während mein Blick weiterhin auf ihm ruhte, ich mich fragte, was er mir zu sagen versucht hatte, hielt er seinen fest zu Boden gerichtet.

Mama packte meinen Reiniger und all die anderen Produkte für unseren Stand in eine Kiste, die sie Nick im Anschluss aushändigte.

»Danke. Also dann, bis morgen.«

Ein letztes Mal sahen wir uns an. Ein letztes Mal brachte er alles in mir durcheinander, laut fragend, ob dieses *Bis morgen* etwas Gutes oder Schlechtes bedeuten sollte. Ob *er* etwas Gutes bedeuten sollte.

Kapitel 25

Nick

»Der Kurs beginnt wie immer um drei und endet normalerweise um sechs«, erklärte Peter das, was ich sowieso schon wusste, denn der Kurs zum Kerzengießen verlief jedes Jahr gleich. Gemeinsam breiteten wir eine große Plastiktischdecke auf dem Tisch aus und stellten die Utensilien bereit.

Gleich daneben verlieh Anita dem Stand der Imkerei mit Cajas Hilfe den letzten Schliff. Hier konnte man klassisch Honig kaufen, aber auch Honigmet, Propolis, Kräuter und Produkte aus Anitas Laden wurden angeboten. Für den Kurs, den vor allem Kinder liebten, nutzten wir das Wachs, das die Bienen letztes Jahr in den Waben zurückgelassen hatten.

»Amelia hilft auch beim Kurs«, warf Anita ein, und mein Kopf zuckte erschrocken hoch. Die letzten Jahre hatte ich den Kurs stets allein geleitet, und auch wenn starke Vorfreude, Amelia wiederzusehen, in mir aufflammte, brodelte in meinem Inneren doch gleichzeitig jedes Mal die altbekannte Panik auf, wenn ich mir diesen Gefühlen bewusst wurde. Ich wusste nicht recht, ob das aufgeregte Grummeln in meinem Magen Freude oder Angst bedeutete.

Zum einen hatte ich, bevor Caja und ich aufgebrochen waren, dreimal in den Spiegel gesehen, fünfmal mein Outfit überprüft und siebenmal darüber nachgedacht, dass dieses Verhalten für mich absolut untypisch und absurd war. Zum anderen hatte ich Angst. Angst, einen Fehler zu machen, Angst, noch unsicherer neben ihr zu werden, Angst, etwas zu fühlen, wie ich es seit dem Kuss tat. Angst vor der Wahrheit.

»Amelia, Amelia!«

Ich wollte Anita gerade antworten, dass Amelias Hilfe nicht notwendig sei, als Caja laut ihren Namen rief. Instinktiv drehte ich mich um und beobachtete, wie meine Schwester ihr entgegenrannte. Caja hatte sich Amelia zum Vorbild genommen und trug heute ebenfalls ein Kleid. Darüber hinaus hatte ich ihre Haare flechten müssen. Ich lebte zwar nun schon seit drei Jahren mit ihr allein, war Mutter, Vater und großer Bruder zugleich, doch Flechten war eine Tätigkeit, die definitiv nicht zu meinen Stärken gehörte.

Amelia erreichte den Stand, ging vor Caja in die Hocke und nahm sie liebevoll in den Arm. Ihr luftiges langes Kleid hatte einen hellen Blauton. Erst als sie sich wieder erhob, erkannte ich, dass es sich um kein Kleid, sondern um eine Kombination aus Rock und Oberteil handelte, wodurch ein kleines Stück Haut an ihrem Bauchnabel zu sehen war. Das Stoffmuster war blumig, ich erkannte Zweige und dezente weiße Blüten, die denen eines Apfelbaums ähnelten.

»Sieh mal, ich habe heute auch ein Kleid an«, betonte Caja stolz und drehte sich einmal im Kreis. »Und Nick hat mir die Haare geflochten.« Amelia strahlte sie bewundernd an.

Nun kam auch ich an den Stand und gesellte mich zu ihnen. Auf dem Marktplatz war bereits einiges los. Besonders ältere Menschen und Kinder tummelten sich an den Ständen, während der Rest sicherlich erst gegen Abend dazustoßen würde. Als Caja Amelia ihre Zöpfe zeigte, musste sie schmunzeln.

»Meine Stärken liegen woanders«, erklärte ich zu meiner Verteidigung und hob die Hände.

Amelia lachte, warf dabei ihre welligen Haare über die Schulter, wodurch ein Hauch ihres Shampoos in meine Richtung wehte. Ich atmete ihn ein, vergaß kurz, wie man wieder ausatmete, und schloss die Augen. Ehe ich mich wieder fangen konnte, hatte Amelia meine Schwester auf eine der Bänke verfrachtet und machte sich an ihren Haaren zu schaffen.

»Ich reparier das mal schnell.«

Caja seufzte. »Hat Nick es wieder falsch gemacht?«

Amelias Blick wanderte zu mir, sie zwinkerte mir lächelnd zu, und mein Herz setzte einen Moment aus. »Nein, Nick hat das ganz toll gemacht, aber es haben sich ein paar Strähnen gelöst.«

»Nick.« Peter unterbrach unseren Blickkontakt. Väterlich klopfte er mir auf die Schulter und führte mich zum Stand zurück. »Du musst nach dem Kerzenkurs übrigens nichts mehr machen.«

Verwirrt runzelte ich die Stirn. »Wie? Braucht ihr keine Hilfe am Stand? Anita und du wollt doch sicherlich auch mal feiern gehen.«

Er lachte rau. »Dieser Stand, diese Dinge – der Honig, die Menschen, die vorbeikommen –, das ist für uns feiern. Aber du bist jung. Geh mit deiner Schwester ruhig ein bisschen tanzen. Du kannst ja Amelia mitnehmen.«

Langsam verstand ich, worum es hier ging. Auch Anita strahlte mich vielsagend an. Etwas zu breit. Sie schienen Amelias und meinen Blickkontakt bemerkt zu haben.

»Das ist nicht nötig«, betonte ich noch mal, denn ganz egal, wie verträumt ich Amelia vielleicht auch ansah, führte mir Peters Vorschlag wieder die Realität vor Augen. Ich erkannte erneut, wie falsch es war, mich auf sie einzulassen, und ich sollte daher nicht allzu viel Zeit mit ihr verbringen.

Doch statt zu antworten, schob er mich vom Stand weg, verschloss das Türchen, das ins Innere führte, und grinste mich an. »Doch, das ist es. Hier drinnen hast du heute nichts zu suchen. Geh und amüsier dich.«

Mit gemischten Gefühlen begab ich mich zu den vorbereiteten Tischen, an denen ich nun mit dem Kerzengießen beginnen wollte.

Zahlreiche Kinder und auch Ältere hatten sich bereits auf der Bank niedergelassen. Das klassische Gießen überließ ich den Älteren, denn ihnen traute ich zu, dass sie mit heißem flüssigem Wachs umgehen konnten. Den Kindern gab ich vorgefertigte Wachsplatten, die sie mit meiner Hilfe einrollen oder zu einer Kerze falten konnten.

Nach knapp einer Stunde, in der Amelia am Stand ihrer Eltern für ihren Reiniger geworben hatte, gesellte sie sich zu uns und half beim Kerzengießen. Anita brachte den Kindern selbst gemachten Eistee und Amelia und mir Honigmet, den ich schon nach kurzer Zeit in meinem Blut spüren konnte.

Irgendwann, als der Kurs sich dem Ende zuneigte, nur noch ein paar Kinder mit Verzieren beschäftigt waren und mich ein warmes Gefühl von Leichtigkeit heimsuchte, versuchten wir uns ebenfalls an einer eigenen Kerze.

»Wozu brauchst du eigentlich eine Kerze?«, fragte Amelia schmunzelnd, während sie unsere Initialen in das Wachs ritzte.

»Um sie anzuzünden«, antwortete ich mit sarkastischem Unterton und erntete ein angetrunkenes Lachen. Ihre Hand landete auf meiner Schulter, wärmte die Haut darunter, wärmte mein Herz.

»Ich mein doch nur«, sie lachte wieder, »normalerweise sind Kerzen doch eher so ein Frauending.«

»Ihr Frauen sprecht immer von Emanzipation und Gleichbehandlung, geht gleichzeitig aber davon aus, dass sich alle Männer mit Motoren auskennen, Profis im Reparieren sind und keine Kerzen mögen.«

Sie schien zu überlegen. »Du hast recht, sorry«, meinte sie ernst, ehe ihr Lächeln wieder breiter wurde. »Profi im Reparieren bist du aber trotzdem. Und von Motoren hast du auch Ahnung.«

Nun konnte auch ich mein Grinsen nicht mehr verstecken. Es stimmte. Mit Motoren kannte ich mich aus, reparieren konnte ich ebenso fast alles, und tatsächlich mochte ich Kerzen auch nicht besonders, jedenfalls hatte ich keinen Nutzen für sie. Trotzdem wollte ich eine mit Amelia basteln. Vielleicht wegen ihr, vielleicht wegen der Erinnerung an sie, vielleicht weil unsere Initialen nebeneinander seltsam gut aussahen.

»Da bin ich wohl das langweilige Klischee eines Mannes«, stellte ich fest.

Um uns herum war das Fest bereits in vollem Gange. Die Sonne stand tief, schickte ihre letzten Strahlen zu uns herab, bevor sie von den Lichterketten abgelöst wurde, die überall befestigt waren und an denen bereits einige Träume hingen. Mit leicht benebelter Sicht ließ ich den Blick über den Marktplatz schweifen, entdeckte wunderbar duftenden Kaiserschmarren, laut lachende Kinder, die über das Kopfsteinpflaster rannten, und landete wieder bei Amelias Gesicht. Aufmerksam gab sie unserer Kerze den letzten Schliff, und während ich ihre Sommersprossen zählte, ihre langen Wimpern bewunderte und mich erinnerte, wie weich sich ihre Lippen auf meinen anfühlten, fragte ich mich, ob es der Honigmet oder doch ihre Nähe war, die mich so beschwipst machte. Schließlich hob sie den Blick, begegnete meinem, hielt überrascht inne und verlor sich in meinen Augen.

»Klischee vielleicht schon«, flüsterte sie. Ihr Atem streifte meine Wange. Ich spürte sie in jedem Winkel meines Körpers, und das, obwohl wir uns nicht berührten. »Aber langweilig nicht.«

In ihrer Miene tauchte eine Sehnsucht auf, die ich gleichwertig in meinem Inneren fühlte. Ich wollte sie berühren, sie in meine Arme ziehen, sie küssen. Doch mit dieser Sehnsucht kam auch die Panik zurück. Plötzlich sah ich nicht mehr nur Amelia, ich sah mich selbst in Bern, spürte die Angst und den Schmerz, nicht genug zu sein und verlassen und abgestoßen zu werden. Es schmerzte so sehr, dass mein Inneres rebellierte. Ich konnte Amelia nicht berühren, ich durfte sie nicht berühren. Sie würde meinen niedrigen Wert irgendwann bemerken, würde mich ebenfalls verlassen, und davor musste ich mein Herz schützen.

Bevor ich mich nicht mehr zurückhalten konnte, wandte ich mich ab und erhob mich von der Bank. »Ich gehe mal nachsehen, was Caja so treibt«, brachte ich mühsam hervor, weil es fast noch mehr schmerzte, von Amelia abzulassen. Doch es musste sein, es war das Richtige.

Kapitel 26

Amelia

»Viel Spaß noch.«

Nicks Worte hallten schmerzhaft in meinem Inneren nach. Eben noch hatte ich in seinem Blick dieselben Gefühle wie meine erkannt, nun flüchtete er wieder. Etwas hatte sich in seinen Augen verändert, fast schon ängstlich hatte er mich angesehen. Woher kam diese Angst? Dieser Schmerz?

Enttäuscht sah ich ihm nach, als er in der ausgelassenen Menschenmasse des Engelsberger Traumfestes verschwand. Irgendwie ahnte ich, dass sein Verhalten nichts mit mir zu tun hatte und ich es daher nicht persönlich nehmen sollte, doch die Gewissheit, dass ihm irgendetwas zu schaffen machte, nagte an mir.

»Danke«, murmelte ich, obwohl er mich nicht mehr hören konnte, als ihn der Schatten von Bernhards Baumwollstand längst verschluckt hatte.

Traurig blickte ich auf die unvollkommene Kerze, die wir gemeinsam gebastelt hatten, und fuhr über unsere Initialen. A und N hatten noch nie so schön, so ästhetisch nebeneinander ausgesehen wie jetzt. Vielleicht sollte ich ihn vergessen und einfach das Fest genießen. Hastig räumte ich also auf, deponierte die Wachsreste und Utensilien in einer Kiste bei unserem Stand und wischte mit einem nassen Lappen über den Tisch.

»Und? Hast du deinen Traum auch schon aufgehängt?« Papas raue Stimme drückte sich deutlich durch das laute Gemurmel, als ich die letzten Dinge weggeräumt hatte. Er trug seine altbekannte Schürze, auf der mehrere Comicbienen abgedruckt waren. Mama hingegen trug ihre goldene mit der Aufschrift *Queen Bee.*

Ich schenkte ihm ein Lächeln und sah zur Scheune, aus der breitflächig Lichterketten herausströmten, die an Laternen und Masten befestigt waren und den großen Marktplatz mit zartem Gold bestreuten. Später, wenn die Sonne ganz verschwunden sein würde, würde es sich anfühlen, als wäre man in einem Märchen. Jedenfalls hatte ich das Fest so in Erinnerung.

»Nein, noch nicht«, antwortete ich Papa, woraufhin er mir einen Zettel mit Wäscheklammer reichte.

»Na, dann mal schnell, bevor es dunkel wird und der Himmel deinen Traum vergisst.« Sein väterliches Zwinkern erwärmte mein Herz. Mein Vater war wie seine Uroma schon immer sehr abergläubisch gewesen, und ich fand es schön zu sehen, dass er an diesem Ritual festhielt.

Obwohl es mir allmählich leichter fiel, über meinen gescheiterten Zukunftsplan zu sprechen, wusste ich dennoch nicht, was nun mein nächster Traum sein sollte. Hatte ich überhaupt noch einen Traum? Es war wohl an der Zeit herauszufinden, was ich wirklich wollte.

»Dein Reiniger ist übrigens fast ausverkauft«, warf Mama ein. »Nur noch zwei Flaschen sind übrig.«

Mein Herz stolperte, als ich das leere Regal betrachtete, in dem vor wenigen Stunden noch etliche Fläschchen gestanden hatten. Überglücklich strahlte ich meine Eltern an.

»Jetzt müssen wir nur noch hoffen, dass sie ihn ebenso lieben wie Sophie.« Ich lachte und dachte an meine Freundin, die sich hier auch irgendwo herumtreiben musste. Mit dem Vorhaben, sie zu suchen, warf auch ich mich in das Gedränge. Mein Ziel war die alte Scheune, in der getanzt wurde und wo es Biertischgarnituren gab, an denen ich mich niederlassen konnte.

Ich passierte liebevoll geschmückte Stände, nahm vertraute Lacher wahr und sammelte im Vorbeigehen herzliche Begrüßungen von Menschen, die mich schon mein Leben lang kannten.

Fleetwood Macs »Dreams« drang an mein Ohr, je näher ich der Scheune kam. Es dauerte nicht lange, da entdeckte ich schon eine kleine Menge tanzender Menschen. Das poröse Holz schien unter ihren Bewegungen mitzutanzen, atmete, lachte im Takt. Immer wieder drückten sich kleine Staubwolken durch die Dielen, verteilten sich und wurden zu Partikeln, die im letzten Gold des Tages glitzerten. Voller nostalgischer Gedanken lehnte ich mich an das Tor der Scheune und sah mich selbst als kleines Kind auf den Füßen meines Vaters tanzen, in dem Moment, in dem ich auch Caja euphorisch durch den Raum wirbeln sah. Erst als sich ein Spalt in der Menge öffnete, bemerkte ich, dass sie mit Nick tanzte. Wie von selbst stieß ich mich vom Tor ab, straffte die Schultern und rückte meinen Rock zurecht für den Fall, dass auch er mich sehen könnte.

Er lächelte verstohlen, als er seine Schwester ein paarmal herumwirbelte. Ich blieb mit meinem Blick an seiner Statur hängen, musterte das einfache weiße Shirt, das an ihm ganz besonders gut aussah. Auf seinem Kopf saß seine altbekannte beige Arbeitskappe, die seine Augen in den Schatten legte, und trotz der Hitze trug er lockere Jeans. Das warme Abendlicht, das die Scheune flutete, legte sich wie ein Goldschimmer auf seine von der Arbeit gebräunte Haut. Innerlich schoss ich ein Foto vom Geschehen. Es brauchte keinen Filter, keine Bearbeitung. Es war roh und perfekt, voller Ästhetik. Wie das Licht in den Gläsern der Gäste glitzerte, die Atmosphäre in liebestrunkene Ausgelassenheit getunkt wurde und der heimatliche Duft aus frisch gebackenem Apfelkuchen und altem Holz in der Luft lag.

»Amelia! Komm, tanz mit uns!«

Ich hatte für eine Sekunde die Augen geschlossen, einfach den Moment genossen, da nahm mich plötzlich jemand an der Hand und zerrte mich in die Menge. Bevor ich überhaupt realisieren konnte, was geschah, hatte Caja mich auch schon auf die Tanzfläche unter Hunderten von Träumen gezogen. Etwas verhalten blieb ich vor Nick stehen, der mindestens genauso überfordert aussah, wie ich mich fühlte. Sein brüderliches Grinsen war verschwunden, nun lag Überraschung in seinen Augen. Einerseits wollte ich liebend gern mit Caja und ihm tanzen, andererseits war er erst vor wenigen Momenten vor mir abgehauen, und ich wollte ihn nicht bedrängen.

»Ihr müsst euch auch an die Hand nehmen«, brüllte Caja durch die laute Musik.

Ich gab ein unsicheres Lachen von mir, woraufhin er zurückhaltend schmunzelte. Unsere Blicke wanderten zu unseren Fingern, die wir zögerlich miteinander verschränkten. Die Berührung brachte meinen Körper für eine Sekunde zum Beben.

Als ich das Kinn hob, schien auch Nick aus dem Konzept gebracht. Er sah mich an. Hier, im Glimmen der Abendsonne, wirkten seine Augen fast bernsteinfarben, vom Grün war kaum mehr etwas zu sehen. Konnte es sein, dass auch er wieder in der Erinnerung unseres Kusses schwelgte? Spürte auch er meine Lippen auf seinen? Plagte auch ihn die Vorstellung, das Ganze zu wiederholen? Ich spürte, wie er mit seinem Daumen sanfte Kreise über meinen Handrücken fuhr. Dass wir hier einfach so in der Menge standen und uns ansahen, schien ihm ebenso wenig auszumachen wie mir. Die Zeit stand still, die Geräusche um uns herum wurden leiser, ja, ich war mir sogar sicher, dass sich der Raum ein wenig verdunkelte.

Nick öffnete den Mund, blieb mit dem Blick an meinen Lippen hängen, und erneut wurde mir bewusst, wie sehr sie sich nach den seinen sehnten. Ein tiefer Atemzug löste sich aus meiner Lunge, als ich instinktiv noch einen Schritt näher kommen wollte. Doch so schnell wie Nick erneut von mir abließ, konnte ich gar nicht reagieren. Hastig bückte er sich zu seiner Schwester und ließ meine Hand fallen. Obwohl es mindestens fünfundzwanzig Grad waren, fühlten sich meine Finger nun ohne seine Berührung eiskalt an.

»Caja, Maus, tanz noch ein bisschen mit Amelia, okay? Ich bin bald wieder da.« Ohne mich noch mal anzusehen, drückte er ihr einen Kuss auf die Stirn, drehte sich um und lief davon.

»Was hat er denn?«, fragte Caja besorgt. Am liebsten hätte ich sie dasselbe gefragt.

»Bestimmt geht es ihm gut«, entgegnete ich in dem Versuch, sie und gleichzeitig auch mich zu beruhigen. Ich ging vor ihr in die Hocke, um ihr eine Strähne aus dem Gesicht zu streichen. »Ich sehe gleich mal nach ihm.«

Entschlossen nahm ich sie an die Hand und sah mich im Raum nach bekannten Gesichtern um. Zum Glück entdeckte ich Rosi, der ich Caja für kurze Zeit anvertrauen konnte.

Dies war nun schon das zweite Mal, dass Nick an diesem Abend vor mir flüchtete, und obwohl ich mich abgewiesen und schlecht fühlte, wollte ich ihm nachlaufen, um nach ihm zu sehen. Ich musste einfach wissen, ob ich ihm etwas getan, etwas Falsches gesagt hatte.

Angespannt schlug ich die Richtung ein, in die er gelaufen war. Hinter ein paar Strohballen führte eine klapprige Leiter auf den Heuboden, auf dem Laura und ich als Kinder oft getobt hatten. Ich kletterte auf die ersten Sprossen und zog mich hoch. Hier hinten war die Musik deutlich leiser. Als ich mit dem Kopf durch die Luke des Heubodens schlüpfte, entdeckte ich Nick mit dem Rücken zu mir an der großen Wandöffnung sitzen, aus der tagsüber die Heuballen vom Traktor herausgehoben wurden. Eine Zeit lang verharrte ich und beobachtete ihn. Seine Beine baumelten in der Luft, während er den Kopf hängen ließ und ich Mitleid mit ihm bekam. Ihm ging es sichtlich schlecht, nur wieso?

»Hey.« Ich kündigte mich vorsichtig an, um ihn nicht zu erschrecken, trat auf den Heuboden und kam näher. Nick warf nur kurz den Kopf zur Seite, nahm mich aus den Augenwinkeln wahr. Sein Profil lag im Schatten des Raumes, ich konnte kaum erkennen, was sein Ausdruck erzählte.

»Ist alles okay? Du bist so schnell weg.«

Am Zucken seines Körpers sah ich, dass er einen zarten, lautlosen Lacher von sich gab.

»Ja, alles okay«, antwortete er. Ich glaubte ihm kein Wort. »Ich wollte nur nicht, dass du mir mit deinen fehlenden Tanzkünsten auf die Füße trittst.«

Jetzt lachte er wirklich. Trotzdem war da noch etwas anderes. Traurigkeit, Unsicherheit, Verletzlichkeit? Er versuchte, seine Stimmung mit Sprüchen zu verbergen – ganz eindeutig. Und unter diesen Umständen lockte sein Necken diesmal kein Augenrollen oder ein Kopfschütteln aus mir hervor. Ganz im Gegenteil, irgendwie fand ich es schön, dass er trotzdem noch spaßen konnte. Diese Seite an ihm mochte ich eindeutig lieber als die unnahbare, kühle.

»Ich hasse dich, weißt du das?« Leise lachend ließ ich mich neben ihm nieder und betrachtete die Umgebung einen Moment, die sich vor uns auftat. Von hier oben konnte man das ganze Fest überblicken. Ein Meer aus Lichtern. Lichter, die sogleich unsere Träume nehmen und sie in den Himmel schicken würden.

Träume. Mir fiel ein, dass mein leerer Zettel immer noch in meiner Rocktasche steckte, und ich fischte ihn hervor. Während ich mich unschlüssig daran festkrallte, wandte ich mich Nick zu. Erst jetzt realisierte ich, dass er mich ansah. Mich. Nicht unsere persönliche Sternenstunde, nicht das atemberaubende Bild aus Farben und Strahlen, das sich dort unten präsentierte.

Es fühlte sich schön an, von ihm betrachtet zu werden, und ich musste lächeln, woraufhin auch er sanft schmunzelte. Unter seinem Bart verbargen sich feine Grübchen, die man nur wahrnahm, wenn man ihm so nah war wie ich jetzt. Seltsamerweise hätte da aber ruhig noch weniger Luft zwischen uns sein können.

Wieder diese kalte Erkenntnis. Er wandte sich ab, als wäre unser Blickkontakt Gift für ihn. Räuspernd deutete er auf den Zettel in meiner Hand. »Hast du deinen Traum noch nicht aufgeschrieben?«

Als müsste ich es selbst überprüfen, starrte ich auf das leere Weiß in meinen Händen. »Nein, ich weiß nicht so recht, was ich aufschreiben soll.«

»So schwer?«

»Irgendwie schon. Na ja, eigentlich dachte ich ja immer, ein erfolgreicher Instagram-Blog wäre mein Traum.«

Einen Moment lang war es ruhig. Als ich wieder zu Nick aufblickte, sah er mich wartend an. »Aber?«

Ich zuckte mit den Schultern. »Aber komischerweise fühlt sich das nicht mehr wie ein richtiger Traum an. Ich meine, es ist ein Traum. Aber ist es *der* Traum? Ich möchte einfach das tun, was ich liebe, und damit glücklich werden. Einfach voll und ganz im Hier und Jetzt sein. Einfach … *ich sein.*« Wehmütig reckte ich das Kinn zum violett-blauen Himmel. Bald würde die Sonne verschwunden sein, ein tiefdunkles Blau mit goldenen Sprenkeln ihren Platz einnehmen. Dann war es sowieso zu spät für meinen Traum.

»Also weißt du doch, was du aufschreiben solltest.« Verwundert sah ich zu Nick, doch dieser zuckte nur mit den Schultern. »Ich sein.« Er sagte es mit vollkommener Überzeugung. Zwei Worte, totale Selbstverständlichkeit.

»Nur das?«, fragte ich und verzog das Gesicht. Irgendwie kam mir das zu wenig vor.

»Nur?«, stellte er die Gegenfrage. »Einfach man selbst zu sein, ist eine Kunst. Die wenigsten auf dieser Erde werden jemals den Punkt in ihrem Leben erreichen, an dem sie wirklich vollkommen sie selbst sind. Und weißt du, warum? Weil die meisten nicht mal merken, dass sie nicht sie selbst sind. Fast alle würden als ihren Lebenstraum Ruhm, Erfolg oder die wahre Liebe nennen. Aber was bringen einem diese Dinge, wenn man sich nicht selbst kennt, wenn man sich nicht selbst als Erstes liebt?« Er hielt inne, betrachtete mein Gesicht und die tiefen Denkerfalten, die sich sicherlich gerade in meine Haut bohrten. »Also wenn du mich fragst, ist der Wunsch, einfach so zu sein, wie man ist, kein *Nur-Traum*. Es ist *der* Traum, den eigentlich jeder Einzelne auf dieser Welt an erster Stelle auf seiner Liste stehen haben sollte.«

Ich schluckte, weil Nick die Wahrheit sprach. So viel Wahrheit. Ich bewunderte ihn dafür, die Welt durch solche Augen sehen zu können: zuversichtlich und seelenglücklich. Als würden gerade die kleinen Dinge im Leben am meisten zählen.

Immer noch überwältigt von seiner Ehrlichkeit nickte ich und beschloss, *Einfach ich sein* auf meinen Traumzettel zu notieren, sobald ich einen Stift in den Fingern hatte.

»Und du?«, fragte ich, nachdem wir einen Moment geschwiegen hatten und nur die gedämpfte Musik von unten, das Nachtgeflüster ausgelassener Gespräche und Nicks Wahrheiten zu hören waren, die laut in meinem Inneren nachhallten. »So wie ich dich kenne, hast du deinen Traum bestimmt schon längst aufgeschrieben.«

Nick zog die Brauen hoch und lachte. »So wie du mich kennst?«

»Ja, so furchtbar geplant und erwachsen. Du hast mehrere Jobs gleichzeitig, kümmerst dich liebevoll um deine Schwester und scheinst damit vollkommen zufrieden zu sein. Sicherlich weißt du ganz genau, was du vom Leben willst und wie deine Zukunft aussieht.«

»Aus deinem Mund klingt das, als wäre es etwas Schlechtes.«

»Nur wenn es jemand besser hinbekommt als ich«, meinte ich mit Sarkasmus und doch so viel Wahrheit. Ich verzog das Gesicht, ehe ich es in meinen Händen vergrub. Nick hörte einfach nicht auf, mich mit diesem speziellen Lächeln anzusehen. Dieses *Du verhältst dich absolut bescheuert aber irgendwie süß*-Lächeln.

Ein Seufzen löste sich aus meiner Kehle. Ich ließ die Hände sinken und entschied mich, ehrlich zu sein. Diese Nacht gehörte verletzlichen Träumen und tiefen Wahrheiten – ich wollte sie nicht mit aufgesetzten Lügen zerstören.

»Ich denke, ich bin einfach unzufrieden mit mir selbst, und kann daher niemanden leiden, der das Leben besser meistert als ich.«

Als ich hochblickte, hatte sich sein herzlich spottendes Lächeln verändert. Nun war es zarter, irgendwie verletzlicher. Als hätte meine Wahrheit etwas mit ihm gemacht, so wie seine etwas mit mir gemacht hatte. Während er mich ansah, stellte ich mir vor, dass über seinem Kopf Gedankenwolken auftauchten, in denen geschrieben stand, was in ihm vorging. Zu gern hätte ich darin gelesen. Vielleicht konnten seine Gedanken ja zu meiner neuen Lieblingslektüre werden.

»Und du denkst, ich bekomme es besser hin als du?«

»Jedenfalls wirkst du so. Wie du mit deiner Schwester umgehst, für sie sorgst, tausend Jobs gleichzeitig übernimmst. Ich habe nichts gegen das Erwachsenwerden.« Ich überlegte, ehe ich fortfuhr. »Wein trinken zum Beispiel ist ganz cool«, zählte ich auf und steckte ihn mit einem Schmunzeln an, »oder eigene Entscheidungen treffen zu dürfen. Aber muss das alles immer so schnell gehen? Ich habe das Gefühl, ich renne und renne und komme nie an. Ich bin aus der Puste und brauche einfach mal eine Verschnaufpause.«

»Eine Verschnaufpause«, wiederholte Nick flüsternd und wandte sich dabei gedankenversunken der Nacht vor uns zu. Eine Zeit lang zuckte sein Kiefer. Ich bedachte sein Profil, hätte am liebsten die Hand gehoben und über die zarte Haut auf seinen Wangen gestrichen. Hier im Dunkeln war es fast, als ob sie leuchtete. Sternenhaut.

Schließlich sah er mich an, blieb dabei eine Sekunde lang an meinen Lippen hängen, ehe er zuversichtlich nickte. »Eine Verschnaufpause bekommen wir bestimmt hin.«

Vielleicht bist du meine Verschnaufpause, dachte ich.

Ich fasste ihm kurz an die Hand. »Danke fürs Zuhören. Weißt du, unter dieser fünflagigen Schicht Chaos bin ich nämlich eigentlich ein ganz angenehmer Mensch.« Keine Ahnung, warum mein Mund das nun von sich gab. Ich war selbst überrascht über diese Worte. Hatten sie etwas mit seiner doppelten Abweisung an diesem Abend zu tun? Waren sie meiner Unsicherheit geschuldet? Wollte ich ihm beweisen, dass er nicht vor mir wegrennen musste?

»Und unter meiner Schicht Sarkasmus und Witz steckt mehr Unsicherheit, als du denkst. Ich hab mein Leben auch nicht perfekt im Griff.«

Ich dankte ihm stumm, dass er auf meine seltsam aufgetauchten Worte nicht mit Spott, sondern mit Verständnis reagierte. Trotzdem reichte es nicht, um meine Unsicherheit zu verbannen. Ich musste einfach wissen, ob es an mir lag. Ob ich etwas falsch gemacht hatte.

»Wo wir nun bei Ehrlichkeit sind«, begann ich vorsichtig, weil mir seine kalte Miene, die auf der Tanzfläche auf mir gelegen hatte, immer noch im Nacken saß. »Warum bist du heute Abend wirklich abgehauen? Und das ganze zwei Mal.«

Ehe ich den Satz fertig ausgesprochen hatte, hatte er sich schon abgewandt, heftete den Blick nun auf seine Hände, die in seinem Schoß lagen. »Die Wahrheit?«

»Die Wahrheit.«

Ein tiefer Atemzug, dann öffnete er den Mund. »Ich hatte den Drang, dich wieder zu küssen, und das ist einfach falsch.«

Er wollte mich auch noch mal küssen.

Ich hätte aus dem Stegreif sofort mehrere Gründe nennen können, warum er mit seiner Aussage absolut recht hatte. Dass in mir zum Teil immer noch Misstrauen ihm gegenüber schlummerte und ich nicht wusste, warum er hier im hintersten Engelsberg mutterseelenallein mit seiner Schwester in einem Wohnwagen lebte. Oder weil ich bald wahrscheinlich wieder abreisen und wir uns sicherlich niemals wiedersehen würden. Trotzdem wollte ich den Grund wissen.

»Warum denkst du das?«

Er sah mich nicht mehr an. Als wäre ich Gift, als täte ich ihm nicht gut. Und als er nur mit den Schultern zuckte, spürte ich, wie sich ein großer Kloß in meine Kehle bohrte.

»Möchtest du, dass ich gehe?«, brachte ich nun nur noch im Flüsterton heraus, weil ich nicht wollte, dass er merkte, wie sehr mich seine Abweisung verletzte. Er zuckte wieder nur mit den Schultern, und mein Herz bekam einen Riss.

Ich wartete einen Moment. Wartete zwei Momente. Weil ich hoffte, dass noch etwas kam, dass er noch mal hochsah, mir zeigte, was er wirklich fühlte. Doch er saß nur angespannt da, starrte auf seine Hände und gab mir plötzlich das schreckliche Gefühl, unwillkommen zu sein.

Also stand ich mit einem leisen »Okay« auf und lief zur Leiter. Bevor ich meinen Fuß auf die erste Sprosse stellen konnte, sagte Nick meinen Namen.

»Amelia?«

Ich liebte es, wie er ihn aussprach. Als hätte er nie etwas anderes gesagt. Sein Profil lag wieder im Schatten, er wartete einen Moment, ehe er aufstand und auf mich zukam, immer noch nicht dazu imstande, mich anzusehen.

»Wenn du auf deinen Traumzettel aufschreiben müsstest, was du jetzt in diesem Moment am meisten willst«, begann er und stockte. Ich spürte, was er fragen wollte, spürte das Kribbeln in meinen Fingern, die er nun in seine nahm, seinen Blick, den er auf meine pulsierenden Lippen heftete. Erst als er mir wieder in die Augen sah, spürte ich es nicht nur – ich wusste, es war real. »Was würdest du aufschreiben?«

Je näher er mich an sich zog, desto atemloser wurde ich. Vorsichtig legte ich die Hände auf seine Brust, während er seine hinter meinem Rücken verschränkte. Fast unregelmäßig raste sein Herz unter meinen Fingern. Konnte es sein, dass seines auch stolperte?

»Dich.« Ein Atemzug, ein Wort.

Es reichte, damit Nick die letzten Zentimeter zwischen uns endlich überbrückte und seine Lippen auf meine legte. So sanft, dass es kaum spürbar war, und doch breitete sich ein Feuerwerk in meinem Inneren aus. Mein Herz hörte auf zu stolpern, diesmal schlug es einfach ruhig weiter, machte eine Pause. In Nicks Armen konnte es sich zur Ruhe legen. Seine Lippen wurden mit jedem Kuss weicher, und es war, als würde ich in seinem Griff schweben. Schließlich hob er mich hoch, legte mich im Heu ab. Dabei lösten sich unsere Lippen einen Moment, nur um sich dann wieder gieriger zu vereinen. Er schmeckte nach Wein, nach Honig und nach Nick.

Nick, Nick, Nick, wiederholte ich in meinem Kopf immer und immer wieder. Weil es sich schön anhörte, weil *er* sich schön anfühlte.

Er vergrub die Finger in meinen Haaren, unter uns das raschelnde Heu. Fast fühlte es sich so an, als würden wir gleichermaßen vibrieren. Wir pulsierten, strahlten wie die flackernden Glühbirnen der Traumlichterketten. Vielleicht waren auch wir ein Traum. Mir stieg der Geruch seines Shampoos in die Nase, das irgendwie kein Shampoo war. Es war Natur, es war Sommer, es war ein Blumenmeer mit Bienen darin – Heimat.

Irgendwann drängte sich seine Zunge in meinen Mund. Vorsichtig tastete sie sich vor. Ich begegnete ihr genau so vorsichtig, auch wenn wir beide am liebsten voller Leidenschaft zusammengeprallt wären.

Ich schlang die Beine um seine Hüfte, und als er damit näher kam und ich spüren konnte, wie sehr er mich wollte, schnappte ich nach Luft. Wärme durchströmte meinen Körper. Ich fuhr unter sein Shirt, über seinen Bauch und seine Brust, die ich am liebsten mit Küssen übersät hätte. Seine Hand lag an meiner Wange, mit dem Daumen fuhr er raue Kreise über den Wangenknochen, ehe er sie hinabwandern ließ und nun auch meinen Körper erforschte. Er streichelte mich unter meinem Rock an den Beinen, an meinem Oberschenkel und berührte zaghaft meinen Po. Ich drückte ihm meine Hüfte weiter entgegen. Auch wenn ich wusste, dass an diesem Abend nicht mehr zwischen uns passieren würde, genoss ich das Kennenlernen unserer beider Körper. Ich fühlte mich sicher und geborgen und für einen Moment konnte ich einfach mal im Hier und Jetzt sein. Nicht im Gestern, nicht im Morgen. Keine schattige Futurumsphobie, nur sonnige Seelenfreiheit.

Unsere Atmung wurde ruhiger, Nick löste den Griff an meinem Oberschenkel und streichelte wieder sanft über meine Haut. Und als er von mir abließ, hörte dieses Gefühl nicht auf. Denn er war noch da, und es war nicht nur sein Kuss, den ich wollte. Ich wollte *ihn.* Nick.

Sein Blick legte sich auf mich wie eine wärmende Decke. Sanft fuhr ich ihm durchs Haar, berührte endlich seine Sternenhaut. Sein kurzer Bart war weich, und es fühlte sich wunderbar an, den Daumen über seine Stoppeln fahren zu lassen.

»Du solltest langsam deinen Traum aufhängen«, sagte er und lehnte seine Stirn gegen meine, weil er unseren Moment wohl ebenso wenig enden lassen wollte.

Ich nickte, nur um ihn dann erneut für einen kurzen, zarten Kuss zu mir zu ziehen. Anschließend rappelte ich mich auf. Ein letzter Blick zurück, ein letztes Mal sichergehen, dass unser Moment echt gewesen war. In seinem Lächeln sah ich, dass es so war.

Einfach ich sein, musste ich aufschreiben. Vielleicht war ein Stück von diesem Traum soeben in Erfüllung gegangen.

Kapitel 27

Amelia

»Und was ist da jetzt alles drin?« Sophie hob das Fläschchen in die Sonne und betrachtete die trüb goldene Flüssigkeit darin. Ich schmunzelte, während ich mein Handy auf dem Stativ vor dem Fenster positionierte und es zur Arbeitsbank ausrichtete, auf der ich Mamas Rührutensilien und diverse Öle, Tinkturen und Hydrolate bereitgestellt hatte.

»Waldhonig, Kamillenblütenöl, Distelöl und ganz viele tolle andere regionale Dinge«, zählte ich auf, nahm ihr mein Gemisch aus der Hand und stellte es auf den Arbeitstisch, an dem ich gleich ein weiteres Video drehen wollte, in dem ich zeigte, wie wir bei der Kosmetikwahl der Umwelt helfen konnten.

Mittlerweile waren einige Tage vergangen, seit ich meinen Reiniger auf dem Traumfest verkauft hatte, und Mama erzählte täglich von Kundinnen, die von der Rezeptur begeistert waren und sogar schon nach Nachschub fragten.

Die meiste Zeit verbrachte ich nach wie vor in Mamas Laden, las in ihren Büchern und hatte tatsächlich schon mit dem Gedanken gespielt, mich wie sie in Richtung Naturheilkunde weiterzubilden. Da meine Umweltthemen auf Instagram gut ankamen und ich wusste, dass mir zahlreiche Leute folgten, die sich für Kosmetik interessierten, würde das Thema Gesichtsreinigung viele Zuschauer anziehen. Mit welchem Mittel konnte ich also besser zu einem umweltbewussteren Lebensstil animieren als damit?

Sophie stellte sich vor mich, strich mir fasziniert über die Haut an meiner Wange. »Du hast echt einen schönen Teint bekommen. Meiner wird auch immer besser«, stellte sie fest. »Deine Haut strahlt, sieht frisch aus. Stellt sich nur die Frage, ob das wirklich durch den Honigreiniger oder durch etwas anderes – jemand anderes – ausgelöst wurde.« Während sie anzüglich mit den Brauen wackelte, drehte ich mich grinsend um und schüttelte nur den Kopf. Dabei huschten mir Erinnerungsfetzen an Nick ins Gedächtnis. Seine Berührungen, unseren Kuss. Seit dem Traumfest waren wir wieder in unserem alltäglichen Arbeitstrott verfallen und hatten uns kaum gesehen. Keine Ahnung, ob er das überhaupt wollte. Vielleicht holten ihn wieder die Gründe ein, die ihn auch zuvor davon abgehalten hatten, mir näherzukommen. Ich wollte ihn nicht bedrängen, weshalb ich mich ebenfalls zurückhielt. Auch wenn es schmerzte.

Weil ich nicht antwortete, starrte Sophie mich durchdringend an. Auf ihren Lippen ein zartes Lächeln. »Du magst ihn sehr, oder?«

Ich musste schmunzeln, gleichzeitig stach es in meiner Brust. Ja, ich mochte ihn. Und ja, es tat weh, denn ich wusste nicht, ob er mich auch mochte, ob das, was auch immer da zwischen uns war, überhaupt funktionierte.

»Er ist ganz cool«, log ich. Auch wenn Nick und ich beide viel zu tun hatten und es sicherlich daran liegen könnte, weshalb zwischen uns seitdem Funkstille herrschte, wurde ich das Gefühl nicht los, dass er schon wieder vor mir wegrannte. Tatsächlich hatte ich ihm am nächsten Abend nach dem Traumfest ganz oldschool eine SMS geschickt. *Es war schön gestern,* stand dort. Ohne Häkchen, ohne Lesebestätigung. Ich wusste nicht, ob er die Nachricht schon gelesen hatte, doch was ich wusste, war, dass ich mich unfassbar schlecht fühlte. Er distanzierte sich wieder, bereute sicherlich unseren Moment auf dem Heuboden.

»Genau, ich küsse auch jeden Menschen, den ich *ganz cool* finde.«

Ich unterdrückte ein Grinsen. Nach unserem Kuss hatte ich Sophie auf der Tanzfläche getroffen und mit ihr gemeinsam auf unsere neue Freundschaft angestoßen. Aus einem Wein wurden drei, und aus einem *Wie gehts dir sonst so?* wurde ein *Nick und ich haben auf dem Heuboden rumgemacht.* Mittlerweile bereute ich, dass ich mich in meinem betrunkenen Zustand nicht hatte zurückhalten können, denn nun rückte Sophie mir damit auf die Pelle. Sie wusste nicht, was in mir vorging, welche Unsicherheiten Nick noch immer in mir auslöste.

»Sophie«, seufzte ich. »Kannst du bitte einfach dieses Video drehen?«

Meine Freundin ließ das Thema sein und widmete sich meinem Handy. Mit alten Rührutensilien meiner Mutter zeigte ich auf, was in meinem Honigreiniger alles drin war, erklärte, woher die Inhaltsstoffe kamen und für was sie gut waren. Erneut machte ich deutlich, wie viele schädliche Stoffe in herkömmlicher Kosmetik steckten, dass diese meist aus aller Welt kamen und klimaunfreundliche Transportwege hinter sich hatten, Plastik enthielten und im Grunde nicht nur schlecht für die Umwelt, sondern auch für einen selbst waren.

In den letzten Wochen, in denen ich mich intensiv mit dem Aufbau unserer Haut, Heilkräutern und Umwelt auseinandergesetzt hatte, hatte ich ein Wissen erlangt, das ich nun weitergeben wollte. Und bei all dem Interesse, das mir dabei entgegenschlug, wunderte es mich mittlerweile nicht mehr, dass mein Reel am Abend schon nach wenigen Minuten mehrere Tausend Aufrufe erzielte, von einigen geteilt wurde und auch meine Followerzahl kontinuierlich anstieg.

Weil mich der Anblick zwar erfreute, mich aber gleichzeitig nervös machte, sperrte ich mein Handy umgehend. Noch immer hatte ich meine Benachrichtigungen deaktiviert, und noch immer bereute ich diesen Schritt nicht, denn er bewahrte mich davor, ständig auf mein Display zu sehen oder mir Gedanken um meine Reichweite oder böse Kommentare zu machen.

»Nicht dass ich dich jetzt verliere«, protestierte Marlen durchs Telefon, als ich am nächsten Tag in Marias Café saß, in einem Buch über Heilpflanzen blätterte und seit Langem mal wieder mit meiner besten Freundin telefonierte. Im Schnelldurchlauf hatte ich ihr alle Ereignisse der letzten Wochen erzählt: von den Bienen, meinen neuen Experimenten in der Naturkosmetik und natürlich von Nick. Letzteres war es, wofür sie sich am meisten interessierte, und sie quetschte mich bis aufs letzte Detail aus.

»Wenn er so toll ist, dann kommst du ja gar nicht mehr zurück nach München.«

»Keine Sorge, was auch immer passiert, wir werden uns nicht verlieren«, versicherte ich ihr, weil es auch in meiner Brust stach, als mir klar wurde, wie sehr ich sie vermisste.

Heute war ein windiger Tag, was gut war, denn der Wind diente bei den hohen Temperaturen als wohltuender Ventilator und kühlte den Schweiß in meinem Nacken. Auch Marias Eiskaffee, den sie mir regelmäßig nachfüllte, sorgte für Abkühlung.

Vor mir stand mein Laptop, der mir seit mindestens einer Stunde eine Website zeigte, die ich während des Telefonats mit Marlen unschlüssig anstarrte. Das Logo der *Swiss-Botanica,* eine Schweizer Online-Universität, bei der man durch ein einjähriges Fernstudium das Diplom in Organic Skincare Formulation absolvieren konnte, strahlte mir in grünen natürlichen Farben entgegen.

Obwohl ich immer noch keinen Plan hatte, was ich mit meiner Zukunft anfangen sollte, und mir ein zweites Studium irgendwie absurd und viel zu zeitaufwendig vorkam, war es doch genau das, was mir nicht mehr aus dem Kopf ging. So viele Menschen – sowohl hier in Engelsberg als auch auf Instagram – fragten tagtäglich nach meinem Reiniger, und ihn für andere herzustellen und mitzubekommen, dass etwas, das ich eigens erschaffen hatte, andere glücklich machte, löste in mir eine Freude aus, die ich bisher noch nicht gekannt hatte. Dass ich damit meine eigene Methode gefunden hatte, etwas zum Umwelt- und Bienenschutz beizutragen, war die Kirsche auf der Sahnetorte.

Tatsächlich drängte mich auch Sophie neben den vielen Anfragen auf Instagram dazu, meinen Reiniger nicht nur in Mamas Laden, sondern auch online anzubieten – was ich zu diesem Zeitpunkt irgendwie noch vollkommen absurd fand. Und doch ging mir die Idee nicht aus dem Kopf.

Während ich die letzten Tage viele Bücher gewälzt hatte, durch Mamas Kräutergarten gestreift war und ihr Tausende Löcher in den Bauch gefragt hatte, hatten auch meine Follower an dieser Exkursion teilnehmen können. Immer wieder überkam mich der Drang, sie über soeben Erlerntes zu informieren und ihnen mitzuteilen, was mich im Moment begeisterte. Mir ging es längst nicht mehr darum, genug Reichweite zu erlangen, um von meinem Blog leben zu können, oder eine Kooperation mit einer großen Marke zu ergattern. Ja, ich interessierte mich nicht mal mehr für die Insights, auch wenn diese durch die Decke schossen wie noch nie. Wenn ich nun etwas in »meine Story« postete, waren mir die Views egal. Ich postete es, weil mir ein Thema am Herzen lag und ich es mit der Welt teilen wollte. Während ich lernte, lernte auch meine Community, die inzwischen neunzigtausend Mitglieder zählte.

»Na, das hoffe ich doch«, meinte Marlen. »Ich komme dich in deinem Bienengarten einfach mal besuchen, dann schenkst du mir reichlich Honigmet ein.«

»Klar. Nur das Beste für dich.«

In diesem Moment tauchten Laura und Vale am anderen Ende des Marktplatzes auf. Wie immer war meine erste Reaktion, mich zu versteifen, meinen Sitz zu begradigen und auf die Innenseite meiner Lippe zu beißen. Doch ich unterdrückte diesen alten giftigen Impuls, kämpfte dagegen an, dass mich ihre Anwesenheit unter Kontrolle hatte.

Bei genauerem Hinsehen erkannte ich, dass die beiden stritten. Vale fuchtelte wild mit beiden Händen in der Luft, während Laura nach seinem Shirt griff und ihn anzubetteln schien. Laura bettelte jemanden an? Ich traute meinen Augen kaum. Erst recht nicht, als Vale von ihr abließ, in einer Gasse verschwand und Laura todtraurig auf eine Parkbank sank.

Keine Ahnung, was mit mir los war, doch mit einem Mal überkam mich der gewaltige Drang, nach ihr zu sehen. Egal, was sie mir angetan hatte, ich wusste mittlerweile, dass die schlimmsten Verhaltensmuster durch schmerzhafte Erfahrungen geformt wurden, und Lauras giftige Verbissenheit verdeutlichte immer mehr, wie sehr sie litt.

»Marlen, kann ich dich zurückrufen?«, fragte ich, als bei ihr im Hintergrund ein Klappern ertönte. Sie schien aufzuräumen.

»Na klar, ruf an, wann du kannst.«

Ich verabschiedete mich hastig von ihr, nahm meine Kopfhörer aus den Ohren und gab Maria ein Zeichen, dass ich gleich wieder da sein würde. Mittlerweile hatte Laura ihr Gesicht in den Händen vergraben, ihr Körper bebte, und zum ersten Mal lief ich ohne schlechte Emotionen, ohne Angst auf sie zu. Da waren nur Mitgefühl und die Gewissheit, dass hinter ihrer Furcht einflößenden Fassade ein schwaches Mädchen saß.

Als ich bei ihr ankam, blieb ich einen Moment vor ihr stehen. Sie schien mich noch nicht bemerkt zu haben, schluchzte leise vor sich hin.

»Laura?«

Erst als ich ihren Namen aussprach, schreckte sie hoch, erblickte mich und wandte sich beschämt von mir ab. Schnell versuchte sie, ihre Augen zu trocknen und so zu tun, als wäre alles okay. »Was machst du denn hier?«, fragte sie gedämpft und schob ein verzweifeltes Lachen hinterher.

»Ich habe im Eiscafé gesessen und mitbekommen, dass du und Vale euch gestritten habt. Geht es dir gut?« Ich setzte mich neben sie auf die Bank.

Wieder lachte sie. »Ach, das war doch gar nichts.«

»Sah aber nicht nach *gar nichts* aus. Du weinst.«

Noch immer blieb sie von mir abgewandt, noch immer spielte sie die Starke, Toughe. »Quatsch, ich weine nicht.« Sie winkte ab. »Das ist deine Rolle, schließlich warst du immer die Heulsuse von uns beiden. Bist du noch immer so nah am Wasser gebaut?«

Mitleidig presste ich die Lippen aufeinander. Wären wir noch sechzehn, hätte mich ihr Kommentar nun getroffen und ich hätte ihre schlagfertige Art und Weise als Stärke gedeutet. Mittlerweile wusste ich es besser.

»Andere fertigzumachen, nur um dich selbst besser darzustellen, hast du nicht nötig, Laura.«

Erschrocken schnappte sie nach Luft, brachte keinen Ton mehr heraus. Einen Moment blieb sie noch von mir abgewandt, erst als sich ihre Körperspannung langsam löste, drehte sie sich zu mir um und sah mich mit geröteten Augen an.

Ich zuckte mit den Schultern. »Hattest du noch nie. Du bist gut, wie du bist.«

Überrascht über meine freundliche Art, nachdem sie mir eben noch eins reingedrückt hatte, hob sie die Brauen. »Warum sagst du das?«, hauchte sie.

»Weil es die Wahrheit ist.« Meine standfeste Haltung schien sie zu verunsichern, und auch wenn ich ihr nichts Böses wünschte, brachte es mir doch ein klein wenig Genugtuung, sie nach all den Jahren endlich mal eingeschüchtert zu sehen.

»Dein Leben lang warst du giftig zu anderen«, fuhr ich fort, woraufhin sie verärgert das Gesicht verzog, »und ich sage dir ehrlich, dass ich in all den Jahren deshalb auch sehr wütend auf dich gewesen bin. Du hast mich und andere kleingemacht, um selbst größer zu sein – und das wahrscheinlich nur, weil dir irgendjemand anderes dasselbe angetan hat. Du wusstest es nicht besser, das war deine Art, Schmerz zu kompensieren und zu verstecken.«

»Du hast doch gar keine Ahnung!« Lauras Ego war verletzt. Das sah ich daran, dass sie nun wie ein getroffenes Raubtier um sich schlug. In ihren Augen standen wieder Tränen, ihr Mund war schmerzverzerrt.

»Möchte ich auch nicht. Ich möchte gar nicht wissen, was dich so quält, was dich dazu gebracht hat, so mit deinen Mitmenschen umzugehen. Ganz im Ernst, ich habe mit dir abgeschlossen, bin dir nicht mal mehr böse und wünsche mir für dich nur das Beste«, erklärte ich und schenkte ihr ein Lächeln, woraufhin die Wut in ihrem Gesicht einer verwunderten Erkenntnis wich. »Deswegen sage ich dir das alles. Deswegen sage ich dir, dass Weinen keine Schwäche ist. Ganz im Gegenteil, seine wahren Gefühle zu zeigen, zeugt von Stärke. Anderen zu helfen und für sich selbst einzustehen, zeugt von Stärke. Also hör auf, dich hinter gemeinen Sprüchen, Designertaschen und einem aufgesetzten Lachen zu verstecken, wenn es gar nichts zu lachen gibt. Die Menschen, die dich lieben, nehmen dich an mit allem, was du an dir nicht magst und ablehnst. Auch ich hätte dich mit allem, was du versteckst, geliebt, hättest du damals nur mal mit mir geredet. Du warst meine beste Freundin. Egal, was gekommen wäre, ich wäre an deiner Seite geblieben.«

Um meinen Worten Nachdruck zu verleihen, griff ich nach ihrer Hand und drückte sie. Mittlerweile war von ihrer finsteren Miene nicht mehr viel übrig. Keine Wut, keine Überheblichkeit, nur noch Schmerz. Ihr Mund stand offen, und eine einsame Träne kullerte über ihre Wange. Vielleicht verstand sie endlich, was ich ihr zu sagen versuchte.

»Vale hat mich verlassen«, flüsterte sie gequält und unterdrückte einen Schluchzer. »Er meint, ich wäre zu weit weg. Ich wäre ... nicht wirklich bei ihm.«

Diese Neuigkeit überraschte mich nicht sonderlich, weil ich Vales Gefühle verstehen konnte. Laura war ein Mensch, der unfassbar schwer zu greifen war. Niemand wusste, was in ihr vorging und was sie so quälte. Warum sie immer so tat, als wäre alles gut.

»Bist du das denn?«, fragte ich, woraufhin sie verwundert aufblickte. »Ich meine, bist du wirklich voll und ganz bei ihm?

Du, mit all deinen Gefühlen?« Sie schien zu realisieren, worauf ich hinauswollte. Weitere Tränen bahnten sich den Weg über ihre Wangen.

»Hör zu«, begann ich nun erneut, »ich habe keine Ahnung, was da bei euch los ist, und kann dir auch nicht vorschreiben, wie du leben sollst, aber ich denke, wenn du wirklich und wahrhaftig einfach *du* bist, wenn du dich selbst liebst mit allem, was dazugehört, und zu dir selbst stehst, fällt es den Menschen um dich herum viel schwerer, dich zu verlassen. Dann fühlen sich die Leute wohl bei dir, statt Angst zu haben, runtergemacht zu werden. Dann wollen sie in deiner Nähe sein, statt davor zu flüchten.«

»War ich echt immer so schlimm?« Der Schmerz in Lauras Worten schnürte mir die Kehle zu. Am liebsten hätte ich verneint und abgewunken, sie aus Mitleid einfach weitermachen lassen wie vorher. Doch ich konnte nicht. Stattdessen streute ich Salz in Lauras Wunden, deren Schmerz sie hoffentlich bald wachrütteln würde.

»Du warst immer ziemlich verletzend. Mittlerweile weiß ich, dass das dein eigener Schutzmechanismus war, aber ja ... Es hat schon sehr wehgetan.«

Ihr Blick glitt zu Boden, verloren starrte sie ins Leere und schniefte vor sich hin. »Ich weiß nicht, warum ich das mache. Ich möchte doch eigentlich niemanden verletzen.«

»Dann hör auf damit«, bat ich sie eingehend und legte die Hand auf ihre Schulter. »Nicht nur den anderen zuliebe, auch dir selbst zuliebe. Tu dir das nicht mehr an und sei einfach du selbst. Ich bin mir sicher, dass Vale nur darauf wartet, endlich ganz bei dir ankommen zu können.«

Laura nickte und starrte weiterhin zu Boden. Sie weinte nicht mehr, nur ein nasser Film blieb übrig, der auf ihren Wangen flimmerte. Sie biss die Zähne zusammen und sah zu mir auf.

»Vielleicht wäre alles anders, hättest du mir schon früher eine solche Ansage gemacht.«

Ich schmunzelte. »Ja, vielleicht. Vielleicht waren wir damals aber auch beide noch nicht bereit für die Wahrheit.«

Laura nickte gedankenversunken und lächelte. Ehrlich und roh. So hatte ich sie noch nie lächeln sehen. Und irgendwie war ich mir sicher, dass in dem Labyrinth aus Lügen, Schmerzen und Versteckspielen, in dem sie seit Jahren festhing, zum ersten Mal ein schwaches Licht leuchtete. Und es zeigte zum Ausgang.

Kapitel 28

Nick

»Sie ist ständig so giftig und verschlossen. Ich komme nicht an sie ran.« Seufzend lehnte sich Vale zurück in Morris' Fahrersitz und starrte aus dem Fenster. Es war Donnerstagnachmittag, die Sonne stand tief, und es gab noch viel zu tun, doch mein bester Freund hatte Redebedarf.

»Wie sie letztens mit Amelia umgegangen ist ... Normalerweise ist sie nicht so, aber manchmal kommen aus Unsicherheit Seiten an Laura hervor, die mich schockieren. Ich will ihr helfen, nur lässt sie es nicht zu.«

Mitleidig presste ich die Lippen aufeinander. Auch wenn ich in Beziehungsproblemen der schlechteste Ansprechpartner war, wusste ich ganz genau, wie er sich fühlte. An jemandem festzuhalten, zu versuchen zu verstehen, warum die Person sich so schrecklich verhielt, und ihr mit ihren Problemen zu helfen, hatte auch ich jahrelang durchgemacht. Man musste wissen, wann es Zeit war aufzugeben. Ich hatte aufgegeben.

»Wenn wir zu zweit sind, ist sie meistens ein ganz anderer Mensch. Ruhig, verständnisvoll, ganz anders, als wenn wir unter Leuten sind.«

Ich nickte. »Vielleicht braucht sie etwas Zeit?«

»Wie viel Zeit denn noch? Warum kann sie nicht einfach sie selbst sein?«

Ratlos sah ich aus dem Fenster und musste an das Traumfest denken. An Amelias Traum. An Amelia selbst.

Einfach ich sein, hatte sie sich gewünscht. Und ich hatte sie dazu animiert. Gerade ich. Keine Ahnung, wann ich das letzte Mal ich selbst gewesen war. Ob ich es überhaupt je war. Ich wusste nicht, ob ich mich überhaupt kannte, ob ich wusste, was ich selbst wollte, ganz unabhängig davon, was Caja oder die ständige Angst mir abverlangten.

Amelia. Sie hatte ich küssen wollen, hatte ich berühren wollen, halten wollen. Und auch jetzt wäre ich am liebsten wieder bei ihr. Doch was man wollte und was man lieber sein lassen sollte, waren manchmal gegensätzliche Dinge. Amelia wusste nicht, wer ich war, was ich getan hatte ... Wenn sie nur im Entferntesten die Wahrheit kennen würde, würde sie sich so oder so von mir distanzieren. Ich hatte mich schon tief genug in ihr verloren, sodass es wehtat, mich von ihr fernzuhalten. Doch es würde noch mehr schmerzen, von ihr gehasst zu werden.

»Nick?« Langsam drang Vales Stimme wieder zu mir durch. Ich drehte mich zu ihm, löste den Blick vom wolkenbedeckten Horizont und sah in ein verzweifeltes Gesicht.

»Hast du mir überhaupt zugehört, oder hast du ein eigenes Liebesdrama zu lösen?« Auch wenn ich ihm am liebsten geohrfeigt hätte, beruhigte es mich, dass er wieder spaßen konnte. Ich unterdrückte ein Lächeln.

»Wusste ich es doch! Ich hab ganz genau mitbekommen, dass du und Amelia gleichzeitig auf dem Traumfest verschwunden seid. Was habt ihr getrieben?«

Kopfschüttelnd ignorierte ich diesen Kommentar und griff wieder sein Thema auf: »So wie ich Laura einschätze, scheint sie ein sehr unsicherer Mensch zu sein.«

Zum Glück wurde Vale mit meinen Worten auch wieder ernst. Gedankenversunken nickte er.

»Amelia hat mir von der Freundschaft zu ihr erzählt. Trotz jahrelangem engem Kontakt weiß sie selbst nicht, was Laura dazu treibt, um sich zu schlagen. Sie ist unruhig, findet irgendwo in sich drin keinen Frieden. Sei einfach für sie da, zeig ihr, dass sie bei dir ruhig sein kann.«

»Wenn ich nur wüsste, wie.« Vale seufzte.

»Die meisten Menschen öffnen sich, wenn man sich ihnen auch öffnet«, sagte ich und dachte gleichzeitig: *Du Lügner.* Amelia hatte sich mir geöffnet, und ich war noch immer nicht imstande, es ihr gleichzutun. Ich war ein Feigling, konnte nicht ehrlich mit meinen Dämonen umgehen. Vielleicht war Laura ja besser darin als ich. »Zeig dich ihr, sag ihr, was dich beschäftigt, und erzähl ihr von deinen Ängsten. Vielleicht taut sie dann auf.«

Brüderlich klopfte er mir auf die Schulter. »Danke, du bist ein guter Freund.« Bei seinen Worten musste ich den Blick abwenden. War ich das wirklich? Erzählte man seinem besten Freund nicht die Wahrheit, war man nicht ehrlich zu ihm? War es nicht das, was einen guten Freund ausmachte?

»Und deswegen will ich dir auch ein guter Freund sein.« Ein freches Grinsen legte sich auf seine Lippen, während er in seiner Hosentasche wühlte und mir schließlich drei Kondome zusteckte.

»Vale«, seufzte ich, konnte mir aber ebenfalls ein Schmunzeln nicht verkneifen.

»Was ist? Du kannst sie momentan besser gebrauchen als ich.«

Ich schüttelte den Kopf. Wenn er nur wüsste, wie es in meinem Inneren aussah. Es stand in den Sternen, ob Amelia und ich uns überhaupt noch mal küssten, geschweige denn miteinander schliefen – ob meine Angst es zuließ und sie es nach meinem Verhalten noch wollte. Trotzdem steckte ich die Kondome ein. Später würde ich sie immer noch entsorgen können, ohne dass Vale etwas davon mitbekam und wieder Fragen stellte.

Mit einem letzten Handschlag verabschiedeten wir uns, ehe ich mich aus dem Wagen schwang und die wenigen Meter zur

Imkerei zu Fuß ging. Auf dem Weg dorthin fragte ich mich, ob Amelia auch da sein würde. Ich hoffte und befürchtete es zugleich. Meine Gefühle waren vollkommen aus dem Gleichgewicht geraten.

Gedankenversunken bog ich in den sandigen Feldweg, der mich zu ihr brachte, da machte ich aus den Augenwinkeln eine Bewegung aus. Ich drehte mich um, beobachtete die Umgebung, doch alles, was ich sah, waren vertrocknete Felder, ein paar Strohballen und die Überreste eines kleinen Tümpels. Weit und breit war niemand zu sehen. Verwirrt schüttelte ich den Kopf. Jetzt sah ich schon Geister. Es war Zeit, dass ich endlich mal wieder durchschlief.

Obwohl ich das Gefühl nicht loswurde, verfolgt zu werden, versank ich irgendwann wieder in Gedanken, und als ich den Bienengarten erreichte, bekam ich erst kaum mit, dass Anita und Amelia am Schuppen standen und sich unterhielten.

»Nick!«, begrüßte mich Anita, woraufhin ich überrascht aufsah. Mein Blick traf Amelias, kurz spürte ich wieder ihre Lippen auf meinen, fühlte sie in meinen Armen, und ein Kribbeln fuhr durch meinen Körper. Sie schenkte mir ein Lächeln, das ich nur knapp erwiderte, weil mich gemischte Gefühle übermannten. Dies war das zweite Mal, dass wir uns nach dem Traumfest wiedersahen. Und war sie mir beim ersten Mal nur flüchtig beim Verlassen des Gartens mit meinem Chef begegnet, stand sie nun wieder so nah vor mir, dass mir heiß und kalt zugleich wurde. Sie trug eine Jeans und eine Bluse, und auch wenn sie in Kleidern umwerfend aussah, löste der Anblick ihrer langen Beine in dem engen Stoff doch noch mal ganz andere Gefühle in mir aus.

»Hey«, stammelte ich und konzentrierte mich nur auf meine Chefin, weil Amelia mich sichtlich aus dem Konzept brachte.

»Wie geht es dir? Ich hab dich die letzten Tage gar nicht gesehen.«

Bei ihren Worten zuckte mein Blick wieder zu Amelia, die mich aufmerksam musterte. So oft war ich vor ihrer Nähe geflohen, dieses Hin und Her ging auch mir ziemlich auf den Geist.

Ich konnte verstehen, dass Amelia unsicher war und sich erneut fragte, weshalb ich mich schon wieder distanzierte.

»War viel zu tun.« Das war die Wahrheit. Und eine Lüge. Es war nicht mehr und nicht weniger zu tun gewesen als sonst auch, und doch hatte ich mich in mein Gefühlschaos zurückziehen müssen. Es war nicht so, dass ich es bereute, Amelia geküsst zu haben. Ganz im Gegenteil. Noch immer klangen ihre Berührungen nach, ihr Duft und das Gefühl, das sie in mir hinterlassen hatte. Aber das änderte nichts an der Angst, die diese Gefühle mit sich brachten.

»Dann hast du bestimmt keine Zeit, mit Amelia mal kurz zu Bauer Simon zu fahren, um neue Öle und Tinkturen abzuholen? Im Laden fehlt Distelöl, und …«

»Lass gut sein, Mama«, unterbrach Amelia ihre Mutter mit so enttäuschter Stimme, dass es schmerzte. Ohne mich anzusehen, lief sie an mir vorbei in Richtung Haus. »Ich kann das allein machen. Nick hat zu viel zu tun.«

»Eigentlich …«, kam es aus mir rausgeschossen, woraufhin sie sich wieder zu mir umdrehte. Ich wusste nicht, ob es richtig oder falsch war, wusste nicht, was weitere Momente mit ihr allein anrichten würden. Doch es schmerzte mehr, sie auf Distanz zu halten, als die Angst vor ihrer Nähe groß war. »Eigentlich komme ich gern mit.«

Amelia wandte sich abermals ab, und ich fragte mich, wohin das alles führen würde.

Im Auto herrschte Stille. Warmer Fahrtwind drang durch die heruntergekurbelten Fenster und heizte das Innere des Wagens weiter auf. Die Klimaanlage von Peters Pick-up war schon seit Längerem kaputt, doch ich war bisher nicht dazu gekommen, sie zu reparieren.

Amelia saß auf dem Beifahrersitz und wedelte sich Luft zu. Ihre Aufmerksamkeit galt dem Geschehen außerhalb, auch wenn ich ahnte, dass sie sich einfach nicht zu mir umdrehen wollte. Ich konnte es ihr nicht verübeln. Die letzten Tage hatte ich mich wie ein Arschloch verhalten, war ihr aus dem Weg gegangen. Und ihre SMS, über die ich mich so gefreut hatte, war ebenfalls unbeantwortet geblieben.

»Hat sich dein Reiniger gut verkauft?«, fragte ich schließlich, um die Stille zu füllen. Verhalten wandte sie sich mir zu. Sie nickte, und als sich ihre Mundwinkel hoben, löste sich die krampfhafte Anspannung in mir. »Ja, wir haben alle Flaschen verkauft. Und es wurde schon nach mehr gefragt.«

»Das ist toll«, beglückwünschte ich sie und spürte dabei die große Kluft zwischen uns, für die ich selbst verantwortlich war und deren Brücke ich momentan immer wieder einriss.

Normalerweise hätte ich nun irgendeinen albernen Spruch gebracht, die Stimmung damit aufgelockert. Stattdessen quälten wir uns mit Small Talk herum, während wir viel schönere Dinge mit unseren Mündern tun könnten. Kaum merklich schüttelte ich den Kopf. Es war falsch. Es war einfach falsch.

»Daher brauchen wir Nachschub«, erklärte sie und deutete auf die großen Hallen von Bauer Simon, die in der Ferne zwischen dichten Kamillenfeldern auftauchten. Bevor ich darauf eingehen konnte, seufzte sie. »Hör zu.« Ihr Blick fand den meinen mit so viel Enttäuschung darin. »Du kannst mich auch einfach rauslassen und wieder fahren. Ich komme schon irgendwie nach Hause. Wenn du das nicht willst, musst du dich nicht mit mir herumquälen, du hast sicherlich Besseres zu tun.«

Mit mir herumquälen. Es brach mir das Herz, dass sie tatsächlich so dachte, dass ich ihr ein so schreckliches Gefühl gab. Am liebsten hätte ich protestiert, ihr gesagt, wie gern ich meine Zeit mit ihr verbringen würde und wie viel sie mir bedeutete, sie an mich gezogen und dort weitergemacht, wo wir am Traumfest aufgehört hatten. Doch ich musste nicht nur mich, sondern auch sie schützen. Meine Vergangenheit verfolgte mich noch immer, Eva verfolgte mich noch immer. Je näher ich Amelia an mich heranließ, desto mehr gefährdete meine Wahrheit auch sie. Ich wollte nicht, dass sie verletzt wurde, dass ihr Herz gebrochen wurde, und auch mein Herz musste geschützt werden. Unsere

Zukunft war unklar, früher oder später würde sie die Wahrheit über mich herausfinden, und das würde mein Ende bedeuten. Ich wollte nicht, dass sie mich in diesem Licht sah.

»Ich komme mit«, antwortete ich also nur, als wir am Wegesrand unter einem Apfelbaum parkten. Ohne ihr zu signalisieren, dass ich es gern tat, meine Zeit gern mit ihr verbrachte. Der letzte Funke Hoffnung verschwand aus ihrem Blick, dann nickte sie und schwang sich aus dem Wagen.

Simon war der größte Landwirt für Kamille in der ganzen Schweiz. Sein Hof war umgeben von dichten Kamillenfeldern, deren Wirkstoff er in den verschiedensten Formen verkaufte. Zudem übernahm er auch das Pressen anderer Pflanzen, wenn man sie ihm vorbeibrachte, daher hatte Anita uns Körbe voller Hagebutten, Wildrosen und Disteln für ihn mitgegeben.

Da Simon mich bereits kannte, war die Begrüßung herzlich. Gemeinsam brachten wir die Körbe in seine Produktionshallen, in der diverse Maschinen und Geräte gelagert wurden.

»Ihr könnt die Öle und Hydrolate morgen bei mir abholen«, sagte er, ehe wir uns schließlich bei ihm verabschiedeten und zurück zum Wagen liefen.

Amelias Blick glitt über die Felder, blieb sehnsüchtig in der Ferne hängen, als sie an der Beifahrertür stehen blieb. Einen Moment betrachtete ich ihr Profil. Noch immer plagte mich ein schlechtes Gewissen, ich hegte schreckliche Schuldgefühle ihr gegenüber, dafür, dass ich nicht ehrlich zu ihr war. Dass ich nicht ehrlich zu ihr sein *konnte.* Einerseits spürte ich den starken Drang, ihr alles über mich zu erzählen, diesen Schmerz aus der Welt zu schaffen, andererseits wusste ich, dass sie mich dafür hassen würde.

»Als kleines Kind mochte ich Kamille nie«, sagte sie leise und näherte sich dem Feld. Fast wirkte es so, als ob sie gar nicht mit mir sprach. »Nicht nur den Geschmack an sich, auch die Pflanze. Ich fand ihre Einfachheit irgendwie hässlich, fand Gänseblümchen hässlich und mochte nur die wirklich hübschen Blumen. Tulpen zum Beispiel oder Amaryllis.«

Ich folgte ihr, betrachtete die verzweigten Blumen ebenfalls eingehender.

»Ist es nicht interessant, dass genau die Pflanzen, die äußerlich wunderschön wirken, doch so unfassbar giftig sind?«, überlegte sie laut, ehe sie einen zerzausten Halm pflückte und zur Nase führte. Das Gelb der Kamille traf sich mit dem Altgrün ihrer Bluse. Als würde sie die Pflanze streicheln, fuhr sie sachte mit den Fingern über ihre Blüte, verharrte damit an ihrer Nase, um ihren apfelähnlichen Duft in sich aufzunehmen.

»Manchmal sind Pflanzen uns Menschen ziemlich ähnlich. Die Person, die beim ersten Eindruck wunderschön und perfekt wirkt, kann dich vergiften. Diejenigen, die uns von innen heraus heilen und uns zu einem besseren Menschen machen, denen sollten wir uns widmen – ganz egal, wie sie aussehen.«

Einen Moment hielt ich inne und grübelte über ihre Worte. *Dann bist du wohl meine Kamille*, dachte ich. *Meine Kamille, die mich von innen heraus heilt und gleichzeitig wunderschön wie eine Amaryllis ist.*

Ich wollte dieses Gefühl, das sie in mir ausgelöst hatte, als wir uns küssten, nicht verlieren. Diesen Frieden, dieses kurze Auf-Pause-Drücken. Auch wenn es nach dieser Pause umso dunkler weitergehen würde.

»Amelia.« Unsicher trat ich einen Schritt näher, woraufhin sie sich zu mir umdrehte. Ihr Blick traf meinen, als in der Ferne ein Grollen zu hören war. Gleichzeitig reckten wir unsere Köpfe zum Himmel, der in nebliges Grau getunkt war. Am Horizont drückten sich die letzten goldenen Sonnenstrahlen durch die dunklen Wolken, die sich langsam näherten. Egal, ich musste das jetzt loswerden.

»Es tut mir leid«, presste ich hervor. Amelia schluckte hörbar, kurz konnte ich sehen, wie sehr ich sie mit meinem Verhalten verletzte. »Ich …«, stammelte ich weiter und fuhr mir durchs Haar. Wie sollte ich mich erklären?

»Was tut dir leid? Dass du mich geküsst hast? Oder dass du mich geküsst hast und seitdem wieder ignorierst?«, zischte sie. In ihren Augen schimmerte ein schwacher Tränenfilm.

»Ich hab einfach tierische Angst, okay? Ich … In der Vergangenheit …«

Ich erkannte, dass sie versuchte, Verständnis zu zeigen. Doch wofür? Sie hatte keine Ahnung, was mit mir los war, und das verwirrte sie. »Wovor hast du Angst, Nick? Was ist in deiner Vergangenheit passiert?«

»Ich kann dir das nicht erklären. Noch nicht.«

»Ich möchte dir vertrauen, verstehst du das?« Flehend, beinahe gequält blickte sie mich an. »Aber wie soll ich das? Wie soll ich dich verstehen, wenn du dich täglich anders verhältst? Nie weiß ich, welche Version von dir heute dran ist. Die, die mich ärgert, die, die mich zum Lachen bringt? Die, die mich küsst, oder die, die vor mir abhaut?«

Ich kehrte ihr den Rücken zu und musste mich kurz sammeln. Ihre Worte machten mich nervös, mein Herz pumpte laut in meiner Brust, obwohl sie recht hatte. Doch was sollte ich tun? Ich wollte, dass sie mich verstand, dass sie verstand, weshalb ich mich so verhielt. Gleichzeitig war die Wahrheit einfach zu grausam, um sie auszusprechen.

»Ich kann dir nicht genau erzählen, was los ist«, hauchte ich und drehte mich wieder zu ihr um. »Alles, was ich tun kann, ist dir zu sagen, dass mein Verhalten nichts mit dir zu tun hat. Ich wollte dich küssen, ich will dich immer noch küssen, will dich bei mir haben. Glaub mir, für mich war diese Distanz die letzten Tage genauso schrecklich. Aber du musst wissen, dass du die erste Frau bist, die ich nur ansatzweise näher an mich herangelassen habe. Die wichtigste Frau in meinem Leben hat mich bis aufs Letzte enttäuscht … Ich habe einfach Angst. Angst vor Gefühlen, Angst vor Schmerzen … Ich kann dir das nicht erklären, ich kann dich nur bitten zu versuchen, mich zu verstehen. Ich will dich nicht …«

Mein Satz wurde von ihren Lippen unterbrochen. Sehnsüchtig schlang sie die Arme um meinen Hals und presste ihren Körper eng an mich. Wir küssten uns, als würden wir all die verpassten Gelegenheiten nachholen. Voller Leidenschaft ertränkten wir unseren Schmerz in unseren Mündern, während der Himmel uns in seinen Tränen ertränkte.

Mit den Händen fuhr sie über meinen Rücken, ich schlang meine Arme um ihren Nacken. Langsam prasselte der Regen auf uns herab, verfing sich in Amelias Mähne und durchnässte mein Shirt. Ich spürte ihre Finger in meinen Haaren, sie krallten sich darin fest, als bräuchte sie diesen Halt. Ihre Zunge schlich sich zwischen meine Zähne, und ich öffnete den Mund noch weiter. Mir hätte es nichts ausgemacht, ihre Lippen nie wieder verlassen zu müssen. Ein letztes Mal drückte sie sich an mich und raubte mir jeglichen Atem, als wäre das unser letzter Kuss, als müsste sie das Gefühl noch einmal richtig auskosten. Dann ließ sie von mir ab und verweilte mit ihrer Stirn an meiner.

»Du musst mir nur eines versprechen«, flüsterte sie und schluckte hörbar. Erst als ich nickte, fuhr sie mir liebevoll über die Wange. In ihren Augen lagen tiefe Unsicherheit und Angst. »Tu mir nicht weh, okay?«

Mein Herz brach, weil ich wusste, dass ich es ihr nicht versprechen konnte. Wenn sie irgendwann alles über mich herausfinden würde oder meine Vergangenheit uns einholte, wusste ich nicht, ob ich sie vor den Schmerzen würde schützen können. Ich wusste nur, dass ich alles dafür tun würde.

Als Antwort gab ich ihr einen Kuss auf die Stirn, zog sie erneut in meine Arme und versuchte, im Moment zu bleiben. Sie zu spüren, ohne an die Schatten der Vergangenheit zu denken.

»Wir sollten zurück«, schlug ich vor, weil das Sommergewitter immer näher kam. Doch Amelia löste sich von mir, blieb entschlossen stehen und reckte ihr Gesicht mit geschlossenen Lidern gen Himmel.

Einzelne Tropfen verteilten sich auf ihrem Mund, gesellten sich zu ihren Sommersprossen, und ich konnte nicht anders, als meinen Blick über ihre benetzte Haut fahren zu lassen. Der Regen wurde stärker, sein Trommeln lauter und wir nasser. Das letzte Mal, als sie im Regen vor mir gestanden hatte, hatte ich sie küssen wollen, es aber nicht gekonnt. Ich hatte den Regen auf ihrer Haut schmecken, ihr Lächeln zwischen unserem Kuss fühlen wollen. Jetzt konnte ich es, jetzt durfte ich es. Also wollte ich diese Gelegenheit nicht noch einmal vergeuden, zog sie erneut an mich und legte meinen Mund auf ihren. Und da war es. Der Geschmack des Sommerregens klebte an ihren Lippen. *Petrichor,* dachte ich. Ein Lächeln schob sich zwischen unsere Münder.

Ein lautes Donnern ließ uns zusammenzucken und brachte uns dazu, voneinander abzulassen. Amelia lachte laut, öffnete euphorisch den Mund, um den Regen darin aufzufangen.

»Komm mit.« Ich griff nach ihrer Hand und zog sie mit mir zum Wagen. Ihr Lachen schwoll an, während wir über den sandigen Weg rannten. Hastig schwangen wir uns ins Auto. Für einen Moment konnte man nur das laute Prasseln des Regens auf dem Blech von Peters Wagen hören, unter das sich unser schwerer Atem mischte.

Wir verschnauften, unsere Blicke vereinten sich, und als hätten wir uns abgesprochen, prallten wir zusammen. Amelia kletterte rittlings auf meinen Schoß, ließ sich auf mir nieder, und ich musste hart schlucken. Leidenschaftlich küsste ich sie, presste sie gegen das Lenkrad. Auf ihren Lippen schmeckte ich kühle Regentropfen, und die nasse Jeans klebte eng an ihrem Körper. Mit den Händen wanderte sie gierig unter mein Shirt, fuhr über meinen Bauchnabel und meine Brust. Ich warf den Kopf in den Nacken, woraufhin sie ihren Mund über meinen Hals gleiten ließ.

Kurz inspizierte ich die Umgebung. Wir hatten unter einem großen Apfelbaum geparkt, weit und breit konnte man nur Felder und Wiesen sehen, während Simons Hof bereits seine Tore geschlossen hatte. Wir waren allein, also drückte ich sie zurück ans Lenkrad, presste meine Lippen gegen ihre und ließ meine Zunge in ihren Mund fahren. Meine Finger fanden den Weg unter ihre Bluse, ich streichelte die nasse Haut darunter. Irgendwann zupfte ich an ihrem Oberteil, sie zog es sich selbst über den Kopf. Dabei ließ ich für einen Moment von ihren Lippen ab, erhaschte einen Blick auf ihre üppigen Brüste. Doch Amelia ließ mir keine Zeit. Hastig langte sie nach meinem Shirt und zog mich zurück in einen innigen Kuss. Als ihre Zunge in meinen Mund fuhr, seufzte sie auf, was einen höllischen Druck in mir aufbaute. Ein Gewitter tobte – draußen sowie zwischen uns.

Wie selbstverständlich zog sie mir das Oberteil über den Kopf, ehe sie heiße Küsse auf meinem nackten Oberkörper verteilte. Genussvoll schloss ich die Augen und krallte mich in ihren Haaren fest. Ich spürte ihre Zunge an meinem Hals, an meiner Brust und ihre zarten Fingernägel an meinem Nacken. Sie berührte meinen Bauch, streichelte meinen Nabel und sank hinab an meinen Hosenbund. Es genügte eine Berührung, und der Druck in meiner Hose stieg mit einem Mal gewaltig an.

Also packte ich sie und hievte uns auf die Rückbank, wo ich ihr die Jeans von den Beinen zog. Ich beugte mich über sie, ließ meine Lippen auf ihrem Schlüsselbein, ihrer Brust und ihrem Bauch nieder. Ein leises Wimmern war zu hören, als ich den BH ein Stück zur Seite zog und sie an ihrem Nippel berührte. Sie presste sich enger an mich. Behutsam ließ ich den BH-Träger fallen, entblößte ihre gesamte Brust. Ihre Nippel waren hart, ich nahm sie abwechselnd in den Mund und tastete mit meiner Zunge nach ihnen. Der Moment, in dem ich die Zähne einsetzte, entlockte ihr ein Stöhnen.

Während meine linke Hand mit ihrer Brust beschäftigt war, ließ ich die andere zwischen ihre Beine wandern. Sanft strich ich über ihr Höschen, streifte es ihr von den Beinen. Ihr nackter Anblick gab mir den Rest. Nun zog auch ich mir die Hose aus, presste sie noch enger an mich und spürte ihre heißen Rundungen an meiner feuchten Haut. Sie schlang die Beine um meine Hüfte. Einen Moment sah ich auf sie hinab, verinnerlichte ihr Bild, das so schön war. Benommen lächelnd sah auch sie mich an, fuhr mir liebevoll über die Wange und biss sich dabei auf die

Lippe. Dann schien sie die Geduld zu verlieren. Sie griff nach meinem Nacken, zog mich zurück in einen innigen Kuss, woraufhin ich näher kam und meine Härte an ihrer Mitte rieb. Ich stöhnte tief in ihren Mund und vibrierte an ihrem Körper.

»Nick«, seufzte sie, drückte ihren Rücken durch und sich mir entgegen, ehe ich mir ein Kondom überzog und behutsam in ihre Mitte vordrang. Gemeinsam schnappten wir nach Luft. Ich entfernte mich langsam, nur um noch tiefer in sie einzudringen.

Ich habe keine Ahnung, wann ich mich das letzte Mal so gefühlt hatte. So frei, so erregt, einer Frau so verbunden. Und in dem Moment, in dem Amelia sich seufzend enger an mich schmiegte, verflogen alle Zweifel und Sorgen. Nur für einen Augenblick.

Mit der Zeit fanden wir einen gemeinsamen Takt. Immer wieder sahen wir uns an, küssten und berührten uns. Bis sich etwas Großes in uns anbahnte. Amelia stöhnte laut auf, und auch mein Inneres begann zu beben. Sie krallte ihre Nägel in meinen Rücken, ich meine in ihre Oberschenkel. Ein letztes Mal vereinten wir unsere Lippen, ein letztes Mal stöhnten wir laut auf, bis wir endlich beide explodierten und gemeinsam zusammensackten.

Atemlos sahen wir uns an, ein liebevolles Lächeln trat auf ihre Lippen. Behutsam und ganz sachte hauchte ich ihr einen letzten Kuss auf die Stirn und ließ mich von dem Rauschen des Regens in den Schlaf wiegen.

Kapitel 29

Amelia

»Vielleicht solltest du es wirklich mal versuchen.« Sophie und ich saßen am späten Abend gemeinsam im Bienengarten, schlürften kaltes Bier und ließen den Tag ausklingen. Auf dem Bildschirm meines Laptops konnte man Marlen sehen, die sich per Skype zu uns gesellte. Gedankenversunken scrollte ich durch die vielen Kommentare meines letzten Beitrags. Das Rühr-Video meines Reinigers.

Wie gut klingt das alles bitte?!

Okay, ich brauche das auch.

Endlich mal jemand, der sich auch in der Kosmetik für den Umweltschutz einsetzt!

WAS??? So viele Schadstoffe schmiere ich mir jeden Tag ins Gesicht?! Nie wieder! Ich brauche deinen Reiniger!

»Ich meine, den Honigreiniger auch für andere herzustellen«, fuhr Sophie fort.

»Zum Verkauf?« Tatsächlich schwirrte mir diese Idee inzwischen immer drängender im Kopf herum, auch seit mich einige Follower darauf angesprochen hatten. Doch ich fürchtete mich. Ich fürchtete mich vor all den Aufgaben, die eine selbstständige

Marke mit sich brachte. Davor, erneut zu versagen. Ich hatte überhaupt keine Ahnung von Dingen wie Einkauf, Logistik, Vertrieb und Verpackung. Das Einzige, in dem ich ein wenig Erfahrung vorweisen konnte, war das Marketing. »Ich weiß nicht.«

»Versuch es doch einfach mal«, schlug Marlen vor, die von dieser Idee ebenfalls begeistert zu sein schien. »Kalkulier die Ausgaben dafür durch, denk dir einen Preis aus und mach auf Instagram eine Umfrage, ob überhaupt genug Interesse besteht. Ich denke, einen Versuch ist es wert. Du hast nichts zu verlieren. Und wer weiß, vielleicht kannst du dein eigenes kleines Business starten.«

Mein eigenes kleines Business? Ich schaffte es nicht mal, ein Praktikum zu absolvieren, hatte keine Ahnung, wie man Pläne durchzog, und ausgerechnet ich sollte nun meine eigene Marke gründen? Klang aufregend, und eine Kosmetiklinie, mit der ich etwas auf dieser Welt verändern konnte, wäre wahrscheinlich genau das, woran ich enorme Freude hätte. Trotzdem war es, wie meine Mutter gesagt hatte: Wenn man mit seiner Leidenschaft Geld verdiente, machte man sich umso verletzlicher.

»Ich überlege es mir.«

Und das tat ich wirklich. An den nächsten Tagen konnte ich an nichts anderes denken als an eine eigene Marke. Immer mehr Menschen entdeckten meinen Instagram-Account, auf dem ich mich mittlerweile in meiner Bio als *bienen- und naturrettende Kosmetikrührerin* bezeichnete, schrieben mir DMs oder kommentierten, dass sie meinen Honigreiniger nachgerührt hatten und ebenfalls begeistert von der Wirkung waren. Die allermeisten zeigten aber noch immer das größte Interesse daran, mir das fertige Produkt abzukaufen.

Also las ich mich nicht nur weiter in die Heilkunde ein, ich informierte mich nun auch über Markenkonzepte, darüber, was im Vorfeld überhaupt notwendig war, um ein Start-up zu gründen, und welche Aspekte berücksichtigt werden mussten.

Je mehr ich las, desto größer träumte ich. Gleichzeitig sank meine Motivation enorm bei all den Aufgaben, die dafür anstanden. Erste Hürde: Ich kannte mich selbst nicht gut genug aus, um als Kosmetikerin durchstarten zu können. Mal davon abgesehen, dass mein Honigreiniger nur ein kleines Experiment war, bei dem mir Mama und ihre Bücher geholfen hatten, musste ich ein geeignetes Diplom vorweisen, um Kosmetik verkaufen zu dürfen. Eines, wie Mama es besaß. Und tatsächlich hatte ich ebenfalls große Lust, diese Richtung in Zukunft einzuschlagen. Doch bis ich mit solch einer Ausbildung fertig sein und endlich würde verkaufen können, wäre das Interesse meiner Community an meinen Produkten vielleicht schon längst verschwunden.

Ich verbrachte fast einen ganzen Tag mit Googeln und damit, mir eine Liste zu erstellen, was zu tun wäre, würde ich diese Marke wirklich angehen wollen. Jene Liste warf Fragen nach der Produktion und der Beschaffung der Inhaltsstoffe auf. Waren Mama und Papa überhaupt bereit, mir so viel Honig und Tinkturen anzubieten? Durfte ich Mamas Labor im Laden zum Rühren nutzen? War das Labor auf Dauer groß genug? Welche Rechtsform war sinnvoll? Welche Verpackung würde ich wählen? Und zu welchem Preis musste ich die Produkte anbieten, damit ich keine Verluste machte? Würde ich überhaupt mehr Produkte als nur den Honigreiniger anbieten?

Mit rauchendem Kopf verließ ich am späten Nachmittag mein Zimmer und lief ins Erdgeschoss, um Mama meine Idee anzuteasern. Sie saß gerade im Garten, reckte das Gesicht entspannt gen Himmel und schlürfte eine Tasse Kaffee.

»Dein Honigreiniger riecht echt gut«, meinte sie und seufzte, als ich mich neben ihr niederließ und sie den Duft meines frisch gewaschenen Gesichts in sich aufsog. Sie fuhr mir liebevoll über die Wange. »Ich bin superstolz auf dich.«

Ich schenkte ihr ein Lächeln und war froh, dass sie dieses Thema selbst einleitete. Nun fiel es mir leichter, ihr von meiner Idee zu erzählen. »Du weißt, dass ich davon auch auf Instagram berichtet habe, oder?«

»Ja, hast du mal erzählt«, sagte sie.

»Und weißt du auch, dass sich meine Community fast vervierfacht hat, seit ich selbst rühre, über Bienen und Umwelt spreche und über herkömmliche Kosmetik aufkläre?«

Mama legte die Stirn in Falten, und ihr Blick schweifte kurz ab. Dann sah sie überrascht auf. »Vervierfacht? Wie viele Leute sind es denn jetzt?«

Ich grinste, weil ich es selbst noch nicht fassen konnte. »Knapp hunderttausend.«

»Wow«, hauchte sie und griff nach meiner Hand, »also ist dein Traum ja doch noch in Erfüllung gegangen! Vielleicht kannst du dieses Instagram in Zukunft wirklich zu deinem Beruf machen. Wie auch immer das gehen soll.«

Kurz geriet mein Lächeln ins Wanken. »Jein«, seufzte ich, woraufhin sie mich verwirrt ansah. »Ich meine, ich freue mich, aber der Wunsch, mit dem Bloggen mein Geld zu verdienen, ist schon lange nicht mehr aktuell. Mittlerweile habe ich eine ganz andere Idee, die mir im Kopf herumschwirrt. Instagram spielt dabei zwar eine große Rolle, doch ist es nur Mittel zum Zweck.«

»Und die Idee wäre?«

Nun wurde es ernst. Angespannt starrte ich auf meinen Zettel, auf dem ich die letzten Stunden einen Plan ausgetüftelt hatte, wie ich dieses Start-up angehen wollte.

»Das Interesse an meinem Honigreiniger – an nachhaltiger, umweltbewusster und wirkstofforientierter Kosmetik – ist riesig. Nur deshalb habe ich in kürzester Zeit so viele neue Follower dazugewonnen, weil ich aufkläre und meiner Community die Welt der Heilpflanzen und der Bienen näherbringe. In den neuen Generationen findet ein großer Umschwung statt. Die meisten werden wacher, was unsere Umwelt angeht, interessieren sich mehr für Tier und Natur. Ich habe Tausende von Anfragen bekommen, ob ich den Honigreiniger nicht verkaufen könnte, ob ich ihn nicht auch für sie herstellen könnte.«

Bei diesem Satz machte ich eine kurze Pause und sah prüfend zu Mama, die grübelnd auf ihrer Unterlippe kaute und ins Leere blickte.

»Verstehst du, Mama? Auch sie wollen die Wirkstoffe eures Honigs, eurer Öle, eurer Kräuter auf ihrer Haut spüren, auch sie wollen der Umwelt etwas Gutes tun und von herkömmlicher Kosmetik wegkommen, die Haut und Natur nur schadet. Nicht nur die wenigen Einwohner Engelsberg, sondern der Rest der Schweiz, Österreich und Deutschland möchten meinen Reiniger kaufen. Ist das nicht toll?«

Sie nickte und lächelte mir knapp zu. »Ja, das ist wirklich erstaunlich.«

»Ich denke einfach, dass ich hier die Möglichkeit habe, mit meiner Reichweite und meiner Idee, aus den tollen Dingen eures Gartens eigene Kosmetik herzustellen, etwas erreichen zu können«, fuhr ich fort. »Ich kann Menschen dazu bringen, ihren Lebensstil gegenüber der Umwelt zu verbessern. Auf eine Art und Weise, die Spaß macht. Keine Plastikverpackungen mehr, keine Inhaltsstoffe, die von weither verschifft werden müssen, keine Tierversuche, keine Giftstoffe. Wenn die Nachfrage nach regionalen Pflanzen und Bienenhonig steigt, können wir das Angebot erhöhen. Verstehst du? Es ist einfach …«

»Du möchtest deine eigene Kosmetikmarke gründen?«, unterbrach mich Mama und sprach mit einem traurigen Schmunzeln genau den Gedanken aus, auf den ich sie seit Beginn meiner Rede vorzubereiten versuchte.

»Na ja«, meinte ich und zuckte mit den Schultern, »die letzte Zeit, als ich mich so intensiv mit diesen Themen auseinandergesetzt habe, hat mir wirklich Spaß gemacht, und ich denke, dass ich darin total aufgehen könnte. Ich habe sogar schon eine Uni rausgesucht, bei der ich ein Fernstudium absolvieren kann. Wenn solch großes Interesse an meinem Honigreiniger besteht, wäre es doch einen Versuch wert, oder nicht?«

Sie seufzte. »Bestimmt«, antwortete sie, auch wenn ich spürte, dass sie gegenüber dieser Idee negativ eingestellt war. »Aber mal ganz davon abgesehen, dass es extrem viel Arbeit und Schweiß bedeutet, weiß ich nicht, ob wir genug Kapazitäten und Honig sowie Pflanzenstoffe auf Lager haben. Wir haben unsere feste Kundschaft, die wir mit Honig beliefern, und wenn wir denen kündigen, damit du unseren Honig für eine neue Marke nutzen kannst, ist das für uns natürlich ein Risiko.«

»Ja, das verstehe ich. Was hältst du davon, wenn ich eine Umfrage starte? So kann ich sehen, wie groß das Interesse ist, und kalkulieren, wie viel Honig und Pflanzen wir benötigen, um am Ende Gewinn zu machen?«

Mamas Blick verlor sich einen Moment in meinem Gesicht, dann schenkte sie mir ein stolzes Lächeln. »Mach das, Schatz. Danach sehen wir weiter.«

Papa und Mama halfen mir, alles durchzukalkulieren. Gemeinsam starteten wir eine Umfrage, die ergab, dass knapp die Hälfte meiner Community an dem Kauf eines Honigreinigers interessiert war. Auch wenn meine Eltern noch immer skeptisch und vorsichtig waren, freuten sie sich doch für mich und wollten mich unterstützen.

Sogar ein Name für meine Marke schlummerte mir bereits im Kopf: *beeDreams* war eine Bezeichnung, die perfekt passte. Sie hob nicht nur die Arbeit der Bienen und ihre Leistung hervor, die mit ganz viel Liebe in meinem Honigreiniger steckte, sondern befasste sich auch mit dem großen Thema Träume, das zuletzt in meinem Leben für viel Chaos gesorgt hatte. Mein Reiniger – diese Marke – war aus dem Scheitern eines Traumes entstanden. Diese Idee war mir gekommen, als ich aktiv auf Pause gedrückt, in mich gegangen und einfach abgewartet hatte, was mir das Leben so für neue Träume vor die Füße warf.

Papa hatte mich mit dem rechtlichen Wissen, das er als Imker hatte, beraten und mir vorgeschlagen, erst mal ein Kleinunternehmen anzumelden, wenn ich diese Idee wirklich in die Tat umsetzen wollte. Dies waren alles Dinge, die weit in der Zukunft lagen und für mich noch gar nicht greifbar waren. Sie machten mir Angst, denn ich hatte wenig Lust, mich mit komplizierten rechtlichen Themen auseinanderzusetzen. Gleichzeitig fühlte es sich mit jedem Tag, an dem ich mit meinen Eltern weiter tüftelte, realer an. Dass sie mich unterstützten und mich mit meiner Idee ernst nahmen, rechnete ich ihnen hoch an. Man merkte deutlich, dass sie sich sorgten. Gerade in ihrer Situation war es ein gewagter Schritt, ihren Honig in etwas Neues und Unsicheres zu investieren, wenn sie ihn an einer anderen Stelle sicher verkaufen könnten.

Mama hatte mir sogar angeboten, *beeDreams* erst mal unter ihrem Namen einzutragen, damit ich schon vor Erreichen eines eigenen Heilkundediploms Produkte herstellen und verkaufen konnte. Schließlich durften arzneiliche Tinkturen und Kräuter nur mit Herstellungserlaubnis produziert und vertrieben werden, die ich noch nicht besaß. Für mich stand fest: Wenn ich diese Marke wirklich starten wollte, waren Plastikverpackungen tabu, die Inhaltsstoffe durften nur regional hergestellt und verarbeitet werden und der Honig nur von meinen Eltern stammen. Ich wollte mit Transparenz, Nachhaltigkeit und Umweltbewusstsein den großen Kosmetikmarken Konkurrenz machen, die nicht nur mich zuletzt an den Rand der Verzweiflung getrieben hatten.

Sehr geehrte Damen und Herren … Ich las mein Anschreiben ein letztes Mal durch, ehe ich meine Bewerbungsunterlagen in einer Mail zusammenfasste und alles an die *Swiss-Botanica* schickte. Angespannt und erleichtert zugleich lehnte ich mich in den klapprigen Gartenstuhl zurück und reckte das Gesicht zur Sonne, die tief stehend ihre letzten Strahlen zur Erde schickte. Wenn alles klappte, bekäme ich vielleicht für das Herbstsemester einen Platz und könnte bereits im Oktober starten.

Kapitel 30

Nick

Kühles Bier befeuchtete meine Kehle und erfrischte meinen von der Arbeit aufgeheizten Körper. Es war Sonntagabend, und fast der ganze Ort hatte sich in Pauls Biergarten versammelt, um die *Zürich Tigers* bei ihrem Spiel anzufeuern. Eishockey war nicht unbedingt meine liebste Sportart, doch einen Absacker bei meinem besten Freund ließ ich mir nach einem harten Arbeitstag nicht entgehen.

»Ich sags dir, die werden noch aufsteigen«, meinte er und sah an mir vorbei zum großen Fernseher, auf den alle Augen gerichtet waren. »National League, wir kommen.«

Müde lehnte ich mich gegen den Tresen in meinem Rücken und legte den Kopf in den Nacken. Dann drehte ich mich auf dem Barhocker um und blickte Vale stirnrunzelnd an.

»Ich wusste gar nicht, dass du so eishockeybegeistert bist«, meinte ich, musste mir aber gleichzeitig eingestehen, dass er sich für fast jede Sportart interessierte. Vale spielte selbst seit Jahren Fußball, hatte noch kein einziges Mal den Superbowl verpasst, und sogar Sportarten wie Reiten sah er sich ab und an im Fernsehen an. Auch wenn ich früher, als ich noch mehr Zeit gehabt hatte, selbst gern Sport getrieben hatte, war die Arbeit, die ich hier verrichtete, doch körperliche Anstrengung genug.

Ich drehte mich wieder um, heftete den Blick kurz an den Bildschirm, dessen Geschehen ich trotzdem nicht wirklich wahrnahm. Stattdessen sah ich mich verstohlen im Raum um. Fast alle, die ich kannte, waren heute hier. Fast. Amelia und ihre Eltern fehlten, denn Anita und Amelia passten auf Caja auf, und Peter erledigte Bürokram, bei dem ich ihn gern unterstützt hätte. Doch ich hatte Vale nun mal versprochen, dass wir nach dem Traumfest wieder mehr Zeit miteinander verbrachten.

Mein müder Blick schweifte weiter umher. Ich erkannte Karl, Rosi, die Söhne von Schuster März und Sophies mit Spangen und Klammern auffällig geschmückten Rotschopf. In der hintersten Ecke schrie eine Gruppe Männer aufgebracht auf, als ihr Team knapp das Tor verfehlte, irgendwo klirrten Gläser aneinander, und ein Duft von ...

Ich stockte, schloss die Augen und atmete den Geruch tief ein. Irgendjemand hier musste dasselbe Parfüm haben. Das Parfüm, das mir höllische Erinnerungen ins Gedächtnis rief. Ich schüttelte mich, als sich eine Kostprobe meiner alten Gefühle auf meine Zunge legte, dann öffnete ich die Augen und versuchte, mich wieder auf das Spiel zu konzentrieren. Doch es klappte nicht. Automatisch suchte ich die Menge ab. Ich sah ihre schwarzen Haare auf dem Kopf einer fremden Frau, hörte ihre rauchige Stimme im Grölen einer Gruppe, spürte ihren abfälligen Blick auf mir. In jedem der Gäste konnte ich sie erkennen. Es war, als wäre sie hier, irgendwo zwischen den Menschen, verkleidet und mich niederstarrend. Ich konnte sie nicht sehen, spürte aber trotzdem, dass sie da war. Hier. Oder vielleicht doch nur in meinem Kopf.

Ich schüttelte mich erneut. Versuchte, die Angst, die Benommenheit, mein gesamtes altes Leben abzuschütteln. Sie war nicht hier, sie konnte gar nicht hier sein. Wir waren hier sicher. Meine Panik spielte mir sichtlich Streiche. So konnte das echt nicht weitergehen.

»Du weißt offenbar vieles nicht über mich.« Vales Worte holten mich zurück ins Jetzt. Als ich ihn ansah, grinste er, und trotz der nachhallenden Benommenheit konnte ich mich wieder etwas entspannen, auch wenn das Pochen in meinen Schläfen viel zu laut war.

Schließlich kam Laura durch die Tür, klopfte mir zur Begrüßung auf die Schulter und hauchte Vale einen Kuss auf die Wange.

»Hallo, Schatz«, sagte diese zu meiner Verwunderung. Stirnrunzelnd beobachtete ich die zwei. Wie sie ihn innig ansah, er ihr verschmitzt zuzwinkerte und ich nur eins denken konnte: *Amelia, Amelia, Amelia.*

»Das zum Beispiel«, antwortete ich, nachdem Laura sich eine Schürze umgebunden hatte und zum Kellnern in der Menge verschwunden war. Lachend schüttelte ich den Kopf. »Seit wann seid ihr wieder zusammen«?«

»Toll, oder?« Ein Gast bestellte ein Pils, das Vale in ein Glas zapfte. Währenddessen erzählte er weiter: »Wir haben uns ausgesprochen, sie hat sich mir endlich geöffnet. Und rate mal, wer dafür verantwortlich ist.«

Ich runzelte die Stirn. »Wer?«

»Deine Herzdame Amelia.«

Ich stockte. »Amelia?«, fragte ich verwirrt, realisierte erst dann, was er da gerade von sich gegeben hatte. Kopfschüttelnd fuhr ich mir über das Gesicht, konnte mir ein Grinsen nicht verkneifen. »Nenn sie bitte nicht meine Herzdame.«

»Amelia hat ihr ein paar Takte gesagt, die Laura zum Nachdenken angeregt haben. Ich bin ihr wirklich dankbar dafür. Sie ist toll. Hat sie dir erzählt, dass sie sich auf Instagram für den Umweltschutz einsetzt?«

Meine Mundwinkel zuckten, ich war so stolz auf sie. Das Thema Laura war belastend für Amelia, und ich war froh, dass sie mit ihr geredet hatte. Eine Konfrontation tat ihr sicherlich gut – mir bestimmt auch, doch ich war längst nicht so stark wie Amelia.

Die letzten Tage hatten wir intensiv miteinander verbracht, uns jeden Tag nach der Arbeit oder in einer kurzen Pause gesehen, und auch wenn die Angst noch immer tief in mir schlummerte, hatte ich selten so schöne Tage wie diese erlebt. Ich wusste, dass es schwierig für sie war, mir bei meinem seltsamen Verhalten zu vertrauen, umso dankbarer war ich ihr, dass sie für mich da war, meine Zurückhaltung respektierte. Die Frage war nur: für wie lange? Ich wusste, es wäre pures Gift für unsere Beziehung, wieder wegzurennen. Früher oder später würde mich alles einholen. Ich würde niemals in Frieden leben können, wenn ich diesen Ballast nicht abließ, wenn ich mich nicht mit meinen Ängsten konfrontierte. Doch was brachte mir der losgelöste Ballast, wenn ich dadurch Caja, Amelia und wahrscheinlich sogar mein Zuhause verlieren würde?

Vale zückte sein Handy, öffnete Amelias Blog und hielt mir das Display unter die Nase. Zum ersten Mal seit Ewigkeiten blickte ich auf ein Instagram-Profil und staunte, als ich sah, dass Amelia tatsächlich knapp hunderttausend Follower hatte.

Neugierig tippte ich auf ein Foto von ihr im Bienengarten. Sie trug ein blumiges Sommerkleid, saß auf einer Decke unter einem der großen Apfelbäume und las in einem Buch über Naturheilkunde. Dazu erzählte sie im Beitrag, dass sie sich mit dem Thema Naturkosmetik und Umweltschutz auseinandersetzte. Ein Lächeln stahl sich auf meine Lippen, je mehr Beiträge ich von ihr durchsah, in denen sie sich für diese wichtigen Themen starkmachte. Noch mehr begeisterte es mich aber, dass tatsächlich so viele Menschen in ihr eine Inspiration fanden, sich animiert fühlten, ihr Verhalten gegenüber der Umwelt ebenfalls zu verbessern, und Amelias Tipps annahmen.

Langsam scrollte ich weiter, kam zu einem Video einer schwachen Hummel, einem, in dem sie von ihrem Reiniger erzählte, und einem ... Ich stockte. Einen Moment konnte ich nicht atmen, musste das Video wieder und wieder abspielen, um zu realisieren, was hier vor sich ging. Ich ließ das Handy sinken, nur um mir das Video dann von Neuem anzusehen. Jegliches Blut schoss mir ins Gesicht, in meiner Brust breitete sich ein Höllenfeuer aus, gleichzeitig bildeten sich Schweißperlen auf meiner Stirn. Das durfte nicht wahr sein.

Das Video, das über hundertfünfzigtausend Likes hatte, zeigte Cajas Arme.

Und auch wenn man nicht ihr Gesicht sah, wusste ich, dass es reichte. Für Eva würde es reichen. Man sah Cajas Muttermal an ihrem linken Oberarm, man sah ihr selbst gemachtes Armband, das sie schon seit Jahren trug, man sah die Narbe an ihrem Handgelenk, und man hörte sie lachen. Ein Lachen, bei dem man sofort erkannte, wer sie war. Denn es war hell und rau zugleich, frech, kindlich und besaß dieses leise Grunzen, das Cajas Alleinstellungsmerkmal war.

Panik flammte in mir auf. Panik und Wut. Wie benommen feuerte ich das Handy auf den Tresen, nahm Vales verwunderte Fragen nur entfernt wahr und hievte mich auf die Beine. Ohne ein Wort taumelte ich hinaus zum Wagen. Ich musste das klären. Amelia musste das Video löschen. Jetzt.

Ich hoffte nur, dass es noch nicht zu spät war.

Kapitel 31

Amelia

Das Gartentor vorne am Haus klapperte. Sicher war es Nick, der Caja abholen wollte. Für den Abend war sie bei meinen Eltern untergekommen, weil in Pauls Biergarten das Eishockeyspiel der *Zürich Tigers* lief. Ich klappte meinen Laptop zu, klemmte ihn mir unter den Arm und lief in Richtung Haus. Die letzten Tage mit Nick waren traumhaft gewesen. Selten hatte ich mich so ausgelassen und lebendig gefühlt wie mit ihm, und was auch immer ihm solche Angst machte, ich wollte versuchen, ihm seinen Freiraum zu geben. Die Zeit mit ihm war zu schön, als dass ich sie aufs Spiel setzen wollte, indem ich ihm Druck machte.

Ich trat hinter dem großen Apfelbaum hervor. Als ich Nick entdeckte, stahl sich ein Lächeln auf meine Lippen. Doch so schnell, wie es gekommen war, verblasste es auch schon wieder. Er sah alles andere als erfreut aus. Irgendwie panisch, verängstigt, wütend. Hastig kam er auf mich zu.

»Das Video von Caja«, begann er, doch ich verstand nur Bahnhof. »Du musst es sofort löschen.«

Verwirrt schüttelte ich den Kopf. »Welches Video?«

»Auf Instagram!« Nick raufte sich die Haare, wandte sich kurz von mir ab, ehe er mich wieder mit blutunterlaufenen Augen anstarrte. Er war völlig außer sich, was auch in mir Panik auslöste. »Was hast du dir dabei gedacht?«

Sein Brüllen ließ mich zusammenzucken. So kannte ich ihn gar nicht. Er hatte eine Höllenangst, hing in vergangenen Tagen fest.

»Nick, ich ...«

»Du musst es sofort löschen! Es gibt einen Grund, weshalb ich mich aus Social Media fernhalte! Du weißt das, du weißt, dass ich das nicht will, und dann postest du einfach so ein Video von Cajas Armen! Ist dir eigentlich klar, was du damit angerichtet haben könntest?«

Was ich damit angerichtet haben könnte? Langsam begann ich zu verstehen. Er sprach von dem Vorher-Nachher-Video von Cajas Neurodermitis, das ich vor Wochen gepostet hatte. Doch was könnte ich damit angerichtet haben? Mir wurde mulmig zumute.

Betroffen wich ich einen Schritt zurück und zückte mein Handy. »Es tut mir leid ...«, stammelte ich, suchte den Beitrag raus und tippte auf Löschen. »Ich habe extra drauf geachtet, dass man sie nicht erkennt. Man sieht doch nur ihre Arme, ich ...«

»Das reicht schon!«, unterbrach er mich. In seinen Augen standen Tränen, und ich hatte keine Ahnung, was ich tun sollte. Wie sollte ich ihm helfen? Wie sollte ich ihn vor den Dämonen schützen, die ihn ständig wieder einholten?

»Für was reicht es?«, fragte ich vorsichtig, doch er schüttelte nur den Kopf. »Nick, rede mit mir!«

»Ich kann nicht«, krächzte er, bemühte sich um eine ruhige Atmung. Ein weiteres Mal raufte er sich die Haare und fuhr sich aufgebracht übers Gesicht, lief im Garten auf und ab und starrte immer wieder flehend in den Himmel. Dann sah er mich an. In seinem Blick lag so viel Schmerz. »Ich kann es dir nicht erklären. Ich kann es einfach nicht.«

Die Panik in mir wurde lauter, die schrillen Alarmglocken, die zu Beginn bei ihm noch so präsent gewesen waren, machten sich wieder bemerkbar. Was war nur los mit ihm? Ich dachte an die vielen Male, als er sich seltsam verhalten hatte. Die regelrechte Flucht vor der Polizei, seine Ausraster, wenn es um Bern ging, die mysteriösen Postkarten von Cajas Mutter. Was war, wenn er doch kriminell war? Wenn er doch ... Nein, ich kannte ihn, ich vertraute ihm. Nick würde niemals etwas tun, was anderen schadete.

»Wie soll ich dir dann helfen?«, fragte ich den Tränen nahe. »Wie soll ich wissen, was dir solche Angst macht? Ja, ich hätte dich fragen sollen, ob ich das Video posten darf, aber ich dachte, man kann gar nichts erkennen, und ich ...« Ein hilfloses Seufzen löste sich aus meiner Kehle, weil ich nicht mehr weiterwusste. Ich wusste nicht, wie ich das schreckliche Misstrauen ihm gegenüber im Zaum halten sollte, das trotz all der Gefühle, die ich für ihn hegte, noch immer in mir schlummerte. »Nick, vor was rennst du weg? Was hast du getan?«

Sein Kiefer zuckte. Sofort blockte er ab. »Du würdest es nicht verstehen.«

»Ach ja? Traust du mir so wenig zu? *Jetzt* verstehe ich dich nicht! Und trotzdem bin ich bei dir und versuche, dir zu helfen. Ich mache alles, um dich dabei zu unterstützen, das, was du auch immer durchmachen musstest, hinter dir zu lassen. Aber ich kann das langsam nicht mehr. Nicht wenn ich bei jedem Wort, das ich sage, bei allem, was ich tue, Angst haben muss, dass es dich verletzt oder in Panik versetzt, weil ich einfach nicht weiß, worauf ich achten muss.«

Während ich sprach, verzerrte sich Nicks Gesicht zu einer Grimasse. Er quälte sich mit der Entscheidung, das sah ich deutlich. Unschlüssig wich er mir aus und kämpfte mit den Tränen. Dabei flüsterte er immer wieder: »Ich kann nicht, es tut mir leid. Ich kann einfach nicht.«

Ich trat einen Schritt auf ihn zu und griff nach seiner Hand. Weiterhin sah er mich nicht an, starrte nur ins Leere.

»Nick, so kann das nicht weitergehen«, ermahnte ich ihn vorsichtig und drückte seine Hand. »Nicht nur meinetwegen, sondern auch weil du daran kaputtgehst. Ich habe dir alles von mir erzählt. Jede Angst, jede Unsicherheit, alles, was mich ausmacht. Warum vertraust du mir nicht? Warum sprichst du nicht mit mir?«

»Ich kann einfach nicht.«

Ungläubig blickte ich ihn an. »Du *kannst* es nicht? Ist das alles, was du zu sagen hast? Hältst du echt so wenig von mir? Findest du mich echt so schrecklich?«

»Nein«, hauchte er, schluckte schwer und wandte sich wieder mir zu. Mein Inneres zog sich zusammen, als ich das Leid darin sah. Er wirkte so verloren, so verwundet – und ich konnte nichts dagegen tun. »Aber du wirst *mich* schrecklich finden, wenn du die Wahrheit erfährst.«

Mit diesen Worten drehte er sich um und verschwand. In mir hallte seine Leere laut nach.

Kapitel 32

Amelia

Gedankenversunken starrte ich aus dem Küchenfenster. Der Morgentau verdunstete langsam, je mehr sich die Sonne durch die dichten Äste schlängelte. Auf dem Rasen wuchsen ein paar Pusteblumen, von hier aus wirkte es, als würde sich das Licht in ihren Samen verfangen. Sie glitzerten, und ich verlor mich in ihrem Anblick. Draußen war es windig, immer wieder peitschten Zweige des großen Kirschbaums im melancholischen Takt gegen die Hauswand. Seufzend senkte ich meinen Blick auf die Küchenanrichte vor mir, auf der eine mittlerweile kalte Tasse Kaffee und mein Laptop standen.

Eigentlich hatte ich diesen Morgen produktiv für weitere Recherchen nutzen wollen. Eigentlich hatte ich das an den letzten Tagen jeden Morgen tun wollen. Doch der Streit mit Nick und sein seltsames Verhalten bereiteten mir auch vier Tage danach noch immer Bauchschmerzen. Seitdem war er nicht mehr in der Imkerei aufgetaucht und hatte sich bei Papa ein paar Tage freigenommen. Papa sagte, dass er bisher noch nie Urlaub genommen hatte. Ich machte mir ernsthaft Sorgen.

Ich zückte mein Handy und scrollte durch die vielen Beiträge, auf denen ich markiert worden war. So viele Menschen hatten das Video von Cajas Neurodermitis repostet. Natürlich hatte ich das Original umgehend gelöscht, doch die Reposts kursierten bereits unaufhaltsam im Internet.

Obwohl ich enttäuscht und geschockt war, dass Nick mich so angefahren hatte, hegte auch ich ihm gegenüber schreckliche Schuldgefühle. Ich hätte ihn fragen müssen, ob ich das Video posten darf. Schließlich handelte es sich hier um Cajas und Nicks Privatsphäre, und wenn Nick sich aus den Weiten des Internets fernhalten wollte, hatte er seine Gründe dafür, die ich respektieren wollte, ganz egal, was in Bern passiert war.

Du kannst ihm noch nicht hundertprozentig vertrauen, schrie die rationale Seite in mir. Ich wusste kaum etwas über ihn, seine Familie oder seine Zeit in Bern, kannte ihn dazu noch nicht allzu lange. Und doch war da meine emotionale Seite, die ihm trotz allem blind vertraute. Irgendwie wusste ich, dass er mir niemals etwas antun könnte und dass das, was in Bern auch immer passiert war, sicherlich nicht seine Schuld gewesen war. Keine Ahnung, woher ich das wusste. Vielleicht war es auch die rosarote Brille, die meine Sichtweise trog, doch es fühlte sich einfach falsch an, ihm zu misstrauen.

Kopfschüttelnd nahm ich Laptop und Kaffee und lief damit ins Wohnzimmer.

»Ist alles okay?« Papas Stimme holte mich aus meinen Gedanken. Mit einem Buch saß er auf dem Sofa und sah mich besorgt an. Das tat er selten – sich mal eine Pause gönnen und nach einem Buch greifen. Doch nun, wo alle Frühjahrsernten geschafft und Ableger gebildet waren, war es in der Imkerei etwas ruhiger, weshalb es auch Nick möglich war, sich eine Auszeit zu nehmen.

»Ich meine, bei dir und Nick?«, fuhr er fort.

Es war zwecklos, meine Gefühle zu verstecken. Seine Worte lösten einen Krampf in meiner Brust aus. Gequält verzog ich das Gesicht und unterdrückte die Tränen, woraufhin er das Buch zur Seite legte und mir bedeutete, mich zu ihm zu setzen. Sofort sank ich in seinen Arm und schluchzte leise. In diesem Moment trat Mama aus dem Flur und sah ebenso überrascht auf mich herab. Sie trug ihre altbekannte Küchenschürze, die Haare hatte sie unordentlich in einen Knoten gebunden. Ohne etwas zu sagen, kam sie mit fragendem Blick zu uns und setzte sich neben mich auf die Couch.

»Willst du uns davon erzählen?«, fragte Papa, ehe er mich sachte von sich wegdrückte.

Ich brauchte ein paar Sekunden, um meine Atmung wieder zur Ruhe zu bringen und mich zu sammeln. »Nick und ich haben uns gestritten.«

»Tut ihr das nicht immer?« Papa grinste mich an, und auch ich musste traurig auflachen. Es quälte mich, dass er recht gehabt hatte. Dass er gewusst hatte, dass ich Nick irgendwann doch noch mögen würde. Wie hatte ich die dünne Haut meines Vaters nur vergessen können?

Im Schnelldurchlauf erzählte ich ihnen alles, was in den letzten Tagen passiert war, dass ich Nick nicht misstrauen wollte, es aber doch irgendwie tat und nicht wusste, was ich fühlte. Ich erzählte ihnen von Cajas Video und wie falsch es von mir gewesen war, es zu teilen. Und ich berichtete von den vielen Situationen, in denen sich Nick seltsam verhalten hatte, wie er vor der Polizei abgehauen war oder sogar zugegeben hatte, dass Caja und er nicht gefunden werden wollten.

»Hört sich alles ziemlich durcheinander an«, sagte Mama, als ich geendet hatte.

»Ich weiß«, seufzte ich. »Irgendetwas muss in Bern passiert sein, wovor Nick immer noch Angst hat, und ich verstehe nicht, warum er nicht mit mir redet. Ich meine, ich habe ihm alles von mir erzählt.«

»Er braucht wohl einfach etwas Zeit.« Die Zuversicht in Papas Stimme war lieb gemeint, doch irgendwie wirkte sie nicht.

»Er hat nicht so geklungen, als hätte er vor, mir irgendwann davon zu erzählen.« Ich erinnerte mich an seine Worte. *Du würdest es nicht verstehen*, hatte er gesagt. Dass er mir nicht mal die

Chance gab, es zu versuchen und für ihn da zu sein, tat schrecklich weh. »Er rennt vor diesem Thema weg. Ich weiß nicht, ob ich ihm vertrauen kann. Ich weiß nicht, ob ich ihm vertrauen *will.*«

Ich hörte Papa neben mir schnaufend schmunzeln. »Hast du denn eine Wahl?«

»Was meinst du, Papa?«

»Na ja, ob du willst oder nicht, spielt das eine Rolle? Tust du es nicht schon längst?«

Gedankenverloren schweifte mein Blick ins Leere. Ja, ich vertraute Nick, ja, ich wusste, dass er mich nicht mit Absicht verletzen würde. Doch war das richtig oder einfach nur naiv von mir?

»Du hast jetzt zwei Möglichkeiten«, begann Papa erneut. »Entweder du entscheidest dich dafür, ihn aus deinem Leben zu entfernen, weil es *eventuell* und nur *ganz vielleicht* in seinem Leben etwas geben könnte, das schmerzt – und fügst dir mit diesem Schritt noch schlimmere Schmerzen zu. Oder du riskierst es, tust das, was du eigentlich schon innerlich als richtig empfunden hast, und vertraust weiterhin auf dein Gefühl ihm gegenüber – und wirst dann nur *vielleicht* verletzt. Was ist dir lieber: garantierter Höllenschmerz oder nur Vielleicht-Schmerz?«

Da war es wieder. Das altbekannte *Vielleicht.* Wie kam es, dass es in meinem Leben immer wieder auftauchte? War mein Leben nur ein großes *Vielleicht*? War jedermanns Leben nur ein großes *Vielleicht*? Unser Leben war nicht planbar, wir konnten nicht fest sagen, wann wir glücklich und wann wir traurig sein würden. Waren diese kleinen zehn Buchstaben dann nicht doch jene, die ich praktizieren statt meiden sollte? Wenn man alles annahm, wie es kam, wurde man dadurch glücklicher? Vielleicht würde *Vielleicht* doch die Antwort auf alles sein.

»Vielleicht-Schmerz«, murmelte ich leise vor mich hin, weil es irgendwie schön klang. Es klang nach der Hoffnung, dass es doch nicht so sehr wehtun würde, wie ich es befürchtet hatte. Es klang nach Zuversicht, den Schmerz, selbst wenn er auftauchen sollte, gut überstehen zu können. Es klang nach den Risiken der Liebe.

»Weißt du, Schatz«, meinte Mama nun und legte ihre Hand auf mein Knie. Kurz kniff sie die Augen zusammen und schien zu überlegen, ihr Blick fest auf das Fenster in Richtung Bienengarten gerichtet. »Eigentlich rolle ich bei den Bienensprüchen deines Vaters immer mit den Augen«, Papa griff über mich hinweg und kniff ihr liebevoll in die Seite, »aber einer ist mir tatsächlich stark im Gedächtnis geblieben: ›Kein Imker verlässt den Bienengarten, ohne jemals gestochen zu werden. Und trotzdem kehrt er stets zurück.‹«

Bei der Art und Weise, wie mein Vater meine Mutter ansah, wurde mir warm ums Herz. Lächelnd nickte er ihr zu.

»Das, was wir lieben, tut uns immer mal wieder weh«, fuhr Mama fort. »Wenn wir es nicht lieben würden, könnte es uns auch nichts antun – das ist eben der bittere Beigeschmack der Liebe. Aber wenn man sich vor den Schmerzen schützen will, sich davor versteckt, versteckt man sich genauso vor den guten Seiten. Man versteckt sich vor der Liebe. Und ist fehlende Liebe nicht genau das, was im Leben am meisten schmerzt?«

Niemals hätte ich gedacht, dass meine Mutter das Leben mal so gut in Worte fassen könnte. Wenn es um Ratschläge ging, hatte ich mich stets an Papa gewandt, denn während Mama meist in Eile und Hektik war, hatte Papa Ruhe ausgestrahlt und die besten Sprüche auf Lager gehabt. Meine Mutter hatte in der Erziehung den rationalen Part übernommen, mich alles Wichtige gelehrt, das man für die Zukunft braucht, damit ich bestens vorbereitet war. Mein Vater hingegen hatte die Dinge immer etwas lockerer gesehen und mir geraten, stets auf mein Gefühl zu hören, dann würde schon alles gut werden.

»Du hast recht«, meinte ich entschlossen. Die Vorstellung, Nick nun einfach so aus meinem Leben zu entfernen, nachdem ich ihn so tief hineingelassen hatte, war schmerzhafter als die Angst, von ihm verletzt zu werden. So oder so würde es sicherlich ein wenig wehtun, wieso sollte ich es also nicht riskieren? Ich hoffte nur, dass er das genauso sah, dass auch er mir noch vertrauen wollte und bereit war, diesen Vielleicht-Schmerz in Kauf zu nehmen.

Auch den Rest der Woche bekam ich Nick nicht mehr zu Gesicht. Ich hatte zwar vor, mich mit ihm auszusprechen, und hätte dafür einfach bei ihm vorbeischauen können, doch irgendwie wollte ich ihm noch etwas Zeit geben. Wenn Papa recht hatte, hatte Nick in all den Jahren hier keinen einzigen Tag Urlaub genommen, und ich wollte, dass er diese Tage nutzte, um den Kopf freizubekommen. Vielleicht brauchte er die Zeit, um über unsere Auseinandersetzung nachzudenken, musste mal wieder intensiv ein paar Tage mit seiner Schwester verbringen, vielleicht war es wirklich an der Zeit für eine Pause – diesen Freiraum wollte ich ihm geben. Also tüftelte ich weiter, las Mamas Bücher und verbrachte Stunden in der Rührküche. Auch wenn mir die Arbeit mit ihr Spaß machte und ich jeden Tag voller Vorfreude darauf wartete, dass eine positive Rückmeldung von der *Swiss-Botanica* in meinem Postfach eintraf, konnte ich trotzdem nicht ganz abschalten. Denn ich hatte noch immer Angst. Angst davor, dass Nick mich abweisen könnte, dass er sich weiter vor mir verschloss und dass irgendwo zwischen unseren Zeilen nun das Wort *Ende* geschrieben stand.

Sonntagnachmittag lief ich auf die Wildblumenwiese, die an unser Grundstück grenzte, und sammelte für Mama Wiesen-Flockenblumen, Löwenzahn und Butterblumen. Oder eher gesagt das, was davon übrig war. Auch hier konnte man erkennen, wie trocken der Boden war und dass Pflanzen und Wiesen nicht mehr genug Wasser bekamen. Es war so heiß wie selten, und als ich über die braungrünen Felder blickte, Risse in der Erde entdeckte und meine Heimat, die immer so sattgrün gewesen war, in einem tristen Braun betrachtete, fragte ich mich, wie schlimm es die nächsten Jahre werden würde, wenn sich nicht etwas änderte.

»Amelia!« Hastige Schritte raschelten weit entfernt auf dem trockenen Kies. Ich drehte mich um und sah, dass Caja auf mich zugerannt kam. Sie sah aufgebracht aus, schluchzte. Sofort lief ich ihr entgegen, ging in die Hocke und ließ sie in meine Arme fallen. Eine Zeit lang weinte sie in meine Halsbeuge, und ich schwieg, fuhr ihr einfach nur sachte über den Rücken. Ich hielt nach Nick Ausschau, für den Fall, dass er ebenfalls gleich hier auftauchen würde, doch der Weg in Richtung Ort blieb menschenleer. Sie war wieder allein, und bei ihren vielen Tränen überkam mich gar kein gutes Gefühl. War etwas passiert? Ging es Nick gut?

»Was ist denn los?«, fragte ich vorsichtig und löste sie aus meiner Umarmung. Aufgebracht fuhr sie sich über die nassen Wangen.

»Nick, er ...«, mein Herz rutschte mir in die Hose, dann deutete sie zurück, »Mama ist da, und sie ... sie war gar nicht auf Weltreise. Nick hat mich angelogen. Er hat gesagt, sie ist auf Weltreise, aber das war sie gar nicht, und sie haben sich gestritten. Ich weiß nicht, ob ich Mama noch mag, und zu Nick will ich auch nicht mehr zurück.«

Ihr Mund bewegte sich, aber so ganz verstand ich nicht, was sie sagte. Oder vielleicht doch, aber es ergab keinen Sinn. Mein Herz pochte mir bis in die Schläfen. Weil ich selbst nicht wusste, was ich dazu sagen sollte, nahm ich sie erneut in den Arm und drückte sie an mich. Dabei spürte ich, dass ich diese Umarmung, diesen Halt genauso sehr brauchte wie sie.

Aber was redete sie denn da? Ihre Mutter war hier? Die Mutter, über die Nick so ungern sprach und die ihn immer wieder in die Flucht geschlagen hatte? Verwirrt schüttelte ich den Kopf. Wieso ging Caja davon aus, dass sie nicht auf Weltreise gewesen war?

Mit felsenfester Entschlossenheit ließ ich von ihr ab, nahm sie an die Hand und führte sie ins Haus zu meinen Eltern, ehe ich mich auf den Weg zu Nick machte. So konnte das nicht weitergehen. Lange hatte ich genug Verständnis gezeigt, doch nun war es Zeit für die Wahrheit. Ich wollte sie wissen. Die ganze Wahrheit.

Kapitel 33

Nick

Lüge, Wahrheit, Lüge, Wahrheit.

Gedankenversunken rupfte ich die Blüten einer Mohnblume entzwei und ließ sie in das dunkle Wasser vor mir fallen. Auch wenn dieses Spiel es vorsah, mir zu sagen, was ich tun sollte, hatte ich mich doch schon entschieden. Meine Angst hatte sich entschieden. Sie wählte Lüge.

Das schwache Licht des Mondes spiegelte sich im See, zarte Wellen meiner Fußspitzen brachten sein Spiegelbild zum Tanzen. Es war längst nach Mitternacht, aber an Schlaf war für mich nicht zu denken. Seufzend hob ich die Postkarte, die neben mir auf dem Steg lag, und führte das Blatt Papier vor meine Augen. *Meine allerliebste Caja*, stand dort. Weiter war ich noch nicht gekommen.

Postkarte sechsunddreißig. So oft und viele Male mehr hatte ich Caja belogen, ihr ihre Mutter vorenthalten, war vor der Wahrheit weggerannt – und nun begann ich dasselbe Spiel mit Amelia. Nun verschwieg ich auch ihr die Wahrheit. Und mit jedem Tag, an dem ich mich weiterhin davor drückte, verschlimmerte ich das Ausmaß, das am Ende dabei rauskommen würde, immens.

Müde sah ich auf meine Uhr. Es war bereits kurz vor eins. Die letzten Abende hatten erst geendet, als ich gegen zwei Uhr nachts die Augen nicht mehr aufhalten konnte. Zu groß war das schlechte Gewissen meiner Schwester gegenüber, zu groß die Sorge, Amelia zu verlieren, und zu groß die Angst, dass man mich finden könnte.

Im Wald hinter mir knackste es, und ich drehte mich erschrocken um. Zwischen den Bäumen knackste es ständig. Immer war irgendwo ein Eichhörnchen oder ein Vogel unterwegs, Äste oder Kastanien fielen vom Baum – es war normal, dass der Wald atmete und lebte, und doch war ich seit Tagen noch aufmerksamer und schreckhafter. Ich fragte mich, ob ich beobachtet wurde, ob mir schwere Zeiten bevorstanden und ich bald alles verlieren würde. Diese Angst quälte mich, sie machte mich krank. Denn obwohl ich die Zeit mit Amelia genießen wollte, diesen Ort als mein Zuhause liebte und mich wohlfühlte, war da doch immer diese leise Stimme in meinem Hinterkopf, die mir zurief, dass bald alles vorbei sein würde.

Auch am nächsten Tag standen auf der neuen Postkarte an Caja noch immer dieselben drei Worte. Mittlerweile war Eva offiziell seit fast drei Jahren auf Weltreise, bald hatte ich alle gängigen Länder durch, bald würde auch Caja auffallen, dass das Verhalten ihrer Mutter seltsam war.

Verschlafen trat sie aus dem Hinterraum, wo unser Bett stand, und kam zu mir an den kleinen Küchentisch, der an der Wand befestigt war. Ich zog sie in meine Arme, drückte meinen Mund gegen ihren Hinterkopf und musste mich zusammenreißen, vor ihr nicht zu weinen. Ich wollte sie nicht verlieren, ich hatte ihr doch nie etwas Böses gewollt.

»Was ist denn los?«, fragte sie, und ich wunderte mich, woran sie erkannte, dass ich mir Sorgen machte. »Warum gehst du nicht mehr zur Arbeit?« Sie löste sich von mir und sah mich fragend an. »Müssen wir jetzt wieder woandershin?«

Mein Herz brach in tausend Stücke. Ich zwang mich zu einem Lächeln und schüttelte den Kopf.

»Nein.« *Hoffe ich.* »Keine Sorge. Ich habe einfach mal ein paar Tage frei. Ist doch gut, oder? Dann können wir zwei mal was zusammen machen. Auf was hast du Lust? Wollen wir schwimmen gehen?«

Meine Worte zeigten ihre Wirkung und beruhigten sie. Caja nickte hastig.

»Können wir in den Tierpark gehen? Da wollte ich schon immer mal hin.«

Schweren Herzens stimmte ich zu. Ich fühlte mich schrecklich, außerdem hatte ich ein schlechtes Gewissen Peter und Anita gegenüber – ganz davon abgesehen, wie furchtbar leid es mir für Amelia tat. Zwar war die meiste Arbeit getan, und die nächsten Ernten standen erst wieder im Herbst an, doch es war seltsam, nicht arbeiten zu gehen. Und das schon seit Tagen. Noch nie in meiner ganzen Zeit hier hatte ich die Karls so lange nicht gesehen.

Ich weiß nicht, wann ich das letzte Mal so intensiv und so viel Zeit mit meiner Schwester verbracht hatte, doch ich merkte, dass es mir fehlte. Wir gingen schwimmen, picknickten, besuchten den Tierpark im Nachbarort, wofür Karl uns seinen Wagen lieh und wo Caja einen Ausritt in einer Gruppe unternehmen konnte. Nicht nur einmal fragte sie dabei nach Amelia und warum sie nicht mitkommen durfte, und nicht nur einmal verlor ich mich dabei wieder in meiner Angst und dem Schmerz, den sie mit sich brachte. Die meiste Zeit mit Caja konnte ich zwar etwas abschalten und die Momente genießen, doch nicht selten wurde mir immer wieder bewusst, warum ich das hier tat. Warum ich tagelang nur mit Caja verbrachte und Amelia aus dem Weg ging. Warum ich nicht in der Imkerei war und mich versteckte. Warum ich mich durchgehend beobachtet fühlte.

Die Sonne stand schon tief, als wir Sonntag am späten Nachmittag auf einer Decke am See lagen und ich Caja aus ihrem *Wilde Hühner*-Buch vorlas. Um uns herum zirpten Grillen, der Wind raschelte in den Baumwipfeln, und es hatte sich so gut abgekühlt, dass die Sonne zusammen mit dem frischen Wind einer wohltuenden Decke glich, die uns wärmte.

»Ich habe Durst«, unterbrach Caja mich verschlafen und rieb sich über die Augen. Sie war kurz vorm Einschlafen. Ich wusste, dass sie nicht mehr lange durchhalten würde. Also legte ich das Buch zur Seite, stand auf und lief zum Wohnwagen, um ihr ein Glas Wasser zu holen.

Gähnend trat ich zwischen den Bäumen hindurch. Die letzten Tage waren anstrengender gewesen als jeder normale Arbeitstag. Durchgehend ein junges Mädchen zu bespaßen, dabei ständig unter Anspannung zu stehen und nachts nicht wirklich zu schlafen, ging irgendwann an die Substanz. Vielleicht würde ich diese Nacht etwas besser schlafen können. So erschöpft, wie ich war, fiel ich sicherlich sofort ins Bett.

Hinter einer Fichte tauchte unser Wohnwagen auf. Ich stockte, blieb stehen und starrte auf die offene Tür, von der ich mir sicher war, dass ich sie geschlossen hatte. In meinem Magen grummelte es unangenehm, und ich musste schlucken. Säure stieg mir den Rachen empor, die Angst brannte in meiner Kehle. Denn auch wenn ich noch immer hinter einem Baum stand, auf die geöffnete Tür starrte und mich zu erinnern versuchte, ob ich sie nicht doch offen gelassen hatte, kannte ich die Wahrheit bereits. Ich wusste, wer die Tür geöffnet hatte, ich wusste, von wem das Rumpeln kam, das im Inneren ertönte. Es war, als hätte ich die Wahrheit schon vor Tagen realisiert, als hätte ich gewusst, was uns bevorstand. Mit jedem Mal, in dem ich ein Starren im Nacken gespürt hatte, mit jedem Mal, in dem ich mich unwohl gefühlt, und mit jedem Tag, den ich so intensiv mit Caja verbracht hatte, hatte ich gewusst, dass es wegen *ihr* war, dass *sie* uns gefunden hatte und nun alles vorbei war.

Endlich setzte ich mich in Bewegung. Benommen trat ich einen Fuß vor den anderen, konnte nichts sagen und nichts tun. Es war, als würde ich nicht vom Fleck kommen. Wie in einem Traum, in dem man rennen wollte, aber nicht konnte. Wie in Zeitlupe kam ich dem Wohnwagen näher, das Rumpeln wurde lauter, mein Herz schneller. Und als sie im Türrahmen vor mir stand, war ich mir sicher, dass es ganz aussetzen würde.

Eva.

»Nick!« Sie lachte gehässig, taumelte durch die Tür. Ihr Gang war noch immer genauso wackelig wie damals, ihr Geruch noch immer genauso alkoholisch und das Lächeln noch immer genauso unecht. Sie trug eine graue Sweatshirt-Jacke, dazu zerrissene Jeans und uralte Chucks. In ihrer Hand ein Stapel Postkarten. »Elias, sieh mal, wer sich endlich blicken lässt!«

Hinter ihr tauchte ein großer stämmiger Mann auf. Er hatte schwarzgraues Haar, war ebenso wackelig auf den Beinen und mit seinen vielen Tattoos an Händen, Armen und Hals genau das Klischee von Mann, das Eva immer so geliebt hatte.

Grinsend hielt sie eine Postkarte hoch, als er seinen Arm um ihren Nacken schlang und mich schmatzend musterte. »Geliebte Caja«, las sie vor und verzog belustigt das Gesicht, »heute bin ich in Ägypten angekommen. Genauer gesagt in Achmim.«

Hinter mir knackste es, und ich sah hastig zurück. Hoffentlich war Caja schon eingeschlafen und bekam hiervon nichts mit.

»Was ist das?«, fragte Eva. »Ist das dein Ernst?« Ihr rauchiges Lachen ging mir durch Mark und Bein. »Du erzählst Caja, ich sei auf Weltreise? Machst du das, um dein Gewissen zu reinigen? Weil du weißt, dass du ihr die Mutter genommen hast? Was stimmt nicht mit dir?«

»Was willst du?«, unterbrach ich sie und rümpfte verärgert die Nase. In mir brodelten alle Emotionen, die ich in den letzten Jahren vor der Außenwelt versteckt hatte. Wut, Angst, Schmerz. So viel Schmerz. Von jetzt auf gleich spürte ich wieder die Leere, die Eva lange Zeit in mir ausgelöst hatte, fühlte mich wertlos und für nichts zu gebrauchen. Alles, was ich mir hier in Engelsberg aufgebaut hatte, alles, was Amelia und die anderen Einwohner mir gegeben hatten – die Liebe, den Wert, das Gefühl, willkommen zu sein, – machte sie mit einem Mal wieder zunichte. Sie hatte kein Recht, hier aufzutauchen und sich Caja wiederzuholen.

Eva reckte den Hals und betrachtete die Umgebung. »Och, ist doch ganz schön hier. Ich dachte, ich mache hier Urlaub.« Lachend stimmte Elias ihr zu.

Bei ihrer provokanten Art ballten sich meine Hände automatisch zu Fäusten. Sie hatte sich kein Stück verändert.

»Macht das gefälligst woanders«, presste ich hervor, woraufhin sie mich wütend anfunkelte.

»Drei Jahre, Nick.« Sie trat einen Schritt näher, so nah, dass ich ihre Alkoholfahne riechen konnte. »Drei Jahre habe ich euch gesucht, drei Jahre habe ich mit meiner Tochter verloren. Du hast sie mir genommen!«

»Du hast mir so viel mehr genommen!«

»Oh, heul doch. Wollen wir jetzt gemeinsam weinen? Komm endlich drüber hinweg!«

Tränen aus Schmerz und Wut sammelten sich in meinen Augen. Schnell blinzelte ich sie davon. Sie hatte meine Gefühle nicht verdient.

»Wie hast du uns gefunden?«

Nun zuckten ihre Mundwinkel gehässig. »Da gingen ein paar Videos im Internet rum, von irgendeiner Amelia. Süßes Mädchen. Zum Glück konnte ich auf einem der Videos Caja erkennen. Das eine Muttermal an ihrem Handgelenk hat sie von mir. Ich habe das gleiche.«

In mir brodelte es. Ich war wütend. Wütend auf Eva, wütend auf Amelia, aber noch wütender auf mich selbst. Ich hätte besser aufpassen müssen, hätte mich noch besser abschotten und Caja dadurch besser schützen müssen. Es war ein Fehler gewesen, mich niederzulassen und Engelsberg und all seine Bewohner in mein Herz zu lassen. Ein Zuhause existierte für mich einfach nicht, Liebe existierte für mich nicht – und erst recht keine wie diese. Wie hatte ich nur so naiv sein können?

»Ich habe mir ihre Fotos mal angesehen, ist ja echt ganz nett hier. Und Gott, wie hübsch sie ist. Ich habe mitbekommen, dass du bei ihren Eltern in der Imkerei arbeitest. Vielleicht sollte ich ihr auch mal einen Besuch abstatten und ihr danken, dass sie mich zurück zu meiner Tochter geführt hat.«

Mein Kiefer zuckte bei ihrer Bemerkung über Amelia so stark, dass die Knochen krachten. »Du lässt Amelia da gefälligst raus!«

Überrascht öffnete sie den Mund. »Ach, sieh an. So ist das also. Du bist verknallt.« Eva verschränkte die Arme vor der Brust und lachte, dabei musterte sie mich von oben bis unten. »Weiß sie, dass du ein krimineller Kindesentführer bist, oder hast du sie auch belogen wie Caja? Wie würde die Imkerei dastehen, wenn rauskäme, dass sie einen Straftäter beschäftigen?«

Langsam reichte es mir. »Du weißt ganz genau, dass das nicht stimmt!« Nun brüllte ich beinahe.

Elias legte seine Finger auf meine Brust und schob mich zurück. »Hey, ganz ruhig!« Abwertend schüttelte ich ihn ab.

»Ach nein?« Eva hob die Brauen. »Hast du Caja etwa nicht entführt? Hast du sie nicht von ihrer Mutter getrennt?«

»Eine Mutter, die sich einen Scheißdreck um sie gekümmert hat. Warum kommst du jetzt an? Warum interessiert es dich jetzt? Du wolltest nie Kinder haben!«

»Das stimmt nicht«, entgegnete sie ruhiger als erwartet. Fast meinte ich, Reue in ihrem Blick zu erkennen. Konnte das wirklich sein? »Es war nur zu früh. Ich war einfach noch nicht bereit.«

»Und jetzt bist du es?«

Sie nickte. »Ich möchte es wenigstens versuchen.«

Hin- und hergerissen brachte ich etwas Abstand zwischen uns. Ich durfte Caja nicht verlieren, ich wollte ihr das Leben, das wir uns hier aufgebaut hatten, nicht nehmen. Gleichzeitig fragte ich mich, ob es ein Fehler gewesen war, ihr die Mutter vorzuenthalten.

»Ich kann Caja direkt mitnehmen.« Neugierig sah sie sich nach ihr um, doch ich stellte mich ihr in den Weg.

»Caja geht nirgendwohin ohne mich.«

Ein sarkastisches Lächeln machte sich auf ihrem Gesicht breit, ehe sie den Kopf schief legte. »Süß. Dann kommst du halt mit.«

»Das kannst du vergessen. Hier ist unser Zuhause, hier fühlt sich Caja wohl.«

»Und das kannst *du* vergessen, Nick!«, zischte sie und kam wieder einen Schritt auf mich zu. In ihren Augen lag so viel Abneigung. So viel Hass. All die Jahre hatte sie mir so wenig Wert zugeschrieben, dass ich auch langsam angefangen hatte, mich selbst zu hassen.

Nun wurde sie wieder etwas ruhiger, und ich ahnte Schlimmes.

»Du hast jetzt genau zwei Möglichkeiten.«

Kapitel 34

Amelia

Man hätte meinen können, ich hätte aus meiner Fahrrad-fahren-mit-Kleid-Aktion gelernt. Hatte ich eigentlich auch. Trotzdem schwang ich mich nun samt sommerlichem Minikleid auf mein Fahrrad und raste Richtung Wohnwagen.

Mama und Papa waren ratlos gewesen. Sie gaben es nicht gern zu, doch man merkte ihnen an, dass auch sie langsam misstrauisch gegenüber Nick wurden. Vor ein paar Wochen hätte ich das noch gut gefunden. Ich wäre erleichtert gewesen, dass ich endlich nicht mehr die Einzige war, die Nick nicht traute. Nun wünschte ich mir, dass all das nicht wahr wäre, Papa mir weiterhin ins Gewissen redete, dass Nick doch nur ein einfacher junger Mann war, der in Ruhe gelassen werden wollte. Ich wünschte, es wäre so. Doch ich konnte so nicht weitermachen. Viel zu lange hatte ich das schlechte Gefühl ihm gegenüber ignoriert.

Das grelle Abendlicht der Sonne blendete mich, als ich durch den Ort in Richtung Wald radelte. Fast übersah ich dabei einen Bordstein, konnte das Lenkrad aber rechtzeitig umreißen. Cajas Mutter war also tatsächlich nicht auf Weltreise. Oder hatte sie das falsch verstanden? Schon die ganze Zeit hatte ich im Gefühl gehabt, dass da irgendetwas nicht stimmte. So vieles passte nicht zusammen, fühlte sich einfach seltsam an.

Endlich erreichte ich den Waldrand. Die hohen Baumwipfel schützten mich vor der grellen Abendsonne. Mit pochendem Herzen radelte ich an Karls Hütte vorbei, näherte mich von hinten dem Wohnwagen. Mit einem Satz schwang ich mich vom Fahrrad und ließ es einfach liegen. Das Blut raste durch meine Adern und dröhnte in meinen Ohren. Je näher ich kam, desto lauter wurden die Stimmen. Da war Nicks. Sie war aufgebracht, wütend und panisch. Und dann hörte ich noch eine weibliche, rauchige und ältere Stimme, die mir umgehend eine Gänsehaut bescherte.

»... sonst hole ich die Polizei, und die buchten dich ein!«

»Polizei?«, kam es aus meinem Mund. Ich trat um den Wohnwagen herum und starrte Nick geschockt an. Es war also wahr. Schon im Restaurant damals war er unruhig geworden, als er die Polizei gesehen hatte. Weshalb fürchtete er sich vor ihr?

Mein Blick ging in die Runde. Vor Nick stand eine sehr schlanke große Frau, die Haare schwarz gefärbt, der Ansatz wuchs hell nach. Neben ihr lehnte ein tätowierter Mann mit Jeansjacke, schwarzer weiter Hose und Boots am Wohnwagen. Eigentlich mochte ich Tattoos, vor allem, wenn es ganz viele waren und sie zusammen ein großes Bild ergaben – doch dieser Mann hier hatte etwas Dunkles an sich. Sie beide. Als kämen sie aus einer ganz anderen Welt, und bei ihrem Anblick fragte ich mich, ob dies die Welt war, aus der Nick geflüchtet war.

»Amelia«, hauchte er verzweifelt und kam auf mich zu. Ich wich einen Schritt zurück. In meinen Augen brennende Tränen.

»Was ist hier los? Caja ist total aufgelöst, und auch ich habe keine Lust mehr auf dieses Versteckspiel. Wer bist du, Nick? Und warum will diese Frau die Polizei rufen?«

Sie lachte gehässig. »Na, weil er meine Tochter entführt hat, deshalb!«

Ich brauchte einen Moment, um zu realisieren, was sie da gesagt hatte. Nein, eigentlich realisierte ich es ganz und gar nicht. Nick hatte Caja entführt?

»Was?«, flüsterte ich, schüttelte den Kopf und starrte Nick an. Ich wünschte, ich hätte in seinem Gesicht erkennen können, dass sie log. Doch er wirkte so verzweifelt, so reuevoll. In seinem Blick stand die schreckliche Wahrheit geschrieben, ich wollte sie nicht lesen. Das konnte nicht sein.

»Nein!«, rief ich. »Das kann nicht sein. Nick würde niemals jemandem etwas antun.« Je mehr ich den Kopf schüttelte, ihn mit dieser Gestik regelrecht anflehte, mir zuzustimmen und endlich den Mund aufzumachen, dieser Frau zu sagen, dass sie falschlag, desto mehr Tränen sammelten sich in seinen Augen an. Nick stand vor mir, die Schultern hängend. Ich sah, dass seine Lippen zitterten, und mit der Realität, die mich wie ein Schlag traf, brach mein Herz in tausend Stücke. Ich hatte recht gehabt. Von Anfang an hatte ich mit meinem Gefühl, dass mit Nick irgendetwas nicht stimmte, recht gehabt. Und noch nie zuvor hatte ich mir so sehr gewünscht, falschgelegen zu haben.

»Das kannst du dir gern einreden, Süße.« Die Frau kam ein paar Schritte auf mich zu. Mit schief gelegtem Kopf musterte sie mich, der hochgewachsene Mann begleitete sie. Er verschränkte die Arme vor der Brust. Unter seinem Blick fühlte ich mich widerlich und unwohl. »Es stimmt nur leider nicht. Dein lieber Nick war schon als Teenager kriminell, nicht wahr?« Sie drehte sich zu ihm um. Mittlerweile starrte er nur geknickt zu Boden, nicht mehr dazu imstande, mich anzusehen. Sein Schweigen war Antwort genug. Fassungslos schüttelte ich den Kopf und brach in Tränen aus.

»Du musst doch nicht weinen«, säuselte die Frau. Ich wusste noch immer nicht, wer sie war. Cajas Mutter? Seine Mutter? Wer war sie? Wer war *er*? Nick. »Keine Sorge, er wird bald weg sein. Oder, Nick?«

Sie ging auf ihn zu, er sah auf. Seine Augen waren blutunterlaufen, die Tränensäcke geschwollen. Kurz zuckte sein Blick in meine Richtung, hielt meinem enttäuschten Starren aber nicht lange stand. Die Frau legte eine Hand auf seine Schulter, klopfte darauf. Dann machte sie kehrt und entfernte sich vom Wohnwagen.

»Zwei Tage, Nick«, rief sie ihm warnend zu. »Du hast zwei Tage Zeit.«

Es dauerte nicht lange, da waren die zwei in der Dunkelheit des Waldes verschwunden, und Nick sank erschöpft auf die Knie. Ein Schluchzen löste sich aus seiner Kehle, als er das Gesicht in die Hände drückte. Durch den Schleier meiner eigenen Tränen sah ich seinen Körper beben, wäre am liebsten zu ihm gegangen und hätte ihn in den Arm genommen. Nick. Den Mann, in den ich mich verliebt hatte. Doch er existierte nicht. Ich hatte mich in ein Schauspiel verliebt, in etwas, das nicht real war.

»Sag mir nur eins«, krächzte ich und kam einen Schritt näher. »Stimmt es? Sagt sie die Wahrheit?«

Langsam nahm er seine Hände vom Gesicht, starrte auf den Boden, bis er schließlich nickte. »Es stimmt.«

Mein Magen fühlte sich an, als würde er sich einmal umdrehen. Schmerzerfüllt krümmte ich mich zusammen und schluchzte laut auf. Ich entfernte mich ein paar Meter von ihm und raufte mir die Haare. Wie hatte ich ihn nur so tief in mein Leben lassen können? So tief in mein Herz ...

»Du hast einer Mutter einfach so die Tochter genommen?«, fragte ich erneut, weil ich es immer noch nicht verstand.

»Eva ist auch meine Mutter«, flüsterte er, »aber sie hat diese Rolle nie spielen wollen, sie hat *uns* nicht gewollt. Für mich ist sie keine Mutter, weswegen ich sie nie als solche bezeichnet habe.«

»Und deswegen entführst du deine Schwester?«

Nick erhob sich. Die Schultern hängend, drehte er sich um und lief in Richtung See. »Ich habe dir gesagt, dass du es nicht verstehen wirst.«

Ich eilte ihm hinterher, fasste ihn am Arm und wirbelte ihn herum, nur um ihn dann wütend zurückzuschubsen. »Nein! Damit ist jetzt Schluss, Nick! Du haust jetzt nicht einfach ab, du machst jetzt nicht einfach wieder dicht! Ich habe gespürt, dass etwas nicht stimmt, ich habe es die ganze Zeit gewusst. Und trotzdem habe ich dir vertraut, trotzdem habe ich mir einzureden versucht, dass mein Gefühl falschliegt. Weil ich *wollte,* dass es falschliegt. Ich *wollte,* dass du bei mir bist, wollte, dass du der Mann bist, in den ich mich ...« Überrascht blickte er auf, als ich die Worte aussprechen wollte, die ich selbst noch nicht so richtig realisiert hatte. Doch es stimmte. »... in den ich mich verliebt habe. Okay? Jetzt ist es raus. Ich habe mich in dich verliebt, und ich will jetzt verdammt noch mal wissen, was hier abgeht. Wer zur Hölle bist du, und was hast du getan?«

Kapitel 35

Nick

Amelia starrte mich aus geröteten Augen nieder, und ich verlor mich einen Moment in ihnen. Darin konnte ich unsere erste Begegnung erkennen, ihren Ärger, weil ich sie mit dem Wagen verdreckt hatte. Ich sah das Leuchten der Traumlichterketten, das verträumte Flattern ihrer Lider, bevor ich sie das erste Mal geküsst hatte, die Matschsprenkel in ihrem Gesicht bei unserer Schlammschlacht und ihr breites Lachen, das sich in zarten Fältchen um die Augen zeigte. Meine Brust schmerzte, denn hier in Amelias Augen sah ich all die Momente, die ich nun gehen lassen musste. Die Momente, die ich für immer verlor.

Verzweifelt schüttelte ich den Kopf, denn ihre Worte hallten noch immer in mir nach. Sie hatte sich in mich verliebt, und ich war dazu verdammt, ihr das Herz zu brechen.

»Ich bin Nick«, beantwortete ich flüsternd ihre Frage. »Nick Moser. Der nervige Sprücheklopfer, der Bienenliebhaber. Genau der Nick, den du kennengelernt hast. Und ich glaube, in meinem ganzen Leben noch nie so sehr ich selbst gewesen zu sein, wie ich es mit dir war.«

Ihre Mundwinkel verzerrten sich, ehe sie sich abwandte und in Richtung See lief. Mit dem Rücken zu mir blieb sie stehen. Ich konnte am Beben ihrer Schultern erkennen, dass sie wieder weinte.

»Warum ...?«, begann sie, doch ihre Stimme brach. Langsam trat ich neben sie. »Warum sagst du mir nicht einfach, was los ist?«

»Weil ich Angst habe, dass du mich hassen wirst. Ich hasse mich selbst, meine Mutter hasst mich. Ich bin mit Hass groß geworden, kannte es nicht, dass man in mir irgendeinen Wert sah. Du hast ihn gesehen, und ich wollte das nicht verlieren. Ich wollte meine Vergangenheit einfach hinter mir lassen.« Ich sank zu Boden und setzte mich erschöpft ans Ufer. Amelia sah mich eine Zeit lang an, ehe sie sich neben mich gesellte.

Dann begann ich endlich mit der Wahrheit. »Eva, sie ... sie hat schon immer Probleme gehabt. Drogenprobleme. Weder Caja noch ich waren Wunschkinder. Wir waren Unfälle. Unsere Väter kennen wir nicht. Wir wohnten am Rande von Bern im Armenviertel in unserem Wohnwagen, Eva war nie da. Immer war sie irgendwo unterwegs, hatte jede Woche einen neuen Freund dabei, der ihr nicht guttat und mich schlecht behandelte, wenn sie von ihrer Schicht in einer Kneipe in der Stadt zurückkam. Manchmal war sie tagelang einfach fort, und ich wusste nicht, wo sie war oder ob sie überhaupt noch ...« Meine Stimme brach bei den Erinnerungen daran, wie sie manchmal im Vollsuff nach Hause gekommen war. »Ob sie überhaupt noch lebte«, beendete ich mühsam meinen Satz.

Amelia musterte mich mit einer so nichtssagenden Miene, dass es fast schon schmerzte.

»Ja, ich war als Teenager kriminell. Doch ich musste es sein. Ich musste klauen, um etwas zu essen zu bekommen, um mir neue Klamotten zu besorgen, um im Winter nicht zu frieren. Nach Cajas Geburt war Mama fast zwei Wochen weg, irgendwo im Nirgendwo, durchgebrannt mit einem neuen Typ. Ich war zu dem Zeitpunkt gerade erst sechzehn Jahre alt, hatte eine vollkommen rebellische Phase, und mir war einfach alles egal. Fast täglich war ich in Prügeleien verwickelt, erschien an manchen Tagen gar nicht erst zur Schule und war ein ziemlich schwieriges Kind, was es meiner Mutter nicht leichter gemacht hat, mich zu lieben und zu akzeptieren. Und nun musste ich mich als unverantwortlichster Teenager, den es überhaupt gab, plötzlich um ein Baby kümmern. Ich hatte gar keine Ahnung von Kindern und war kurz vorm Verzweifeln, weil ich das Gefühl hatte, alles falsch zu machen und Caja nur zu schaden. Zum Glück hat Gabi mir etwas geholfen, eine ältere Dame aus der Nachbarschaft, die zwar ihre eigenen zwielichtigen Probleme mit sich herumtrug, aber immer gut zu mir gewesen ist.«

Ehe ich weitersprach, brauchte ich einen Moment, um mich zu sammeln. »Jahrelang war da so viel Wut in mir. Wut auf meine Mutter, darauf, dass sie mich nicht liebte und für jeden Mann, den sie nur ein paar Stunden kannte, mehr Liebe übrig hatte als für ihren eigenen Sohn. Als Caja kam, wollte ich etwas ändern. Irgendwie hatte ich mich mit meinem Leben abgefunden, damit, dass ich für meine Mutter und andere nichts wert war und niemals eine ordentliche Zukunft haben würde. Doch bei Caja wusste ich, dass sie anders aufwachsen sollte. Sie sollte Liebe spüren, immer Essen bekommen, wenn sie es brauchte, jemanden haben, der für sie da war und sie schützte. Von jetzt auf gleich wandelte ich mich zu einer vollkommen neuen Person, wollte für Caja ein besserer Mensch sein und versprach ihr, sie irgendwann dort rauszuholen. Und als sie dann fünf Jahre alt wurde und unsere Mutter mal wieder tagelang verschwunden war, machte ich kurzen Prozess und fuhr einfach los. Keine Ahnung, wohin, ich wusste nur, dass ich schleunigst woanders sein wollte. Vielleicht wollte ich auch einfach *wer* anders sein. Irgendwo neu anfangen, alles hinter uns lassen. Du kannst dir vorstellen, dass Caja die Welt nicht mehr verstanden hat. Ich habe sie in ihren fünf Jahren zu Hause immer gut genug von den schlechten Seiten ihrer Mutter abgeschirmt, sie vor dem Anblick von ihr im Vollsuff geschützt. Manchmal hatte Eva auch gute

Tage, war bei uns, und man merkte, dass sie sich Mühe geben wollte. Diese Stunden mit ihr hat Caja in sich gespeichert und sie als guten Menschen in Erinnerung – was schön ist, aber natürlich war es für sie dadurch umso schlimmer, dass wir Eva verlassen mussten.«

»Und dann seid ihr hier gelandet.« Als ich eine kurze Pause machte, meldete sich Amelia zu Wort. Aufmerksam sah sie mich an, presste die Lippen aufeinander.

»Ja«, hauchte ich und nickte. »Es war, wie Caja gesagt hat: Unser Wohnwagen hat sich Engelsberg ausgesucht. Kurz vorm Ort hat er den Geist aufgegeben. Karl Lassing hat uns aufgegabelt, und eigentlich hatten wir nie vor, so lange zu bleiben. Doch je mehr ich die Einwohner kennengelernt habe, desto mehr durfte ich mit anpacken, und es fühlte sich so gut an, endlich irgendwo wirklich gebraucht und wertgeschätzt zu werden. Als ich deinen Vater traf und er mir die Welt der Bienen zeigte, stand für mich fest, dass ich bleiben wollte. Die Arbeit mit den Tieren, die Ruhe, die sie ausstrahlen – noch nie habe ich mich so friedlich gefühlt. Auch Caja liebt es. Sie liebt die Natur, die Menschen, vor allem deine Eltern. Trotzdem fragte sie weiterhin ständig nach ihrer Mutter, und weil ich einfach maßlos überfordert war, habe ich ihr das Erste erzählt, das mir in den Sinn kam: dass Mama auf Weltreise ist und deshalb nicht mitkommen kann. Caja fand die Vorstellung verschiedener Länder schön, hat sich immer gefreut, wenn eine neue Postkarte eintraf, die eigentlich ich geschrieben hatte. Doch mit jedem Tag, an dem sie nach ihrer Mutter fragte, hasste ich mich ein Stück mehr für das, was ich ihr antat.« Ein Schwall aus Tränen überkam mich. Es war vorbei. Ich verlor Caja tatsächlich, ich war dafür verantwortlich, dass ihr Leben aus den Angeln gerissen wurde. Meine Schultern bebten, verzweifelt raufte ich mir die Haare und vergrub mein Gesicht in den Händen.

»Täglich habe ich damit gerechnet, dass sie mich finden oder bei der Polizei anzeigen würde, bis ich irgendwann ruhiger geworden bin und realisiert habe, dass es vielleicht möglich wäre, mein Leben mit Caja hier in Frieden zu verbringen. Meine Vergangenheit rückte in den Hintergrund, ich baute uns ein Zuhause auf, wurde immer mehr zu einem waschechten Engelsberger und dachte, ich könnte das, was ich getan habe, einfach hinter mir lassen. Und dann kamst du. Liebe war für mich immer nur etwas, das in Büchern oder Filmen existierte. Mama hat ihre Freunde nie geliebt, sie hat mich nicht geliebt. Ich meine, ich liebe Caja über alles, aber Liebe für eine fremde Person zu empfinden, war einfach …« Ich brach ab. Als ich aufblickte, sah Amelia mich an. In ihren Augen schimmerten Tränen. Das letzte Licht des Tages brach sich darin. Wie Perlen. Goldschimmernde Perlen. Und kurz erhoffte ich mir ein zartes Lächeln von ihr.

»Es war absurd für mich, mich überhaupt zu verlieben«, fuhr ich fort. »Ich dachte, ich kann es nicht, ich dachte, ich bin wie meine Mutter und kann nicht lieben. Außerdem war es für mich unvorstellbar, dass ich überhaupt von jemandem zurückgeliebt werden könnte. Wenn du mit Hass aufwächst, fängst du irgendwann an, dich selbst zu hassen. Ich … ich habe mich gehasst, bin davon ausgegangen, dass meine Bedürfnisse nichts wert sind und ich meine ganze Energie in Caja stecken sollte. Aber nicht mit dir. In der Zeit mit dir habe ich mich nicht gehasst.« Langsam rappelte ich mich auf, sah hoch und erkannte, dass Amelias Kiefer zuckte. Auch sie kämpfte. Kämpfte mit ihren Gefühlen und der bitteren Wahrheit. »Deine Ehrlichkeit und dein Mut, über deine Ängste und dein Scheitern zu sprechen, deine Entschlossenheit, etwas verändern zu wollen – das alles hat auch meine Ängste, meine Vergangenheit wieder hervorgeholt. Ich habe angefangen, wieder mehr darüber nachzudenken, vielleicht doch mit Mama abzuschließen, doch ehrlich zu sein. Aber ich habe es nicht geschafft, ich war zu feige. Also ja – ich habe mich auch in dich verliebt, und ja, ich hätte mit dir sprechen sollen, ich wusste einfach nur nicht, wie …« Meine Lippen bebten, ich spürte, dass mich die Verzweiflung wieder einholte. »Ich wusste nicht, was ich tun sollte. Und jetzt …« Meine Stimme brach. Neue Tränen fluteten meine Sicht, und ich hätte am liebsten in irgendetwas reingeschlagen. Am besten in mich selbst. Dafür, dass ich es so weit hatte kommen lassen. »Jetzt werde ich Caja für immer verlieren.«

Mit dieser Erkenntnis brach ich vollkommen in mir zusammen, doch mit einem Mal schlang Amelia ihre Arme um meinen Körper, und ich sank erschöpft auf ihren Schoß. Ohne darüber nachzudenken, krallte ich mich an sie, weil ich wusste, dass es das letzte Mal sein würde. Auch Amelia verlor ich. Ihre warme Hand ruhte auf meinem Rücken, ich konnte deutlich ihren Herzschlag hören. Er raste, war genauso aufgebracht wie meiner, ihr Herz genauso gebrochen wie meines. Vielleicht war das alles, was wir sein sollten. Ein Herz, das brechen musste, um unsere Vergangenheiten hinter uns lassen und nach vorn sehen zu können. Vielleicht waren wir nur unser beider Ventile und setzten unsere Wege allein fort, sobald unsere Tränen entleert waren.

»Du hättest mit mir reden müssen«, hauchte Amelia, immer noch hörbar enttäuscht. Ich richtete mich auf, sah sie an. Ihr Blick war in die Ferne gerichtet, während sie sachte den Kopf schüttelte und die Stirn in Falten legte.

Ausgelaugt lehnte ich mich auf meine Knie und nickte. »Ich weiß«, flüsterte ich. »Aber das spielt jetzt sowieso keine Rolle mehr. Caja und ich werden gehen müssen.«

Rasch wandte sie sich mir zu. Ihre Augen weit aufgerissen. »Wie meinst du das?«

»Eva hat mir ein Ultimatum gestellt. Entweder sie zeigt mich an, oder ich komme mit Caja zurück nach Bern.«

»Wieso will sie das so plötzlich?«

Wütend dachte ich an sie, an meine Mutter. Eine Mutter, die mir alles nahm, was ich liebte. »Sie meinte, dass sie vor Kurzem herausgefunden hat, dass sie keine Kinder mehr bekommen kann und sie das wachgerüttelt hat. Sie möchte wieder mehr Zeit mit Caja verbringen, schließlich wollte sie schon immer lieber ein Mädchen als einen Jungen haben. Ich glaube ihr aber kein Wort. Sie gönnt mir dieses Glück nicht, sie ist einfach nur stur darauf aus, mir alles kaputt zu machen.«

»Und das wars also? Du willst das einfach so hinnehmen, ohne zu kämpfen?«, fragte sie aufgebracht.

»Ich habe keine andere Wahl.«

»Natürlich hast du die! Du hast die Wahl, endlich mal zu kämpfen, mal keine Angst zu haben, mal nicht feige zu sein.«

»Wenn ich verhaftet werde und mir ein Prozess bevorsteht, wird das Jugendamt Cajas Situation prüfen und merken, dass sie bei ihrer Mutter auch schlecht dran ist. Das weiß Eva, und sie weiß auch, dass ich es niemals so weit kommen lassen würde. Denn dann müsste Caja ins Heim oder zu einer Pflegefamilie, das könnte ich ihr niemals antun.«

»Und stattdessen willst du sie zurück in dieses Höllennest schicken? Warum suchst du dir keine Hilfe? Meine Eltern würden sofort ...«

»Wenn ich euch da mit reinziehe, steht die Imkerei am Ende auch noch schlecht da. Das haben deine Eltern nicht verdient, erst recht nicht jetzt, wo es sowieso schwierig für sie ist.«

»Hör auf mit diesem Quatsch. Du weißt, dass meine Eltern alles für dich tun würden. Nimm doch ein einziges Mal die Hilfe an, die dir geboten wird.«

Verwirrt blickte ich auf und entdeckte Wärme in Amelias Ausdruck. Trotz meiner Wahrheit war der Funke in ihren Augen, wenn sie mich ansah, nicht erloschen. Aber wie konnte das möglich sein?

»Wieso ...«, stammelte ich, »wieso willst du mir denn überhaupt helfen? Nach allem, was ich getan habe.«

Sie wandte sich ab, schwieg einen Moment.

»Meine Hilfe gilt nicht dir, sie gilt Caja. Ich finde es nicht okay, was du getan hast, und bin zutiefst verletzt, dass du mir nicht die Wahrheit gesagt hast. Ich weiß nicht, ob ich dich überhaupt wiedersehen möchte. Aber ich verstehe, weshalb du so bist, wie du nun mal bist. Ich verstehe deine Ängste, deine Sorgen und dein Handeln – und dafür hast du mein Mitgefühl. Es ist nicht richtig, diese Frau damit einfach so davonkommen zu lassen.«

Ich hätte nicht gedacht, dass mein Herz erneut brechen konnte. Nach all den vielen Scherben, die der heutige Tag hinterlassen hatte, lösten Amelias Worte so viel Schmerz in meiner Magengrube aus, dass ich schlucken musste.

Ich weiß nicht, ob ich dich überhaupt wiedersehen möchte.

Wir schwiegen eine gefühlte Ewigkeit, starrten in die Dunkelheit vor uns. Meine Gefühle waren zu laut, unsere Stille zu drückend, und als Amelia irgendwann aufstand, tat ich es ihr gleich. Abweisend sah sie auf den See, die Arme um ihren Oberkörper geschlungen. Einen Moment grübelte ich, wollte mich abwenden, weil ich keine Antwort wusste, da meldete sie sich erneut zu Wort.

»Also?« In ihrer Stimme schwang Hoffnung mit. Ich blieb mit dem Rücken zu ihr stehen. »Lässt du dir von uns helfen?«

Wieder einmal fluteten Tränen meine Sicht, weil meine Entscheidung feststand. Hastig wischte ich sie von meinen Wangen, drehte mich zögerlich um. Der Mond beschien ihr Gesicht. Beinahe wirkten die Sommersprossen auf ihren Wangen wie Sterne. Sterne, die vom Himmel auf ihre Haut herabrieselten. Einen Moment sog ich ihren Anblick in mich auf, verinnerlichte ihn. Ihr zerzaustes Haar, das sie wie so oft in einem Zopf trug, die vollen Lippen, deren Berührung ich noch jetzt auf den meinen spürte, ihr pastelliges Blumenkleid, das mein liebstes war, denn es erinnerte mich an ihren tollpatschigen Fahrradsturz und daran, wie unwissend wir noch gewesen waren, welche starken Gefühle uns heimsuchen würden. All diese Dinge nahm ich in mir auf, denn ich wusste, dass ich sie nicht wiedersehen würde. Selbst wenn ihre Eltern mir helfen konnten und Caja bei mir bleiben durfte, wäre Engelsberg kein Zuhause mehr für mich. Denn sie wollte mich nicht mehr, und ohne Amelia an meiner Seite war dieser Ort nur einer Flucht gleichzusetzen.

»Es tut mir leid«, flüsterte ich, woraufhin sie schluchzend die Hand auf den Mund presste, »aber ich kann nicht. Meine Zeit hier ist abgelaufen.«

Kapitel 36

Amelia

Sechs Monate später

»Zehn, neun, acht«, begannen Marlen, Sophie und meine Eltern im Chor. Der Countdown ging los. Heute, nach monatelangem Rühren, Recherchieren, Optimieren und ständigem Dazulernen, ging mein Reiniger endlich an den Verkaufsstart. Seit drei Monaten durfte ich nun schon an der *Swiss-Botanica* online studieren, und keinen einzigen Tag hatte ich es bisher bereut. Das, was ich dort lernte, machte mir solchen Spaß, dass ich mich fragte, wieso ich nicht früher bemerkt hatte, dass Mamas Arbeit auch etwas für mich war.

»Sieben, sechs, fünf …« Sie zählten weiter, und mein Herz pochte lauter, je länger ich auf den Bildschirm vor mir starrte. Die Website von *beeDreams* war geöffnet, und gleich würde der Uhrzeiger auf die Vier zeigen.

Die letzten Monate hatte ich mich wieder in München eingenistet und war nur ab und an nach Engelsberg gependelt, um mit meinen Eltern weiter an meiner Marke zu arbeiten. Es war ein großes Risiko für sie, ihren Honig in etwas Neues zu investieren, doch die Nachfrage auf meinem Blog war so riesig, dass bei einem Verkaufstest, bei dem wir fünfzig Fläschchen verkauft hatten, alles schon nach wenigen Minuten restlos ausverkauft gewesen war. Um regional zu bleiben, hatten wir uns mit Bauer Simon zusammengetan, der uns mit den pflanzlichen Inhaltsstoffen versorgte. Zudem verwendeten wir Glasflaschen, und auch wenn bei der Verpackung stets noch Plastik vorhanden war, grübelte ich täglich darüber, wie meine Marke komplett plastikfrei werden konnte. Als Inhaberin war erst mal meine Mutter eingetragen, da ich ohne absolviertes Studium keine Herstellungserlaubnis besaß, doch mittlerweile waren wir ein eingespieltes Team, indem wir unser Verhalten gegenüber der Umwelt gemeinsam verbessern wollten.

In meiner Community und auch bei Followern, die tagtäglich neu dazukamen, spürte man einen großen Ehrgeiz und die starke Motivation mitzuhelfen, was mich unfassbar stolz machte und irgendwie auch hoffen ließ, dass wir gemeinsam doch noch etwas verändern konnten.

»Vier, drei, zwei, eins ...«, ertönte es aufgeregt, dann sprang die Uhr auf meinem Laptop endlich auf sechzehn Uhr. Hastig drückte ich in Instagram auf den Button *Posten* und verlinkte in meiner Story meine Website mit dem Reiniger. Ein lauter Knall ertönte. Papa hatte eine Konfettikanone gezündet, deren Inhalt sich nun großflächig in Mamas Laden verteilte, in dem wir uns versammelt hatten und von wo aus in Zukunft auch versendet und verkauft werden sollte. Gemeinsam jubelten wir, nahmen uns in den Arm, und ich konnte mir ein paar Freudentränen nicht verkneifen.

»Ich bin so stolz auf dich«, hauchte mir Mama ins Ohr und drückte mich an sich. Ich schloss die Augen, presste mein Gesicht in ihr dichtes Haar und verharrte einen Moment in ihren Armen. Vergaß alles, was mir in den letzten Monaten Angst, Sorgen oder Schmerzen bereitet hatte und was mir auch für die Zukunft nicht so ganz geheuer war.

Nicht nur einmal hatte ich an alldem gezweifelt, und auch jetzt dachte ich noch ständig an das *Was ist, wenn?*. Doch hier in

Mamas Armen gab es all das nicht. Da waren nur Zuversicht und das Wissen, dass ich mit ihr und mit den Menschen, die mich lieben, alles erreichen konnte. Mit fast allen.

»Dein Beitrag hat schon über hundert Kommentare«, warf Sophie ein, woraufhin ich mich von Mama löste und gebannt meinen Feed checkte. »Und die Website zählt mehrere Hundert Aufrufe. Die hundertste Bestellung haben wir auch schon!«

Fassungslos starrte ich auf den Monitor und musste neben all der Freude etwas besorgt schlucken. Bisher bestand das kleine Team von *beeDreams* aus fünf Mitarbeitern. Wir würden Tag und Nacht Pakete packen und ständig neue Reiniger rühren müssen. Früher oder später musste ich über weitere Maßnahmen nachdenken, ein Steuerberater musste her, vielleicht auch ein IT-Techniker, der meine Website noch einfacher gestaltete, und bessere Herstellungs- und Verpackungsmethoden mussten geplant werden. Obwohl diese Marke erst seit wenigen Minuten online war, schossen mir all diese Gedanken durch den Kopf. Hastig schüttelte ich sie ab und versuchte, im Moment zu bleiben. Jetzt hieß es Aufatmen, denn aus einem geplatzten Traum hatte ich etwas Großes geschaffen.

»Heute Abend wird ordentlich gefeiert«, meinte Papa und klopfte begeistert auf die Tischplatte, ehe er seinen Arm um mich legte und mich an sich drückte.

»O ja, dann lerne ich mal den berühmten Biergarten kennen.« Marlen klatschte in die Hände. Für sie war es das erste Mal in Engelsberg, und als langjähriges Stadtkind Münchens fühlte sie sich in einem Dorf wie diesem wie in Disneyland. Es faszinierte sie, dass wir hier keinen Supermarkt besaßen, der 24/7 geöffnet hatte, oder dass die einzige Bar ein kleiner heimischer Biergarten war. Sie hatte nie viel von ihrer Heimat erzählt, doch ich wusste, dass sie ebenfalls aus einem kleineren Ort aus Schweden kam, den sie allerdings schon in jüngeren Jahren verlassen hatte. Weshalb sie ihrer Heimat so verfrüht den Rücken gekehrt hatte und nicht gern darüber sprach, wusste ich nicht.

Ich musste zugeben, dass auch ich meine Heimat die letzten Monate immer wieder gemieden hatte, wenn ich nicht für meine Marke hatte herkommen müssen. Ein Grund dafür war Nick, der hier in Engelsberg noch immer in allen Ecken zu stecken schien. Nach seiner und Cajas Abreise und seiner Entscheidung gegen den Kampf, gegen mich und gegen sein neues Zuhause, hatte München, ihre Schönheit und vor allem ihr Nachtleben, mich wieder etwas auffangen können. Auch wenn ich Engelsberg liebte und es weiterhin manchmal einem Zufluchtsort glich, an dem ich zur Ruhe kommen konnte, schmerzten einige Orte wie Scherben, die sich in mein Herz bohrten.

Meine Eltern wussten das, sie wussten, wie es mir ging und warum ich, wenn ich sie besuchen kam, meist nach kürzester Zeit wieder abreiste, um mich in München von all den Erinnerungen an ihn zu erholen, die mich hier heimsuchten. Die intensive Arbeit an meiner Marke, das Studium und die Gesellschaft in München lenkten mich ein wenig ab – doch es war nie genug.

»Wird auch Zeit«, antwortete ich Marlen und schenkte ihr ein Lächeln. »Dann wird ordentlich angestoßen.«

Tatsächlich hatte fast der ganze Ort mit uns mitgefiebert und wollte sich heute Abend zur Feier des Tages in Pauls Biergarten versammeln. Auch wenn ich mich auf den Abend und vor allem über den Anlass freute, spürte ich doch, dass ich nicht so ganz in Partylaune war. Engelsberg war voll von *ihm*. Voll von seiner Präsenz. Noch immer war es, als würde Nick gleich zur Tür hereinkommen. Noch immer dachte ich, ihn in seinem Imkeranzug im Bienengarten stehen zu sehen, wenn ich hinter dem großen Apfelbaum hervortrat. Noch immer spürte ich seinen Atem auf meinen Wangen, wenn ich die Augen schloss und der zarte Winterwind seinem Kuss glich.

Ich hörte Cajas Lachen auf der Terrasse, musste schlucken, wenn ich ihr Mandalaheft im Flur liegen sah, das Mama bis heute nicht geschafft hatte wegzuräumen. Sie fehlten ihnen. Sie fehlten mir – auch wenn ich noch immer enttäuscht war. Ich verstand seine Situation, ich verstand sein Handeln und hätte ihm so gern geholfen, ganz egal, was zwischen uns passiert war.

Ja, ich war sauer, dass er nicht früher mit mir gesprochen hatte, und ja, ich wusste nicht, ob ich ihn überhaupt weiterhin hätte sehen wollen, wenn er geblieben wäre. Unsere ganze Beziehung war nur ein großes *Hätte*, wir waren eine Anreihung diverser Konjunktive, wussten nicht, was uns überhaupt bevorstand. Doch was mich am meisten verletzte, war, dass er dem Ganzen nicht mal eine Chance gegeben hatte. Dass er nicht kämpfte, für sich und seine Schwester und letztendlich auch nicht für uns. Egal, was an diesem Abend zwischen uns kaputtgegangen war, ich war bereit gewesen, zu versuchen, es früher oder später wieder zusammenzuflicken. Er nicht. Er hatte sich anders entschieden, und ich konnte nichts dagegen tun.

»Erde an Amelia.« Marlens Stimme drang zu mir durch. Wie so oft, war ich mit den Gedanken mal wieder abgeschweift. In die Vergangenheit. In alte Gefühle. Hastig blickte ich auf und sah, dass Mama mich mitfühlend ansah. Sie wusste, was nach all den Monaten noch immer in mir vorging.

»Ja?«

Kopfschüttelnd und irgendwie auch mitleidig lächelte meine Freundin mich an, sah sich dann kurz in der Runde um. »Zieh nicht so ein Gesicht. Heute geht es um dich, um das, was du alles geschafft hast. Das muss gefeiert werden.«

Ich nickte, erhob mich und schüttelte alle negativen Gedanken ab. Sie hatte recht, jetzt ging es um mich. Um meine Zukunft. Auch wenn ich diese ohne Nick verbringen musste.

Wolkenleer.

Verstohlen sah ich am frühen Abend aus meinem alten Kinderzimmerfenster in den Himmel und dachte: *In den Wolken hängt so viel Leere.* Und es war so. Dort, wo sich vor einigen Monaten noch ein tiefblauer Hitze ausstrahlender Himmel gezeigt hatte, machte sich ein dichtes Grau breit. Der Sommer war vorüber. *Unser* Sommer war vorüber. Kein Wolkenbild konnte man erkennen, keine hellere oder dunklere Wolke, die sich vor der grauen Wand hervorhob. Einfach nur Leere, in der sich meine Gedanken einen Moment verloren. Ob es bei ihm auch so aussah? So leer. Ob es in ihm auch so aussah?

Erst ein zartes Klopfen brachte mich dazu, den Blick vom Himmel zu nehmen. Stattdessen schloss ich die Augen, blieb aber mit dem Rücken zur Tür stehen, als diese geöffnet wurde.

»Bist du so weit?« Das war Mamas Stimme. Tief atmete ich durch, zwang mich zu einem Lächeln, weil es absurd war, an solch einem schönen Tag schlecht drauf zu sein. Egal, wie grau er auch war. Ich drehte mich um und nickte. »Ja.«

Bevor ich aus der Tür treten konnte, hielt Mama mich zurück und blickte an mir hinab. »Möchtest du das anlassen?«

Verwundert sah ich auf meine Beine, auf die sie zeigte. Ich trug Jeans, Stiefel und einen weichen Rollkragenpulli.

»Was meinst du?«

Sie lief zu meinem Schrank, in dem noch vereinzelte Kleidungsstücke des Sommers hingen, die ich bisher nicht wieder mit nach München genommen hatte. Dann zog sie eines meiner langen Kleider hervor. Meine Kehle schnürte sich zu, und ich musste mich abwenden.

»Du liebst Kleider, und heute ist ein Tag für ein Kleid. Also zieh es bitte an. Du kombinierst es doch im Herbst immer so schön mit deinen Stiefeln und einem Cardigan.«

Mamas Hand landete mitfühlend auf meiner Schulter, weil sie wusste, warum ich seit einiger Zeit keine Kleider mehr trug. Die Wahrheit war, wenn ich mich selbst in einem Kleid betrachtete, sah ich auch ihn. Nick. Ich sah seinen Blick, hatte genau vor Augen, wie er mich angesehen hatte, als ich in dem altgrünen Blumenkleid von *Zimmermann* vor ihm gestanden hatte, hörte seine blöden Sprüche darüber, dass ich mit Rock Fahrrad fahre, und spürte seine warmen Finger an meinem befreiten Rücken, die er über meine Haut hatte fahren lassen, als wir uns das erste Mal geküsst hatten. Es war absurd, denn ich liebte Kleider mehr als alle anderen Kleidungsstücke. Doch nun besaßen sie einen so bitteren Beigeschmack, dass ich mich vor ihnen versteckt hatte.

»Ich weiß nicht, Mama …«

»Es ist dein Tag«, unterbrach sie mich. »Heute geht es um das, was du geschafft hast. Du liebst Kleider, sie gehören zu dir, wie meine Schürze zu mir gehört. Lass dir das nicht nehmen.«

Seufzend nahm ich das Kleid an mich, hielt es an meinen Körper und sah nur zögerlich in den Spiegel. Kurz war wieder Sommer, kurz stand ich wieder hier in meinem Zimmer, nur um mich rasch umzuziehen und gleich wieder hinab in den Hof zu laufen, wo Nick auf mich wartete. Nur für einen Moment war es, als würde die warme Sommersonne in mein Fenster scheinen, meine Sommersprossen, die jetzt im Winter verblasst waren, wieder hervorkitzeln. Und in nur wenigen Momenten würde ich wieder in Nicks Nähe sein, mich mit seinen Sprüchen herumärgern und das wohlige Gefühl abstreiten, das schon von Beginn an zwischen uns gewesen war.

Hastig schüttelte ich den Kopf und ließ vom Spiegel ab.

Mama überzeugte mich aber dann doch, das Kleid anzuziehen, das ich mit meinen Stiefeln und einem Pullover, den ich locker drüber zog, etwas abänderte. Vielleicht würde es mich so nicht mehr an den Sommer erinnern, der mein Herz in Scherben geschlagen hatte.

»Wo ist Papa?«, fragte ich, als wir uns mit Marlen auf den Weg in Pauls Biergarten machten. Sophie würden wir dort treffen.

Mama wich meinem Blick aus. »Er hat etwas in Winterthur vergessen und kommt nach.«

Die letzten Wochen und Monate war Papa vermehrt auf Imkerkongressen unterwegs gewesen, die vor allem in den kalten Jahreszeiten stattfanden, wenn die Bienen in ihrem Winterschlaf schlummerten. Dabei hatte ich ihn noch weniger zu Gesicht bekommen als sonst. Wenn ich für ein paar Tage nach Engelsberg kam, war er meist fort gewesen. Die Gelassenheit meiner Eltern, ihre Freude, wenn Caja zu Besuch kam oder Nick ihnen unter die Arme griff, waren ebenfalls Dinge, die im Hause Karl besonders fehlten. Auch meinen Eltern merkte man deutlich an, dass sie trauerten. Obwohl Nick und Caja nur wenige Jahre hier gelebt hatten, war Engelsberg ohne sie doch irgendwie nicht mehr dasselbe.

Wir erreichten den Biergarten um kurz nach sechs und wurden mit großen Jubel empfangen. Das Logo von *beeDreams* prangte in Form eines Posters groß über der Theke, und überall hingen Luftschlangen in den Farben der Marke: Gelb und Violett. Überwältigt blieb ich im Eingang stehen und sah in Gesichter, die ich seit meiner Kindheit kannte und die mir freudig entgegenstrahlten. Jeder einzelne Engelsberger war hier. Marie, Rosi, Karl, Vale, Laura und sogar Bauer Simon aus dem Nachbarort beglückwünschten mich voller Stolz.

Seit meiner Konfrontation mit Laura hatte sich ihr Verhalten stark gebessert. Man merkte, dass sie sich Mühe gab, und wie ich hörte, besuchte sie mittlerweile sogar einen Therapeuten, der ihr mit ihrem eigenen Trauma half.

Die erste Stunde verbrachte ich damit, mich mit der Menschenmenge auszutauschen, linste mit Marlen und Sophie in die Verkäufe, die weiter in die Höhe stiegen, und kippte einen Champagner nach dem anderen runter, um wenigstens ein bisschen lockerer zu werden. Irgendwann ließ ich mich jedoch erschöpft auf einem Barhocker nieder und verharrte einen Moment.

»Und? Wie läufts?« Vale nickte mir von der Theke aus zu. »Haben sie dich schon aufgefressen?«

Ich stieß ein leises Lachen aus. »Noch nicht ganz, nur angeknabbert.«

»Du bist die Attraktion des ganzen Dorfes. Würde mich nicht wundern, wenn demnächst hier die Paparazzi Schlange stehen.«

Belustigt verdrehte ich die Augen. Vale hatte wohl auch schon einige Drinks intus.

»Ich meins ernst«, sagte er mit voller Überzeugung. »Bald eroberst du die ganze Schweiz, dann folgt Deutschland, Österreich und irgendwann Europa. Na, wie klingt das?«

»Irgendwie Furcht einflößend. Aber es ist eine schöne Vorstellung, dass sich so viele Leute mit den Werten und der Motivation von *beeDreams* identifizieren und mit anpacken könnten.«

Blauäugig stellte ich mir vor, dass herkömmliche und schädliche Kosmetik in wenigen Jahren aus den Geschäften verschwinden würde, alle Menschen wachsamer würden und es sich zur Aufgabe machten, die Erde vor der Klimaerwärmung zu schützen. Ich wusste, dass diese Vorstellung absolut realitätsfern war. Leider gab es immer noch genug Armleuchter, die dachten, dass der Klimawandel nicht existierte und deren Umfeld ihnen egal war. Doch ich wollte die Hoffnung nicht aufgeben. Diese Marke bestand nicht, weil ich mit ihr Ruhm oder Reichtum erlangen wollte – diese Marke war mein Beitrag für eine umweltbewusstere Zukunft.

»Dann gibt es irgendwann nicht mehr nur den kleinen Laden deiner Mutter in Engelsberg. Nein, du wirst in allen großen Städten einen eigenen Shop haben. Winterthur, Zürich, Bern und …«

Gleichzeitig zuckten wir beide zusammen und verstummten. Vales Augen wurden groß, mit offenem Mund starrte er mich an, während ich ausweichend den Blick von ihm losriss. Wieso nur musste mich jede Kleinigkeit an ihn erinnern?

»Sorry«, hauchte Vale und stützte sich geknickt an der Theke ab. Nick war nach unserem letzten Gespräch nicht mehr lange in Engelsberg geblieben. Am nächsten Tag hatte er mit Vale gesprochen, ihm die Lage ebenfalls erklärt. Auch meine Eltern wussten Bescheid. Da er von ihnen aber keine Hilfe wollte, hatte er ihnen nur die Hälfte erzählt. Natürlich hatten sie von mir die andere – die schrecklichere Hälfte – zu hören bekommen.

»Hat er sich mal bei dir gemeldet?«, fragte ich ohne große Hoffnung. Nick hatte den Kontakt nach Engelsberg abgebrochen, da es für ihn zu schmerzhaft war, keinen glatten Cut zu ziehen. Er hatte nicht nur mich, sondern auch seinen besten Freund, seine Arbeit, die er so sehr geliebt hatte, und sein Zuhause verlassen.

Vale rang kurz nach einer Antwort, schien nicht so recht zu wissen, was er sagen sollte, und schüttelte schließlich nur den Kopf.

In diesem Moment wurde es laut am Eingang. Die Menschen lachten und grölten, und als ich den Kopf reckte, um zu sehen, was da vorne abging, erkannte ich, dass mein Vater endlich angekommen war. Kurz wandte ich den Blick wieder ab, realisierte erst dann, dass er nicht allein war.

Ich stand auf und starrte ihn fassungslos an. Das konnte nicht wahr sein. Im Arm meines Vaters saß die breit grinsende Caja. Ich blinzelte. Blinzelte zweimal. Und auch als Tränen meine Augen fluteten, hörte ich nicht auf zu blinzeln. Wie von selbst suchte ich die Menge um sie herum ab. Doch Nick war nicht da. Caja und Papa waren allein.

»Amelia!« Cajas aufgeregtes Rufen ging mir durch Mark und Bein. Wie lange hatte ich ihr Lachen in meinen Träumen gehört und war aufgewacht, nur um zu realisieren, dass sie nicht mehr da war. Voller Freude ging ich in die Hocke, als Papa sie runterließ und Caja in meine Arme fiel. Sehnsüchtig drückte ich mein Gesicht in ihr Haar, das jetzt länger war als im Sommer. Sie roch nach Himbeershampoo, Gummibärchen und Zuckerwatte. Und irgendwie roch sie auch nach Nick.

»Was machst du denn hier?«, fragte ich unter Tränen, löste mich von ihr und sah sie an.

Caja grinste breit. »Wir sind jetzt wieder da.«

»Wir?« Langsam erhob ich mich, inspizierte die Umgebung, die in meinen Ohren plötzlich ganz dumpf wurde. Das laute Gerede der Menge verstummte, dann, als ich realisierte, dass Nick nicht da war, setzte ich mich in Bewegung und steuerte den Ausgang an. Irgendwo hinter mir hörte ich meinen Vater nach mir rufen.

»Amelia, er ist nicht ...« Doch ich nahm ihn kaum wahr, griff nach meinem Mantel und eilte hinaus.

Draußen war es dunkel und kalt, mein aufgebrachter Atem zeichnete sich in weißen Dunstwolken vor meinem Mund ab. Je weiter ich mich vom Lokal entfernte, desto ruhiger wurde es. Die Musik verstummte, nun herrschte um mich herum Dunkelheit und Kälte – und irgendwo eine verwirrte Vorfreude. Ja, ich freute mich, dass Nick und Caja zurück waren. Gleichzeitig war ich aber auch immer noch so wütend, dass ich nicht verstand, weshalb sich mein Körper selbstständig machte. Ich rannte durch Gassen, über vereiste Wege und vorbei an kahlen Bäumen, bis ich den Waldrand erreichte und mein Smartphone als Taschenlampe nutzte. Karl Lassings Hütte tauchte in der Ferne auf, und je näher ich kam, desto langsamer und verhaltener wurde mein Schritttempo. Dort, hinter den dichten Tannen, hatte stets sein Wohnwagen gestanden. Dort würde er nun auch wieder stehen. Wo sollte er auch sonst stehen? Der Engelsberger Wald, das Ufer des Engelssee waren Cajas und Nicks Zuhause. Bestimmt hatte er sich wieder dort eingerichtet.

Mit zittrigen Gliedern und schwerem Atem trat ich schließlich um die Bäume und – nichts. Kein Wohnwagen. Kein Nick.

Verzweifelt lief ich hinter Karls Hütte und suchte nach irgendeiner Spur von ihm. Irgendetwas, das mir deutlich machte, dass er hier sein musste. Doch er war nicht da, was ich erst so richtig realisierte, als ich ans Seeufer gelangte. Tränen fluteten meine Sicht, ich erinnerte mich an die dumpfen Worte meines Vaters, als ich den Biergarten verlassen hatte.

Amelia, er ist nicht ..., hatte er gesagt. Er ist nicht *mitgekommen*? Was sonst hätte Papa mir so dringend sagen wollen? Was sonst hätte er damit meinen können? Es war also wahr. Er war nicht hier, er war nicht in Engelsberg.

Ein Schluchzen löste sich aus meiner Kehle. Ich fragte mich, was die letzten Monate in Bern passiert war. Hatte Nick sich doch gegen seine Mutter gestellt? Hatte er es doch riskiert, Caja zu verlieren? War sie deshalb hier bei meinen Eltern und er nicht? Voller Panik stellte ich mir vor, dass er tatsächlich verhaftet worden war und meine Eltern Caja nun adoptiert hatten. So wie ich sie kannte, war das kein abwegiger Gedanke. Aber Caja hatte doch gemeint, *wir* sind wieder ...

»Suchst du nach mir?«

Kurz setzte mein Atem aus, ich drehte mich um. Und als sich Nick aus der Dunkelheit löste und mit seinem altbekannten verschmitzten Lächeln auf mich zukam, stolperte mein Herz so laut, dass es in meinem Inneren rumpelte. Sein Lächeln verblasste unsicher, ehe er mit ein paar Metern Abstand zu mir stehen blieb. Immer noch vollkommen perplex musterte ich ihn. Er sah anders aus. Blasser, ausgelaugter. Sein Bart war dichter, und auf seinem Kopf trug er statt der beigen Kappe eine schwarze Wollmütze. Der Glanz in seinen Augen war verloren gegangen, und doch blitzte darin etwas Sehnsüchtiges auf.

Eine gefühlte Ewigkeit starrten wir uns an, regten uns nicht. Bis sich meine Stimme langsam wieder zeigte.

»Wo ...?«, stammelte ich und blickte mich um. »Woher kommst du? Warum ...? Wo ist dein Wohnwagen?«

Seine Mundwinkel zuckten. »Wir haben jetzt eine kleine Wohnung im Ort und müssen nicht mehr im Wohnwagen leben.«

»Wir?«, fragte ich und erwartete, dass irgendwo seine furchtbare Mutter auftauchte.

»Caja und ich. Aber ich wusste, dass du hier sein würdest. Ich wusste, dass du nach mir suchen würdest. Ich habe es jedenfalls gehofft.«

Immer noch verwirrt schüttelte ich den Kopf. »Aber ... wie?«

Er wandte das Gesicht ab, als er wohl an die Zeit in Bern zurückdachte. »Kurz nachdem ich mit Caja abgereist war, ist dein Vater aufgetaucht. Er hat nicht lockergelassen, hat mir seine Hilfe regelrecht aufgezwungen und ist letztendlich gemeinsam mit mir zur Polizei gegangen. Dort haben wir alles erzählt, deine Eltern haben für mich gebürgt. Na ja, eigentlich das halbe Dorf.« Er lachte leise und irgendwie überwältigt. »Ich hätte niemals gedacht, dass wir nach allem, was ich getan habe, so viel Unterstützung und Hilfe bekommen würden. Sie haben sich alle für mich eingesetzt, haben dafür gesorgt, dass Eva das Sorgerecht endlich entzogen wurde. Natürlich war die Sache damit noch nicht gegessen. Das Jugendamt hat Caja erst mal zu sich geholt, bevor alles geklärt war. Das war die härteste Zeit, die ich je durchgemacht habe. Meine Schwester hat schon nach kurzer Zeit verstanden, weshalb ich sie von ihrer Mutter ferngehalten habe, hat geweint und wollte wieder zurück nach Engelsberg. Zu euch. In ihr Zuhause. Die Zeit im Jugendamt war daher auch nicht leicht für sie, doch ich durfte sie jeden Tag besuchen. So viele Gerichtsprozesse standen an, bei denen dein Vater und sein Anwalt mich stets begleitet haben.«

»Papa meinte, er wäre auf einem Imkerkongress.«

Nick schmunzelte. »Er hat dir nichts davon erzählt, weil er nicht wollte, dass du dir unnötig Hoffnungen machst. All das hätte ja auch in die Hose gehen können, und er wollte dich nicht noch mehr verletzen.«

Aufgewühlt wandte ich mich von ihm ab und dachte über seine Worte nach. »Was ist jetzt mit Eva?«

»Sie hat zwei Jahre Haft bekommen und darf uns nicht mehr zu nahe kommen. Fahrlässige Vernachlässigung und Misshandlung von Schutzbefohlenen. Am Ende schien sie mir schon so verzweifelt, dass ich fast Mitleid bekommen habe. Keine Ahnung, vielleicht hat sie sich ja echt verändert, aber … das ist jetzt nicht mehr wichtig.«

Ich nickte. »Und wie geht es Caja damit?«

»Na ja … Im Moment geht es ihr, denke ich, gut. Falls sie ihre Mutter aber irgendwann noch mal wiedersehen möchte, werde ich ihr das nicht verbieten. Ich kann mir vorstellen, dass sie noch Zeit braucht, um ganz von Eva wegzukommen. Schließlich hat sie sie immer positiv in Erinnerung gehabt.«

Erneut nickte ich, ließ meinen Blick aufmerksam über sein Gesicht gleiten, weil ich immer noch nicht realisierte, dass er jetzt tatsächlich wieder vor mir stand. »Und jetzt? Ist alles vorbei?«

Er lächelte verhalten, trat näher und streckte hoffnungsvoll seine Hand aus, die er wieder fallen ließ, als er sah, dass ich ihm weiterhin abweisend gegenüberstand. »Ja. Jetzt habe ich das komplette Sorgerecht für Caja, und ... Ich wusste erst nicht, ob ich zurückkommen soll, aber deine Eltern haben darauf bestanden, und Caja ... Sie hat Engelsberg so vermisst.«

»Du nicht?«, krächzte ich unter Tränen, verschränkte die Arme vor der Brust.

Schmerz legte sich in seinen Ausdruck, ehe er einen weiteren Schritt näher kam. »Doch. Jede einzelne Sekunde.«

In meinem Inneren bebte es, langsam konnte ich die Wut, die Enttäuschung und all die Schmerzen nicht mehr aufhalten. All die unausgesprochenen Worte, die sich die letzten Monate in mir angebahnt hatten, kamen aus mir herausgesprudelt.

»Du bist abgehauen«, presste ich schmerzerfüllt hervor. »Du wolltest einfach so aufgeben. Dein Zuhause, das Zuhause deiner Schwester, *uns*. Warum, Nick? Warum warst du bereit, das zu tun?«

Verzweifelt zuckte er mit den Schultern. »Weil ich ein feiger Mistkerl bin, der vor lauter Angst nicht gesehen hat, was das Richtige ist.« Auch seine Stimme zitterte. »Ich wusste immer ganz genau, wie man ein Mechaniker, ein Imker, ein Bruder oder sogar ein Ersatzelternteil war. Konnte mir jede Rolle dieser Welt aneignen und sie spielen. Ich konnte sie alle – nur meine eigene nicht. Keine Ahnung, ob ich das Ganze jemals wiedergutmachen werde, doch nach jahrelangem Kämpfen möchte ich endlich mal ankommen, herausfinden, was ich für Träume habe, was mir wirklich gefällt, ganz unabhängig von den Bedürfnissen meiner Schwester. Bei systematischen Entscheidungen bei der Arbeit war ich immer Profi. Nicht aber, wenn es um Gefühle ging. Ich habe so viel falsch gemacht, so viel falsch entschieden ... für Caja, für mich, für uns. Ich möchte es in Zukunft besser machen. Mit dir. Mit dir möchte ich lernen, was es heißt, richtig *ich* zu sein. Dein Traum scheint in Erfüllung gegangen zu sein, dann kannst du mir das Träumen ja jetzt beibringen.«

Ich schnaufte, unterdrückte ein Lächeln bei der Erinnerung an unser gemeinsames Traumfest. *Einfach ich sein* war ein Wunsch, der unfassbar schwer zu erreichen war. Auch ich war noch immer nicht ganz bei mir angekommen, auch ich war diesem Traum nur ein Stück weit näher gekommen. Doch Nick hatte recht. Er war derjenige, der darin am meisten Nachhilfe brauchte.

Als ich nichts antwortete, weil mir nichts zum Antworten einfiel, hob er seine Hand, fuhr mir sachte über die Wange. Ich schloss die Augen und wurde von schmerzhaften und gleichzeitig schönen Erinnerungen heimgesucht. Tränen pressten sich durch meine Lider. Seine Hand war kalt, meine Wange glühte heiß. Ich drückte mein Gesicht in seine Handfläche, ehe er mit der anderen eine Träne auffing. Von ihm berührt zu werden, fühlte sich an, wie endlich ruhen zu können, endlich nach Hause zu kommen.

»Es tut mir leid«, flüsterte er, als ich die Augen öffnete. Nick lehnte seine Stirn an meine, und ich spürte seinen warmen Atem auf meinen Lippen. Die Lippen, die sich schon so lange nach seinen sehnten. »Ich war ein absolut verlorenes Arschloch, das sich nicht helfen lassen wollte, und ich bin deinem Vater unfassbar dankbar dafür, dass er mir seine Hilfe aufgezwungen hat. Denn ohne ihn wäre mein Traum vom Traumfest niemals in Erfüllung gegangen.«

»Du hast auch einen aufgeschrieben?« Überrascht sah ich auf.

Er schmunzelte. »Ja.«

»Und was war das für ein Traum?«

Kurz hielt er inne, hob den Kopf und blickte verträumt auf mich hinab. »Dass ich wenigstens ein einziges Mal nicht verliere, was ich liebe. Caja, mein Zuhause und … dich.«

Schon als ich vom Biergarten aufgebrochen war, schon als er vor mir gestanden und ich schließlich seine Berührung gespürt hatte, war mir klar gewesen, dass nicht viel nötig sein würde, um mich erneut in ihn zu verlieben. Ich hatte gewusst, dass ich ihn noch immer liebte, dass ich ihn noch immer wollte. Und seine Worte reichten, um mir das zu bestätigen.

Mir meinen Gefühlen sicher, überbrückte ich die letzten Zentimeter zwischen uns und vereinte meine Lippen mit seinen. Ihn wieder küssen zu können, fühlte sich an, wie nach einem endlos langen Lauf endlich zu verharren. Sehnsüchtig zog er mich an sich, und ich schlang die Arme so fest um seinen Nacken, dass es nicht möglich war, mich jemals wieder von ihm zu trennen. In unserem Kuss ließen wir alles Negative los. Die Ängste, die Nick jahrelang heimgesucht hatten, meine Sorgen vor der Zukunft, unsere Herzscherben.

Und in diesem Moment war ich plötzlich der festen Überzeugung, dass sich unsere Seelen schon weit früher gekannt hatten. Dass sie sich ohne unser Wissen schon vor unserer ersten Begegnung verbunden hatten. Ich hatte keine bessere Erklärung, ich spürte es einfach. Nicks Seele war wie ein Netz, in dem ich mich verfing, dem ich wahrscheinlich niemals hätte ausweichen können, egal, wie sehr ich mich zu Beginn auch dagegen gesträubt hatte.

Langsam lösten wir unsere Lippen wieder voneinander, um uns ansehen zu können. Nick hielt mich weiterhin fest, als ich den Kopf hob. Als wäre ich ein Kunstwerk, das er betrachtete, nahm er meine Wangen in seine großen Hände und musterte mich. Ich berührte seine, strich mit dem Daumen über seine Knochen, seine Lippen.

»Eine Frage hätte ich noch, die ich mir seitdem gestellt habe«, begann ich flüsternd. Kurz verlor Nick sein Lächeln und wurde unsicher.

»Warum eine Weltreise? Warum hast du dich dafür entschieden, für Caja eine weltreisende Mutter zu erfinden?« Sein Blick schweifte ab. Irgendwo ins Leere, in eine andere Zeit. »Ich meine, ich an deiner Stelle hätte alles andere erfunden als das. Dass sie noch nachkommt, dass sie in Bern arbeiten muss … sogar, dass sie tot ist. Das wäre mir eher als Ausrede eingefallen als eine Weltreise.«

»Als ich klein war, war es mein größter Traum, eine Weltreise zu machen. Daher kam mir die Idee.«

Behutsam fuhr ich ihm übers Gesicht. »Und ist das jetzt immer noch dein Traum?«

Kurz schien er zu überlegen, ehe er mich mit so viel Liebe in seinem Ausdruck ansah, dass mir warm wurde. »Meine ganze Welt spielt sich in Engelsberg ab, also ... nein, denn mein Traum ist längst in Erfüllung gegangen.«

Bei diesen Worten schmiegte ich mich enger an ihn, hätte am liebsten auf ewig so mit ihm verharrt. Arm in Arm, Herz an Herz. Und während wir uns hielten und all die Zeit nachholten, die wir die letzten Monate verpasst hatten, kamen mir die vielen Träume in den Sinn, die in uns und vor allem hier in Engelsberg zu Hause waren. Ganz leise dachte ich mir: *Vielleicht kann aus einem* Einfach ich sein *ein* Einfach wir sein *werden.*

Vielleicht.

Danksagung

Dreams so Golden wäre ohne eine bestimmte Person niemals entstanden: meine tolle Agentin Ebru. Danke, dass du meinen Geschichten und mir eine Chance gegeben hast, das Beste aus ihnen rausholst und immer für mich da bist – auch wenn ich ein anstrengendes Nervenbündel bin.

Danke auch an Elke und das gesamte Team von PIPER, dass ihr Nick und Amelia bei euch aufgenommen habt und mich bei allem unterstützt.

Ohne die Möglichkeit, bei der Imkerarbeit mitzuhelfen, hätte ich der Geschichte von Nick und Amelia nie gerecht werden können. Ich bin Martina Teipel und Andreas Hegeler unendlich dankbar. Ihr habt mich mit zu euren Bienen genommen, ich durfte euch mit Fragen löchern und die Welt dieser wunderbaren Tiere besser kennenlernen. Vielen Dank natürlich auch an Ramin Mohabat für die schönen Fotos, die du bei der Imkerarbeit aufgenommen hast.

Selbstverständlich geht auch ein großes Dankeschön raus an meine Testleser, die schon so lange an meiner Seite und für mich Freunde sind: Sarah, Annika, Hannah, Michelle und Lana.

Marie, danke für deinen Halt, deine Zuversicht, deine Podcast-Memos und dass du nie aufgehört hast, an mich zu glauben.

Bibi, danke, danke, danke für die motivierenden Schreibdates und Tipps. Ich bin so froh, dich kennengelernt zu haben.

Danke, Sarah, für dein Mutmachen, deine Ideen, wenn ich nicht weiter weiß, und dass du für mich in der großen Branche ein Safe Space bist. Deine Worte zu Dreams so Golden bedeuten mir die Welt.

Michelle, ich weiß nicht, wie ich dir gerecht danken soll. Nach all den Jahren, die du mich und meine Bücher nun schon begleitest, an sie glaubst und nie ein Wort angezweifelt hast, möchte ich dir mein erstes Großverlag-Projekt widmen. Du hast meine SP-Phase, die vielen Absagen, Niederlagen, die Dramen und Zweifel mitbekommen und hast dich trotzdem nie abgewendet. Danke!

Ein letztes großes Danke an Antonia Sanker für die wundervolle Illustration von Nick und Amelia und Mira Manger für deine ständigen Ratschläge und Tipps zum Manuskript. Ich weiß nun, dass Körperteile sich nicht selbstständig machen können.